Nascida à Meia-Noite

Shadow Falls

Nascida à Meia-Noite

C. C. Hunter

Tradução

Gilson César Cardoso de Sousa

Denise de C. Rocha Delela

JANGADA

Título do original: *Born at Midnight*.

2ª edição 2025.

Editor: Adilson Silva Ramachandra
Gerente editorial: Roseli de S. Ferraz
Gerente de produção editorial: Indiara Faria Kayo
Editoração eletrônica: Join Bureau
Revisão: Maria Aparecida Salmeron

Dados Internacionais de Catalogação na Publicação (CIP)
(Câmara Brasileira do Livro, SP, Brasil)

Hunter, C. C.
Nascida à meia-noite / C. C. Hunter; tradução Gilson César Cardoso de Sousa, Denise de Carvalho Rocha. – 2. ed. – São Paulo: Editora Jangada, 2025.

Título original: Born at midnight
ISBN 978-65-5622-096-3

1. Ficção norte-americana I. Título.

25-247377 CDD-813

Índices para catálogo sistemático:

1. Ficção: Literatura norte-americana 813
Cibele Maria Dias – Bibliotecária – CRB-8/9427

Jangada é um selo editorial da Pensamento-Cultrix Ltda.
Direitos de tradução para o Brasil adquiridos com exclusividade pela
EDITORA PENSAMENTO-CULTRIX LTDA., que se reserva a
propriedade literária desta tradução.
Rua Dr. Mário Vicente, 368 — 04270-000 — São Paulo, SP — Fone: (11) 2066-9000
http://www.editorajangada.com.br
E-mail: atendimento@editorajangada.com.br
Foi feito o depósito legal.

Para Lilly Dale Makepeace.
Seu sorriso me dá a certeza de que a magia
continua viva e saudável neste nosso velho mundo.

Agradecimentos

Dizem que é preciso uma aldeia para se criar um filho; bem, para colher a centelha de uma ideia e transformá-la em livro, também. Quero, primeiro, agradecer à minha editora, Rose Hilliard. Sua confiança em mim significa muito mais do que você possa imaginar. Os outros habitantes da aldeia são: meu marido, solidário ao ponto da perfeição. Vou amá-lo para sempre, querido! Minha agente Kim Lionetti, que ajuda a transformar meus sonhos em realidade. Qual será o próximo, Kim? Os anjos da aldeia, parceiros críticos e família literária: Faye Hughes, Jody Payne, Suzan Harden e Teri Thackston. Garotas, obrigada pelo apoio; mas obrigada, sobretudo, pela amizade.

Capítulo 1

— Isso não tem graça! — resmungou o pai.

Não, graça nenhuma, pensou Kylie Galen abrindo a geladeira para pegar uma bebida. Na verdade, tão pouca graça que ela gostaria de poder se esgueirar para dentro da geladeira, se encolher entre a mostarda e cachorros-quentes bolorentos e fechar a porta para não ouvir mais as vozes irritadas que vinham da sala.

Lá estavam seus pais brigando de novo!

Não que aquilo fosse durar muito, pensou ela enquanto observava o vapor escapando pela porta da geladeira.

Hoje ela sabia que o pai iria embora!

Kylie sentiu um nó na garganta. Engoliu a emoção em seco e se recusou a chorar.

Aquele devia ser o pior dia da sua vida. E ela já vinha tendo alguns muito ruins ultimamente. Um cara desconhecido na sua cola, Trey terminando o namoro com ela e os pais anunciando o divórcio — caramba, era desgraça que não acabava mais! Seria então de admirar que seus terrores noturnos tivessem voltado com tudo?

— O que você fez com a minha cueca? — O grito do pai penetrou na cozinha, meteu-se pela fresta da porta da geladeira e ficou pairando em volta dos cachorros-quentes.

A cueca dele? Kylie pressionou uma latinha gelada de refrigerante contra a testa.

— O que eu iria fazer com a sua cueca? — perguntou a mãe com aquela voz de "não estou nem aí". Era bem sua mãe, ela nunca estava nem aí. Fria como gelo.

Kylie olhou pela janela da cozinha o quintal, onde há pouco tinha visto a mãe. E ali, da grelha da churrasqueira ainda fumegante, pendia a cueca do pai.

Que beleza! A mãe tinha feito churrasco da cueca do pai. Só isso. Kylie nunca mais comeria nada do que fosse assado naquela grelha.

Tentando conter as lágrimas, ela devolveu a latinha ao refrigerador e foi até a porta da sala. Talvez, se a vissem, parassem de agir como crianças e deixassem que ela fosse a adolescente ali.

O pai estava no meio da sala, segurando na mão uma cueca. A mãe, no sofá, bebericava com a maior calma um chazinho quente.

— Você precisa de tratamento psicológico! — gritou ele para a mulher.

Dois pontos para o pai, pensou Kylie. A mãe realmente precisava de ajuda. Mas então por que era Kylie que tinha de ficar estendida no divã da analista duas vezes por semana?

Por que o pai — o homem de quem, todos juravam, ela conseguia tudo — é que precisava ir embora, abandonando-a?

Kylie não o censurava por querer deixar sua mãe, a Rainha do Gelo. Mas por que não levava Kylie com ele? Outro soluço sufocado na garganta.

O pai virou-se e a viu; em seguida, entrou no quarto, obviamente para guardar o resto de suas coisas — menos a cueca, que naquele momento fazia sinais de fumaça na churrasqueira do quintal.

Kylie ficou parada olhando a mãe, que remexia em pastas de trabalho como se aquele fosse um dia igual a qualquer outro.

As fotos emolduradas de Kylie e o pai, na parede acima do sofá, chamaram sua atenção e encheram seus olhos de lágrimas. Tinham sido tiradas durante as excursões anuais que os dois faziam juntos.

— Você tem que fazer alguma coisa! — implorou.

— Fazer o quê? — perguntou a mãe.

— Convencê-lo a ficar. Peça desculpas por ter assado a cueca dele. — *Que lamenta ter água gelada nas veias.* — Faça qualquer coisa, mas não deixe que ele vá embora.

— Você não compreende. — E com isso a mãe, sem um mínimo de emoção, voltou aos seus papéis.

Nesse momento o pai, de mala em punho, atravessou a sala. Kylie correu atrás dele até a porta que se abria para a tarde sufocante de Houston.

— Me leve com você — pediu, sem esconder as lágrimas. As lágrimas talvez ajudassem. Antes, quando chorava, conseguia o que queria dele. — Eu não como muito — fungou, tentando fazer graça.

Ele balançou a cabeça, mas, ao contrário da mãe, pelo menos tinha alguma emoção nos olhos:

— Você não compreende.

Você não compreende.

— Por que vocês estão sempre dizendo isso? Já tenho 16 anos. Se não compreendo, então me expliquem, me contem o grande segredo e pronto.

Ele olhou para os pés como se aquilo fosse um teste e as respostas estivessem na ponta dos sapatos. Depois, suspirando, ergueu os olhos:

— Sua mãe... precisa de você.

— Precisa de mim? Está brincando? Ela nem me quer aqui! — *Nem você me quer*. Essa constatação fez com que o ar se imobilizasse em seus pulmões. Ele na verdade não a amava.

Enxugou uma lágrima na bochecha e olhou de novo para ele. Só que agora, em vez do pai, Kylie via o soldado Dude[1], que vivia atrás dela. Ali na rua, trajava o mesmo uniforme militar de antes. Parecia ter acabado de sair de um daqueles filmes sobre a Guerra do Golfo de que sua mãe tanto gostava. Só que, em vez de disparar para todos os lados ou voar pelos ares, ele permanecia imóvel, olhando para ela com um ar triste, mas muito assustado.

Ela o surpreendeu espreitando-a há algumas semanas. Nunca falaram um com o outro. Mas, no dia em que ela o apontou para a mãe e a mãe não o viu... bem, o mundo de Kylie saiu dos eixos. A mãe chegou à conclusão de que ela tentava chamar a atenção ou coisa pior. E quando dizia "coisa pior" ela se referia ao risco de Kylie estar perdendo contato com a realidade. Sem dúvida, os terrores noturnos que a atormentaram quando criança tinham voltado, mais assustadores ainda. A mãe disse que um analista poderia ajudá-la a superá-los — mas como, se Kylie nem sequer se lembrava deles? Só sabia que eram ruins. Ruins o bastante para fazê-la acordar gritando.

Kylie queria gritar agora. Para que o pai se voltasse e visse o soldado Dude — provando assim que ela não estava maluca. Talvez, se ele realmente visse o homem que a perseguia, ela não precisasse mais ir à analista. Aquilo não era justo.

---

[1] *Dude* (gíria), termo genérico usado informalmente com referência a uma pessoa qualquer; cara, sujeito.

A vida, porém, não é justa, conforme sempre lhe lembrava a mãe.

Mas, quando Kylie olhou de novo, ele já tinha ido embora. Não o soldado Dude, mas seu pai. Ela caminhou até a porta da garagem e o viu colocando a mala no banco de trás do Mustang vermelho conversível. Ao contrário do pai, a mãe nunca gostou daquele carro.

Kylie correu até ele.

— Vou pedir pra vovó falar com a mamãe. Ela vai conseguir...

Mal essas palavras escaparam dos lábios de Kylie ela se lembrou do outro grande acontecimento trágico de sua vida.

Não podia mais pedir que a avó resolvesse seus problemas. A avó estava morta. A imagem dela deitada, fria, no caixão dominou a mente de Kylie e outro soluço brotou em sua garganta.

O olhar do pai demonstrava agora preocupação. O mesmo olhar que levara Kylie para o consultório da terapeuta três semanas antes.

— Estou bem. Só esqueci. — Porque a lembrança machucava muito. Sentiu uma lágrima solitária escorrendo pelo rosto.

O pai se aproximou e a abraçou. Esse abraço durou mais do que qualquer outro, mas terminou cedo demais. Como ela podia deixá-lo ir? E ele, como poderia abandoná-la?

Os braços do pai se soltaram e ele a afastou.

— É só me telefonar, meu bem.

Contendo as lágrimas, odiando a própria fraqueza, Kylie acompanhou o conversível vermelho do pai ficando cada vez menor à medida que descia a rua. Precisando muito ficar sozinha em seu quarto, correu para dentro de casa. Mas então, lembrando-se, olhou para o outro lado da rua. Será que o soldado Dude já tinha desaparecido num passe de mágica, como costumava fazer?

Não. Continuava lá, observando, espionando. Deixando-a morta de medo e, ao mesmo tempo, muito irritada. Era por causa dele que Kylie tinha que ir à analista.

Então a sra. Baker, sua vizinha idosa, saiu para apanhar a correspondência. Sorriu para Kylie, mas nem sequer uma vez a velha bibliotecária reparou no soldado Dude bem ali, de pé em seu jardim, a menos de um metro de distância.

Muito estranho.

Tão estranho que um calafrio desceu por sua espinha, o mesmo calafrio que sentiu durante o funeral da avó.

O que estaria acontecendo?

Capítulo 2

Uma hora depois, Kylie desceu as escadas com a mochila nas costas e a bolsa no ombro.

A mãe a deteve na porta.

— Você está bem?

Como eu poderia estar bem?

— Vou sair — foi a única resposta de Kylie. Mais do que tinha conseguido dizer sobre a avó. Na ocasião, ela tinha notado o batom vermelho-brilhante que a funerária tinha aplicado no cadáver da avó. *Por que não tira essa droga da minha boca?*, Kylie quase a ouviu resmungar.

Assustada com esse pensamento, virou-se e olhou para a mãe.

A mãe viu a mochila de Kylie e uma ruga de preocupação apareceu entre seus olhos.

— Para onde está indo? — quis saber.

— Você disse que eu poderia passar a noite na casa da Sara. Ou estava ocupada demais queimando a cueca do papai para se lembrar disso?

A mãe ignorou a alusão ao churrasco de cueca.

— E o que as duas vão fazer à noite?

— Mark Jameson vai dar uma festa para comemorar o fim das aulas. — Não que Kylie tivesse a mínima intenção de se divertir. Graças ao fim do namoro com Trey e ao divórcio dos pais, seu verão tinha ido parar no vaso sanitário. E, do jeito que as coisas estavam indo, sem dúvida alguém passaria por lá e daria a descarga.

— Os pais dele vão estar em casa? — A mãe arqueou uma sobrancelha.

Kylie agitou-se por dentro, mas não deixou transparecer.

— Não é lá que sempre estão?

Tudo bem, era mentira. Quase nunca ia às festas de Mark Jameson justamente por aquele motivo — e era nisso que dava ser tão comportada. Agora precisava esfriar um pouco a cabeça.

Além do mais, a mãe também não tinha mentido quando o pai perguntou pela cueca?

— E se você tiver outro daqueles sonhos? — perguntou a mãe, tocando seu braço.

Um toquezinho de leve. Era tudo o que ganhava da mãe nos últimos tempos. Nada de abraços demorados, como os do pai. Nada de passeios juntas. Apenas indiferença e toques rápidos. Mesmo quando a avó materna morreu, a mãe não a abraçou — e Kylie, na ocasião, precisava muito de um abraço. Ao contrário, foi o pai que a abraçou e acabou ficando com uma mancha de maquiagem no paletó. Agora, papai e todos os seus paletós tinham ido embora.

Respirando fundo, Kylie fincou as unhas na bolsa.

— Avisei a Sara que talvez eu acorde gritando, com sede de sangue. Ela me garantiu que vai cravar um crucifixo de madeira no meu coração e me arrastar de volta pra cama.

— Acho melhor, então, você esconder as estacas antes de dormir. — A mãe tentava esboçar um sorriso.

— Farei isso. — Por um instante, lamentou deixar a mãe sozinha justamente no dia em que o pai foi embora. Bobagem. Ela ficaria bem. Nada abalava a Rainha do Gelo.

Antes de sair, Kylie olhou pela janela para se certificar de que não seria perseguida pelo cara de farda.

Achando que o terreno estava livre, cruzou a porta, esperando que a festa da noite a ajudasse a esquecer tudo de ruim que estava acontecendo em sua vida.

— Tome. Não precisa beber, é só segurar. — Sara Jetton colocou uma garrafa de cerveja na mão de Kylie e se afastou.

Dividindo o espaço com pelo menos trinta pessoas que se acotovelavam, todas falando ao mesmo tempo, na pequena sala de Mark Jameson, Kylie segurou firme a garrafa gelada. Conhecia da escola muitas daquelas pessoas. A campainha soou de novo. Sem dúvida, aquela era a festa mais quente da noite. E todos os outros alunos do colégio pensavam o mesmo. Jameson, o veterano cujos pais pareciam não se importar com nada que ele fizesse, dava algumas das melhores festas da cidade.

Dez minutos depois, ainda sem sinal de Sara, todo mundo começou a dançar. Pena que Kylie não estivesse animada. Olhou com desagrado para a garrafa que tinha nas mãos.

Alguém esbarrou nela, fazendo com que a cerveja espirrasse em seu peito e descesse pelo decote em V da blusa branca.

— Merda!

— Ai, foi mal! — apressou-se a dizer o desastrado, constrangido.

Kylie encarou os olhos castanhos e calmos de John e tentou sorrir. Pensar que estava sendo educada com um cara legal, que andava perguntando por ela na escola, tornava mais fácil o sorriso. Mas o fato de John ser amigo de Trey diminuía muito seu entusiasmo.

— Não foi nada — disse ela.

— Vou buscar outra pra você. — Parecendo nervoso, ele se afastou.

— Não precisa! — gritou Kylie; mas, em meio à música e ao alvoroço, ele não ouviu.

De novo, a campainha. Alguns garotos se afastaram e ela pôde ver a porta. Mais especificamente, Trey entrando pela porta. A seu lado — ou grudada nele — vinha a nova namorada, toda exibida.

— Maravilha. — Olhou em volta, pensando em como seria bom se teletransportar para o Taiti ou, melhor ainda, para casa, especialmente se seu pai estivesse lá.

Pela janela de trás, avistou Sara no quintal e correu para se juntar a ela.

Sara ergueu a cabeça. Devia ter percebido o pânico no rosto de Kylie, que chegava esbaforida.

— O que aconteceu?

— Trey e sua piranha estão aqui.

Sara franziu a testa.

— E daí? Vá paquerar alguém para deixá-lo com ciúmes.

Kylie revirou os olhos.

— Não quero ficar vendo Trey e essa vadia se esfregando.

— Eles estavam se esfregando? — perguntou Sara.

— Ainda não. Mas, quando toma uma cerveja, Trey só quer saber de enfiar a mão debaixo da blusa de uma garota. Sei disso porque fazia o mesmo comigo.

— Não esquenta — disse Sara, apontando para a mesa. — Gary trouxe *margaritas*. Tome uma e vai se sentir melhor.

Kylie mordeu o lábio para não gritar que não ia se sentir melhor. A vida dela já estava um caos.

— Escuta — continuou Sara. — Nós duas sabemos que só o que você tem a fazer para reconquistar Trey é agarrá-lo e ir lá pra cima com ele. Esse cara ainda te ama. Hoje mesmo perguntou de você quando saíamos da escola.

— Você sabia que ele viria? — A traição começava a abalar a pouca sanidade que ainda lhe restava.

— Claro que não. Mas relaxa.

Relaxar? Kylie olhou para sua melhor amiga e percebeu que as coisas entre elas tinham mudado muito nos últimos seis meses. Não porque Sara, ao contrário dela, adorasse festas ou tivesse perdido a virgindade. Bem, talvez fossem as duas coisas; mas havia mais.

Kylie suspeitava que Sara queria arrastá-la para festas regadas a muito álcool. Mas para quê, se ela achava que cerveja tinha gosto de xixi de cachorro? E não tinha nenhuma intenção de transar?

Tudo bem, não era bem assim: ela *queria* transar. Com Trey, ela ficou tentada, realmente tentada, mas se lembrou a tempo da conversa com Sara, quando decidiram que a primeira vez tinha que ser especial.

Então lembrou que Sara tinha cedido às "necessidades" de Brad — Brad, o amor de sua vida — e, depois de duas semanas de pegação, esse grande amor tinha dado no pé. O que havia de tão especial nisso?

Desde então, Sara tinha se envolvido com outros quatro carinhas e transado com dois. Agora, não dizia mais que sexo era especial.

— Ei, sei que está triste por causa dos seus pais — consolou-a Sara. — Mas, por isso mesmo, precisa relaxar e se divertir um pouco. — Arrumou os longos cabelos castanhos atrás das orelhas. — Vou buscar uma *margarita* pra você. Vai adorar.

Sara foi até a mesa, onde um grupo estava reunido. Kylie fez menção de acompanhá-la, mas deu de cara com o soldado Dude, que parecia mais assustador e esquisito que antes, junto ao bando de bebedores de *margarita*.

Kylie deu meia-volta, preparando-se para fugir, mas bateu de frente com o peito de um garoto... e mais cerveja, derramada da garrafa, escorreu por entre os seios dela.

— Que maravilha! Meus peitos vão ficar com cheiro de cervejaria.

— O sonho de todo homem — disse uma voz masculina. — Mas sinto muito.

Kylie reconheceu a voz de Trey antes mesmo de ver seus ombros largos e aspirar seu cheiro tipicamente masculino. Ignorando a dor que vê-lo tão perto lhe causaria, levantou os olhos.

— Não foi nada. John já fez isso antes.

Esforçou-se para não reparar nos cabelos castanhos de Trey caídos sobre a testa, em seus olhos verdes que pareciam hipnotizá-la, em sua boca que a tentava a inclinar-se e pressionar os lábios contra os dele.

— Então é verdade — suspirou ele.

— Como assim? — perguntou Kylie.

— Você e John estão juntos.

Kylie pensou em mentir. A ideia de fazê-lo sofrer lhe agradava. Agradava tanto que a fez se lembrar do joguinho idiota que seus pais vinham disputando ultimamente. Ah, não, ela não imitaria as criancices deles.

— Não estou com ninguém — disse, e começou a se afastar.

Ele a segurou. Aquele toque e o calor daquela mão em seu cotovelo enviaram ondas de agonia diretamente ao seu coração. Tão pertinho dele, seu cheiro bom e masculino a embriagava. Ah, meu Deus, como ela gostava daquele cheiro!

— Soube de sua avó — continuou Trey. — E Sara me contou que seus pais estão pensando em se divorciar. Lamento muito, Kylie.

Sentiu um bolo na garganta. Ela estava a ponto de desabar sobre o peito aconchegante de Trey e implorar para que a abraçasse. Nada, no momento, seria melhor que os braços de Trey em volta dela; mas então viu a garota, o brinquedinho sexual dele, aproximando-se com duas garrafas de cerveja nas mãos. Em menos de cinco minutos, Trey estaria enfiando a mão na sua calcinha. E, observando a blusa curtíssima e a saia minúscula que a garota exibia, ele não teria muito trabalho.

— Obrigada — murmurou Kylie, indo para junto de Sara. Felizmente, o soldado Dude chegou à conclusão de que *margaritas* não faziam seu gênero e foi embora.

— Tome — disse Sara, tirando a cerveja das mãos de Kylie e substituindo-a por um copo de *margarita*.

O copo parecia mais frio do que o normal. Kylie inclinou-se um pouco e sussurrou:

— Viu por aí, há um minuto, um sujeito esquisito? Fantasiado de militar?

Sara fitou Kylie com um olhar de interrogação.

— Quanto dessa cerveja você já bebeu? — Sua gargalhada encheu o ar da noite.

Kylie apertou o copo gelado com mais força. Talvez estivesse mesmo ficando maluca. Misturar álcool com aquela situação absurda não devia ser uma boa ideia.

Uma hora mais tarde, quando três policiais de Houston entraram no quintal e puseram todos em fila diante do portão dos fundos, Kylie ainda tinha a mesma *margarita* intacta nas mãos.

— Vamos lá, garotada — disse um dos guardas. — Quanto mais cedo chegarmos à delegacia, mais depressa seus pais aparecerão para levá-los embora.

E foi então que Kylie não teve mais dúvidas: sua vida havia se tornado de fato uma merda. E alguém tinha dado a descarga.

— Onde está o meu pai? — perguntou Kylie à mãe quando ela entrou na delegacia. — Eu chamei o meu pai.

É só me telefonar, meu bem. Não foi o que ele disse? Então por que não estava ali para levá-la embora?

Os olhos verdes da mãe se apertaram um pouco.

— Ele me pediu pra vir.

— Eu queria o papai — insistiu Kylie. Precisava dele; seus olhos se encheram de lágrimas. Precisava de um abraço. Precisava de alguém que a compreendesse.

— Nem sempre temos tudo o que queremos, principalmente quando... Meu Deus, Kylie, como foi fazer isso?

Kylie enxugou as lágrimas do rosto.

— Eu não fiz nada. Não te contaram? Andei em linha reta pra provar que não estava bêbada. Fiz mais um teste de equilíbrio e disse o abecedário de trás pra frente. Não fiz nada.

— Acharam drogas lá — insinuou a mãe.

— Não usei drogas.

— E sabe o que *não* acharam lá, senhorita? — prosseguiu a mãe, com o dedo em riste. — Pais. Você mentiu pra mim.

— Talvez eu tenha puxado a você — disse Kylie, ainda remoendo o pensamento de que o pai não tinha ido buscá-la. Ele devia saber o quanto ela estava aborrecida. Por que não foi buscá-la?

— O que você quer dizer com isso, Kylie?

— Você disse ao papai que não sabia o que tinha acontecido com a cueca dele. Mas tinha acabado de queimá-la na grelha.

A culpa invadiu os olhos da mãe e ela balançou a cabeça.

— A dra. Day está certa.

— O que a minha analista tem a ver com o que aconteceu hoje à noite? — indagou Kylie. — Não vá me dizer que a chamou. Deus do céu, mãe, se ela aparecer aqui, na frente dos meus amigos...

— Não, ela não vai aparecer. Mas não me refiro apenas a esta noite. — Respirou fundo. — Não posso fazer isso sozinha.

— Fazer sozinha o quê? — perguntou Kylie, com uma sensação ruim no estômago.

— Vou mandá-la para um acampamento de verão.

— Que acampamento? — exclamou Kylie, apertando a bolsa contra o peito. — Não, não quero ir pra acampamento nenhum.

— O que você quer não interessa. — Empurrou Kylie na direção da porta de saída. — Interessa é aquilo de que precisa. É um acampamento pra jovens problemáticos.

— Problemáticos? Você pirou de vez? Eu não tenho problemas — insistiu Kylie. Bem, não do tipo que um acampamento pudesse resolver. Ir para um lugar desses não traria o pai de volta, não faria o soldado Dude sumir e não faria Trey voltar com ela.

— Não têm problemas? Então por que estou aqui nesta delegacia, perto da meia-noite, tirando minha filha de 16 anos da cadeia? Sim, você irá para o acampamento. Vou fazer sua inscrição amanhã mesmo. Sem discussão.

Não vou. Ficou repetindo a frase para si mesma enquanto saíam da delegacia.

A mãe podia estar maluca, mas não o pai. Ele de maneira nenhuma deixaria que a mãe a enviasse para um acampamento cheio de delinquentes juvenis. Não deixaria.

Ou deixaria?...

Capítulo 3

Três dias depois, Kylie, de mala na mão, viu-se no estacionamento da ACM, onde vários ônibus do acampamento recolhiam os delinquentes juvenis. Não podia acreditar que estava ali.

A mãe tinha conseguido.

E o pai tinha deixado.

Kylie, que só bebia uns dois golinhos de cerveja, que nunca havia realmente fumado um cigarro — e muito menos um baseado —, estava prestes a ser despachada para um acampamento para adolescentes problemáticos.

A mãe tocou seu braço.

— Acho que estão chamando você.

Não poderia haver um jeito mais rápido de a mãe se livrar dela. Kylie evitou o toque, irritada e tão magoada que já nem sabia o que fazer. Tinha pedido, implorado, chorado — nada funcionou. Iria para o acampamento. Odiava a ideia, mas não tinha outra escolha.

Sem dizer uma palavra à mãe e jurando que não choraria na frente de tantas pessoas, Kylie endireitou o corpo e caminhou para o ônibus atrás da mulher que empunhava uma placa onde se lia: ACAMPAMENTO SHADOW FALLS.

Droga. Para que tipo de buraco estava sendo levada?

Quando entrou no ônibus, os oito ou nove adolescentes que já estavam lá ergueram a cabeça e olharam para ela. Sentiu uma coisa estranha no peito e os calafrios surgiram novamente. Nunca, em seus dezesseis anos de vida, quis tanto dar meia-volta e sair correndo.

Fez um esforço para se conter e encarou... *meu Deus, o que era aquilo?*

Uma garota tinha pintado os cabelos de três cores diferentes: rosa, preto e verde-limão. Outra só usava preto — batom preto, sombra preta, calça preta e camisa de mangas compridas preta. O estilo gótico não tinha saído de moda? Onde aquela garota se inspirou para se vestir daquele jeito? Não sabia que as cores vibrantes estavam em alta? Que o azul era o novo preto?

E havia o carinha sentado bem na frente do ônibus. Tinha *piercings* nas duas sobrancelhas. Kylie olhou pela janela para ver se a mãe continuava lá. Sem dúvida, se ela lançasse um olhar para aquelas figuras, saberia que Kylie estava no lugar errado.

— Sente-se — disse alguém às suas costas.

Kylie virou-se e viu que era a motorista. Embora não tivesse reparado antes, percebeu que ali até a motorista era esquisita. Seus cabelos grisalhos tingidos de violeta pareciam um capacete de futebol americano. Não que Kylie a censurasse por deixar as mechas espetadas alguns centímetros. A mulher era baixinha. Nanica. Kylie olhou para seus pés, quase esperando dar com botas verdes de duende. Mas não, nada de botas de duende.

Olhou para a frente do ônibus. Como aquela mulherzinha conseguia dirigir?

— Vamos, Vamos — disse a nanica. — Tenho que deixar vocês lá na hora do almoço, portanto vá andando.

Como todos os outros já estavam sentados, Kylie supôs que a mulher estivesse falando com ela. Deu alguns passos pelo corredor do ônibus, sentindo que sua vida jamais seria a mesma.

— Pode se sentar aqui comigo — disse uma voz. O garoto tinha cabelos loiros encaracolados, mais loiros até que os de Kylie, mas os olhos eram tão escuros que pareciam pretos. Deu um tapinha no assento vazio ao lado. Kylie tentou não olhar muito, mas aquela estranha combinação de claro/escuro era irresistível. Então o garoto arqueou as sobrancelhas como se... como se o fato de ela se sentar ao seu lado significasse que poderiam transar ou coisa parecida.

— Obrigada. — Kylie deu mais alguns passos, arrastando a mala, que se prendeu na fileira de assentos onde estava o garoto. Ela se virou para puxá-la.

Seu olhar se cruzou com o dele e Kylie conteve a respiração. O loiro agora tinha... olhos verdes! Olhos verdes brilhantes, muito brilhantes. Como aquilo era possível?

Engoliu em seco e observou as mãos dele. Talvez estivesse segurando uma caixinha de lentes de contato, que acabara de trocar. Nenhuma caixinha.

O jovem arqueou de novo as sobrancelhas e, quando ela percebeu que estava olhando para ele, procurou se apressar para desprender a mala.

Passado o calafrio, seguiu para assento que ela mesma tinha escolhido. Antes de se sentar, notou outro garoto atrás, sozinho. Esse tinha cabelos castanho-claros, repartidos de lado e descendo quase até as sobrancelhas escuras e os olhos verdes. Olhos verdes normais, mas a camiseta azul-clara do garoto os realçava.

Acenou com a cabeça para Kylie. Nada de muito esquisito, graças a Deus. Pelo menos, havia uma pessoa normal perto dela no ônibus.

Já sentada, olhou novamente para o carinha loiro. Mas ele não estava olhando para ela, por isso Kylie não pôde ver se a cor de seus olhos tinha ficado diferente de novo. Mas então reparou que a garota do cabelo tricolor tinha alguma coisa nas mãos.

Conteve mais uma vez a respiração. A garota segurava um sapo. Não uma rã — uma rã ainda seria admissível —, mas um sapo. Um sapo horroroso e coaxante. Que tipo de menina pintava os cabelos de três cores e levava um sapo para um acampamento? Que droga, talvez fosse um daqueles sapos com alucinógeno na pele, que as pessoas lambem para ficar doidonas. Tinha ouvido falar deles num seriado de crimes idiota da televisão, mas sempre achou que fosse bobagem. Não sabia o que era pior: lamber um sapo para ficar doidona ou carregar um sapo por aí só para parecer extravagante.

Colocando a mala no assento vazio do lado, para que ninguém se sentisse tentado a ocupá-lo, Kylie suspirou fundo e olhou pela janela. O ônibus ia muito rápido, embora ela não imaginasse como a motorista conseguia alcançar os pedais.

— Sabe como chamam quem vai para o nosso acampamento? — A voz vinha do lado do assento onde estava a garota com o sapo.

Kylie supôs que não era com ela, mas ainda assim virou a cabeça. Como a garota olhava diretamente para o seu rosto, achou que tinha se enganado.

— Quem? — perguntou Kylie, tentando não parecer nem muito simpática nem muito antissocial. A última coisa que queria era irritar aquelas aberrações.

— Os caras que vão para os outros acampamentos. São seis acampamentos num raio de cinco quilômetros em Fallen. — Com as duas mãos, ela repuxou os cabelos tricolores para a nuca e os manteve assim por alguns segundos.

Kylie notou então que a garota não estava mais com o sapo. E não havia por perto nenhuma caixa ou coisa semelhante onde ela pudesse ter guardado o bicho.

Era só o que faltava. Dali a pouco um sapo com a pele cheia de alucinógenos poderia saltar em seu colo num piscar de olhos. Não que os sapos a matassem de medo ou coisa assim. Só não queria que pulassem em cima dela.

— De "osso duro de roer" — disse a garota.

— Por quê? — Kylie acomodou os pés na beira do assento, no caso de algum sapo aparecer saltitante por ali.

— O acampamento antes se chamava Bone Creek, que significa Riacho dos Ossos — explicou a garota —, por causa de uns ossos de dinossauro que acharam no local.

— Ah — interrompeu o carinha loiro —, também nos chamam de "osso duro"...

Ouviram-se risinhos maliciosos nos outros assentos.

— Qual é a graça? — resmungou a garota de preto num tom tão irritado que Kylie estremeceu.

— Não sabe o que é ter o osso duro? — continuou o Loirinho. — Então vem cá que eu te explico.

Quando ele se virou, Kylie viu de novo seus olhos. Mãe do Céu! Estavam dourados, da cor dos olhos de um felino. Lentes de contato "radicais", sem dúvida. Só lentes poderiam produzir um efeito daqueles.

A Garota Gótica se levantou como se fosse sentar ao lado do loiro.

— Não faça isso — disse a Garota do Sapo, sem o sapo, levantando-se também e cruzando o corredor até a Garota Gótica, para sussurrar alguma coisa em seu ouvido.

— Que merda! — A Garota Gótica voltou a se sentar. Em seguida, olhou para o Loirinho e lhe apontou uma unha pintada de preto. — Nem pense em me aborrecer. Como coisas maiores que você na calada da noite.

— Alguém aí falou em calada da noite? — A voz vinha dos fundos do ônibus.

Kylie se virou para ver de quem era a voz.

Outra garota, em quem Kylie não tinha reparado, levantou-se. Tinha cabelos muito pretos e usava óculos de sol quase da mesma cor. Sua pele é que a fazia parecer anormal. Pálida. Sem cor.

— Vocês sabem por que mudaram o nome do acampamento para acampamento Shadow Falls? — perguntou a Garota do Sapo.

— Não — disse alguém na frente do ônibus.

— Por causa da lenda indígena de que, no crepúsculo, se você ficar de pé debaixo da cachoeira, pode ver as sombras dos anjos da morte dançando.

Anjos da morte dançando? Que havia de errado com aquela gente?

Kylie agitou-se no assento. Seria um pesadelo? Talvez parte de seus terrores noturnos? Afundou-se no estofamento macio e tentou acordar dos sonhos do jeito que a dra. Day tinha ensinado.

Concentração. Concentração. Inspirou fundo pelo nariz e expirou pela boca — cantarolando baixinho, ao mesmo tempo, *É apenas um sonho, não é real, não existe.*

Ou não estava dormindo ou sua concentração tinha embarcado no ônibus errado. Preferia muito mais sonhar num ônibus diferente. Ainda incapaz de acreditar nos próprios olhos, começou a observar os outros passageiros. O Loirinho se virou para ela e suas pupilas eram negras de novo.

De arrepiar. Ninguém mais ali percebia que aquilo não era normal?

Virando-se de novo no assento, olhou para o garoto que havia considerado o mais normal de todos. Seus suaves olhos verdes, que lembravam os de Trey, encontraram-se com os dela. Em seguida, ele encolheu os ombros. Kylie não sabia exatamente o que significava o gesto, mas de fato o garoto não parecia nada esquisito — o que, de certo modo, o tornava tão esquisito quanto os demais.

Kylie se recostou no banco e, tirando o celular da bolsa, começou a digitar uma mensagem para Sara. *Me ajude! Enfiada num ônibus cheio de monstros. Monstros de verdade!*

Kylie recebeu a resposta de Sara quase imediatamente: *Não, você é que precisa me ajudar. Acho que estou grávida.*

Capítulo 4

— Que droga! — Kylie olhou novamente para a mensagem de texto imaginando que ela fosse desaparecer ou esperando que uma "brincadeirinha" fosse aparecer num passe de mágica no final. Nada desapareceu nem apareceu. Não era uma brincadeirinha.

Mas espere um pouco. Sara não podia estar grávida. Isso não acontecia com garotas como ela. Garotas espertas... garotas que... Ah, bobagem! Isso acontece com qualquer garota que transa sem camisinha. Ou transa com camisinha vagabunda.

Como poderia esquecer aquele filminho da escola que a mãe lhe recomendou? Ou os folhetos que a mãe tinha levado para casa e, sem nenhuma cerimônia, deixado sobre o travesseiro de Kylie como se fossem biscoitinhos para a hora de dormir?

Um balde de água fria. Kylie voltava para casa depois de um dos encontros mais quentes com Trey, querendo reviver o melhor dos beijos excitantes e das carícias ousadas, apenas para se deparar com estatísticas de gravidez e doenças venéreas indesejadas. E a mãe sabia que Kylie só dormia depois de ler um pouco. Naquela noite, não houve doces sonhos.

— Más notícias? — perguntou alguém.

Kylie ergueu a cabeça e viu a Garota do Sapo ocupando o assento vizinho do outro lado do corredor, com as pernas junto ao peito e o queixo sobre os joelhos.

— Hum... sim... não. Quer dizer... — Queria dizer que aquilo não era da conta dela, mas ser grossa nunca foi seu forte. Bem, a menos que a pessoa realmente pisasse nos seus calos, calos que sua mãe parecia conhecer muito bem. Sara tinha dado à incapacidade de Kylie de ser mal-educada o nome de síndrome da "boa moça". A mãe chamaria de boas maneiras; mas, como era mestra em causar reações explosivas em Kylie, achava que a filha tinha lá suas falhas nesse departamento.

Kylie fechou apressadamente o celular para o caso de a Garota do Sapo ter uma visão aguçada demais. Mas concluiu que devia se preocupar mais com a visão aguçada do carinha loiro, com seus... Virou-se para o lado dele — e ele a olhava com olhos... azuis! Bem, pelo menos uma coisa estava clara: nada ali poderia ficar mais esquisito do que já era.

— Sério, não é nada — disse, forçando-se a olhar para a Garota do Sapo sem reparar em seus cabelos multicoloridos. O ônibus freou de repente e a mala de Kylie caiu no chão. Ciente de que o loiro continuava de olho e com receio de que o assento vazio fosse um convite para ele se aproximar, apressou-se a recolocar a mala na poltrona.

— Meu nome é Miranda — sorriu a garota. Kylie notou então que, tirando o cabelo e o sapo de estimação, ela parecia bem normal.

Kylie se apresentou, olhando rapidamente para confirmar que não havia ali nenhum sapo.

— É a sua primeira vez em Shadow Falls? — perguntou Miranda.

Kylie assentiu com a cabeça.

— A sua também? — Fez a pergunta por mera educação e olhou de novo para o celular, que ainda apertava contra a barriga. Precisava responder à mensagem de Sara, dizendo... meu Deus, o que iria dizer a Sara? O que é que se diz à melhor amiga depois de ouvir que ela talvez esteja...

— Não, esta é minha segunda vez. — Miranda puxou os cabelos para cima e os enrolou no alto da cabeça. — Não sei por que me querem de volta lá. A primeira vez não me ajudou em nada.

Kylie desistiu de redigir mentalmente o texto e fixou os olhos castanhos da garota — olhos que ainda não haviam mudado de cor. Curiosa, perguntou, quase gaguejando:

— E como... como é lá? O acampamento, quero dizer. Não me diga que é uma droga.

— Não chega a ser terrível. — Soltou os cabelos, que desabaram em volta de sua cabeça como ondas negras, rosa e verde-limão. Em seguida, olhou para o fundo do ônibus, onde a garota pálida, agora de pé, inclinava-se para a frente como se estivesse ouvindo algo. — Quer dizer, se você não tem medo de ver sangue — completou, num sussurro.

Kylie deu um sorrisinho, esperando sem muita convicção que Miranda fizesse o mesmo. Mas não. Miranda nem sequer moveu os lábios.

— Você está brincando, né? — O coração de Kylie deu cambalhotas no peito.

— Não, não estou, não — garantiu ela, muito séria. — Mas talvez tenha exagerado um pouco.

Alguém limpou a garganta tão alto que o som ecoou pelo ônibus. Kylie olhou para a frente e deu com a motorista espiando pelo retrovisor. Kylie teve a estranha sensação de que o alvo daquele olhar eram ela e Miranda.

— Pare com isso! — exclamou Miranda em voz baixa, tapando os ouvidos com as mãos. — Eu não te convidei!

— Parar com o quê? — perguntou Kylie. O comportamento bizarro da garota fez com que ela se afastasse um pouco. — Não me convidou para o quê?

Miranda não respondeu; correu para a frente do ônibus e voltou em seguida.

Então Kylie chegou à conclusão de que estava errada: errada na conclusão de que as coisas não podiam piorar.

Podiam, sim. E pioraram.

Não chega a ser terrível. Quer dizer, se você não tem medo de ver sangue. As palavras de Miranda vibravam como música de filme de terror na cabeça de Kylie. Certo, a garota admitiu ter exagerado; mas, convenhamos, mesmo um pouquinho de sangue já é demais. *Para que espécie de inferno minha mãe está me mandando?*, perguntou a si mesma, talvez pela centésima vez desde que entraram no ônibus.

Nesse momento seu celular tocou e um texto apareceu na tela. Sara, de novo. *Por favor, não diga nada... você já disse.*

Kylie deixou de lado seus próprios problemas para pensar somente na melhor amiga. Os últimos meses talvez tivessem sido ruins, mas as duas eram amigas desde o quinto ano. Sara precisava dela.

Começou a digitar. *Fl sério, nem pensei nisso! Não sei o q dizer. Vc tá ok? Seus pais sabem? Vc sabe quem é o pai?* Deletou a última pergunta. Sara sabia quem era o pai, é claro. Um dos três garotos, obviamente. A menos que tivesse mentido sobre o que tinha feito com os dois últimos namorados.

Ah, meu Deus, Kylie só conseguia pensar na melhor amiga. Mesmo considerando as terríveis circunstâncias em que se encontrava — o divórcio dos pais, a morte da avó e a perspectiva de ficar acampada com um bando de gente esquisita no "sangrento" Shadow Falls —, a situação de Sara era pior.

Dali dois meses, por pior que pudessem estar as coisas, Kylie estaria de novo em casa. Então, esperava, já teria superado o choque de perder o pai e a avó. Além disso, no fim do verão, talvez o soldado Dude não mais se interessasse por ela, desaparecendo para sempre. Mas, em dois meses, Sara estaria com a barriga do tamanho de uma bola de basquete.

Será que Sara voltaria para a escola? Nossa!, isso ia ser bem constrangedor. Para Sara, aparência era... tudo. Se sombra azul estivesse na moda, podia apostar que Sara apareceria com sombra azul antes do final da semana. Caramba, ela perdeu vários dias de aula só porque uma espinha apareceu na ponta do seu nariz! Não que Kylie gostasse de ir à escola com uma espinha gigante na cara, mas, fala sério, uma espinhazinha todo mundo tem de vez em quando.

Mas grávida nem todo mundo fica.

Kylie mal podia imaginar o que Sara estaria enfrentando.

Releu o texto, acrescentou um coraçãozinho e enviou. Enquanto aguardava a resposta de Sara, concluiu que nunca tinha se sentido tão feliz quanto agora por não ter transado com Trey.

— Dez minutos para ir ao banheiro — anunciou a motorista do ônibus.

Kylie ergueu os olhos do celular e viu a loja de conveniência. Não estava apertada, mas, como não sabia quanto tempo ainda duraria a viagem, guardou o celular na bolsa e se levantou para seguir os demais.

Mal deu dois passos e alguém a segurou pelo braço. Uma mão gelada. Kylie estremeceu e se virou.

A garota pálida olhava fixamente para ela. Ou, pelo menos, foi o que imaginou. Com aqueles óculos de sol quase pretos não dava para ter certeza.

— Você está quente — disse a garota, como que surpresa.

— E você está fria — retrucou Kylie, soltando o braço.

— Nove minutos — insistiu a motorista com voz firme, apressando Kylie.

Desceu do ônibus, sentindo o olhar da Garota Pálida às suas costas. Aberrações. Teria de aguentar aquelas aberrações durante todo o verão.

Aberrações geladas. Tocou o braço no lugar onde a garota o segurara e podia jurar que o frio continuava lá.

Cinco minutos depois, bexiga vazia, voltava para o ônibus quando viu dois garotos comprando bebidas. A Garota Gótica virou-se para ela, no começo da fila. Então o cara dos *piercings*, que se sentava na frente, passou bem perto de Kylie sem dizer uma palavra. Kylie resolveu comprar chicletes e, depois de encontrar seu sabor favorito, entrou na fila. Ao ouvir alguém se aproximando às suas costas, voltou-se para ver se era a Garota Pálida de novo. Não, era o garoto dos fundos, o de suaves olhos verdes e cabelos castanhos. O que lembrava Trey.

Seus olhares se encontraram.

E ficaram assim por algum tempo.

Kylie não sabia muito bem por que ele a fazia se lembrar de Trey. Sem dúvida os olhos eram parecidos, mas havia algo mais. Talvez o modo como a camiseta caía sobre os ombros e aquele ar de... distanciamento. Trey não tinha sido a pessoa mais fácil que ela conhecera. Se os dois não tivessem sido escolhidos para ser parceiros de laboratório na aula de ciência, muito provavelmente jamais teriam namorado.

Alguma coisa naquele garoto também parecia difícil de entender. Especialmente porque ele nunca falava. Kylie já ia lhe dando as costas quando ele arqueou as sobrancelhas numa espécie de saudação breve. Seguindo seu exemplo, arqueou também as suas e só então se virou.

Logo adiante, Miranda e a Garota Pálida conversavam junto à porta, olhando diretamente para Kylie.

Estariam tramando algo contra ela?

— Só me faltava essa — murmurou.

— Estão apenas curiosas — sussurrou uma voz tão perto de seu ouvido que ela sentiu o calor das palavras no pescoço.

Olhou por cima do ombro. Assim tão de perto, podia ver realmente seus olhos e descobriu que tinha se enganado. Não eram os olhos de Trey. Esse garoto tinha pequenas estrias douradas em volta das pupilas.

— Curiosas a respeito de quê? — perguntou Kylie, procurando não encará-lo.

— De você. Estão curiosas para saber quem você é. Talvez, se se abrisse um pouco mais...

— Se eu me abrisse? — Essa é boa. Vinha se esforçando para se convencer de que ele era normal e agora o garoto começava a agir como se fosse ela a antissocial. — As únicas pessoas que falaram comigo foram o loiro, Miranda e a outra, e tratei todos bem.

O garoto arqueou para ela a outra sobrancelha. E, por algum motivo, aquilo a irritou.

— Você tem um tique nervoso ou coisa parecida? — perguntou e logo mordeu a língua. Talvez estivesse superando a síndrome da "boa moça". Sara ficaria orgulhosa. Já a mãe... bem, nem tanto.

A mãe.

A imagem da mãe de pé no estacionamento cruzou o cérebro de Kylie.

— Acho que você não sabe... — prosseguiu ele. Seus olhos se arregalaram, fazendo com que as estrias douradas parecessem faiscar.

— Não sei o quê? — perguntou Kylie, mas toda a sua mente estava concentrada na mãe. No fato de ela nem sequer ter-lhe dado um abraço de despedida. Como pôde fazer isso com a filha? Por que seus pais haviam decidido se separar? Por que coisas assim tinham que acontecer? O nó na garganta que ela tanto conhecia começou a se formar.

O garoto olhou para a porta e, acompanhando seu olhar, Kylie constatou que Miranda e a Garota Pálida ainda estavam lá. Os três já teriam frequentado o acampamento? Eram amiguinhos e ela a grande novidade do dia? A novata de quem iam pegar no pé?

A mulher do caixa resmungou:

— E, então, vai pagar os chicletes?

Kylie se virou, depositou o dinheiro no balcão e saiu sem pegar o troco. Passou de queixo erguido por Miranda e a outra garota, sem piscar. Não piscou com receio de que o tremor das pálpebras abrisse caminho para as lágrimas.

Não que a atitude arrogante daqueles caras a fizesse querer chorar. Queria chorar por causa da mãe, do pai, da avó, de Trey, do soldado Dude e, agora, de Sara. Pouco importava se aquelas aberrações gostassem dela ou não.

Capítulo 5

Uma hora depois, o ônibus entrava num estacionamento. Kylie avistou a placa "Shadow Falls" logo adiante. O medo fez seu estômago se contrair. Olhou em volta, quase surpresa por não ver cercas de arame e um portão com cadeado. Afinal, os hóspedes eram considerados adolescentes "problemáticos".

Ouviu o motor sendo desligado. A motorista saltou do banco e estirou os bracinhos curtos sobre a cabeça. Kylie ainda não sabia como ela alcançava os pedais.

— Somos o último ônibus a chegar, minha gente — disse a baixinha. — Estão todos esperando no refeitório. Deixem suas coisas no ônibus que alguém irá levá-las para suas cabanas.

Kylie olhou para sua mala. Não tinha posto etiqueta. Como saberiam que era dela? Resposta fácil: não saberiam. Droga, se levasse a bagagem com ela correria o risco de arranjar encrenca por não seguir as regras; se não levasse, poderia perder todas as suas roupas.

Não, as roupas ela não perderia. Pegou a mala.

— Eles levam pra você — disse Miranda.

— Não tem meu nome — explicou Kylie, tentando não ser rude.

— Eles vão descobrir. Vai por mim — garantiu Miranda, querendo ser simpática.

Mas Kylie iria acreditar nela? *Claro que não.*

De repente, o garoto de olhos verdes parecido com Trey avançou pelo corredor.

— Pode acreditar — disse.

Kylie o encarou. Não punha fé em Miranda, mas algo naquele garoto inspirava confiança. Ele vasculhou os bolsos, tirou dali algumas moedas e as colocou nas mãos de Kylie.

— Com licença — disse a Garota Gótica, passando à frente de Miranda.

Kylie olhou para as moedas.

— Seu troco da loja. — O garoto lhe fez sinal para que passasse na frente dele no corredor.

Kylie pôs o dinheiro na bolsa e se dirigiu para a saída. Os passos dele vinham logo atrás. Estava bem atrás dela. Sentia-o se aproximar cada vez mais, tocando-a com o ombro.

— Ah, se me permite, meu nome é Derek.

Atenta àquela voz profunda atrás de si, não viu o Loirinho saltar para o corredor. Caminhando a passos curtos, concluiu que tinha duas chances. Avançar até o Loirinho ou recuar para Derek. Escolha fácil: as mãos de Derek pegaram-na pelos braços e seus dedos pressionaram sua pele nua logo acima dos pulsos.

Ela olhou por cima do ombro e seus olhares se encontraram.

Ele sorriu.

— Está tudo bem?

Sorriso maravilhoso. Como o de Trey. O coração de Kylie deu um pequeno salto. Meu Deus, ela tinha perdido Trey!

— Está, sim. — Afastou-se, mas não sem antes sentir bem o toque quente de Derek. Por que aquilo parecia importante, não sabia; mas o toque gelado da garota pálida havia deixado uma impressão igualmente estranha.

Saíram do ônibus e se encaminharam para uma vasta estrutura semelhante a um grande galpão. Antes de entrar, ela ouviu uma espécie de rugido. Como o de um leão. Parou para ouvir de novo e Derek se aproximou.

— É melhor entrar — aconselhou ele num sussurro.

O estômago de Kylie se revirou de medo. Ao ultrapassar a soleira, sentiu que, de algum modo, sua vida mudaria para sempre.

Cerca de cinquenta ou sessenta pessoas enchiam o enorme salão do refeitório com suas grandes mesas de piquenique paralelas umas às outras. No ar, um cheiro de carne de porco com feijão e hambúrgueres fritos. Alguns jovens estavam sentados, outros de pé.

Havia ali alguma coisa estranha, fora de lugar. Depois de um minuto, Kylie descobriu o que era. O silêncio. Ninguém falava. Se aquela fosse a lanchonete da sua escola, Kylie não conseguiria ouvir nem sequer o que estivesse pensando. E era o que todos pareciam estar fazendo: pensando.

Um olhar rápido para a multidão convenceu Kylie mais uma vez de que estava no lugar errado. Havia por ali muito do que sua mãe chamaria de "indícios de rebelião". Kylie também se rebelava, é certo. Mas fazia isso de maneira menos ostensiva: não com roupas ou coisa parecida e sim com o seu ambiente. Como quando ela e Sara tinham pintado seu quarto de roxo, sem permissão. A mãe surtou.

Já para aqueles jovens não bastava pintar quartos, eles exibiam sua rebeldia às claras. Por exemplo, Miranda com seus cabelos coloridos ou o garoto do ônibus com suas argolas no nariz e *piercings*. Observando bem o local, Kylie percebeu dois caras tatuados e de cabeças raspadas. E havia mais gente com trajes góticos. Sem dúvida, o preto não tinha saído de moda entre os adolescentes perturbados.

Uma sensação ruim deslizou pela espinha de Kylie. Talvez tivesse convivido com Sara por tempo demais, mas a verdade era que, obviamente, não pertencia àquele lugar. Mas, ao contrário de Sara, não fazia nenhuma questão de se entrosar com aquela gente.

Dois meses. Dois meses. Repetia para si mesma essas palavras como uma ladainha. Em dois meses, estaria longe dali.

Kylie seguiu o Loiro até uma mesa vazia nos fundos. E ao chegar, constatou que todos os seus companheiros de viagem haviam se reunido. Não é que se sentisse parte do grupo; nem sequer tinha olhado para alguns deles — mas, convenhamos, mais vale um esquisitão conhecido do que um desconhecido.

Subitamente, Kylie sentiu que as pessoas se viravam para olhá-la. Ou para olhar todo mundo? Os novatos estavam em exposição. Os olhares do grupo se transformaram numa série de espiadelas frias com íris de cores diferentes, mas expressões semelhantes e muito franzir de sobrancelhas.

Perplexa, olhou para Derek, depois para Miranda e até para a Garota Pálida e o Loirinho. Eles também estavam olhando para ela. Franziu a testa. Não de maneira grotesca nem tão espalhafatosa quanto Sara ao revirar os olhos e franzir a testa, apenas uma ligeira contração.

Como Derek tinha feito na loja de conveniência.

O que estava acontecendo com as sobrancelhas daquela gente?

Observando de novo a multidão e esforçando-se para não baixar a cabeça, procurou encará-los. Ia enfrentá-los. Não queria ser a coitadinha. Aquela que sempre ficava por baixo. E se isso a tornava parecida com Sara, que fosse.

— Parece que estamos todos aqui — disse uma voz feminina lá na frente.

Kylie tentou descobrir o rosto por trás da voz, mas seu olhar se chocou com outro — um olhar frio, brilhante, vindo de uns olhos azuis que de algum modo se destacavam do resto. Tentando não se fixar só nos olhos, Kylie reparou nos cabelos pretíssimos do garoto. Eram daquela cor mesmo, lembrava-se.

Lembrava-se dele.

Lembrava-se... do seu gato.

— Não pode ser — murmurou baixinho.

— O que é que não pode ser? — perguntou Derek.

— Nada. — Kylie se obrigou a olhar para a frente, onde a mulher falava como se estivesse cantarolando.

— Bem-vindos ao Acampamento Shadow Falls. Nós...

A mulher, provavelmente na casa dos vinte anos, tinha longos cabelos ruivos que chegavam quase até a cintura. Vestia calça jeans e camiseta amarela berrante. A seu lado, estava outra mulher mais ou menos da mesma idade, mas, Deus do céu, era gótica! Toda de preto. Até os olhos pareciam pretos. Alguém ali devia, realmente, assinar uma ou duas revistas de moda.

Kylie observou a Garota Gótica do ônibus — que, por sua vez, observava a Mulher Gótica com admiração.

— Meu nome é Holiday Brandon e esta é Sky Peacemaker.

Nesse momento a porta se abriu e dois homens entraram. Tinham todo o jeito de ser advogados ou de alguma outra profissão séria que exigia trajes escuros.

Kylie notou que as duas mulheres, lá na frente, estremeceram ao ver os visitantes. Teve a impressão de que aqueles dois não eram esperados. De que nem sequer eram bem-vindos.

Sky, a líder gótica, adiantou-se e levou os recém-chegados para fora, enquanto Holiday continuava com sua voz cantarolante:

— Muito bem. Primeiro, vamos separar os novatos dos veteranos. Quem já esteve aqui antes vá lá para fora. Vocês encontrarão assistentes com seus horários e os números das cabanas. Como sempre, as regras estão expostas em todos os alojamentos. Esperamos que as leiam. E que uma coisa fique clara desde já: não vamos trocar ninguém de cabana. Vocês estão aqui para obedecer e farão isso. Se surgir algum problema sério, falem comigo ou com a Sky; discutiremos o assunto, mas não antes de 24 horas. Perguntas?

Alguém da frente levantou a mão.

— Sim — uma voz feminina ecoou pela sala —, quero perguntar uma coisa.

Kylie se inclinou para a direita a fim de ver a garota. Esta, outra gótica, virou-se para Kylie.

— Não tem nada a ver com as regras, mas... gostaria de saber quem é essa garota.

E apontou... diretamente para a mesa onde Kylie estava. Seria para Kylie? Não, não podia ser.

Mas, que droga, era! Ela estava apontando diretamente para Kylie.

— Merda! — sussurrou, enquanto uns sessenta pares de olhos se voltavam ao mesmo tempo para encará-la.

Capítulo 6

— Relaxe — disse Derek em voz tão baixa que, Kylie teve certeza, ninguém mais ouviu. Nem mesmo ela tinha conseguido ouvir direito por causa das batidas do seu próprio coração.

— As apresentações serão feitas na hora do almoço — disse uma voz feminina. Kylie achou que era Holiday de novo, mas não tinha certeza. Todos continuavam olhando. Olhando para ela. Sua mente e seu coração dispararam. Sons confusos retiniram em seus ouvidos.

Desviou o olhar para a porta, lutando contra a vontade de sair correndo. Correndo pra valer. Mas não, nunca tinha sido boa na corrida e muitas aberrações estavam entre ela e a saída. Então, coisa curiosa, lembrou-se de algo que ouvira sobre os animais selvagens. Se você corre, eles pensam que você é o seu jantar e irão persegui-lo.

Duas vezes merda! Tudo bem, é só respirar fundo. De novo. Seus pulmões se dilataram. Aqueles não eram animais selvagens, apenas adolescentes desajustados.

Nesse instante o celular de Kylie tocou anunciando nova mensagem. Provavelmente Sara. Kylie ignorou. E, pela primeira vez, achou que talvez tivesse errado ao considerar a situação da amiga pior que a sua. Não estava cem por cento certa disso, mas algo lá no fundo lhe dizia que aquilo não era o mesmo que ir a uma festinha do Mark Jameson.

Mas o que mais podia ser?

E por quê? Por que, entre tanta gente estranha na sala, ela tinha sido escolhida? Era porque não arqueava as sobrancelhas? Ora, podia fazer isso tão bem quanto qualquer pessoa. Aliás, começaria a praticar logo que ficasse sozinha. O problema era que não entendia bem o significado do gesto. Seria a versão de Shadow Falls de um aperto de mão secreto?

— Vamos, vamos com isso! — retomou a voz cantarolante. — Veteranos, para fora. Novatos, fiquem onde estão.

Kylie sentiu um ligeiro alívio quando as pessoas pararam de olhá-la e começaram a se movimentar, pegando bolsas e mochilas. Ou pelo menos algumas pararam. Kylie virou-se para a direita e notou que o garoto de cabelos pretos e olhos azuis brilhantes continuava imóvel, olhando para ela. *Lucas Parker.* Lembrou-se do nome, embora já houvesse passado muito tempo desde que o vira pela última vez.

Graças a Deus foram embora, lembrava-se das palavras do pai. *Podem ter certeza, aquele garoto ainda será um serial killer.* Kylie sentiu o coração se comprimir e estremeceu. Haveria mesmo um possível assassino no acampamento?

Seria mesmo ele? Bem, talvez estivesse enganada. Que droga! Já fazia uns dez anos. Calafrios percorreram sua espinha. Então o garoto se virou e foi se juntar ao grupo dos veteranos que saíam.

Miranda deu alguns passos, parando diante de Kylie.

— Boa sorte — disse. Kylie não sabia se ela estava zombando ou falando sério, então respondeu apenas com um aceno de cabeça.

O garoto loiro, vindo logo atrás, riu para Kylie.

— Eu não queria estar no seu lugar — disse em tom de brincadeira e saiu atrás de Miranda.

Firmando os joelhos para não desabar, Kylie só voltou a si quando pelo menos metade da turma já tinha saído. De seus conhecidos do ônibus, só ficaram a Garota Pálida, a Garota Gótica, Derek e o sujeito dos *piercings*.

— Muito bem — disse Holiday. — Agora, quem souber por que está aqui vá para a esquerda. Quem não souber, para a direita.

Kylie se lembrou de ter sentido que aquilo era pior do que ir para a delegacia e começou a se movimentar para a direita; mas, vendo que todos se dirigiam para a esquerda e não querendo ser de novo o alvo de todos os olhares, foi para junto de Derek.

Ele lhe lançou um olhar incrédulo. Decidida a praticar a "coisa das sobrancelhas", Kylie franziu a testa.

Notou então que apenas quatro pessoas haviam se dirigido para o lado direito da sala. Uma delas era o sujeito dos *piercings*.

Holiday examinou os dois grupos e Sky, entrando, ficou ao lado da líder de cabelos ruivos.

— Os da direita venham comigo. Sky conversará com os outros.

Holiday deu alguns passos e parou, olhando por cima do ombro. E, fixando Kylie diretamente, disse:

— Acompanhe-me, Kylie.

Espantada pelo fato de a mulher saber seu nome, balançou a cabeça.

— Sei por que estou aqui — mentiu.

— Sabe mesmo? — perguntou Holiday.

Decidida a ir até o fim, respondeu:

— Fui pega numa festa onde havia drogas.

Risinhos chegaram aos ouvidos de Kylie.

Holiday fez cara feia para os gozadores e com um gesto ordenou que Kylie a seguisse.

— Será porque meus pais vão se divorciar? — indagou então, desesperada.

Holiday não disse nada e nem precisava. O olhar que lançou a Kylie era o mesmo olhar "não discuta" da mãe. E a única vez que Kylie discutiu, ficou de castigo por um mês. Seguiu então Holiday e cruzou a porta com as outras quatro pessoas.

Quando passaram pelo grupo que já estava lá fora, Kylie percebeu que todos os olhares se voltavam para ela. Miranda acenou e murmurou "boa sorte". Por algum motivo, Kylie suspeitou que as intenções da garota talvez fossem verdadeiras.

Percebeu, em seguida, Lucas Parker ao lado da garota gótica que há pouco tinha levantado a mão para perguntar sobre ela. Suas cabeças estavam muito próximas e os dois sussurravam, olhando para Kylie como se ela fosse uma estranha no ninho. Kylie não podia deixar de concordar com eles. Notou então que Lucas também estava usando roupas góticas. Pelo menos, sua camiseta era preta — e lhe caía perfeitamente, ajustando-se como uma luva à parte superior do peito esbelto, mas musculoso. Que injustiça, os garotos não precisavam seguir a moda para parecer bem!

Ao se dar conta de que estava olhando demais para os músculos de Lucas e de que a garota gótica tinha nos lábios um sorriso malévolo, virou-se para o outro lado e fingiu que não tinha notado aquela reação. Ah, se pudesse fingir que nada daquilo estava acontecendo! Nesse instante, o sujeito dos *piercings* emparelhou-se com ela. Kylie olhou para ele e tentou sorrir. Podiam ser estranhos, mas pelo menos tinham vindo no mesmo ônibus e ele parecia tão perdido quanto ela.

Ele se inclinou para Kylie:

— Você não trouxe drogas, trouxe?

Kylie ficou de queixo caído, chocada e mortificada. *Atire em mim.* Acabe comigo de uma vez. Por causa de seu pequeno deslize no refeitório, agora todo mundo a considerava uma drogada.

Holiday, cabelos ruivos cascateando pelas costas, os levou para uma pequena cabine, logo atrás do refeitório. Do portal de madeira, pendia uma placa com os dizeres ESCRITÓRIO DO ACAMPAMENTO. Kylie e os outros quatro a seguiram até um recinto nos fundos que mais parecia uma sala de aula.

— Sentem-se, garotos. — E Holiday se debruçou sobre a mesa da frente, aguardando que todos se acomodassem.

A mulher não tirava os olhos dela um instante, como se Kylie estivesse pensando em fugir. E, para crédito de Holiday, essa ideia realmente havia lhe ocorrido mais de uma vez. Por isso mesmo tinha se sentado na cadeira mais próxima da porta.

Alguma coisa, porém, a impedia de dar o fora, além do fato de nunca ter sido muito boa em corridas. Sem falar no medo de ser apanhada tentando fugir.

Curiosidade.

Por motivos que desconhecia, Kylie pressentia que Holiday sem dúvida iria explicar o que estava acontecendo. E Kylie precisava desesperadamente de uma explicação.

— Muito bem — começou Holiday, oferecendo a todos um sorriso que pretendia ser tranquilizador. Mas só um sorriso não tranquilizaria Kylie.

— O que vou dizer será um alívio para muitos de vocês, pois, lá no fundo, já sabem que têm algo... diferente. Alguns souberam disso a vida toda e outros só encontraram seu destino há pouco tempo; mas, seja como for, o que vou dizer talvez pareça chocante. — Os olhos de Holiday se desviaram para Kylie. — Vocês, meninos e meninas, estão aqui porque são especiais. Talentosos.

Holiday fez uma pausa e Kylie esperou que alguém arriscasse a pergunta. Como ninguém disse nada, ela própria arriscou:

— Defina "especial".

— Todos já lemos sobre criaturas sobrenaturais, lendárias, e desde a infância nos dizem que elas não existem. Mas, na verdade, existem, sim. Neste mundo, nem todos são iguais. Alguns são muito diferentes dos outros. Alguns nasceram assim, outros foram transformados. Mas, não importa o que aconteceu a vocês, se estão aqui é porque este é o seu destino. Um destino escolhido por vocês mesmos.

— Espere um pouco — disse Kylie sem poder se conter. — Está querendo dizer que... que coisas como... como...

— Os vampiros existem? — perguntou o carinha dos *piercings*. — Ai, que merda! Eu sabia que não era maluco. Por isso fiquei tão doente.

Kylie se esforçou para não rir. Ela tinha a intenção de falar em anjos ou coisas assim, mas aquilo... era pura bobagem. O garoto sem dúvida tinha se entupido de drogas. Ninguém ignorava que... vampiros e besteiras do gênero não existiam.

Aguardou que Holiday corrigisse o sujeito. Mas esperava algo mais. Durante essa segunda pausa, Kylie lembrou-se de como era frio o toque da Garota Pálida. Lembrou-se do Loiro mudando o tempo todo a cor dos olhos. Lembrou-se do sapo de Miranda que desapareceu. Não. Não comece com isso...

— Você está certo, Jonathon — assegurou Holiday. — Os vampiros existem. E, sim, você se transformou num deles a semana passada.

— Eu sabia que não eram apenas sonhos — disse a outra garota. — O lobo com que sonhei... parecia tão real!

Holiday assentiu.

— Não. — Kylie levantou a mão e sacudiu a cabeça com tanta força que seus cabelos louros lhe golpearam o rosto dos dois lados. — Não posso acreditar nisso.

Holiday fitou-a.

— Não estou surpresa, Kylie, com sua incredulidade.

— O que eu sou? — interrompeu outra garota de cabelos amarelos.

O que eu sou? A pergunta intrigou Kylie. Não que ela própria tivesse a menor vontade de fazê-la. Não acreditava naquelas bobagens. *Eu não acredito.*

Holiday lançou um sorriso amistoso para a garota.

— Sua mãe biológica foi uma fada. Você tem o dom da cura. E acho que já sabia disso.

Os olhos da garota se arregalaram com o que parecia uma sensação de alívio.

— Sim, curei minha irmãzinha, não foi? Meus pais pensaram que eu estava louca — disse ela. — Mas sei que fiz aquilo. Eu soube no momento em que aconteceu.

Holiday a olhou, compreensiva.

— Essa é, muitas vezes, a pior parte. Saber o que sabemos sem poder compartilhar com ninguém. Infelizmente, poucas criaturas humanas comuns nos aceitam como somos. É também por isso que você está aqui: para aprender a usar seus dons e viver num mundo normal.

A cabeça de Kylie dava voltas. Lembrou-se das coisas estranhas que vinham acontecendo — o reaparecimento dos terrores noturnos e... o soldado Dude, o cara que só ela conseguia ver. O pânico começou a confundir sua lógica. Fechou os olhos e tentou desesperadamente acordar. Aquilo só podia ser um sonho.

— Kylie? — A voz de Holiday a fez abrir os olhos. — Sei que, para você, isso é difícil de aceitar.

— Mais que difícil. Impossível. Não acredito...

— Mas tem medo de perguntar, não é? Medo de perguntar por que está aqui, pois, lá no fundo, sabe que pertence a este lugar.

O que sei é que meu pai e minha mãe não me querem. Por isso estou aqui.

— Eu não deveria ter vindo — disparou Kylie. — Nunca sonhei com lobos. O que tenho são terrores noturnos. Mal consigo me lembrar do que sonho. Não fui mordida por um morcego e não curei ninguém.

— Vampiros e lobisomens não são as únicas criaturas sobrenaturais que existem. — Holiday fez uma pausa e pressionou as mãos contra o peito. — O que você quer, Kylie? Provas?

Capítulo 7

— Sim, provas seriam bem-vindas — concordou Kylie, incapaz de tirar o sarcasmo da voz. — Mas você vai me dizer, com certeza, que provas não poderá me dar, certo? Vai fazer um pequeno discurso sobre a necessidade de acreditarmos nessas coisas de qualquer jeito, não é?

— Não, na verdade estava pensando mesmo em lhe dar uma prova. — A voz de Holiday exibia uma estranha calma, que fez Kylie respirar fundo e sentir medo. E se Holiday estivesse dizendo a verdade? E se... Kylie se lembrou de como a garota de pele pálida estava fria no ônibus. Mas não. Não iria acreditar naquilo. Vampiros e lobisomens existiam na ficção, não na vida real.

A mulher tirou um celular do bolso da calça jeans e fez uma ligação.

— Pode mandar Perry à sala de aula do escritório? Obrigada.

Recolocou o aparelho no bolso.

— Agora, todos vocês estão convidados a ficar e ver o que vai acontecer. Mas, se quiserem sair, um assistente está à espera de cada um de vocês lá fora. A função deles é responder às suas perguntas.

Kylie os viu olhar uns para os outros e decidir ficar. Sentiu-se melhor por não ser a única a ter dúvidas sobre o assunto.

Depois de longos minutos, durante os quais o silêncio invadiu a sala como uma névoa, Kylie ouviu o som de passos na frente da sala. A porta se abriu e o garoto loiro do ônibus, o de olhos estranhos, entrou.

— Olá, Perry! Bom ver você de novo — disse Holiday sinceramente.

— É bom também estar de volta. — Virou-se para Kylie, que quase perdeu o fôlego ao notar que os olhos dele estavam pretos a ponto de nem parecer humanos. Agora ele estava estranhíssimo.

— Eu ficaria feliz se você nos fizesse o favor de demonstrar seu dom especial.

Os olhos não humanos de Perry não se desviavam de Kylie. Ele sorriu.

— Então você tem aqui pessoas incrédulas, não é? — Voltou-se para Holiday. — O que gostaria de ver?

— Por que não deixamos Kylie decidir? — Holiday encarou-a. — Kylie, este é Perry Gomez, especialista em metamorfoses, um dos melhores que existem. Pode se transformar em praticamente tudo o que você imaginar. Diga no que gostaria que ele se transformasse.

Kylie alternava o olhar entre Holiday e Perry. Vendo que aguardavam sua resposta, fez um esforço para falar.

— Num... unicórnio.

— Unicórnios não existem — disse Perry, num tom de quem se sentia ofendido com a escolha.

— Existiam — intercedeu Holiday, como que para defender Kylie.

— Que merda! — exclamou Perry. — Existiam mesmo?

— Sim, que merda — repetiu Holiday. — Mas vamos melhorar nossa linguagem. — Sorriu. — Basta pensar num cavalo com um chifre na testa. Sei que pode fazer isso.

Ele concordou com um gesto de cabeça e, juntando as palmas, revirou os olhos negros. De repente, o ar da sala ficou rarefeito, como se algo houvesse sugado todo o oxigênio. Kylie o olhava fixamente, embora tudo dentro dela lhe recomendasse para não fazer isso. Então, sua curiosidade, sua necessidade de saber evaporou-se na atmosfera quase irrespirável. Só agora entendia o sentido da frase "A ignorância é uma bênção". Queria continuar ignorante. Não queria ver, não queria acreditar.

Mas viu.

Viu fagulhas cintilando em volta do corpo do garoto, como se um balde de purpurina tivesse sido despejado em torno dele, como se mil lâmpadas se acendessem refletindo cada fragmento da purpurina em suspensão. Centenas de partículas em forma de diamante o envolviam. Aos poucos, foram se depositando no chão e ali onde Perry estava antes surgiu um enorme unicórnio branco, com um chifre cor-de-rosa bem no meio da testa.

Capítulo 8

O unicórnio, isto é, Perry, balançou o rabo de maneira pomposa e trotou na direção de Kylie. Deu dois passos e chegou tão perto que ela poderia tocá-lo se quisesse. Mas não queria.

O bicho, empinando a cabeça, relinchou e piscou um olho para Kylie.

— Merda!

— Caramba!

— Meu Deus do céu!

— O que é isso?!

— Nossa!

Kylie não conseguiu identificar quem disse o quê, ela mesma talvez houvesse dito alguma coisa, pois todas as exclamações lhe confundiram ainda mais a cabeça. Inspirando outra golfada de ar, virou-se para Holiday, que a fitava com seus olhos verdes e suaves.

— Já está bom — disse Holiday. — Perry, volte à forma normal.

Kylie encostou a testa na superfície lisa e fria da carteira e procurou respirar, *não* pensar. Se pensasse, começaria a chorar — e a última coisa que se permitiria diante daquela gente era dar sinais de fraqueza. Por Deus, talvez aquelas aberrações se alimentassem dos fracos!

— Já podem ir, meninos. — A voz de Holiday, agora num tom autoritário, ecoou pela sala e vibrou dentro da cabeça de Kylie.

Contou até dez e, de algum modo, conseguiu se levantar. As outras carteiras já estavam todas vazias. Perry, de volta à forma humana, também foi saindo com os outros e lhe lançou um olhar sobre o ombro. Seus olhos castanhos — desta vez normais — quase pediam desculpas.

Lembrando-se da ordem de Holiday para sair, Kylie fez um esforço para ficar de pé. Saindo, poderia descobrir um lugar isolado para surtar à vontade. Um lugar onde pudesse chorar e tentar chegar a uma conclusão... Não. Não pense. Ainda não. Reteve as poucas lágrimas que teimavam em aflorar e suas narinas arderam.

— Aonde vai? — perguntou Holiday.

Kylie se voltou. Um nó apertava sua garganta, dificultando a fala.

— Você disse pra sairmos — conseguiu dizer.

— Eles, sim. *Você*, não.

— Por quê? — Uma película úmida embaçou sua visão e Kylie reconheceu que não poderia detê-la. As lágrimas haviam chegado. *Por quê?* Essa pergunta curta navegou por sua mente confusa, transformando-se em dezenas de outras. Por que tudo aquilo estava acontecendo? Por que ela era, de novo, a "escolhida?" Por que a mãe não a amava? Por que o pai lhe voltara as costas? Por que Trey não lhe dera um pouco mais de tempo? Por que aquela gente esquisita agia como se, ali, a esquisita fosse ela?

Piscou para disfarçar as lágrimas e sentou-se de novo.

— Por quê? — perguntou outra vez. — Por que estou aqui?

Holiday sentou-se ao seu lado.

— Você é especial, Kylie.

— Não quero ser especial — disse Kylie, sacudindo a cabeça. — Quero ser apenas eu... eu normal. E..., para ser bem honesta com você, acho que estamos cometendo um grande erro aqui. Você sabe que não tenho... dons. Sem dúvida, não posso me transformar em outra coisa. Minhas notas estão na média em tudo, exceto talvez em álgebra. Esportes não são a minha praia, não tenho grandes talentos, não posso me considerar esperta. E, acredite ou não, gosto disso. Não me desagrada estar na média... ou ser normal.

Holiday riu alto.

— Não há engano nenhum, Kylie. Mas sei exatamente como está se sentindo. Eu mesma me sentia assim quando tinha a sua idade e, sobretudo, quando descobri o que era.

Kylie passou a mão no rosto a fim de apagar a evidência das lágrimas e se esforçou ao máximo para fazer a pergunta sobre a qual vinha tentando não refletir desde que tudo havia começado.

— E eu, o que sou?

Capítulo 9

— Você vai conseguir suportar a verdade? — perguntou Holiday pausadamente, com um olhar compreensivo.

Suportar a verdade? Acabo de ver um cara se transformar em unicórnio. As coisas poderiam ficar piores?

Segundos depois de se perguntar isso, Kylie sentiu um calafrio. E se as coisas pudessem ficar piores? Lembrou-se de Holiday dizendo que havia outras criaturas sobrenaturais além de vampiros e lobisomens, os quais, para Kylie, eram as criaturas mais horripilantes. Não que entendesse do assunto, mas, e se Holiday tivesse dito aquilo apenas para tranquilizá-la? Teria mentido?

— Vou conseguir, sim — garantiu Kylie, querendo parecer mais corajosa do que de fato era.

Mas, quando Holiday abriu a boca para falar, Kylie gritou:

— Não! — Escondeu o rosto nas mãos, depois as tirou novamente e fitou a líder do acampamento. — Não sei se vou conseguir.

Como poderia? Aquilo era demais.

Kylie mordeu o lábio inferior com tanta força que ele começou a sangrar.

— Quer dizer, se você vai me dizer que estou morta, que preciso começar a gostar de sangue e não posso comer mais nem *sushi*, não vou suportar. Não vou suportar também se me disser que logo estarei uivando para a lua e devorando os gatos dos vizinhos, tendo de passar o resto da vida me depilando para vestir um biquíni. Gosto de gatos e já tentei me depilar uma vez; dói pra caramba. — Passou a mão por entre as coxas, lembrando-se do episódio.

Holiday deu uma gargalhada, mas Kylie estava falando sério. A depilação realmente tinha doído e, desde aquele momento, nunca mais deixou Sara convencê-la a fazer nada parecido.

— Você acha que vou suportar? — perguntou, com medo da resposta.

— Honestamente, não a conheço muito bem, mas confio no diagnóstico da dra. Day.

— O que minha psico tem a ver com isso? — perguntou Kylie, intrigada.

— Sua psico, como você a chama, foi quem a recomendou para nós. Ela reconheceu seus dons e é meio fada, como você sabe.

Kylie tentou processar a informação.

— Estou aqui por causa dela? Aquela mulher é... — Inclinou-se para Holiday, como se, sussurradas, suas palavras parecessem menos grosseiras. — Ela não vale nem o que come. — Pousou as mãos na carteira. — Não vou mentir pra você. Ela não passa de uma sonsa.

Holiday estremeceu.

— Infelizmente, todos os sobrenaturais parecem um pouco estranhos vistos da perspectiva normal. A dra. Day falou muito bem de você.

Kylie sentiu uma pontada de culpa, o que talvez fosse a intenção da líder do acampamento.

Holiday pousou as mãos sobre as de Kylie.

— Eu também não vou mentir pra você, Kylie. A verdade... a verdade é que não sabemos o que você é.

Kylie endireitou-se na carteira, remoendo aquela parcela de informação, enquanto Holiday permanecia em silêncio, dando a ela tempo para se acostumar à ideia. Mas Kylie não queria se acostumar. Droga, não! Queria, é claro, uma opinião positiva sobre o que estava acontecendo.

— Você não percebe? Isso é porque não sou coisa nenhuma. Sou apenas eu. Eu normal.

Holiday balançou a cabeça.

— Você tem dons, Kylie, que podem ter surgido de várias formas sobrenaturais. Quase sempre, são hereditários.

— Hereditários? Nenhum dos meus pais é... sobrenatural.

Holiday não parecia convencida.

— Em alguns casos raros, uma geração é saltada e não tem dons. Você pode ser uma fada ou uma descendente dos deuses. Pode ter dons...

— Deuses? Dons? Que dons?

Holiday limpou a garganta e seus olhos de novo contemplaram Kylie cheios de compreensão.

— Você pode conversar com os mortos. Às vezes, dormindo; outras vezes, acordada.

As mãos de Kylie ficaram quentes, mas seu coração gelou.

— Com os mortos?! — Seu cérebro começou a filtrar imagens mentais, todas elas do soldado Dude, visto que não conseguia se lembrar de nada de seus terrores noturnos.

— Não, você está errada. Nunca conversei com eles. Nunca, jamais! Nem uma palavra. Mamãe sempre me disse para não falar com estranhos e eu sempre obedeci.

— Mas os viu, não viu?

Lágrimas afloraram de novo aos olhos de Kylie.

— Apenas um. E não sei bem se é ou não um fantasma. Minha mãe, é claro, nunca conseguiu vê-lo, mas minha mãe... está sempre em seu mundinho particular.

No entanto, sua vizinha também cruzava com o soldado Dude e nem sequer reparava nele. *Ah, droga! Droga!*

— É assustador, eu sei — disse Holiday. — Lembro-me bem das minhas primeiras experiências desse tipo.

Kylie afastou suas mãos das de Holiday.

— Você... você tem o mesmo... dom?

Holiday assentiu e olhou à esquerda.

Kylie examinou o recinto.

— Mas não há ninguém aqui, certo?

Então, sentiu. Aquele frio misterioso nos ossos, que a vinha incomodando com tanta frequência ultimamente.

— Eles estão sempre aqui, Kylie. Acontece que você se desliga.

— Posso fazer isso? — perguntou Kylie. — Posso ficar o tempo todo desligada?

Holiday hesitou.

— Algumas pessoas podem. Mas trata-se de um dom, Kylie, e não usá-lo é um desperdício.

— Desperdício? Ah, não, eu não pedi esse dom. — As palavras ecoaram dentro de sua cabeça e ela compreendeu que estava praticamente aceitando a realidade de tudo aquilo. Não queria de modo algum que fosse real. Não queria aceitar esse dom ou lhe dar crédito. — Não acredito que eu tenha realmente esse tal dom. Quer dizer, já ouvi falar de pessoas normais que veem fantasmas o tempo todo.

— É verdade — concordou Holiday. — Alguns fantasmas acumulam tanta energia que até uma pessoa normal consegue vê-los.

— Então é isso que vem acontecendo comigo. Estou lidando com um fantasma superenergizado. Nada mais, porque sou normal.

— Não é o que mostram as evidências.

Kylie prendeu a respiração:

— Que evidências?

Holiday levantou-se e fez sinal para que Kylie a seguisse. Kylie sentia os joelhos trêmulos, mas obedeceu. Holiday foi falando enquanto caminhavam.

— Primeiro, há o fato de você ser ilegível.

— Ilegível? — estranhou Kylie, entrando com Holiday num pequeno escritório.

— Todos os sobrenaturais conseguem ler a mente das outras pessoas. Lendo humanos, notamos um padrão genérico. Lendo outros sobrenaturais, geralmente conseguimos saber o que são. Isto é, quando eles não nos bloqueiam, coisa que quase nunca fazem por questão de cortesia.

— Está se referindo àquela coisa de franzir as sobrancelhas? — quis saber Kylie.

— Você não perde nada, hein? — sorriu Holiday. — Acontece que quem tem o dom de conversar com fantasmas é muitas vezes lento para ler outras pessoas e difícil de ser lido. Não queremos parecer rudes, mas nossas mentes não funcionam no mesmo plano que o dos demais. Com a prática, porém, conseguimos nos abrir o bastante para não dar uma impressão de superioridade. Vejo, por seu padrão e pelo fato de não ser legível, que você não é meramente humana. E também há esta evidência.

A líder do acampamento abriu uma gaveta de arquivo. De uma pasta com o nome de Kylie, tirou um papel e o entregou a ela.

Era uma cópia de sua certidão de nascimento. Em nenhum lugar estava escrito que ela era sobrenatural ou via fantasmas. Ergueu os olhos para Holiday, com a cabeça cheia de perguntas.

A mulher devia ter lido seus pensamentos ou interpretado sua expressão, pois se adiantou:

— Você nasceu à meia-noite, Kylie.

— E daí? Isso significa alguma coisa?

Holiday deslizou os dedos pelas pastas.

— Todos aqui nasceram à meia-noite.

O coração de Kylie pulsou mais forte. Acompanhou a unha esmaltada de vermelho de Holiday deslizar sobre as etiquetas das pastas, que traziam os nomes em letras maiúsculas. Nenhum daqueles nomes lhe dizia nada até que leu: Lucas Parker.

Não que Lucas Parker tivesse agluma importância para ela. O nome dele chamou a atenção apenas porque era um dos poucos que conhecia ali. Outro calafrio percorreu sua espinha.

Kylie virou-se e quase perdeu o fôlego quando o viu. Não Lucas: o soldado Dude. Estava ali de pé, mais perto do que nunca, fitando-a com aqueles olhos gélidos, sem brilho.

Menos de dez minutos depois, Kylie sentava-se para o almoço.

Sozinha.

Somente ela, Holiday, a outra líder do acampamento e os dois homens ocupavam o refeitório.

A cada instante, a mente de Kylie tentava entender o que havia acontecido — do unicórnio ao fato de ela não ser humana. Mas não conseguia se concentrar.

Negue tudo. Negue tudo. As palavras vibravam como música em sua cabeça.

Vozes na frente do refeitório a fizeram erguer os olhos. Holiday tinha recebido uma chamada de Sky e, como de qualquer maneira já era a hora do almoço, convidou Kylie para acompanhá-la, avisando que mostraria sua cabana logo depois de comerem.

O olhar de Holiday pousou em Kylie. Kylie olhou para seu celular, fingindo que estava bem à vontade, enquanto Holiday e a outra líder do acampamento, Sky, permaneciam à porta, conversando com os dois sujeitos de terno preto que haviam aparecido por lá antes.

Kylie não podia ouvir a conversa, mas, fosse qual fosse, sem dúvida não parecia nada de bom. Observou-as de novo, de testa franzida. Holiday e Sky estavam carrancudas. Holiday, a mais ansiosa das duas, batia o pé e enrolava os cabelos numa mecha compacta.

Então um dos homens levantou as mãos e ameaçou:

— Não estou acusando ninguém, mas repito: é melhor irem fundo e colocarem um ponto final nisso ou, eu juro, os chefões fecharão o acampamento.

Fechar o acampamento? Kylie baixou os olhos e fingiu que não tinha ouvido aquilo, mas não podia reprimir a esperança que havia brotado dentro dela. Desde que Holiday a deixou sozinha na mesa, Kylie se sentiu tentada a ligar para os pais e pedir para que viessem buscá-la.

Mas o que diria a eles? *Papai, mamãe, sabem o que aconteceu? Vocês me mandaram para um acampamento cheio de aberrações, um bando de chupadores de sangue e devoradores de gatos. Ah, e tem mais: eu também sou uma aberração, embora ninguém ainda saiba de que tipo.*

O estômago de Kylie se contraiu quando pensou em como aquela conversa com os pais ia terminar. A mãe com certeza a arrancaria do acampamento para interná-la numa clínica psiquiátrica. Não que isso fosse deixar as coisas piores do que já estavam.

Olhando para as mãos, Kylie se lembrou do que Holiday havia dito sobre a hereditariedade dos dons. Será que seu pai ou sua mãe viam fantasmas? Sua mãe não, do contrário não ligaria para a analista da primeira vez que Kylie mencionara o soldado Dude. E o pai teria lhe contado se tivesse algum dom especial.

Kylie ainda não tinha engolido a ideia de ter dons sobrenaturais. Continuava a achar provável que Holiday tivesse se enganado quando disse que ela era uma pessoa especial. Talvez o soldado Dude fosse apenas um fantasma com energia de sobra, conforme Holiday dissera ser possível. E, é claro, havia pessoas normais nascidas à meia-noite, certo?

Ainda assim, a ideia de falar aos pais sobre qualquer uma dessas coisas lhe parecia absurda. Absurda? A quem estava querendo enganar? A ideia era cem por cento maluca e, se ela própria não tivesse visto Perry se transformar num unicórnio, também não acreditaria.

A conversa lá fora subiu um pouco de tom, mas não tanto quanto antes, não o bastante para Kylie entender as palavras. Olhou, então, para o celular e fingiu ler a última mensagem de Sara — que já tinha lido.

A amiga não havia contado aos pais que sua menstruação estava atrasada e, assim que a mãe saiu para um almoço marcado, correu à farmácia e comprou um teste de gravidez. Ainda naquela tarde saberia se estava grávida ou não.

Kylie não perguntou nada a Sara sobre o pai do bebê, nem sequer se a amiga estava considerando a hipótese de aborto. Por algum motivo, não a imaginava fazendo aquilo. Mas também, seis meses antes, juraria que Sara jamais ficaria grávida.

Kylie resolveu se preocupar durante um minuto com Sara antes de voltar aos seus próprios problemas. Como conseguiria sobreviver pelos próximos dois meses? E sobreviver não apenas mentalmente: vampiros e lobisomens matam pessoas.

Só os maus, explicou Holiday a caminho do refeitório, quando Kylie estremecia toda vez que alguém se aproximava. Será que Holiday tinha certeza de que não havia criaturas más no acampamento? Algumas delas pareciam bem desagradáveis. Não que se achasse uma especialista em distinguir os sobrenaturais bonzinhos dos malvados. Mas devia ser mais ou menos como ela se sentia em relação a cobras e aranhas: havia as inofensivas e as perigosas. Entretanto, por uma questão de segurança, evitava todas.

Ah, só esperava não ter que ficar alojada com nenhuma daquelas criaturas! Sem dúvida, Holiday não esperava que ela dormisse numa cabana ao lado de alguém que... talvez se sentisse tentado a matá-la em pleno sono. Que ótimo! Precisaria então dormir com um olho aberto durante dois meses!

A conversa entre os dois caras de terno preto e as líderes do acampamento terminou e eles se prepararam para partir. Mas um deles, o mais alto, virou-se e olhou diretamente para Kylie. E fez aquilo: arqueou as sobrancelhas.

Kylie desviou o olhar, mas sabia que ele continuava lá, de pé no mesmo lugar, ainda espiando e contraindo a testa. Sentiu suas bochechas arderem.

A porta do refeitório se fechou, mas logo se abriu de novo. Kylie ergueu o rosto e viu os outros adolescentes entrando. Tentou adivinhar o que cada um deles seria, à medida que desfilavam à sua frente: fada, bruxa, lobisomem, vampiro, mutante. Haveria outros tipos de sobrenaturais? Iria perguntar a Holiday sobre os diferentes tipos, inclusive o que significava "descendente dos deuses".

Tentou então classificar os tipos que já conhecia em um destes dois grupos: sobrenaturais que não consideravam o homem parte da cadeia alimentar e sobrenaturais que eram de outra opinião.

Derek atravessou a porta e Kylie se perguntou de que tipo ele seria. O garoto deu alguns passos pela sala e olhou em volta. No momento em que os olhos de Derek se encontraram com os seus, Kylie não teve mais dúvidas de que ele havia achado quem estava procurando. Derek estava procurando por Kylie. Mesmo não sabendo o que o garoto seria ou em qual grupo se encaixava, ela concluiu que o simples fato de gostar dela a ponto de procurá-la já bastava para fazê-la se sentir menos solitária.

Um leve sorriso iluminou os olhos de Derek quando ele caminhou em sua direção. É, ele de fato lembrava Trey. Seria por isso que tinha gostado dele, ou pelo menos gostado mais do que dos outros? Só porque se parecia um pouquinho com Trey?

Precisava ser cuidadosa, disse a si mesma, para não confundir amizade com outra coisa.

— Olá — disse Derek, sentando-se a seu lado. Observando-o, Kylie constatou que seu ombro mal chegava ao antebraço do garoto. Portanto, era mais alto que Trey — talvez uns cinco centímetros.

Kylie respondeu ao cumprimento com um aceno de cabeça e guardou o celular na bolsa.

— Então...? — perguntou ele.

Kylie contemplou seus olhos verdes com reflexos dourados. Compreendeu exatamente o que significava aquela pergunta de uma palavra só: Derek queria saber o que ela era. Ela estava prestes a lhe dizer que não sabia o que era, só tinha consciência de seu dom, mas percebeu que não estava preparada para dizer aquilo em voz alta. Dizer em voz alta é acreditar no que se diz. E ela não acreditava. Ainda não.

— Esta manhã está uma loucura — disfarçou.

— Imagino — concordou ele, num tom que Kylie julgou de decepção. Gostaria sem dúvida que ela confiasse nele.

Nisto, estou com sorte, pensou Kylie. Entre pessoas morrendo — isto é, a avó —, pessoas se divorciando — isto é, os pais — e pessoas abandonando-a porque ela não queria transar —, sua capacidade de confiar em alguém tinha rolado morro abaixo, indo cair num poço profundo, em algum lugar perto do seu coração.

Miranda esparramou-se na cadeira ao lado de Derek e inclinou-se para Kylie:

— Olá! Vamos ficar juntas. Isso não é ótimo?

— É — respondeu Kylie, tentando rapidamente fazer uma ideia do que Miranda poderia ser. Lembrou-se do sapo e concluiu que ela talvez fosse uma bruxa.

— Estarei com vocês também, meninas — disse alguém, sentando-se do outro lado de Kylie.

Kylie virou-se e contemplou seu próprio reflexo nos óculos da Garota Pálida.

Calafrios percorreram sua espinha. Kylie não sabia se a garota pertencia ao grupo dos vampiros ou dos lobisomens, mas algo lhe dizia que a um dos dois devia pertencer. Ou seja, para ela, os humanos faziam parte da cadeia alimentar.

A garota baixou os óculos e Kylie viu seus olhos pela primeira vez. Eram pretos, levemente estrábicos e exóticos, com um toque asiático.

— Meu nome é Della... Della Tsang.

— Ah... E o meu, Kylie Galen — conseguiu dizer, esperando que a hesitação não parecesse medo. Mas era medo, Kylie não tinha como negar.

— Então, Kylie — prosseguiu a outra, puxando os óculos para baixo mais alguns centímetros —, conte pra nós: o que você é *exatamente*?

Estaria imaginando coisas ou pelo menos doze outros adolescentes se viraram para olhá-la? Teriam um ouvido biônico? O celular de Kylie tocou.

— Com licença, preciso... atender.

Tirou o aparelho da bolsa, levantou-se e foi para um canto, longe de todos.

Examinando a tela para ver a quem agradeceria mil vezes por tê-la chamado justamente naquele momento, sentiu o coração saltar no peito. Esperava que fosse Sara, talvez o pai ou a mãe. Só não esperava que fosse Trey.

Capítulo 10

— Alô? — murmurou, hesitante. Seu peito se encheu imediatamente com a dor de ter perdido Trey, dor que até vê-lo na festa tinha quase desaparecido. Quase.

— Kylie? — O tom grave da voz de Trey mexeu ainda mais com suas emoções.

Kylie engoliu em seco e o visualizou mentalmente: os olhos verdes encarando-a como acontecia quando ficavam juntos.

— Sim?

— É o Trey.

— Eu sei — respondeu Kylie, fechando os olhos. — Por que está me ligando?

— Preciso de um motivo?

Como está dormindo com outra garota, precisa, sim.

— Não estamos mais juntos, Trey.

— E talvez isso seja um erro — continuou ele. — Não consigo parar de pensar em você desde que nos vimos na festa.

Kylie podia apostar que ele nem se lembrava mais dela depois de ficar a sós com seu novo brinquedinho sexual aquela noite. Para a sorte deles, tinham saído quinze minutos antes de a polícia chegar. Sendo assim, enquanto Kylie esperava sentada na delegacia, Trey provavelmente se esbaldava com a sua nova namorada.

— Sara me contou que você está num acampamento em Fallen — prosseguiu ele, vendo que Kylie não dizia nada. — E, pelo que ela me disse, sua mãe te colocou aí por causa da festa.

— Pois é — confirmou Kylie, embora soubesse que aquela não era toda a verdade. Mas toda a verdade ela não podia contar a Trey. Nem sequer uma parte da verdade. Só agora se dava conta de quantas vezes tinha sido obrigada a mentir para todas as pessoas que conhecia! E nesse momento constatou outra coisa. A mãe não havia mentido ao dizer que tinha sido a dra. Day quem a convencera a mandar Kylie para o acampamento. Talvez, no final das contas, a mãe não quisesse tanto se livrar da filha como ela tinha pensado. Isso devia fazê-la se sentir melhor, mas a dor no peito só aumentou.

Estava com saudade da mãe. Com saudade do pai. Queria ir para casa. O nó se formou na garganta e ela se esforçou a engoli-lo.

— Tem permissão para atender telefonemas? — perguntou Trey. A voz a trouxe de volta ao presente, para longe de seus pensamentos.

Permissão? Kylie não tinha pensado nisso.

— Acho que sim. Ninguém até agora me proibiu. — No entanto, não tinha lido as regras que deviam estar afixadas em sua cabana. E não por culpa sua: ainda não tinha permissão para ir até lá.

Olhou em volta para ver se mais alguém estava ao telefone. Dois conversavam e outros dois digitavam mensagens. Um deles era Jonathon, o cara dos *piercings*, no momento acompanhado por dois colegas. Ao lado deles, a Garota Gótica, no meio de uma turma de góticos.

Kylie viu também Lucas Parker. Não ao telefone, mas batendo papo com um grupo de garotas que pareciam seu fã-clube. Ele ria do que uma delas tinha dito. As meninas sorviam suas palavras, extasiadas, quase desfalecendo a seus pés. Que rissem até desmaiar, pensou Kylie. Ele ainda não havia matado seus gatos.

— Estarei num acampamento de futebol, em Fallen, na semana que vem — contou Trey, trazendo-a de volta à conversa. — Talvez pudéssemos..., sei lá, descobrir um jeito de ficar juntos. Conversar. Sinto sua falta, Kylie.

— Pensei que você estivesse namorando aquela garota, Shannon.

— Namorando pra valer, não. De qualquer maneira, não estamos mais nos vendo. Não tínhamos muito o que conversar.

Mas outras coisas vocês fizeram, aposto. Era doloroso se lembrar da garota grudada nele na festa.

— Diga que pelo menos irá me encontrar — pediu ele. — Por favor. Eu realmente sinto sua falta.

Kylie sentiu um peso no peito.

— Não sei se posso... Quer dizer, ainda não sei como são as coisas por aqui.

— Nossos acampamentos ficam a mais ou menos um quilômetro de distância. Não seria difícil nos encontrarmos.

Kylie fechou os olhos e calculou como seria bom ver Trey de novo. Ver qualquer pessoa que conhecia seria ótimo, especialmente Trey. Era por ele que ela sempre procurava quando algo a aborrecia. Por isso o fim do namoro tinha sido tão difícil para ela.

— Não posso prometer nada até conhecer as regras deste lugar.

Olhou para cima e viu Holiday e Sky se dirigindo para a frente da sala.

— O almoço está pronto — avisou Sky. — Vamos deixar que os novatos comecem. Depois, faremos as apresentações.

Apresentações? A ideia de ter de falar ao grupo lhe causou um frio na barriga.

Kylie viu Derek se virar e olhá-la como se quisesse saber se ela toparia entrar na fila com ele. Kylie gostou da ideia de ficar ao lado dele e não, sozinha.

— Tenho que ir, Trey — disse.

— Mas, Kylie...

Kylie desligou. Não fez de propósito, mas a perspectiva de que ele pudesse se sentir um pouquinho rejeitado não a aborreceu muito. Era o troco.

Derek se levantou e acenou para ela. Com certeza, ele era mais alto que Trey. Ao acompanhá-lo, tentou não hesitar quando Della se juntou a eles e os três entraram na fila.

Della ficou atrás da Garota Gótica e começaram a conversar.

Derek virou-se para Kylie e a encarou.

— Namorado? — perguntou.

— Hã?

— O do telefone?

— Ah! — Ela negou com a cabeça. — Ex.

Instantaneamente se lembrou de que várias cabeças tinham se voltado em sua direção quando Della lhe perguntou o que ela era. Inclinou-se para Derek.

— Você conseguiu ouvir o que eu estava falando ao telefone? — Baixou a voz. — Alguém mais ouviu?

— Eu, não. Falo por causa... da sua linguagem corporal. — Ele tinha percebido o modo como ela olhava para o grupo. — Mas, sim, alguns aqui têm superaudição.

— E você, não tem? — perguntou, esperando que Derek lhe contasse o que gostaria muito de saber: o que ele era.

— Não — disse o garoto, enquanto davam mais um passo à frente. Seu braço roçou no dela e, por um segundo, Kylie não soube dizer se gostaria de se afastar ou chegar mais perto. O fato de Derek não ser frio reforçava a segunda opção. Quando seus braços se tocaram de novo, uma sensação reconfortante se espalhou pelo corpo de Kylie.

— Mas, então, o que você é? — ela perguntou, para logo se arrepender. Não era justo fazer perguntas a que ela mesma não queria responder. — Tudo bem, esqueça o que eu disse.

Desviou os olhos, embaraçada, e pôs-se a ouvir a tagarelice das pessoas à sua volta. Ao contrário de antes, quando reinava o silêncio, agora, com algum esforço, ela podia até se convencer de que estava numa sala cheia de adolescentes normais.

Percebeu então que já não tentava negar isso.

Risos e gritinhos femininos chegaram aos seus ouvidos. Tinha achado a ideia de que eles eram "normais" reconfortante, mas não podia exagerar: nenhuma daquelas pessoas era normal.

Nem ela.

Essa constatação provocou uma onda de pânico no fundo do seu estômago e Kylie se perguntou como, pelo amor de Deus, ela ia conseguir comer alguma coisa naquele momento.

— Sou meio *fae* — sussurrou Derek no ouvido dela. A respiração dele fez seu estômago se agitar. Não por causa do medo, mas de algo diferente. Procurando não pensar nisso, concentrou-se no que o garoto tinha falado.

Fae? A busca por sinônimos, em seu cérebro, iniciou uma varredura de arquivos até ela se lembrar de ter lido, uma vez, que *fae* era a palavra francesa para *fada*.

A mente de Kylie começou a ligar os fatos. Holiday era fada. E Holiday tinha dito que Kylie talvez fosse também.

Contemplou os olhos verdes de Derek. Em voz tão baixa que mal se podia considerar um sussurro, ela perguntou:

— Você... você vê fantasmas?

— Fantasmas?! — Os olhos dele se arregalaram, como se a pergunta fosse inconcebível. Mas, que droga, como poderia ser inconcebível ou maluca quando... quando...

O fluxo de pensamentos foi interrompido abruptamente quando percebeu alguém atrás de si. Seu coração se acelerou e ela temeu que fosse o soldado Dude. Mas o frio que sempre sentia quando ele estava por perto dessa vez não se manifestou. Derek ergueu os olhos e acenou com a cabeça.

Kylie virou-se e quase perdeu o fôlego quando deu de cara com os olhos azul-claros de Lucas Parker.

— Acho que você perdeu isto. — Sua voz parecia a de um locutor de rádio: profunda, com uma vibração que a tornava única, memorável. Uma voz que o fazia parecer mais velho do que era.

Baixou então os olhos para as mãos de Lucas. Elas seguravam a carteira que sua avó lhe dera no último natal.

Kylie apressou-se a olhar para a mesa onde tinha deixado a bolsa. Estava lá, no mesmo lugar. Como ele conseguiu pegar sua carteira?

Tomou-a das mãos de Lucas e lutou contra o impulso de verificar se o cartão de crédito de sua mãe continuava seguro lá dentro. Ela ficaria uma fera se Kylie o perdesse.

Sem saber se tomaria a atitude socialmente aceitável de agradecer ou se perguntaria como ele tinha ousado pôr aquelas mãos assassinas nas suas coisas, a mente de Kylie perdeu o rumo. Em seguida, como quase sempre tomava atitudes socialmente aceitáveis, a palavra "obrigada" se formou em seus lábios, mas não conseguiu pronunciá-la.

Ela não conseguia deixar de imaginar se ele se lembrava dela. Não conseguia deixar de perceber que seus olhos azuis a penetravam fundo, como já havia acontecido anos antes. Não tinham sido amigos, mas vizinhos por algum tempo. Eles nem estavam na mesma série. Mas os dois costumavam percorrer os mesmos três quarteirões da escola para casa diariamente. E essa caminhada era a melhor parte do dia para Kylie. Quando o viu pela primeira vez andando de bicicleta na rua, sentiu um misterioso fascínio.

Lembrou-se também, nitidamente, da última vez que o tinha visto. O fascínio se foi, deixando em seu lugar uma rajada fria de medo.

Ela estava brincando no balanço com o novo gatinho no colo — o gatinho que seus pais tinham lhe dado depois que Socks desaparecera. A cabeça de Lucas apareceu por cima da cerca e seus olhos azuis se encontraram com os dela. O gatinho rosnou e a arranhou, tentando fugir. O garoto, com os olhos pregados nela, disse: *Não deixe esse gatinho sair de casa à noite ou acontecerá com ele o que aconteceu com o outro.*

Kylie correu para junto da mãe, chorando. Aquela noite, o pai e a mãe foram falar com os pais de Lucas.

Não contaram a Kylie o que aconteceu, mas ela se lembrava que o pai parecia furioso quando voltaram da visita. De qualquer modo isso não importava, pois no dia seguinte Lucas Parker e sua família se mudaram.

— Seja bem-vinda! — disse Lucas, com a voz profunda agora mesclada de um ligeiro sarcasmo. Em seguida, afastou-se.

Mais essa. Tudo o que lhe faltava era fazer inimigos entre os membros da gangue que consideravam os seres humanos parte da cadeia alimentar — especialmente aquele que, ela sabia bem, era capaz de praticar atos abomináveis. Mas, convenhamos, dar uma de boazinha com Lucas Parker não seria nada fácil. Afinal, ele tinha matado seu gato e ameaçado matar também seu novo gatinho.

Capítulo 11

Durante o almoço, as apresentações acabaram sendo mais embaraçosas do que Kylie tinha previsto. Cada pessoa disse seu nome e "o que" era, mas, quando chegou a vez de Kylie, ela só disse seu nome. Nos instantes que se seguiram, o silêncio da sala tornou a atmosfera sufocante. Holiday apressou-se a explicar que a origem dos poderes de Kylie ainda estava sendo investigada e que seu "estado mental fechado" não era intencional, mas consequência dos seus dons.

Se alguém por ali ainda duvidava de que ela era a mais esquisita entre todos os esquisitos, agora já estava bem ciente do fato graças à líder do acampamento. Holiday talvez pretendesse ajudar, mas Kylie sem dúvida teria dispensado essa ajuda. Por sorte, já tinha conseguido engolir metade de um sanduíche de peru, pois a partir daquele instante não seria capaz de comer mais nada.

Pouco depois do seu momento embaraçoso sob a luz dos refletores, o celular de Kylie tocou. Leu o número da mãe na tela e desligou o aparelho. Por nada neste mundo gostaria que pessoas dotadas de superaudição ouvissem a conversa com a mãe.

Tão logo a reunião oficial do almoço terminou, Kylie pediu a Holiday que lhe mostrasse sua cabana. O jantar seria às seis e, até lá, teriam a tarde livre. Nesse período, "aconselhavam" que procurassem se entrosar, conhecer os colegas de acampamento e de alojamento.

Em vez disso, porém, Kylie passou as quatro horas seguintes remoendo suas emoções tumultuadas, escondida no cubículo que era seu quarto. Sim, sabia muito bem a diferença entre "aconselhar" e "exigir".

Sentada na cama, calculou de novo o tamanho do quarto. Não que estivesse se queixando. O fato de ter seu próprio quarto tornava irrelevantes as proporções. Considerando-se os terrores noturnos que a afligiam três ou quatro noites por semana, a privacidade era muito bem-vinda. Só esperava que as paredes fossem grossas o suficiente para abafar o que a mãe chamava de "gritos arrepiantes". As de sua casa, é claro, não eram.

Mordendo o lábio, Kylie se perguntou de novo como a mãe pudera fazer aquilo com ela. Mandá-la para aquele lugar quando, só uma semana antes, recomendava que não passasse a noite fora, porque seria embaraçoso que outras pessoas a surpreendessem aos gritos em pleno sono.

Procurando afastar a mãe dos pensamentos, Kylie correu novamente os olhos pelo quarto. A tarde não tinha sido um total desperdício. Tinha arrumado suas coisas, retornado a ligação da mãe — a conhecida Rainha do Gelo —, tentado entrar em contato com Sara — que ainda não tinha telefonado nem enviado mensagem —, lido as regras do acampamento e se desfeito em lágrimas bem à moda antiga.

Choro muito merecido.

Durante dezesseis anos, havia tentado descobrir quem era. E, embora soubesse que ainda tinha um longo caminho pela frente, sentia confiança nas próprias descobertas. Agora, porém, percebia que não só estava errada sobre quem era como nem sequer sabia *o que* poderia ser.

Resumindo, uma crise de identidade.

O celular tocou de novo. Kylie leu o nome do pai no identificador de chamadas.

O pai que a abandonou.

O pai que não foi buscá-la na delegacia.

O pai que não a visitou antes de seu embarque forçado para o acampamento.

O pai que obviamente não a amava tanto quanto ela acreditava.

O pai cuja falta, a despeito de tudo, Kylie sentia de todo o coração.

Se aquilo fazia dela a "filhinha do papai", ela não ligava. Provavelmente era uma situação passageira. Cedo ou tarde, deixaria de amá-lo como ele tinha deixado de amá-la também. Certo?

Sentiu um aperto na garganta. A tentação de atender e implorar para que ele fosse buscá-la ficou tão forte que ela jogou o telefone nos pés da cama. Continuou ouvindo o sinal de chamada e concluiu que, se respondesse, acabaria contando a respeito dos sobrenaturais e o fato de ela ser um deles — e também do encontro com Lucas Parker, o *serial killer* em potencial.

Ter segredos com a mãe sempre tinha sido fácil, pois a mãe parecia também ter os seus. Mas esconder coisas do pai era como álgebra — complicadíssimo.

Assim, em vez de atender, enterrou a cabeça no travesseiro e se entregou a um novo acesso de choro. Quando bateram à porta, Kylie ainda exibia no rosto a evidência das lágrimas.

Antes de decidir o que fazer, a porta se abriu e um nariz apareceu na fresta.

— Está acordada?

Como Kylie tinha se sentado na cama e visto os olhos de Miranda voltados para ela, não pôde mentir:

— Estou.

Miranda entrou — sem ser convidada.

— Oi, eu só... — O olhar atento de Miranda examinou o rosto de Kylie e ela estancou de boca aberta.

Kylie sabia exatamente o que tinha surpreendido aquela bruxinha. Kylie invejava as garotas que conseguiam pôr para fora suas emoções sem arruinar a maquiagem; mas essa habilidade ela não tinha. Quando Kylie chorava, sua pele se cobria de manchas vermelhas e seus olhos inchavam a tal ponto que ela nem parecia humana.

Mas, tudo bem: segundo Holiday, Kylie não era mesmo humana. Vai lá saber.

— Está tudo bem? — indagou Miranda.

— Está — respondeu Kylie, tentando dar um tom alegre à voz. — É alergia.

— Por que não procura a enfermeira? Sério, você parece péssima.

Muitíssimo obrigada.

— Não, estou bem. Logo passa.

— Isso aí não é contagioso, é? — alarmou-se Miranda, parando a uma distância segura.

— Espero que não — disse uma voz à porta. A voz de Della, que ainda usava óculos escuros e, segundo Kylie tinha descoberto nas apresentações, era uma vampira. Isso mesmo, uma vampira de verdade.

— Não estou com nada contagioso — garantiu Kylie e logo se arrependeu; se tivesse dito o contrário, elas a deixariam em paz.

Miranda entrou e se sentou aos pés da cama. Della seguiu-a, mas não se sentou. O que fez foi tirar os óculos de sol para examinar Kylie de cima a baixo.

Sua expressão faminta lembrava a de uma pessoa de dieta avaliando um biscoito saboroso antes de derretê-lo na boca.

Kylie estremeceu à ideia de ser derretida na boca de alguém.

— Você vai ao jantar e à fogueira, não vai? — perguntou Miranda.

— É... obrigatório? — perguntou Kylie, esperando que sua reação a Della não tivesse sido notada.

— Você tem medo de mim? — interrompeu Della, anulando todas as esperanças de Kylie de esconder que a outra a intimidava e muito.

— Por que... por que eu teria?

— Será porque meus dentes são afiados? — Abriu a boca e expôs uma fileira de dentes extremamente brancos, em que se destacavam dois longos caninos. — Porque posso sugar o seu sangue até a última gota?

Kylie precisou de muito esforço para não se encolher ao ouvir as palavras de Della, especialmente quando passou a língua gulosamente pelos lábios.

— Pare de zoar com ela — riu Miranda, revirando os olhos.

— Ela está com medo de mim! — disse Della, apontando para Kylie. — Seu coração está disparado e seu pulso, acima do normal. Olhe como palpita a veia no pescoço. Não, não sei se ela sabe que só estou brincando.

A alusão de Della à sua veia fez com que o sangue de Kylie corresse mais depressa.

— É claro que sei — mentiu Kylie. — Holiday me disse que todos aqui são... gente boa.

— E você acreditou nela? — Os olhos de Della a acusavam de não estar sendo totalmente honesta.

Kylie concluiu que a capacidade de Della de ler seus sinais vitais superava sua própria capacidade de mentir.

— Quero acreditar. Mas não nego, minha mente ainda não assimilou bem o fato de os sobrenaturais... existirem.

— Mas você é uma sobrenatural — disse Miranda. — Como pode ignorar...

— Holiday *acha* que eu sou. — Nos últimos minutos, Kylie ainda alimentava a esperança de que o diagnóstico de Holiday estivesse errado.

— Você é sobrenatural, sim — disseram Miranda e Della ao mesmo tempo, ambas arqueando de leve as sobrancelhas.

— Ou, pelo menos, não inteiramente humana — acrescentou Della. — Podemos ver isso pelo seu padrão cerebral.

— E vocês não se enganam nunca? — perguntou Kylie, apertando os joelhos contra o peito.

— Todo mundo pode se enganar às vezes — Miranda.

— Mas não muitas — acrescentou Della.

Essa resposta, ainda assim, não acabaram com as esperanças de Kylie.

— No entanto, isso acontece, certo? — O peso em seu peito diminuiu.

— Sim, existem pessoas que tem um tumor no cérebro — explicou Della.

Kylie pousou a testa nos joelhos. Ou ela era uma sobrenatural ou morreria de um tumor no cérebro; não sabia qual das duas possibilidades poderia ser pior.

— E há aquelas que são apenas tantãs — acrescentou Miranda.

Kylie levantou a cabeça:

— Tantãs?

— É, que piraram.

— Então eu talvez seja apenas tantã. Já me acusaram disso antes.

— Mas, espere um pouco — disse Miranda. — Holiday não disse que você tem poderes? — Della e Miranda ergueram as sobrancelhas com um olhar inquisitivo.

— Disse — murmurou Kylie, dando de ombros. — Mas talvez só tenha dito isso porque vejo de vez em quando um fantasma supercarregado de energia.

— Fantasma?! — exclamaram Della e Miranda ao mesmo tempo.

Kylie podia estar enganada, mas a verdade é que as duas garotas pareciam agora horrorizadas e mortas de medo. Seu susto lembrava a reação de Derek quando ela lhe perguntou se ele também via fantasmas.

— Você vê os mortos? — Della se afastou da cama. — Que droga, não vou querer dividir meu espaço com alguém que vê fantasmas por aí. Isso é bizarro demais.

Até Miranda se levantou da extremidade da cama. Kylie olhou para elas, totalmente confusa.

— Devem estar brincando, não? Têm medo de mim? Mas você é bruxa — apontou para Miranda. — E você é vampira — virou-se para Della. — E vêm me dizer que eu — tocou o próprio peito — é que sou estranha?

Miranda e Della trocaram um olhar, mas nenhuma negou o que Kylie tinha acabado de dizer.

— Tá, então esqueçam tudo — disse Kylie, magoada com a atitude das garotas. — No entanto, só para esclarecer, saibam que eu não converso com os fantasmas.

Mas então percebeu que as duas olhavam para ela do mesmo jeito que ela própria tinha olhado para elas o dia inteiro. A amargura de experimentar do seu próprio veneno fez a cabeça de Kylie dar piruetas.

— Então eles apenas rondam você? — E Della passeou o olhar pelo quarto. — Por favor, diga-me que não tem nenhum aqui neste momento.

— Nenhum — irritou-se Kylie. Mas não estava com raiva de Della e sim da situação. Pois, se alguém lhe confidenciasse que via fantasmas, ela também ficaria com medo dessa pessoa.

— Ótimo! — disse Miranda aliviada, retomando seu lugar aos pés da cama.

Della continuava olhando em volta.

— Não... isso é esquisito demais. Não quero dividir meu alojamento com você.

— Não sou mais esquisita que vocês — disse Kylie, olhando para a vampira. E, por algum motivo, desejou que ela a aceitasse como era.

— Kylie tem um pouco de razão — raciocinou Miranda, voltando-se para Della. — Nós também devemos ser bastante assustadoras aos seus olhos. Então vamos acabar logo com isso e ficar amigas.

Della deu um longo suspiro.

— Tudo bem, mas você nos dirá quando houver um fantasma por perto?

Kylie concordou, mas percebeu logo que aquela exigência seria difícil de cumprir, pois no mesmo instante sentiu o calafrio que anunciava uma presença fantasmagórica. Felizmente, não "viu" o intruso, nem se esforçou para vê-lo; mas quem poderia censurá-la por não querer trocar olhares com um morto?

Kylie achava que não conseguiria engolir nada, mas, quando o aroma envolvente e picante de pizza alcançou suas narinas, lembrou-se de que havia comido muito pouco naquele dia. Conseguiu comer uma fatia fina de pizza de calabresa com queijo, além de metade da salada, antes de perceber que, novamente, estava sendo alvo de olhares. Alguns ali ainda estavam tentando entender o que ela era. Bem, boa sorte para eles. Engoliu outro bocado de salada e esperou que, caso descobrissem, pelo menos guardassem o segredo para si mesmos.

Enquanto passeava os olhos pelo ambiente, descobriu Derek em outra mesa, acompanhado por uma garota de cabelos ruivos — que, pela expressão corporal, estava achando o garoto mais interessante do que a pizza. Inclinava-se tanto para ele que seu seio esquerdo roçava no braço dele, e Derek, pelo modo como também se inclinava para ela, sem dúvida devia estar feliz com sua atenção.

Uma pontinha de ciúme alfinetou seu peito, mas Kylie procurou ignorá-la. Aquilo era apenas porque o garoto lembrava muito Trey. Mordendo o lábio e reprimindo as emoções, reconheceu que devia tomar cuidado com ele, pois seria fácil confundir seus sentimentos.

Nesse exato momento, Derek olhou por cima do ombro e seus olhares se encontraram. A sensação de borboletas batendo asas se espalhou pelo seu estômago.

— Acho que ele gosta de você — sussurrou Miranda.

Notando que ela e Derek haviam chamado a atenção, olhou para o outro lado.

— Só deve estar curioso a meu respeito, como todos os demais — sussurrou de volta.

— Nada disso. O cara está louco por você — disse Della, o que lembrou a Kylie a audição sobrenatural de alguns dos campistas. — Quando estava ao seu lado no almoço, produziu tanta testosterona que o ar ficou quase irrespirável. Ele deseja o seu corpo — brincou Della.

— Pois não o terá — garantiu Kylie.

— Então não gosta dele? — perguntou Miranda, num tom ansioso.

— Não desse jeito. — Aquilo não era bem verdade, mas ela deixou passar, pois sabia que qualquer sentimento por Derek era resultado da semelhança dele com Trey. Sua vida já estava bem confusa e um novo relacionamento só ia complicar as coisas, principalmente se fosse baseado numa mentira. Derek não era Trey.

E Trey a queria de volta. Ou, pelo menos, foi o que insinuou ao telefone. Com tanta coisa para fazer aquele dia, não tinha tido tempo para pensar no que sentiu depois da confissão de Trey. Feliz? Triste? Furiosa? Talvez um pouco de cada coisa?

Decidida a manter sua sanidade mental, Kylie mudou o foco e estendeu a mão para o copo de refrigerante diet. Viu então quando Della tirou a calabresa de seu pedaço de pizza e levou-a à boca. As pontas de seus caninos afiados chamaram a atenção de Kylie, fazendo-a esquecer um pouco Trey e imaginar como seria conviver com uma vampira.

Enquanto outro pedaço de calabresa desaparecia na boca de Della, Kylie se deu conta de que a garota estava comendo. Ora, pelos livros de ficção que tinha lido, vampiros não comem. Só bebem... O olhar de Kylie pousou no copo de Della, cheio de um líquido vermelho, espesso.

— Que nojo! — Kylie sentiu o estômago revirar e levou imediatamente a mão à boca.

— O que foi? — perguntou Della.

— Isso aí é... sangue? — gaguejou e, olhando à sua volta, notou em algumas mesas copos cheios da mesma substância vermelha.

— Repugnante, não? — disse Miranda, inclinando-se.

— Repugnante é andar por aí com um sapo — ralhou Della, furiosa.

— Não ando por aí com sapos — revidou Miranda, com um certo embaraço nos olhos castanhos. — Joguei um feitiço naquele cara. Foi merecido, é claro, mas agora não consigo encontrar um contrafeitiço e, toda vez que ele se comporta mal, transforma-se num sapo e vem me encher a paciência.

Havia desespero na voz de Miranda, mas Kylie mal prestou atenção. Por alguma razão, o fato de Miranda transformar pessoas em sapos não a inquietava tanto quanto ver Della bebendo sangue. Mas, por Deus, que tipo de sangue era aquele?

Della olhou para Kylie e percebeu sua repugnância.

— Ver gente morta é repugnante. Isto — ergueu o copo e bebeu um grande gole — não é.

Quando colocou o copo na mesa, duas gotas vermelhas lhe escorreram dos cantos da boca. Della estendeu a língua rosada e lambeu-as.

O estômago de Kylie se contraiu e a pizza, agora uma massa inflada que parecia não caber mais lá dentro, tentou fazer o caminho de volta.

— E, é claro, vocês — o sorriso de Della era maquiavélico — descobrirão isso quando tiverem que experimentar.

— Experimentei no último verão e era nojento — garantiu Miranda. — O gosto é parecido com o cheiro de moeda velha.

— Como é que é? — Kylie engoliu em seco. — Vou ter que beber sangue? Não, não vou fazer isso. De jeito nenhum. Eu, não. — Apertou a mão contra a boca para não vomitar.

— Beber não, só provar — esclareceu Miranda. — Todos temos de conhecer a cultura uns dos outros até o fim do verão. Nós, bruxas, realizamos uma cerimônia e mostramos algumas de nossas magias; quanto aos lobisomens, da última vez vimos Lucas Parker se transformar. Foi assustador. Nunca irrite um lobisomem.

Kylie deixou de pensar em beber sangue e imaginou Lucas Parker se transformando num lobisomem. Lembrou-se então de seu breve encontro na hora do almoço — quando ela provavelmente o irritara.

Obviamente, nem precisava que Miranda a avisasse. Sabia por experiência própria do que aquele sujeito era capaz. Então, por alguma razão absurda, surpreendeu-se tentando localizá-lo na multidão. Mas Lucas já tinha saído ou estava de costas para ela.

— Os lobisomens não são tão perigosos quanto os vampiros — disse Della, defendendo sua espécie com entusiasmo. — Os lobisomens só têm poder total uma vez por mês. Nós, vampiros, temos o tempo todo. Por isso, é a *nossa* espécie que você não deve irritar.

Kylie continuou sentada, tentando digerir a conversa enquanto seu estômago embrulhado tentava digerir a pizza.

— Quanto aos metamorfos... aquilo foi estranho, mas não assustador — interrompeu Miranda.

— E os *Fae*, o que fazem? — A pergunta veio numa voz grave, obviamente masculina.

Kylie reconheceu o timbre da voz de Derek antes que seus olhos se encontrassem. Quando o viu, percebeu que ele também a vira, pois olhava diretamente para ela.

O nó em seu estômago apertou-se ainda mais. Só que esse nó, assim como as borboletas, não era de todo desagradável. De fato, devia tomar muito cuidado com Derek em se tratando de emoções.

— Bem — disse Miranda, num tom mais alto que o normal. — Como fadas e elfos têm um dom diferente, cada um deles faz uma curta apresentação. — Enrolou uma mecha de cabelo no dedo e deu um largo sorriso.

— Qual é o seu dom? — perguntou Della a Derek, enquanto espetava outro pedaço de calabresa da pizza e enfiando-o entre os lábios. Lábios que acabavam de beber sangue.

Uma longa pausa seguiu-se à pergunta. A postura de Derek enrijeceu.

— Quem disse que eu tenho dons? — Pelo tom de voz, ele não gostava de ser questionado. Ou talvez fosse como Kylie e resistisse a aceitar que fosse sobrenatural.

— Uma das fadas, o ano passado, podia ler pensamentos — prosseguiu Miranda, sem dar atenção à atitude de Derek. — Você pode ler os meus agora? — Mordeu o lábio e o fitou com um olhar de desafio.

Kylie virou-se de novo para Derek. Ele então lia a mente das pessoas? Não, talvez não, pois antes tinha perguntado o que ela era. Ou será que tinha perguntado só para puxar conversa?

Lembrou-se dos seus pensamentos secretos a respeito do corpo dele, comparando-o ao de Trey. Mais essa! Seria muito embaraçoso se ele soubesse que ela o imaginara sem camisa. Então se deu conta de que estava imaginando aquilo outra vez. Kylie sentiu o rosto queimar e Derek, ainda fitando-a, não perdeu um detalhe sequer.

— Outra fada movia objetos só com a força da mente — continuou Miranda em tom mais alto, como que para atrair a atenção de Derek. — Mas, é claro, as bruxas também podem fazer isso.

— É mesmo? — Della parecia realmente impressionada. — Então faça isso agora. Mova o meu prato. — E recostou-se, como que para dar mais espaço a Miranda.

Miranda, com a testa franzida, fuzilou Della com o olhar.

— Não posso. É contra as regras.

— Regras? Ah, danem-se as regras — bradou Della. —Ninguém vai ficar sabendo.

— Não posso. — As faces de Miranda ficaram vermelhas, quase tão vermelhas quanto as mechas de seus cabelos. Kylie achou ótimo descobrir que não era a única a enrubescer por qualquer coisa.

— Por que não? — insistiu Della. — Só por causa de alguma regra idiota?

Miranda lançou a Della um olhar penetrante.

— Por que não vai se afogar em sangue? — E, mais vermelha ainda, virou--se para Derek, a quem obviamente queria impressionar.

— Ah, é? Vem enfiar uma estaca em mim! — zombou Della.

— É melhor tomar cuidado ou faço isso mesmo — revidou Miranda, com uma expressão que agora passava do embaraço para a raiva.

O olhar de Kylie ia de uma a outra enquanto elas trocavam ofensas.

Que ótimo! Agora suas duas colegas de alojamento ameaçavam se matar.

— Fiquem frias vocês duas — aconselhou Derek, como se lesse a mente de Kylie.

— Já estou bem fria — disse Della, sempre olhando para Miranda. — Ela é que é esquentadinha. Mas é bom tomar cuidado porque um dia desses posso me esquentar também. — Levantou-se de um salto e, antes que Kylie pudesse perceber, já estava longe.

— Uau! — exclamou outra voz masculina.

Perry, o Garoto dos Olhos Esquisitos que tinha se transformado em unicórnio, estava em pé, ao lado de Derek. Kylie fitou seus olhos negros e sentiu o coração acelerar, em pânico.

— Ei — disse Perry a Miranda. — Adoraria assistir a vocês duas se atracando e rasgando a roupa uma da outra!

— Só em seus sonhos — replicou Miranda.

— É isso aí — continuou Perry —, especialmente a parte em que rasgam as roupas.

— Vê se cresce! — resmungou Miranda, recolhendo sua bandeja e a de Kylie para levá-las embora.

— Obrigada — agradeceu Kylie, ainda olhando de Derek para Perry, sem saber qual dos dois a deixava mais nervosa: Derek, que a fazia sentir coisas que não gostaria de sentir, ou Perry, que simplesmente a deixava aterrorizada. Seu celular tocou. Tirou-o da bolsa, torcendo para que não fosse o pai e sim Sara, com a notícia de que não estava grávida. Respirou aliviada ao ver o número de Sara na tela.

— Até mais — disse aos colegas. E, louca para sumir dali, saiu em busca de um lugar onde pudesse conversar tranquilamente com a amiga. Mas quantos quilômetros teria que se afastar para ficar fora do alcance da superaudição dos sobrenaturais?

Capítulo 12

— Nada de pânico — recomendou a Sara depois de trinta minutos de bate-papo. — Vai ficar tudo bem, você vai ver. — Kylie não conseguiu dizer aquilo com grande entusiasmo, mas pelo menos tentou: para isso serviam os amigos. Entretanto, bem no fundo, pressentia que, se Sara estivesse realmente grávida, e tudo indicava que estava, nada ia ficar muito bem.

— Obrigada, Kylie — disse Sara. — Não sei como vou me virar durante todo o verão sem você.

— Tente sobreviver — incentivou Kylie. — É o que eu vou fazer também.

Kylie tinha ficado durante toda a conversa escondida atrás do escritório, sentada no chão, encostada a uma árvore, enquanto procurava acalmar Sara.

A mãe de Sara havia cancelado o almoço fora e tinha insistido para que a filha passasse o dia inteiro com ela, visitando o museu de arte e fazendo compras. O Museu de Belas-Artes, em Houston, era maravilhoso e Sara realmente gostava de arte. Quanto às compras, quem não gosta? Mas não em companhia da mãe quando há uma suspeita de gravidez!

— Não consigo acreditar ainda que isso está acontecendo — prosseguiu Sara. Ainda nem tinha feito o teste de gravidez. Estava assustada demais.

Não que Kylie já não tivesse problemas suficientes; mas falar sobre os de Sara a ajudava a esquecer um pouco os seus. Além disso, concentrar-se nos problemas de Sara era o que elas mais faziam. Quando a amiga estava chateada, e mesmo quando não estava, sua tendência era só se preocupar consigo mesma. Mas Kylie nunca se importou. Preferia ouvir os problemas dos outros a contar sobre os seus.

Para Kylie, aquela até que era uma vantagem: por enquanto, não poderia mesmo falar sobre o que estava acontecendo com ela. Pelo menos, não com uma pessoa normal.

— Bom, agora preciso desligar — avisou Sara.

Os últimos raios de sol lançavam um brilho dourado sobre a paisagem verde à sua volta. Perto do crepúsculo, a temperatura já não era mais tão sufocante.

— Me ligue quando fizer o teste — pediu Kylie.

— Vou ligar. E, de novo, muito obrigada.

Kylie fechou o aparelho e os olhos. Reclinando a cabeça contra o tronco da árvore, reviveu a esperança de que Holiday talvez estivesse errada quanto a ela ser sobrenatural. Lembrou-se também dos dois sujeitos de terno preto dizendo que o acampamento poderia ser fechado caso "aquilo" não parasse — fosse "aquilo" o que fosse. Mas, se as duas esperanças se materializassem, a vida de Kylie passaria a ser quase tolerável.

Pelo menos, um pouco tolerável. Os problemas com os pais, a avó e Trey pareciam até menores agora. Impressionante como as perspectivas de uma pessoa podem mudar quando ela descobre que não é humana.

A voz de Holiday ecoou em sua mente: *A verdade... a verdade é que não sabemos o que você é. Pode ser uma fada ou uma descendente dos deuses. Pode ter dons...*

Kylie se lembrava de ter interrompido a líder do acampamento e agora gostaria muito de não ter feito isso. Embora ainda não tivesse desistido de ser normal, que mais poderia ser?

Tentando evitar que o nervosismo provocasse contrações em seu estômago, esforçou-se para não pensar, apenas ouvir. Uma brisa de fim de tarde agitava as folhas da árvore, os grilos começavam a ensaiar o concerto noturno, um filhote de pássaro chamava pela mãe. Kylie recordou as caminhadas que fazia com o pai. Deveria ligar para ele agora?

Não, mais tarde. Talvez então soubesse como perguntar por que ele não tinha ido buscá-la na delegacia, quando ela telefonou. Por enquanto, ficaria sentada ali, absorvendo a natureza e quase relaxando. Fechou os olhos e a tensão foi aos poucos diminuindo.

Kylie não sabia dizer quanto tempo tinha se passado, se dez minutos ou uma hora, mas algo a despertou de repente. Arregalou os olhos para a escuridão e endireitou-se, alerta. Não se ouviam sequer os grilos. Lutando contra o medo do desconhecido, ela se lembrou de que monstros existiam de verdade.

Um rugido profundo e sinistro, semelhante ao de um leão, encheu o silêncio sombrio e depois ela escutou o uivo de cães... ou seriam lobos? Fitou o céu escuro. A lua, quase cheia, flutuava esmaecida no céu, por trás de farrapos de nuvens. Um desejo súbito de correr para um lugar seguro a dominou. Mas, antes que pudesse se mover, ela ouviu um estalido.

Não estava sozinha.

Com o coração aos pulos, examinou rapidamente suas opções: gritar ou correr. Talvez as duas coisas. Mas, antes de se decidir, alguém falou:

— Ainda com medo de mim, hein?

Reconheceu a voz de Della e acalmou-se um pouco. Só um pouco.

— Não tanto quanto antes — respondeu, erguendo a cabeça. A vampira se aproximou dela.

Della riu.

— Gosto de ver que você diz a verdade a maior parte do tempo.

— Pode mesmo saber quando alguém está mentindo? — indagou Kylie.

— Depende da pessoa, da habilidade que tem de mentir. Os bons mentirosos controlam a pulsação e não dá para ouvir muita coisa. E existem aqueles para quem mentir é tão natural que isso não os afeta em nada.

Kylie se levantou e limpou as folhas de grama da parte de trás do jeans. Então tinha que ser cuidadosa e não mentir para Della. Ou aprender a mentir melhor.

— Holiday me mandou farejá-la.

— Me farejar? — No escuro, Kylie não podia ver bem a expressão de Della, mas supôs que a garota estivesse sorrindo. Seus dentes muito brancos quase faiscavam na noite.

— Você consegue sentir o meu cheiro? — Aproximou o braço do nariz dela.

Como se Kylie estivesse à disposição de todos para ser cheirada, Della se inclinou e farejou seu braço. Um sussurro de aprovação escapou dos seus lábios.

As pontas dos caninos afiados de Della apareceram nos cantos da boca. Kylie recolheu apressadamente o braço. O sorriso da outra se apagou. Kylie teve a estranha impressão de que a vampira realmente não queria que tivessem medo dela. Então os vampiros também tinham sentimentos. Essa constatação de certo modo tornava a garota mais humana e menos aterrorizante.

— Todos estão em volta da fogueira. — Della começou a se afastar.

Kylie tentou acompanhá-la, mas não era nada fácil porque Della andava a passos largos.

— Você acha mesmo que meu cheiro é bom?

Della, sem voltar a cabeça, respondeu:

— Quer que eu minta para se sentir melhor? Ou quer que eu diga a verdade?

— A verdade... acho.

Della se deteve e falou num tom ressentido:

— Há sangue em suas veias e eu gosto de sangue. Portanto, sim, você cheira bem. Mas isso não significa que... Digamos, por exemplo, que você esteja com muita fome e entre numa lanchonete. Em todas as mesas, você vê gente devorando hambúrgueres deliciosos e batatas crocantes. O aroma é maravilhoso. Então... o que você faz?

— Faço logo meu pedido — respondeu Kylie, sem perceber aonde a outra queria chegar.

— Não roubaria o hambúrguer de alguém?

— Não — garantiu Kylie.

— Então, se roubar um hambúrguer já é ruim, você pode imaginar que roubar um pouco de sangue de alguém cria muito mais confusão do que roubar um BigMac. Para fazer isso, eu precisaria estar realmente com muita fome. Ou com muita raiva.

Agora a garota parecia furiosa. Kylie perguntou:

— Costuma ficar "com muita raiva" com muita frequência? Já chegou a esses extremos?

Della emitiu outro rugido exasperado.

— Nunca matei ninguém, pelo que me lembre. É isso o que queria ouvir?

— É. — Kylie sorriu. — Nesse caso, os vampiros não são uma grande ameaça aos humanos?

— Não foi o que eu quis dizer — corrigiu Della.

— Como assim?

— Eu quis dizer que existem humanos bons e ruins, vampiros bons e ruins. Alguns são cruéis, formam gangues e tentam causar tumulto aonde quer que vão.

— Que tipo de tumulto?

— Digamos que roubar o seu hambúrguer. Ou coisa pior.

— Ok — disse Kylie, certa de que sabia muito bem o significado de "coisa pior" e não gostava nada daquilo.

— E existem também os que ficam no meio-termo — prosseguiu Della.

— No meio-termo?

— Como os humanos que se metem em confusão, mas não são totalmente ruins. Existem vampiros assim, também.

Kylie fez que entendeu. Puseram-se de novo a caminho e sua curiosidade foi aumentando.

— Quais são os seus dons? Se... não se importa que eu pergunte.

— Sentidos mais aguçados. Muita força. E... ai, merda! Agora me lembrei do seu. — Deteve-se abruptamente. — Não tem nenhum fantasma por aqui, tem?

Kylie checou para ver se percebia a sensação de frio na espinha.

— Não. Mas, falando sério, não acho que eu tenha algum dom.

— Não quer ter, certo? — perguntou Della

— Não, não quero — respondeu Kylie, sem muita convicção. E imediatamente se lembrou de que Della era um detector de mentiras humano — ou "não humano".

Kylie percebeu que estavam entrando no bosque; uma nuvem cobriu a lua e a escuridão tomou conta de tudo. Nesse momento, Kylie ouviu de novo o rugido profundo que parecia o de um animal selvagem.

— Ouviu isso? — perguntou.

— O tigre branco?

— O quê? — Kylie agarrou Della pelo cotovelo. Mas a pele dela era tão fria que a soltou imediatamente. O rugido emudeceu, mas a frieza da pele de Della tinha passado para o seu braço. Será que os vampiros estavam mesmo mortos? Não achou que pudesse fazer essa pergunta.

Della olhou para ela como se percebesse que o frio de sua pele a incomodava. Kylie baixou a cabeça e fingiu tirar um graveto da calça, tentando evitar que Della visse muita coisa.

Quando a vampira recomeçou a andar, Kylie voltou ao assunto:

— Estamos no Texas. Aqui não existem tigres brancos.

— Nos parques florestais, sim. Tem um a poucos quilômetros daqui. É ao mesmo tempo uma reserva e uma área de lazer. Como os zoológicos. Os visitantes podem passear e até alimentar os animais mais mansos.

— Fui a um deles, uma vez — disse Kylie. — Mas não sabia que tinha um por aqui.

— Pois tem, sim — Della levantou o nariz e farejou. — E deviam limpar melhor a sujeira dos animais. Aquilo fede. Especialmente a merda dos elefantes.

Kylie inspirou, receosa, esperando sentir o mau cheiro, mas só percebeu o aroma da floresta, da terra molhada e da vegetação verde. Concluiu que ter um olfato apurado nem sempre é boa coisa.

Embrenhavam-se cada vez mais no bosque. Espinhos grudavam em sua calça. Tinha que andar depressa para acompanhar Della.

— Onde está a fogueira? — perguntou, quase sem fôlego.

— A uns quatrocentos metros. Um pouco à frente da nossa cabana.

— Não deveríamos ter pego a trilha?

— Por aqui é mais perto.

Para um vampiro, talvez. Andaram mais uns três ou quatro minutos, em silêncio. Kylie repassava mentalmente as perguntas que gostaria de fazer a Della, mas tinha receio de que ela se sentisse ofendida.

Concentrando-se no caminho para evitar os espinheiros e os tocos de árvore, acabou se chocando com as costas de Della.

— Desculpe...

Della se virou tão de repente que Kylie só percebeu um borrão, mas sentiu muito bem o frio da mão da garota tapando sua boca.

— Chhh! — A expressão rígida de Della acrescentava um toque de ameaça à advertência. Em seguida, afastou-se um pouco, a cabeça inclinada como que para ouvir melhor.

Kylie também apurou os ouvidos. Mas, como na hora em que tinha acordado, só o silêncio enchia o bosque. Nada de pássaros ou insetos. Até as árvores pareciam conter a respiração.

Por quê?

Kylie sentiu uma lufada de ar frio, como se alguém tivesse passado correndo por perto. Mas não havia nada ali. Então Della emitiu um grunhido gutural.

Kylie fitou-a. Os olhos da garota brilhavam e seu rosto estava banhado numa luminosidade esverdeada, fazendo-a parecer tudo, menos humana. O medo se alojou no peito de Kylie, comprimindo seu coração e os pulmões.

Outra vez, a lufada. Kylie espiou por cima do ombro e, ao se virar para a frente, ela o viu. Estava bem perto, quase esbarrando nela. Notou os cabelos negros e os olhos asiáticos. Parecidos com os de Della, mas irradiavam uma luz dourada, não verde.

Aqueles olhos irreais pousaram em Della.

— Olá, priminha!

Voltou o gélido olhar amarelo para Kylie e se aproximou ainda mais.

— Vejo que nos trouxe um petisco.

Capítulo 13

Antes que Kylie pudesse esboçar uma reação, Della se interpôs entre ela e o recém-chegado.

— O que está fazendo aqui? — perguntou. — Você não deveria... não deveria estar aqui.

— Não se preocupe, priminha — disse ele. — Não podem me ouvir nem sentir meu cheiro a esta distância. Conheço suas limitações.

— Esqueça as limitações deles. *Você* não deveria estar aqui — rugiu ela.

— Então não posso visitar minha prima favorita?

— Aqui, não. — Fez um gesto com a mão. — Vá embora antes que me meta em encrenca.

— Não quer me apresentar a esta criaturinha apetitosa? — Num movimento rápido, aproximou-se novamente de Kylie. Dessa vez, ainda mais. Ela percebeu uma feia cicatriz que lhe atravessava o queixo de lado a lado. O cheiro de seu hálito invadiu as narinas de Kylie. Lembrava o de um mercado quando se chega muito perto do açougue. Carne crua.

Uma palavra cruzou seu cérebro em pânico. *Corra!*

Mas o medo a impediu de obedecer.

Della emitiu um rosnado e, numa fração de segundo, meteu-se entre Kylie e o primo.

— Deixe ela em paz, Chan. Ela está ficando assustada.

Chan deu um passo para trás.

— Estou só brincando. Já jantei. — Passou a mão por baixo da camiseta... uma camiseta clara que, Kylie notou, tinha manchas na frente. Manchas que bem podiam ser de...

O medo paralisou os pulmões de Kylie enquanto um cheiro acre de sangue lhe entrava pelo nariz. Um murmúrio escapou de seus lábios. Recuou um passo, quase tropeçando nos próprios pés.

Della lhe lançou um olhar rápido e se concentrou de novo em Chan.

— Vá embora. Verei você depois do acampamento.

— Então vai se juntar a nós depois que der o fora daqui?

— Não sei o que vou fazer depois. É por isso que estou no acampamento, para descobrir.

— Seus pais nunca aceitarão você. Não conseguirá mais viver no mundo deles — disse Chan.

— Como pode saber? — replicou Della. Havia uma ponta de angústia em sua voz.

— Sei porque já tentei. Poupe-se, e a eles também, de um ataque cardíaco e venha viver conosco. Somos sua nova família.

— Já disse que vou decidir quando sair daqui.

— Esta gente vai encher sua cabeça de mentiras. Querem nos mudar... a todos nós. É uma manobra do governo.

— Ninguém está pondo nada em minha cabeça. Deixaram bem claro que a escolha é minha. Agora, suma daqui antes que me expulsem do acampamento.

— Encrenca é meu nome, priminha.

— Chan! — rosnou Della de novo.

— Você não tem senso de humor — disse ele, afastando-se tão rápido que só restou atrás de si um rastro gélido de medo.

Kylie procurou uma árvore para se encostar. Della permaneceu onde estava, cabeça inclinada para ouvir e ver melhor e se certificar de que Chan tinha realmente ido embora.

Devagar, virou-se para Kylie. Seus olhos tinham reassumido o mesmo tom escuro da sombra nas pálpebras. A lua emergiu das nuvens, deixando que Kylie visse as emoções no rosto de Della.

— Sinto muito — desculpou-se a vampira, com uma expressão sincera.

Kylie não conseguiu responder; não podia sequer controlar a respiração. Ainda encostada à árvore, abraçou o próprio corpo para combater a sensação de frio que nada tinha a ver com a temperatura ambiente.

— Ele não ia machucá-la — assegurou Della.

— Me chamou de petisco — disse Kylie, conseguindo com muito esforço arrancar do peito essas poucas palavras.

— Chan gosta de assustar as pessoas. Mas não ia fazer nada.

Kylie ergueu uma sobrancelha em sinal de incredulidade.

— Ele... é de uma daquelas gangues que atacam humanos? — perguntou.

— Não, apenas finge às vezes.

— Por que, então, você se colocou entre nós?

— Porque farejei seu medo.

Kylie não engoliu totalmente aquelas palavras, mas Della sem dúvida acreditava no que dizia. Ou, pelo menos, queria acreditar.

Os sons naturais da floresta retornaram. Alguns insetos zumbiam a distância. Della, ainda parada ali, parecia inquieta.

— Posso te pedir um grande favor?

— O quê? — perguntou Kylie.

— Não fale sobre isso com ninguém. Sobrenaturais de fora não devem vir aqui. — O pedido parecia custar muito a Della.

— E se ele voltar? — Kylie quase podia sentir o cheiro de carne crua que exalava do hálito de Chan.

— Não vai voltar. Vou dar um jeito para que isso não aconteça. — Fez uma pausa e examinou o rosto de Kylie. — Por favor, seja discreta. Se eles descobrirem, me mandam embora e eu realmente preciso continuar aqui.

Kylie lembrou-se de como Della a protegera e, por razões que não entendia muito bem, achava que a protegeria novamente. Mas confiaria naquela garota a ponto de pôr a vida em suas mãos? Talvez não, mas seu instinto decidiu por ela.

— Apenas faça com que ele não apareça mais aqui. Não quero me tornar outra mancha de sangue na camiseta dele. — Ao dizer isso, Kylie sentiu outro calafrio percorrer sua espinha.

Quando percebeu que o calafrio estava demorando demais para passar, ficou preocupada: o frio vinha do seu pânico ou de outra coisa? Será que havia mais alguém por perto? Alguém que não fosse...

— Obrigada — sorriu Della. — Eu sabia que gostava de você. Anda. Vamos para a fogueira antes que mandem nos procurar.

Recomeçaram a andar, mas Kylie, a cada passo, olhava por cima do ombro. O que mais temia: se deparar com um fantasma ou com o primo de Della? Não tinha certeza.

O cheiro de fumaça de madeira foi ficando mais forte à medida que avançavam no bosque. A meia-lua entrava e saía das nuvens, envolvendo-as numa claridade mortiça ou na escuridão completa. Os estranhos sons de animais ecoavam ao longe — leões, elefantes e até lobos. Mas, graças a Deus, a sensação de frio se diluíra na treva.

Della parecia conhecer bem o caminho, e Kylie a seguia de perto, ignorando os ramos e espinhos que se agarravam à sua calça. Finalmente, um clarão avermelhado surgiu entre as árvores.

Agora já capaz de pensar com mais clareza, Kylie procurou aproveitar seus últimos momentos a sós com Della para fazer algumas perguntas.

— Foi... foi o seu primo que fez isso com você?

Della olhou-a por cima do ombro.

— Fez o quê?

— Transformou você em vampira.

— Ah, não. Já nasci com o vírus. Mas, com certeza, o contato com ele ativou esse vírus.

— Pensei que tinha se transformado em vampira depois de ser mordida. Ou isso é apenas um mito? Quero dizer, existem muitos mitos a respeito de sobrenaturais. Vi que você pode comer pizza. E estava sob a luz do sol.

Della sorriu.

— O sol e eu não nos damos muito bem, mas para isso existem os filtros solares. Também me alimento, embora não da maneira como estava acostumada. Preciso mesmo é de sangue. E, sim, alguns humanos podem se transformar quando são... mordidos. Existe alguma verdade nos mitos. Mas a maioria de nós nasce com o vírus, que só se ativa quando a pessoa fica em contato com outro vampiro.

Kylie se esforçava para entender.

— Então você sempre soube que era vampira?

Della sorriu de leve.

— Não é bem assim. O vírus está na nossa família, mas nunca sabemos nada sobre ele porque ele só afeta um em cada cinquenta membros e, mesmo assim, pode não ser o vírus ativo. Todos pensaram que Chan tinha morrido num acidente de carro quando estava na França. Então, uma noite, eu o vi numa festa. Fiquei aterrorizada.

— Posso imaginar. — Muita coisa do que estava sendo dita ali a assustava muito.

— Seja como for, Chan, é claro, podia perceber que eu tinha o gene e que, mantendo contato com ele, eu ficaria muito doente. Apareceu para me ajudar. Contou que eu era vampira. Foi um choque tremendo pra mim. Do tipo que você acaba de sentir.

— Mas eu não fiquei doente. Não sabemos nem mesmo o que sou.

— A negação faz parte do processo — disse Della. — Eu me lembro. Jurava que o meu era apenas um caso grave de gripe suína.

Kylie evitou continuar negando e deixou que Della continuasse.

— Passei uns maus bocados. Com os vampiros é pior, sem dúvida. A mudança é muito dolorosa. — Afastou alguns galhos do caminho e os segurou para que Kylie passasse.

— Então seus pais não sabem? — perguntou Kylie.

— Está brincando? Eles surtariam.

Continuaram andando e Della prosseguiu:

— No princípio, fiquei muito doente. Nem os médicos sabiam o que era. Mas Chan me explicou tudo. Escondeu-se no meu quarto e cuidou de mim por quase duas semanas. Devo muito a ele por isso.

— O bastante para deixar sua família para ficar com ele? — indagou Kylie, lembrando-se da discussão entre Della e o primo. Lembrou-se também do drama de sua própria família, o que a levou a se identificar com os problemas de Della. Perder quem se ama doía demais. A imagem do pai cruzou sua mente e ela sentiu um aperto no peito.

A emoção punha um brilho intenso nos olhos de Della.

— Há uma comunidade de vampiros na Pensilvânia. Chan acha melhor que eu vá morar lá. Não é fácil viver com os pais sem poder contar nada. Mas... não sei bem o que é melhor. Nós... minha família e eu éramos muito unidas. Meu pai é um cara difícil, não nego, mas sei que me ama. Mamãe era minha melhor amiga e tenho uma irmã mais nova. Não consigo me imaginar longe dela.

— Sua mãe vai deixar você ir? — perguntou Kylie.

— Não. Vou ter que fugir e isso vai partir o coração deles. Por isso muitos vampiros simulam a própria morte; assim, a família se conforma. Não quero fazer isso, mas... de qualquer modo, já estou partindo o coração deles. Minha casa parece uma zona de guerra.

Um ligeiro tremor passou pela voz de Della. Kylie não quis olhar, mas supôs que talvez houvesse lágrimas nos olhos da colega. Ainda não estava certa de que vampiros choravam. Mas, com ou sem lágrimas, podia perceber a angústia na voz dela.

— É duro — continuou Della. — Preciso escapar à noite para beber sangue. Não posso ter um estoque de sangue na geladeira. Hoje, sou basicamente noturna, por isso ficar acordada na escola assistindo a uma aula chata é quase impossível. O diretor convenceu minha mãe de que eu estava deprimida ou usando drogas. Em casa, meus pais, e até minha mãe, pegavam no meu pé e me acusavam de todo tipo de coisa. Vivíamos brigando e eu não sabia como pôr um fim naquilo. Por isso, acho que Chan pode ter razão.

Kylie se esforçava para dizer alguma coisa. Olhando à frente, avistou as fagulhas vermelhas e laranjas da fogueira. As vozes dos campistas, em volta do fogo, enchiam a noite. Virou-se para Della e ofereceu a única coisa que podia:

— Se servir de consolo, na minha casa não era muito diferente.

Saíram da mata para a clareira e quase colidiram com uma figura negra que saltou de entre as árvores e pousou no chão quase sem fazer barulho. Della emitiu um grunhido. Kylie ia gritar quando reconheceu a criatura de olhos muito azuis.

Lucas Parker.

— Belo jeito de levar uma porrada — sibilou Della.

Os olhos do garoto estavam fixos nas duas — impiedosos, acusadores.

Kylie estremeceu diante daquele olhar implacável, mas Della, indiferente à presença agourenta de Lucas, apenas fez um sinal a Kylie para prosseguirem.

Lucas postou-se ao lado da vampira e sua voz grave saiu quase como um sussurro:

— Se ele aparecer aqui de novo, não vou ficar parado sem fazer nada. — E, com isso, afastou-se.

— Merda! — resmungou Della.

Idem.

Kylie viu Lucas se aproximar de um grupo de campistas, que o saudaram como se fosse um líder. E antes de desviar o olhar, a garota que parecia estar sempre grudada nele fulminou-a com olhos amarelo-esverdeados que pareciam soltar faíscas.

— Alguém está com ciúmes — brincou Della.

Embora a ideia parecesse absurda, Kylie juraria que havia traços de ciúmes no olhar da garota.

Pouco depois, Kylie, agora sozinha, contemplava o fogo ouvindo os estranhos sons animais a distância. Seu olhar acompanhava a trilha de fumaça que parecia serpentear em direção à lua. Aspirando o cheiro de madeira queimada e dos *marshmallows* que alguns campistas tinham posto para assar, Kylie tentava se livrar do peso que oprimia seu peito. E ali, diante do bruxulear das chamas, sentiu a falta de Sara como nunca antes.

A princípio, Kylie não entendeu bem aquela saudade repentina da amiga, mas, ao olhar em volta, o motivo ficou claro. Claríssimo.

Bem-vinda ao mundo das panelinhas.

O que não faltava na escola eram panelinhas. Entre outras, a panelinha das líderes de torcida, a da banda da escola, a dos CDFs — completamente diferente da dos *geeks* —, a do clube de arte e aquela a que Sara e Kylie pertenciam: a panelinha dos sem panelinha.

Não era a pior delas. Na verdade, nem sequer era uma panelinha, mas um bando de "desgarrados". Uniam-se — sem pertencer — a um grupinho por algum tempo e depois se juntavam a outro. Felizmente, as pessoas não os hostilizavam nem ridicularizavam, como faziam a outros grupos impopulares. E como iriam ridicularizá-los se mal sabiam de sua existência? Pelo menos, foi assim que Kylie sempre se sentiu na escola. Eles não eram odiados nem maltratados, apenas invisíveis.

O motivo de estar com saudade de Sara não era, naquele momento, racional. Kylie podia ser uma desgarrada, mas nunca precisou se desgarrar sozinha. Desde o quinto ano, ela e Sara formavam uma equipe. E Sara foi, sem discussão, a desgarrada número um — papel assumido naturalmente, pois era a que mais fazia questão de se enturmar.

Inalando outra golfada de fumaça, Kylie procurou se proteger do vento. Enquanto seu olhar passeava pelos grupos, lembrou-se de um ditado que a avó sempre citava: "Cada qual com seu igual".

Ali as panelinhas não se pareciam em nada com as do colégio. Observou Della e o sujeito dos *piercings*, Jonathon, em meio a um grupo formado sem dúvida apenas de vampiros.

Perto da fogueira, assando *marshmallows*, estava o metamorfo Perry, acompanhado por dois garotos e uma garota. Será que todos eles podiam se transformar em unicórnios?

Derek estava a uma certa distância de outro grupo, como se não estivesse certo de querer se misturar. Kylie supôs que deveriam ser fadas, ou *faes*, como dizia Derek. Não o censurava por usar uma palavra diferente; nenhum garoto que se prezasse gostaria de ser chamado de fada. Não que alguém pudesse achar que ele fosse *gay*. Algo em sua postura e maneira de caminhar mostrava claramente que Derek gostava de mulheres — como Trey.

Apertando as pálpebras, pôs-se a admirar o corpo musculoso de Derek. Os ombros largos, o queixo quadrado, a massa muscular delineando seu jeans. Mas logo se deu conta de que estava de novo comparando Derek a Trey. Não queria de forma alguma se envolver naquela tempestade emocional e por isso desviou os olhos.

Quis o acaso que seu olhar fosse pousar diretamente em outro corpo sarado no meio de um bando diferente de campistas. Lucas. Sua advertência a respeito do primo de Della ecoou no cérebro de Kylie, enquanto ela admirava o físico atlético do garoto. Não que ela planejasse levar muito longe essa admiração. O simples fato de admirá-lo a aborrecia. Afinal, devia mostrar um pouco mais de lealdade para com o seu gato. Certo?

Antes que conseguisse desviar os olhos daquele peito sólido, sob uma camiseta preta, percebeu ao lado dele a namorada gótica. Apertava o corpo contra o de Lucas a tal ponto que ninguém conseguiria se meter entre eles.

Lucas se virou, como se percebesse que Kylie o observava. Ela tentou disfarçar, mas os olhos dele encontraram os seus. Ela se sentiu pega no flagra. E então algo estranho aconteceu. Uma lembrança esquecida veio à tona. Estava voltando da escola para casa e alguns garotos mais velhos começaram a infernizá-la. Um deles apanhou uma pedra e atirou em Kylie, mas Lucas apareceu do nada e interceptou a pedra. Como um jogador profissional de basquete, devolveu o arremesso e atingiu o valentão bem entre as pernas.

O garoto desabou no chão, gemendo, e Lucas acompanhou Kylie pelo resto do trajeto, como para protegê-la. Os encrenqueiros nunca mais a incomodaram.

Percebendo que continuava observando Lucas enquanto se recordava do incidente, ela desviou o olhar. Viu Miranda conversando com um grupo vestindo roupas de estilo pouco convencional — bruxas, sem dúvida. Ainda sentindo sobre si os olhos de Lucas e achando que deveria fazer alguma coisa para não pensar mais nele nem em Derek, quase uma cópia do seu ex-namorado, caminhou na direção de Miranda.

Por sorte, Kylie tinha aprendido com Sara técnicas suficientes da "arte se ser uma desgarrada" para passar os próximos dois meses. Afinal, pensando bem, por que o acampamento seria diferente do colégio? Não estava em seus planos se enturmar e fazer parte de uma panelinha.

O travesseiro de Kylie não cheirava muito bem. E era duro também. Ela tinha sido a primeira a se afastar da fogueira e, quando Holiday se aproximou para perguntar como estava indo, sentiu-se tentada a inundá-la com um dilúvio de perguntas. *Será que não sou apenas meio tantã, em vez de sobrenatural? E se realmente tiver dons, como conseguirei descobrir o que sou? E... o acampamento pode mesmo ser fechado por aqueles caras de terno preto? Posso fazer alguma coisa para que isso realmente aconteça?* Tudo bem, não teria feito as duas últimas perguntas, mas não por falta de vontade.

Mais que qualquer outra coisa, Kylie desejava voltar para casa — para sua própria vida miserável, para seu próprio mundo conturbado.

No entanto, ali diante de Holiday, Kylie se lembrou da audição supersônica de alguns presentes e preferiu ficar de boca fechada. Segundo sua agenda, comunicada ao pé do fogo, ela teria uma sessão de uma hora de aconselhamento com Holiday no dia seguinte, antes do almoço.

Antes disso, logo depois do café da manhã, precisaria se apresentar para a atividade diária: a Hora de Encontro com os Colegas de Acampamento. Cada campista teria a companhia de um colega por uma hora para conhecerem melhor os dons, a cultura e a espécie um do outro.

Não seria divertido? Não.

Estava curiosa, é claro, mas preferia descobrir quem era ou, melhor ainda, quem "não" era, antes de investigar o que os outros eram. E se pudesse provar que era apenas humana, talvez a deixassem ir para casa.

Rolou pela centésima vez na cama, sabendo que o motivo da insônia devia ser, em parte, o medo de mais uma noite de terror. Deus, não queria ter de explicar aquilo às suas colegas de cabana!

O ruído de seu estômago quebrou o silêncio noturno. Será que tinha algo para comer na geladeira? Deslizando da cama, apenas com um short azul-marinho com coraçõezinhos e uma camiseta cor-de-rosa, foi até a porta.

A porta rangeu quando ela saiu do quarto. Uma atmosfera sinistra parecia emanar das paredes de madeira. Kylie olhou de relance as portas dos outros dois quartos. Tinha ouvido Della e Miranda entrando e prestou atenção para descobrir se as duas ainda estavam planejando se matar. Caso tivesse de acordar para ver uma cena sangrenta, o melhor era estar preparada.

Felizmente, a conversa das duas parecia amistosa. Tudo o que Miranda queria era falar sobre garotos. Inclusive Derek. Kylie não se importava, é claro.

Mais alguns passos e Kylie espiou de novo pelas portas dos quartos. Grande alívio: as duas estavam mergulhadas num sono profundo, como o da morte. Bem, talvez *como o da morte* não fosse a comparação adequada, principalmente porque Kylie não sabia ao certo se vampiros estavam mortos ou não. Será que chegavam mesmo a dormir? E, em caso positivo, eram realmente imortais, conforme afirmavam os livros?

Os pés descalços de Kylie, pressionando o assoalho, faziam as tábuas de madeira velha gemerem. Lembrou-se da visita do primo de Della. E depois, da história das gangues de vampiros. Agarrando a camiseta com as mãos crispadas, refletiu se não seria melhor desistir do lanchinho no meio da noite, para não correr o risco de se tornar um também.

Então, as tábuas estalaram outra vez.

Capítulo 14

Kylie recuou um passo na direção da porta de seu quarto. E outro ruído a deteve. Apurou os ouvidos, lembrando-se dos sons selvagens que cortavam a noite há algumas horas. Esse, porém, não era o rugido de nenhuma fera. Com a respiração suspensa, esforçou-se para identificar o som. Ouviu novamente uma espécie de miado indistinto. Um som débil, suave.

Um movimento na vidraça chamou sua atenção. Olhou em volta. O medo invadiu seu peito, mas desapareceu tão logo ela avistou um gatinho amarelo no parapeito da janela. Assustado com o gesto súbito da garota, o bichinho saltou para o chão. "Não vá embora", murmurou ela, sem entender a princípio a preocupação repentina com o pequeno animal. Por fim, compreendeu. E se Lucas ou um dos lobisomens aparecesse?

Kylie correu para a porta e a abriu. Ajoelhou-se na soleira e chamou o gato.

— Vem cá, garoto. Vou cuidar de você — disse ela. Uma agitação de folhas respondeu às suas palavras. — Pode confiar em mim. — Segundos depois, uma pequena bola de pelos bamboleante foi se aproximando.

— Que gracinha — sussurrou ela e, com a ponta do dedo, acariciou delicadamente o queixo branco do bichinho que, ronronando, esfregou-se na perna nua de Kylie. Ela o pegou nos braços, examinou bem seus olhos dourados, apertou-o contra o peito e entrou.

O gato, miando alto, tentou escapar, como se não quisesse ficar preso lá dentro, mas Kylie o abraçou bem forte.

— Não, senhor — advertiu. — Há monstros lá fora. Aqui você está seguro.

O animal ficou mais calmo enquanto ela corria os dedos gentilmente por trás da orelha dele.

— Está com fome? — Esfregou o nariz no alto da cabeça do gato e o aconchegou mais ao peito.

Foi até a geladeira e a abriu para ver se havia algo para ela comer e dar ao pobre gatinho.

Ouviu, então, o ranger de uma porta às costas. Virou-se e viu Miranda sair do quarto, vestida com um camisetão amarelo e a calça de um pijama com estampa de carinhas sorridentes. Seu cabelo tricolor estava um tanto desarrumado e Kylie notou que, sem maquiagem, ela parecia bem mais jovem.

— Oi — disse Kylie.

— Pensei ter ouvido... — Miranda parou e arregalou os olhos. — O que é isto?

— Um gatinho. Ele..., ou ela, não é muito fofo? — Levantou-o para ver qual era o sexo do animal. O gato ficou todo agitado, tentando até mesmo arranhá-la, mas Kylie o segurou com firmeza. — É menino. *Ele* estava espiando pela janela. — Aconchegou-o de novo ao peito e virou-se para a geladeira. — Acho que está com fome.

— Ah, não! — A exclamação de aborrecimento fez Kylie se virar para Miranda.

— O que foi? — perguntou, confusa. — Você é alérgica a gatos?

— O mesmo truquezinho de sempre, hein? — disse Miranda, mas Kylie não achou que sua colega estivesse falando com ela.

Miranda apontou um dedo rosado para o gato, girando-o ritmicamente no ar:

— "Rosas são vermelhas, com elas faço um buquê; mostre-me quem é ou um feitiço vou lançar em você."

— Pode parar. Vou voltar à forma normal. — As palavras vinham do gato!

Kylie ficou gelada. *Palavras*. Mas que inferno! Estaria sonhando? Gatos não... falam. Olhou para Miranda, ainda sem decidir se jogava o gato no chão, mas prestes a fazer isso.

— Como eu ia imaginar...?

Miranda olhou para Kylie e esboçou um sorriso; mas conteve-se e virou-se de novo para o gatinho.

— Faça isso agora, Perry!

Perry.

Kylie baixou os olhos para o gato aninhado entre os seios. Fagulhas em forma de diamante flutuaram à volta do bichano amarelado. E então, *puf*! Perry apareceu diante de Kylie, com a cabeça encostada em seu peito.

Kylie deu um grito.

Della irrompeu pela cozinha.

— O que está...? — Piscou com um ar maroto. — Vocês querem ficar a sós? — perguntou, com um risinho, apontando para Kylie e Perry.

Recobrando-se do susto, Kylie agarrou o intruso pela orelha e o afastou de si.

— Ele está de saída.

— Ai! Ai! — gemeu Perry enquanto Kylie o arrastava para trás da mesa da cozinha. — Larga a minha orelha! — ordenou, rosnando como um animal enfurecido.

Mas Kylie não estava disposta a obedecer às ordens de ninguém e a raiva a impedia de sentir medo dele. Agarrada à orelha de Perry como um carrapato a um cão, arrastou-o ao longo da mesa até a porta, abriu-a com a mão livre e jogou o pervertido para fora com tanta força que ele aterrissou sentado no chão.

Mas Kylie ainda não tinha terminado.

Apontou um dedo para ele:

— Atreva-se a chegar perto dos meus peitos novamente e da próxima vez não vou puxá-lo pela orelha. E, caso não saiba a que parte do corpo estou me referindo, digamos apenas que, quando voltar a ser um gatinho, descobrirá que não poderá mais cruzar!

E bateu a porta com estrondo.

— Merda! — Kylie pôs-se a ir e vir pela cozinha, abrindo e cerrando os punhos.

Della e Miranda estavam imóveis, de olhos arregalados e boca escancarada, como que em estado de choque.

Miranda riu primeiro.

— Me desculpe — murmurou —, mas foi tudo tão divertido!

— Divertido coisa nenhuma! — rugiu Kylie, ainda furiosa, a garganta apertada de raiva.

— Ah, foi sim! — concordou Della, rindo a ponto de quase cair sobre a mesa. — Você esconde muita coragem por trás dessa sua carinha inocente. *Gostei.*

— Ou tem muita coragem ou é muito idiota — disse Miranda. E, em tom exasperado: — Tem ideia do que Perry é? Talvez o mais poderoso metamorfo do mundo, atualmente. Todos sabem que não se deve irritar um metamorfo. Essas criaturas são imprevisíveis.

— Eu... ele... ele me enganou para deixá-lo se esfregar em meus peitos. — Lembrou-se do miado doce do gatinho se transformando num rugido ameaçador.

Bem, talvez ela tivesse mesmo agido de maneira meio idiota, mas nada — nada — a irritava tanto quanto ser feita de boba. E aquele sujeito tinha conseguido fazer exatamente isso.

Tentando conter as lágrimas, pois sempre chorava quando estava furiosa, percebeu a geladeira ainda aberta e foi até lá para fechá-la. O ar frio que vinha de dentro golpeou-lhe o rosto e então ela se lembrou...

— Meu Deus! Eu vi as "coisas" dele!

Às suas costas, Della e Miranda riram ainda mais. E então, sabe-se lá o motivo, de repente Kylie também passou a ver graça naquilo. Ainda com a mão na porta da geladeira, começou a gargalhar. Pelos cinco minutos seguintes, ficaram sentadas à mesa, chorando de tanto rir. Era o que Kylie e Sara faziam com frequência.

Até tudo mudar, é claro.

— Devia ter visto a cara dele quando puxou sua orelha — disse Della. — Ah, se eu estivesse com a minha câmera!

— Quase fiquei com dó do coitado — disse Miranda.

— Dó daquele cara? — debochou Kylie.

— Aquele jeitinho meio infantil dele é até atraente, não acham?

— Atraente?! Ah, ele é uma aberração, isso sim! — insistiu Kylie.

— E nós? Não somos? — ponderou Della, já com uma pontinha de mau humor.

Eu talvez não, pensou Kylie, mas não disse nada. Nesse momento, algo saltou sobre a mesa. Kylie deu um grito ao constatar que era um sapo.

Miranda, revirando os olhos, agarrou o bicho.

— Se comportando mal novamente, Sr. Pepper? — perguntou ao anfíbio, mantendo-o à curta distância dos olhos. As pernas do animal, balançando, quase alcançavam o tampo da mesa.

— O que foi que ele fez pra você botar um feitiço nele? — quis saber Della, olhando para o bicho com nojo.

— Como nosso amigo Perry, Sr. Pepper é membro do clube dos pervertidos. — Miranda deu uma sacudidela no sapo. — Foi meu professor de piano e tentou dedilhar outro instrumento, se é que me entende.

Della mostrou os dentes para o sapo.

— Por que então não o transformamos num petisco e acabamos logo com isso? Pernas de sapo são tão saborosas quanto as de rã?

— Hummm... não sei. — Miranda lançou um olhar para Della. — Mas gostaria de saber — completou, mirando o sapo.

Kylie podia estar enganada, mas juraria que os olhos do sapo se arregalaram de susto.

Miranda riu:

— Ah, se eu fosse esse tipo de bruxa!

— E que tipo você é? — perguntou Kylie, com certo alívio.

— Destrambelhada. — respondeu Miranda. E, franzindo a testa para o sapo: — Conhece as regras, Sr. Pepper. Pare de pensar em coisas indecentes e voltará ao normal.

O bicho estirou as pernas e se dissipou no ar rarefeito.

— Que espécie de feitiço colocou nele? — perguntou Della.

Miranda gemeu de frustração:

— Se eu soubesse, consertaria as coisas.

— Mas então não se lembra? — espantou-se Della.

— Lembro-me do que pensei e fiz, mas sou... sou disléxica e às vezes pronuncio mal minhas fórmulas. E tenho de saber exatamente o que disse para desfazer. Então, toda vez que esse tarado pensa numa menininha, transforma-se em sapo e vem me fazer uma visita.

Kylie se inclinou para ela:

— Pode ser ruim para você, mas ele bem que merece.

— Ah, merece. Mas está sempre me lembrando de que sou destrambelhada.

— Verdade — concordou Della. — Mas, vendo as coisas pelo lado positivo, assim você impede que ele volte a mexer com outras garotinhas. Odeio tarados. Um coroa que era meu vizinho ficava na janela, com um frasco de creme na mão, masturbando-se diante de mim e outras garotas.

— Isso é nojento — resmungou Miranda.

— E o pior é que uma garota de nossa rua me disse que o coroa já tinha se exibido para ela também. Contou aos pais e os pais contaram à polícia. A polícia voltou e esclareceu que o cara era pastor e, no caso, seria a palavra de minha vizinha contra a dele. Preferiram acreditar no coroa.

— Por isso recorri ao feitiço — disse Miranda.

— Ah, mas eu não deixei por menos! — riu Della.

— O que você fez? — perguntou Kylie, quase com medo do que iria ouvir.

— Entrei de fininho na casa dele e substituí o creme por uma cola forte que meu pai usava no laboratório. Vocês tinham que ver a expressão no rosto do coroa quando percebeu que não conseguia tirar a mão do pinto! Dei então um telefonema anônimo para a polícia e contei tudo. Agora, como o velhote poderia disfarçar o que estava fazendo? A mão dele ficou grudada à cena do crime!

Todas caíram na gargalhada. Enxugando as lágrimas de riso, Kylie, olhando para Della e Miranda, podia jurar que eram adolescentes absolutamente normais.

Quer dizer, podia jurar até que sentiu uma rajada de frio nas costas. Olhou por cima do ombro, desejando mais do que tudo que não houvesse nada ali.

Mas nem todos os desejos se realizam.

O soldado Dude estava a apenas alguns passos dela. Perto demais. Mais perto do que nunca. O frio que emanava da presença dele fez com que um medo gelado subisse pela espinha de Kylie.

— *Kylie*? — Ouviu Miranda chamar seu nome. Ou seria Della? Não saberia dizer porque o som parecia vir de outro mundo. Um mundo onde fantasmas não existiam. Um mundo para o qual queria voltar, mas não conseguia.

O espírito manteve os olhos fixos em Kylie, enquanto erguia lentamente a mão e tirava o capacete. Sangue — sangue vermelho-vivo — escorria da sua testa. Kylie mal conseguia respirar vendo aquele líquido descer pelo rosto do homem. Então tudo entrou em câmera lenta. Kylie se levantou, disposta a fugir.

Plop, plop, plop.

As gotas de sangue caíam no assoalho e espirravam nos pés nus de Kylie. As gotas foram então se juntando, começando a formar letras e uma palavra apareceu: *Ajude...*

Kylie tentou respirar, mas seus pulmões se recusavam a absorver o ar gelado. Soltou o oxigênio preso na boca e viu uma nuvem de vapor frio flutuando diante dos lábios.

— Tem algo errado? — As palavras de Miranda pareciam flutuar também no cérebro de Kylie.

Boa pergunta, pensou ela.

Pena que não soubesse a resposta.

— Estão sentindo esse cheiro? — As palavras de Della penetraram na consciência de Kylie, mas pareciam vir de muito longe, como a música de fundo num filme. — Tem um cheiro muito bom aqui.

— Não sinto nada — disse Miranda. A conversa das duas prosseguiu, mas logo se tornou um eco distante. — Ah, merda... merda... merda. A aura de Kylie está ficando preta... preta...preta. Acho que é um fantasma... fantasma... fantasma...

— Que droga! — exclamou Della. — Detesto essa merda! — Ouviram-se passos. As amigas tinham fugido. Uma porta bateu. Kylie quis correr também, mas não conseguiu. Não conseguia se mexer. O sangue continuava espirrando em seus pés; mas ela não quis ler as palavras que se formavam.

— Espere! — A voz sumida de Della vibrou através das paredes. — Ela parou de respirar. Kylie parou de respirar. Precisamos fazer alguma coisa.

Kylie ouviu a porta se abrir. Ouviu seu nome ser pronunciado. Mas então tudo ficou escuro e ela desabou no chão.

Capítulo 15

Uma sensação de fria umidade percorreu a testa de Kylie, levando-a a um estado de semiconsciência. Estado que trouxe consigo uma série de perguntas: quem, quê, quando, por quê, onde. O cheiro de mofo do travesseiro respondeu à última.

Acampamento. Ainda no acampamento.

A sobrecarga emocional acumulada nos últimos dias era quase insuportável. Ela fez um esforço para abrir os olhos e viu Holiday sentada aos pés da cama. O cabelo ruivo da líder caía solto sobre os ombros e um ar de preocupação sombreava seu rosto, escurecendo seus olhos verdes brilhantes.

— Ela está acordada? — A grave voz masculina, bem conhecida, ecoou nos ouvidos de Kylie, despertando outros ecos ao redor de sua cabeça. Olhou à esquerda.

Droga!

Holiday passou de novo o pano úmido em sua testa.

— Ei, está me ouvindo?

Kylie não ouvia nem olhava para a líder do acampamento. Olhava para... Lucas Parker, matador de gatos nas horas vagas.

E protetor de garotas contra valentões, sussurrou o inconsciente de Kylie. Mas por que seu consciente insistia em defender Lucas?

O que estava acontecendo?

Lucas se inclinou como se fosse tocá-la. Kylie, num movimento brusco, tirou o pano da testa.

— O que houve? — E de repente se lembrou.

O fantasma.

O sangue. Muito sangue.

Outra informação perturbadora lhe ocorreu. Ela devia ter morrido. Aquilo era inquietante.

— Você desmaiou — disse Lucas, sua voz poderosa enchendo o cubículo e fazendo-o parecer ainda menor.

Ele precisava repetir o óbvio? E por que estava ali? Não havia nenhuma regra proibindo garotos no alojamento das garotas? Se não havia, Kylie providenciaria para que houvesse uma.

Olhou para Holiday.

— Acontece, às vezes — disse a líder. — Quando os fantasmas se aproximam demais.

— Estou bem, agora. — Levantou-se, mas o quarto parecia girar em torno de seu próprio eixo. Girava e girava. Lucas segurou-a pelo cotovelo.

Um toque firme, mas que não chegava a machucar.

Um toque ardente, que fez seu braço formigar e sua cabeça ficar ainda mais aérea. Mas pelo menos as coisas pararam de rodopiar.

Seu primeiro impulso foi sair correndo, mas, com medo de que isso parecesse descontrole, fez um esforço para ficar calma. Sem dúvida, se pudesse contar suas batidas cardíacas como Della, saberia que estava simplesmente aterrorizada.

E, por falar em Della, onde... Olhou para a porta. Della e Miranda estavam lá, uma ao lado da outra, observando-a como se ela fosse a diversão da noite. Que desgraça! Imaginou as duas saindo em disparada de seu esconderijo — pois tinha a vaga lembrança de ter ouvido passos apressados — para encontrá-la estendida no chão. Mas quem a pusera na cama?

Desviou o olhar das colegas de alojamento e concentrou-se em Lucas. Será que tinha sido ele? Será que a tinha pegado no colo? Seu coração começou a bater ainda mais rápido. Percebeu então que ele continuava segurando seu braço.

— Estou bem — murmurou Kylie, tentando se soltar.

Ele a largou, um dedo de cada vez, como se temesse que ela voltasse a cair. E antes que o último dedo se soltasse, Kylie notou que ele a olhava de cima a baixo. Embora seu pijama não fosse ousado, ela tomou imediatamente consciência do quanto o tecido era fino na parte de cima — e também de que o decote descia bem mais do que o de qualquer outra de suas camisetas. Como diria Sara, seus peitos estavam querendo pular para fora e dizer "alô" com mais entusiasmo do que o normal.

Kylie afastou-se um pouco e cruzou os braços diante do peito.

— Eu gostaria de conversar a sós com Kylie — pediu Holiday a Lucas, que não parava de olhá-la, embora seu olhar tivesse migrado dos seios para o rosto com fria indiferença.

Ele assentiu, mas arqueando de leve as sobrancelhas negras. Portanto, continuava tentando lê-la, certo? Mas agora ela se sentia aliviada, sabendo que Lucas não conseguiria.

Nesse momento, outra lembrança do passado veio à tona: Lucas Parker fazendo aquele movimento de sobrancelhas quando ela era criança. Estaria, já na época, tentando lê-la? Esse pensamento trouxe consigo a pergunta que vinha martelando em sua cabeça desde que o vira pela primeira vez no acampamento. Lucas se lembrava dela?

— Terminaremos nossa conversa amanhã — disse Holiday a Lucas, como que para dispensá-lo.

— Tudo bem — concordou ele, sorrindo para Holiday. E saiu.

Della e Miranda se afastaram da porta para lhe dar passagem. Kylie não deixou de perceber os olhares pouco amistosos que Della e Lucas trocaram. Será que Della tinha se aborrecido com Lucas por ele ter contado a Holiday sobre a aparição súbita de seu primo Chan no acampamento? Provavelmente.

— Feche a porta — pediu Holiday quando Lucas já estava do lado de fora.

Kylie olhou de novo para a líder, temendo ser castigada por... por quê? Por ter desmaiado? Ou teria Lucas contado a ela sobre Chan e agora Kylie estava em apuros por não ter contado antes?

— Não precisa ter medo de Lucas — disse Holiday.

Kylie estudou-a.

— Você também consegue ouvir as batidas do meu coração?

Holiday sorriu.

— Leio emoções, não batimentos cardíacos. Assim, pude ler o medo em seu rosto, que ficou branco como papel ao vê-lo.

Kylie quase lhe contou tudo o que sabia de Lucas, mas preferiu ficar calada. Poderia parecer fofoca. Em vez disso, perguntou:

— Por que ele veio aqui?

— Estava no escritório quando Miranda apareceu para me chamar.

Kylie olhou para o relógio; era quase uma da manhã. Que Lucas e Holiday estariam fazendo numa hora dessas? Sem dúvida, a líder do acampamento era mais velha, mas não muito.

— Você e ele são... próximos?

— Depende de como você interpreta essa palavra. — Holiday franziu a testa. — É a terceira vez que ele vem aqui. Ele nos ajuda a resolver algumas coisas e está se preparando para trabalhar conosco no próximo ano. Mas isso é tudo. — Em seguida, perguntou: — O que aconteceu esta noite?

Kylie engoliu em seco. Até que ponto ela poderia se abrir?

— O fantasma apareceu de novo, não foi? — perguntou Holiday em meio ao silêncio hesitante.

Kylie assentiu, embora quisesse desesperadamente negar.

— Foi, mas Miranda e Della disseram que pessoas meio atrapalhadas às vezes dão a impressão de não ser humanas. Então talvez eu não tenha nenhum dom e o fantasma seja apenas muito poderoso, como você disse que acontece de vez em quando. Ou talvez eu tenha um tumor no cérebro.

— Duas possibilidades muito remotas — disse Holiday, com um suspiro. — Não acha?

— Talvez. Mas elas existem — insistiu Kylie. — Quero dizer, como você esclareceu, quase sempre a capacidade de ver espíritos é... hereditária. Um dos meus pais, portanto, deveria ter dons.

— Nenhum deles... já deu sinais de ser diferente?

— Não. Nunca. — Mas logo reconsiderou a natureza fria da mãe. Isso seria um sinal de que ela é "diferente"?

— Eu disse também que, em raras situações, uma geração não é sobrenatural.

— Conheci meus avós paternos e maternos. A maioria das pessoas não sabe quando... quando não é humana?

— Muita gente sabe, mas... — Holiday olhou-a com certo desapontamento e cruzou as mãos sobre o colo. — Acho que deve trabalhar isso enquanto estiver aqui.

— Trabalhar como?

Holiday se levantou.

— Todos aqui procuram alguma coisa. Às vezes, respostas. Creio que sua busca deverá se concentrar em descobrir se é ou não completamente humana. E se for mesmo uma de nós, como suspeito, terá também de decidir se usará seus dons em benefício de outras pessoas ou lhes dará as costas.

Kylie tentou pensar na possibilidade de um de seus pais não ser humano e compreender o que ela estava passando. Mas já não teriam lhe contado?

Holiday pousou a mão no ombro de Kylie.

— Agora, tente dormir um pouco. Amanhã será um dia cheio.

Kylie concordou com um aceno de cabeça e acompanhou com o olhar a líder enquanto ela se dirigia para a porta. Então, lhe ocorreu a pergunta:

— Como... como encontrarei as respostas? Não posso simplesmente perguntar aos meus pais se eles veem fantasmas. Pensariam que fiquei maluca.

Holiday se virou.

— Mas pode ser que um deles lhe conte a verdade.

Kylie balançou a cabeça.

— Mas, se tudo isso for um grande equívoco, não ia adiantar nada. Continuariam insistindo para que eu fosse à psicanalista. Se eu começar a falar em fantasmas, talvez até me internem.

— A busca é sua, Kylie. Só você pode decidir como encaminhará as coisas.

Na manhã seguinte, Kylie e Miranda foram tomar café juntas. Della já tinha saído quando Kylie acordou. Quando perguntou sobre Della, Miranda disse que os vampiros às vezes se reúnem antes do amanhecer para realizar alguns rituais.

— Que tipo de rituais? — quis saber Kylie.

— Não sei exatamente, mas suponho que tenham a ver com beber sangue.

Kylie comprimiu o estômago com uma das mãos, lamentando ter feito a pergunta. Sem dúvida, a sensação ruim podia se dever em parte ao fato de ter dormido pouco. Mas também, é claro, à ideia do sangue, que lhe causava enorme repulsa. Ver aquela coisa vermelha nos copos, durante o jantar da última noite, tinha sido demais para ela. Na melhor das hipóteses, pelo menos Kylie poderia perder alguns quilinhos durante o verão.

Caminharam em silêncio durante alguns minutos.

— Dormiu bem? — perguntou Miranda finalmente, embora Kylie soubesse o que a colega de alojamento queria dizer. Ou seja, você está inteira, então o que aconteceu para desmaiar?

Kylie decidiu ignorar as entrelinhas e respondeu à pergunta tal como havia sido formulada.

— Muito bem — disfarçou, ciente de que as mentirinhas funcionavam com Miranda, mas não com Della.

Na verdade, Kylie havia passado a noite medindo o teto e analisando o que Holiday dissera a respeito de sua busca. Não importava como abordasse o problema, parecia impossível descobrir um jeito de perguntar aos pais se eles não eram totalmente humanos.

Entretanto, ela podia pensar em muitas outras perguntas que gostaria de fazer sobre si mesma. Como, por exemplo: se sou sobrenatural, a que espécie pertenço? E, se não sou uma de vocês, por acaso terei um tumor no cérebro? Kylie não sabia o que podia ser pior.

Então, algo revelador lhe ocorreu. Quem sabe se, obtendo respostas a essas perguntas, não descartaria a possibilidade de ela ser qualquer coisa que não fosse humana? Não era o melhor plano, mas talvez fosse um bom começo. E precisava começar de algum ponto.

— Você não parecia nada bem ontem à noite — observou Miranda.

De fato. Quando Kylie finalmente adormeceu, vieram os sonhos. Sonhos malucos, estranhos, com Lucas Parker e ela. Estavam nadando. Os dois seminus. Tinha acordado sem fôlego, tremendo. Tremendo como Trey a fazia tremer depois de se beijarem por muito tempo. Como seu corpo podia traí-la dessa maneira, fazendo-a achar Lucas desejável? Não que ela fosse deixar seu corpo assumir o comando. Sabia que podia controlar seus desejos. Tinha conseguido deter Trey, mesmo quando essa era a última coisa que desejava.

Isso fez com que estabelecesse outra meta. Não apenas procuraria descobrir se era humana como faria tudo para não ficar muito perto de Lucas.

— A noite foi tranquila — mentiu de novo.

— Não acredito em você, mas vamos deixar assim por enquanto. — Mirando olhou para o outro lado. — Alerta de vampiro esperto e muito gato à esquerda! — sussurrou, mudando totalmente de conversa.

— O quê?

— O loiro usando camisa de futebol — sussurrou Miranda de novo. — O que eu não daria para ficar com ele!

— Pensei que não gostasse de vampiros.

— Nunca disse isso. E se dissesse, isso não se aplicaria a vampiros do sexo masculino.

Kylie não estava nem aí com vampiros muito gatos e a última coisa em que pensava no momento era sair com alguém, mas ainda assim deu uma olhada. Não viu ninguém.

— Onde?

— Ali — disse Miranda, acenando com a cabeça na direção oposta.

— Então quis dizer direita, não esquerda.

— Direita, esquerda, nunca sei direito. Sou disléxica, lembra? Mas ele é uma graça. Talvez eu descubra seu nome na reunião de hoje da Hora do Encontro com os Colegas de Acampamento.

O garoto loiro conversava com um grupo de amigos. Kylie se lembrava dele, mas não do seu nome. A estatura e o porte lembravam Perry, que não fazia o tipo de Kylie. Especialmente depois do que tinha acontecido na última noite.

— Você está bem mesmo? — perguntou Miranda depois de passarem pelo grupo de garotos. — Parecia fora de si ontem à noite. Sua aura estava esquisita.

— Estou bem. — E, não desejando mais falar sobre o assunto, indagou: — Você é realmente disléxica?

Miranda não respondeu logo.

— Sou. E, segundo minha família, é algo que eu pedi. — Seu tom de voz perdeu a leveza que a caracterizava.

— Então, na sua família, todos são bruxos?

— Sim, e mamãe também pode ser um osso duro de roer.

— Todas as mães são, não é?

— Talvez — suspirou Miranda. — Não que eu a censure. Decepcionei minha família por muito tempo.

— Como assim? — perguntou Kylie.

— Eu sou a próxima da lista a ocupar o cargo de Alta Sacerdotisa. Mas, antes de receber o título, preciso fazer alguns testes. E testes não são meu forte. Mas minha família poderá perder seu lugar no grupo caso eu não seja aprovada.

— E por que tem que ser você? Por que não pode ser outra pessoa?

Miranda suspirou de novo.

— Não é assim que funciona. Se não for eu, a honra passará a ser de Britney Jones.

— Uau, tudo menos deixar que os Jones passem vocês pra trás! — brincou Kylie, para que Miranda se sentisse melhor.

— É isso aí. — O tom de Miranda indicava que a tentativa de Kylie falhara.

— Sinto muito — disse Kylie. — Mas do que vai precisar para passar nos testes?

— Apenas superar a dislexia. O que é, basicamente, impossível. Ah, olhe para a esquerda... quer dizer, para a direita. Seu gatinho vidrado em peitos está aqui. E está corando. Deve ser péssimo para o ego dele ter sido escorraçado por você daquela maneira.

— Assim espero. — Olhou para Perry, que estava mesmo com o rosto muito vermelho.

Ótimo.

— Não contou a Holiday sobre isso, contou? — Miranda parecia preocupada. Sem dúvida, simpatizava com os bobalhões.

— Não — respondeu Kylie, em tom irritado. — Mas contarei caso ele me apronte de novo. — Será que Perry tinha superaudição? Se tivesse, ótimo.

Estavam quase no refeitório, depois de terem passado pelo escritório do acampamento, quando os dois sujeitos de terno preto do dia anterior saíram às pressas pela porta.

Kylie diminuiu o passo para estudar a linguagem corporal deles. Não estavam nada contentes. Vendo-os caminhar apressados para o estacionamento, alimentou a esperança de que sua visita tivesse algo a ver com o fechamento do lugar.

Então, o mais alto se deteve e olhou para trás. Ficou ali parado, mirando Kylie e arqueando as sobrancelhas.

Inclinou-se para o outro e cochichou alguma coisa. Em seguida, continuaram a andar. Na direção de Kylie.

Droga!

Capítulo 16

Kylie se sentiu como um animal selvagem apanhado no laço do Terno Preto. Caramba! Por que todos tinham que pegar no seu pé?

Melhor dizendo, o que poderiam querer com ela? Não tinha nem sido aceita no clube dos sobrenaturais, ainda. E esperava ser expulsa desse clube antes de receber a carteirinha.

Por sorte, o celular do grandalhão tocou quando ele estava a uns vinte passos de Kylie e ele parou para atender. Em seguida, virou-se para o parceiro, disse alguma coisa e resolveram ir embora.

Kylie respirou, aliviada.

— Graças a Deus!

— O que disse? — perguntou Miranda, vendo o alívio estampado em seu rosto.

Lembrando-se de que Miranda não era novata ali, devolveu a pergunta:

— Quem são eles? — E acenou para a dupla em retirada, que agora entrava apressadamente num carro preto.

— Quem? — indagou Miranda, olhando para outro grupo de garotos.

— Os caras de terno preto — explicou Kylie.

— Cruzes, são muito velhos pra você — disse Miranda, tirando do bolso um elástico e prendendo com ele os cabelos multicoloridos num rabo de cavalo.

Kylie olhou de lado para a colega. *Será que Miranda só pensava em garotos?*

— Não estou interessada em paquerar ninguém — explicou, pondo-se de novo a caminho. — É apenas curiosidade.

— Ah, aqueles caras são da UPF — disse Miranda, emparelhando-se com ela.

— O que é isso?

— Unidade de Pesquisa de Fallen. Lembra-se? Fallen, Texas. A cidade por onde passamos antes de chegar aqui. A UPF faz parte do FBI. É o departamento que lida com sobrenaturais.

— O quê? — Kylie estancou e pegou Miranda pelo braço. — Então o governo sabe sobre vampiros e coisas assim?

Miranda fez uma careta.

— É claro que sabe. Quem você acha que financia o acampamento?

— Pensei que fossem nossos pais — disse Kylie. E, pondo-se de novo a caminho, reparou que duas pessoas a observavam.

— Bem, eles contribuem com uma parcela, mas é preciso um pouco mais para manter um lugar como este.

— Mas por que o governo está por trás disso?

— A resposta dependerá da pessoa a quem você perguntar. O acampamento tem provocado muita controvérsia na comunidade sobrenatural. Um bando de fanáticos dizendo besteiras, se quer saber.

— Como assim?

— Alguns dos anciãos de cada espécie, a maioria uns chatos que não aceitam os relacionamentos inter-raciais, dizem que o acampamento estimula essa prática e querem que ele seja fechado. Acham que as espécies não devem se misturar. Para mim, é o mesmo que preconceito racial. Na opinião deles, é preciso preservar a pureza das espécies, o que é besteira. As espécies vêm se cruzando desde o início dos tempos.

Kylie tentou processar a informação.

— Então o governo mantém este lugar porque quer que as espécies se cruzem?

Miranda riu.

— Não creio que ele se importe com quem namoramos ou não. Faz isso na tentativa de promover a paz entre as espécies, para que um belo dia não percamos a cabeça e tentemos eliminar as demais espécies da face da Terra. Humanos inclusive.

— Há problemas entre as espécies?

Miranda pareceu surpresa.

— Você realmente não sabe muita coisa, hein?

— Não — admitiu Kylie, sem se sentir nem um pouco incomodada por isso. Quando subiu no ônibus não sabia nem da existência de outras espécies. E como poderia saber?

— Está bem, então aqui vai uma liçãozinha política e histórica — disse Miranda. — Vampiros e lobisomens vêm lutando uns contra os outros desde sempre, por assim dizer. Por que acha que houve a Guerra Civil? — Hesitou por uns segundos. — Meus próprios ancestrais não eram muito melhores. A Peste Negra foi espalhada porque queriam acabar com as fadas.

— Está brincando, né? — perguntou Kylie. E pensar que deu ouvidos ao seu professor de história quando ele disse que a peste tinha sido provocada por ratos infectados.

— Nunca falei tão sério! No entanto, em defesa de minha própria espécie, posso afirmar que as bruxas foram as que melhor se adaptaram ao mundo dos humanos. Poucos covens, hoje em dia, vivem realmente em grupo. Mas isso ocorre justamente porque nossos estilos de vida combinam melhor com os dos humanos. Também não nos reunimos em gangues para causar problemas a vocês.

— Gangues? Como a dos vampiros?

— Então ouviu falar na Confraria do Sangue? — perguntou Miranda.

Não querendo mencionar o primo de Della, Kylie deu de ombros e explicou:

— Della só me disse que as tais gangues existem.

— Claro que existem. E a Confraria do Sangue é provavelmente a pior. Está metida em tudo, pratica todos os tipos de crimes. Assassinatos, assaltos, qualquer coisa.

Roubo de hambúrgueres. Essa ideia girou na cabeça de Kylie.

— Mas como nunca ouvimos falar sobre essas gangues e crimes nos noticiários?

— Você ouviu, sim. Apenas não sabia que os criminosos não eram humanos. Só se fala em assassinos em série, matadores, pessoas desaparecidas. Nunca estranhou o fato de tanta gente sumir todos os anos?

— Um pouco. — Kylie sentiu um calafrio percorrer seus ossos. Cruzou os braços sobre o peito e estremeceu.

— Para esses vampiros e lobisomens perversos, o resto de nós não passa de comida — disse Miranda.

Kylie se lembrou de que o primo de Della a havia chamado de petisco. Também seria perverso? Lembrou-se ainda dos problemas e preocupações de Della quanto a deixar ou não a família.

— Que gente ruim!

— Mas não pior que a raça humana — ponderou Miranda.

— É, acho que não — reconheceu Kylie, recordando os problemas humanos que enfrentava em sua própria casa.

Mas então lhe ocorreu um problema mais imediato que precisaria enfrentar.

— Como são mesmo as Horas do Encontro com os Colegas de Acampamento?

— Ah, são legais — e Miranda se animou novamente. — Metade de nós escreve o próprio nome num pedaço de papel e coloca numa urna; a outra metade tira a sorte. Ficamos então em pares e passamos uma hora procurando conhecer uns ao outros. Obviamente, é sempre melhor quando ficamos com um cara bem gato.

Com a sorte que tinha, Kylie sem dúvida ficaria com Perry. Enrubesceu ao lembrar que tinha dado uma boa olhada nos genitais do atrevido.

Depois do café da manhã, Kylie saiu do refeitório para falar com Sara, que pouco antes tinha ido a uma farmácia comprar o teste de gravidez. Infelizmente, ela deu de cara com a melhor amiga da mãe no balcão. Sara conseguiu se livrar da embalagem antes que a mulher a visse, mas o encontro a tinha levado de volta ao ponto de partida: continuava sem saber se estava grávida ou não.

— Como está o acampamento? — perguntou Sara.

— Uma maravilha — respondeu Kylie. Gostaria muito de contar à amiga tudo o que havia acontecido, mas desistiu. De modo algum Sara entenderia o que nem ela mesma estava entendendo.

— Muito ruim, hein? — continuou Sara. — Não tem uns caras gostosões por aí?

— Alguns — respondeu Kylie e, então, mudou de assunto novamente e voltou a falar da amiga, cujo dilema rendeu outros dez minutos de conversa.

Kylie ainda tinha o aparelho na mão quando sua mãe ligou, um segundo depois de ela se despedir de Sara.

— Como foi sua primeira noite aí?

— Ótima — mentiu Kylie, sempre na dúvida sobre como lidar com as perguntas da mãe.

— Nada de terrores noturnos?

— Não — assegurou Kylie. *Não acordei gritando apavorada. Só desmaiei quando um fantasma sangrento apareceu para me dar um alô, depois da visita de um gato metamorfo e de um sapo pervertido.*

— Isso é bom. E o que vai fazer hoje? — A voz da mãe exalava aquela alegria e jovialidade forçadas que Kylie tanto odiava, pois sabia que não eram verdadeiras.

— Vou conversar com uma das líderes do acampamento e passar uma hora com um colega para nos conhecermos melhor. Depois, acho que vai ter algum tipo de programa de artes e uma caminhada à tarde.

— Dia cheio — observou a mãe.

— E meio chato — retrucou Kylie.

A mãe ignorou a observação.

— Falou com o seu pai?

Kylie hesitou.

— Ele ligou e deixou uma mensagem, mas não tive tempo de responder.

Outra mentira. Tivera tempo, sim, mas não sabia se conseguiria mentir para o pai tão bem quanto mentia para a mãe.

— Quando falar com ele, pergunte se pensa em aparecer aí no domingo, o dia da visita dos pais. Se ele for, vou esperar até a próxima semana para visitá-la.

— Será que agora não conseguem nem ficar juntos no mesmo espaço? — perguntou Kylie, sem fazer o mínimo esforço para esconder seus sentimentos. Sentia a garganta apertada de emoção. — Não poderiam ter ao menos ficado juntos até eu ir para a faculdade?

— As coisas são difíceis, Kylie — suspirou a mãe.

— É, para todos. — A emoção comprimiu ainda mais a sua garganta, mas, ao erguer os olhos, deparou-se com Della caminhando em sua direção e tentou conter as lágrimas. — Preciso desligar.

— Tudo bem. Tenha um bom dia e me ligue à noite, ok?

— Ok. — Kylie fechou o aparelho justamente quando Della parou ao seu lado.

— Olá — disse Kylie. — Procurei você durante o café da manhã.

— Comi mais cedo — esclareceu Della, passando a mão na barriga. Kylie tentou não pensar no que Miranda dissera a respeito dos rituais vampirescos. Mas o pensamento não saía de sua cabeça, fazendo com que a metade do pão doce que tinha acabado de comer pesasse no seu estômago.

— Você vai se acostumar com isso — garantiu Della rindo com malícia, como se soubesse muito bem o que tinha provocado a careta da amiga.

— Talvez — disse Kylie. E, para ser muito honesta com Della, acrescentou: — Mas duvido.

Della deu um risinho e logo ficou séria.

— Sinto muito pelos seus pais. Há quanto tempo estão separados?

— Você tem o hábito de espionar os outros? — disse Kylie, guardando o celular no bolso.

— Não estava tentando ouvir o que você dizia. — Havia ressentimento na voz de Della. — Foi sem querer.

Kylie mordeu o lábio inferior e esqueceu a raiva ao se lembrar de que Della tinha confiado nela quando lhe contou sobre seus próprios problemas familiares.

— Desculpe. É que está difícil. Aconteceu na semana passada.

— Posso imaginar. — Seu rosto exprimia sinceridade. Mas logo sua expressão mudou. — Ah, quase me esquecia do que eu vim lhe dizer. Lembra que eu te contei que Derek estava meio a fim de você? Estava errada. Ele não está *meio* a fim. Está *super* a fim.

— Por que diz isso?

— Porque Brian, o vampiro louro, sorteou seu nome para a Hora do Encontro com os Colegas de Acampamento e Derek pediu para trocar com ele.

Kylie comparou uma hora com um vampiro desconhecido com uma hora com Derek, que a fazia sentir saudades de Trey, e não soube dizer qual das alternativas seria pior.

— E Brian, concordou? — perguntou Kylie, incapaz de conter a curiosidade.

— Não... a menos que Derek estivesse disposto a pagar.

— Sério?! Não vá me dizer que Derek deu dinheiro para ficar com o meu nome!

— Não, dinheiro ele não deu. — Della riu e inclinou-se para Kylie como se fosse contar um segredo picante. — Derek está pagando em sangue, meu bem. Meio litro, para ser mais exata.

— Sangue? — Kylie parou, chocada. E o choque logo se transformou em nojo. — Mas ele não podia fazer isso!

— Podia e fez. Fizeram um acordo. E, pode acreditar, com um vampiro não se volta atrás quando o assunto é sangue.

Kylie correu ao refeitório para se encontrar com Derek.

Não podia, não queria, deixá-lo fazer aquilo.

Capítulo 17

Derek apareceu à porta no momento em que Kylie entrava correndo, à procura dele.

— Ei, eu ia procurar você — disse ele, exibindo um pedacinho de papel. — Peguei seu nome — e sorriu.

O sorriso era tão afetuoso que, se não estivesse tão furiosa e com tanto nojo, Kylie se perderia nele.

— É, eu sei, já me contaram — respondeu ela, olhando-o com desaprovação.

Derek estudou-a com atenção e prosseguiu com cautela:

— Pensei que talvez pudéssemos dar um passeio. Descobri um ótimo lugar durante a caminhada de ontem.

— Olha só, Derek. Estou lisonjeada, mas você não pode fazer isso. — Kylie falava com rispidez.

— Fazer o quê? — Uma expressão intrigada substituiu seu sorriso.

— Sei o que fez para ficar com o meu nome. E não vou deixar que isso vá adiante.

— Não foi nada. — Começou a se afastar da porta, mas olhou para trás ao ver que ela não o seguia. — Você não vem?

— Sangue — vociferou ela. E, dando os dois passos que a separavam dele, o agarrou pelo antebraço. — Vamos, vou consertar as coisas. — Ela o puxou com força, mas ele não saiu do lugar. Foi então que sentiu a solidez de seus músculos sob os dedos.

— Está feito, Kylie — disse ele, inclinando-se. — Vamos só aproveitar nossa hora juntos, está bem? — Seu cheiro, uma mistura deliciosa de sabonete masculino e odor natural, flutuou até ela.

— Você já...? — Kylie olhou rapidamente para seu pescoço.

— Não, mas o acordo está feito.

— Pois vou desfazê-lo — garantiu ela, tentando ignorar aquele aroma e o quanto ele lhe agradava... e a atração que sentia pelo garoto. Percebendo que ainda o segurava pelo braço, soltou-o. Tocá-lo a fazia se lembrar do modo como ela costumava tocar Trey. Ah, como gostava de Trey, quanta saudade sentia dele!

Derek franziu a testa.

— Você não pode desfazer o acordo. Só venha comigo, por favor.

Ela continuou parada, fitando-o.

— Pelo menos me deixe tentar — insistiu ela.

Ele fechou os olhos por um instante, aproximou o rosto do dela e sussurrou no seu ouvido:

— Por favor, Kylie, acredite em mim desta vez. Não há nada que você possa fazer para mudar as coisas.

Alguma coisa na voz dele penetrava fundo nela, confundindo seus pensamentos. Ou talvez o hálito dele em seu rosto e aquele leve formigar perto do lóbulo da sua orelha é que não a deixavam pensar direito.

Era impossível dizer "não" a Derek.

— Tudo bem. — Mas, mesmo cedendo aos desejos do garoto, disse a si mesma que deveria ter cuidado. Derek, por alguma razão, tinha poder sobre ela e isso talvez fosse perigoso.

Os olhos verdes dele fixaram por um instante os olhos azuis de Kylie e ele sorriu de novo.

— Vamos.

Ofereceu-lhe a mão. Kylie quase a pegou, mas conseguiu se conter no último instante.

— Eu sigo você — disse apenas, enfiando as mãos nos bolsos.

A decepção atenuou o sorriso de Derek, mas ele assentiu e começou a andar. E ela fez o que lhe disse que faria: o seguiu.

Não falaram nada nos primeiros cinco minutos, enquanto subiam uma trilha. Depois, ele saiu da trilha e a levou na direção de um grupo compacto de árvores e arbustos. Considerando-se o dia anterior com Della e agora aquilo, só por milagre ela não se depararia com plantas venenosas. Ou, pior ainda, bichos-de-pé.

Quando estava prestes a dizer alguma coisa, ouviu o murmúrio suave de água corrente, como se logo fossem encontrar um riacho.

— É aqui — disse Derek. Olhou-a por cima do ombro, com um sorriso nos olhos, mas não nos lábios.

Kylie o seguiu por mais alguns passos, parou e contemplou o riacho, ladeado por uma grande pedra, do tamanho de uma cama, suspensa sobre as águas borbulhantes. O sol matutino filtrava-se por entre os troncos, fazendo tudo parecer tão verde, luxuriante... Vivo.

Kylie respirou fundo aquele ar que lembrava tudo em volta: era fresco, úmido e tinha cheiro de mato. À distância, ouvia-se o barulho do que poderia ser uma cachoeira — Shadow Falls. Sim, devia ser. O som da água que despencava enchia o silêncio e por algum motivo parecia chamá-la.

— Tem uma cachoeira aqui perto? — perguntou Kylie.

— Tem, mas aqui é mais bonito. — Derek subiu na pedra. — Vem. — E, equilibrando-se, estendeu a mão para ajudá-la.

Kylie deu um passo à frente, mas, antes de segurar a mão de Derek, ocorreu-lhe a pergunta:

— Por que fez aquilo?

Derek baixou os olhos para ela:

— Fez o quê?

— Você sabe — censurou Kylie.

— Ainda aquele assunto? — Sacudiu a cabeça. — Não é o fim do mundo, Kylie. Agora suba e sente-se aqui. O lugar é ainda mais impressionante quando você olha por este ângulo.

Kylie segurou a mão dele e, sem quase nenhum esforço, ele a puxou para cima. Tão logo adquiriu equilíbrio, Kylie se soltou e procurou um lugar para se sentar, não muito perto dele.

Não que aquilo ajudasse em alguma coisa.

Sentindo o olhar de Derek, Kylie procurou admirar o riacho e tentou se concentrar em outra coisa.

— Uau! — exclamou —, tem razão! Daqui é mais bonito mesmo. — De fato. A altura oferecia uma vista mais ampla da água corrente. Os raios de luz, atravessando as árvores, incidiam no riacho e o faziam brilhar. Daquela perspectiva, o lugar inteiro parecia banhado numa mistura de luz e sombra, lembrando algo que ela tinha lido num livro de contos de fadas. A paisagem era... quase mágica.

— Por quê? — perguntou de novo, sem olhar para ele.

— Estava curioso. Você me chamou a atenção desde que a vi ao lado de sua mãe, antes de entrar no ônibus. Parecia tão triste e...

Miranda lhe disse que algumas fadas e elfos podiam ler pensamentos; assim, antes que ele continuasse, Kylie perguntou:

— Você consegue ler minha mente? — E, virando-se para Derek, sentiu o rosto queimar ao recordar um dos pensamentos mais constrangedores que tivera a respeito dele.

— Não. — Ele sorriu e, sob aquela luz, seus olhos verdes com raias douradas literalmente faiscavam. — Por que ficou vermelha? O que andou pensando de mim?

Inclinou-se um pouco mais até encostar a testa na dela. O coração de Kylie palpitou mais forte e o hálito de Derek, tão próximo, pareceu ainda mais doce. Olhando para ele ainda, lembrou-se finalmente da pergunta que ele fizera, mas, em vez de dar uma resposta, fez outra pergunta:

— Mas então como soube que eu estava triste?

Ele hesitou e seu sorriso se desvaneceu.

— Não posso ler pensamentos, mas consigo detectar algumas emoções básicas.

Kylie olhou no fundo dos olhos dele e concluiu que falava a verdade.

— Por algum motivo, provoco uma confusão de emoções em você. Algumas positivas, outras nem tanto. Só não sei por quê.

Estava sendo honesto e Kylie achou que devia pagar na mesma moeda:

— Você... você me lembra alguém.

Derek arrancou um galhinho de árvore e pôs-se a examiná-lo.

— Alguém bom ou alguém ruim?

— As duas coisas. É o meu ex-namorado.

— Entendi. — Esperou alguns segundos e perguntou: — O que aconteceu entre vocês?

— Ele terminou comigo.

— Por quê?

Tinha contado parte da verdade, mas aquilo não podia dizer.

— Vai ter que perguntar a ele. — Era uma resposta pouco convincente e ela soube disso enquanto ainda pronunciava as palavras.

— Acontece que ele não está aqui e você, sim. — Ele ergueu o raminho e roçou as folhas no rosto dela. Em seguida, fez o mesmo trajeto com o dedo. Estava chegando cada vez mais perto e Kylie não sabia como contê-lo.

Na verdade, não sabia se queria contê-lo. Ao contrário do que vinha acontecendo ultimamente, aquele sentimento não parecia totalmente estranho. Mas isso não significava que estivesse disposta a se envolver no momento.

Desviou o olhar e procurou pensar em outra coisa.

— Como é ser... *fae*?

— Meio *fae* — corrigiu ele.

Kylie voltou a olhar para ele, lembrando-se de ter pensado que, como ela, ele não parecia muito entusiasmado com a ideia de ser sobrenatural. E concluiu que aquela talvez fosse sua oportunidade de aprender um pouco mais sobre fadas e elfos. Afinal, segundo Holiday, a própria Kylie poderia ser meio fada.

— Como é ser meio *fae*?

— Poderia ser pior, eu acho — suspirou Derek, voltando a contemplar o raminho.

— De quem você herdou isso?

Derek a encarou novamente.

— Para quem não gosta de dar respostas, você faz um bocado de perguntas.

Ponto para ele.

— Tudo bem, vou falar de mim, mas depois você me fala de você, combinado?

Derek arqueou a sobrancelha e pareceu aceitar a proposta.

— Combinado. — Inclinou-se para trás, apoiando-se nas mãos, e a examinou.

A posição parecia deixar seu tórax ainda mais largo. Kylie se surpreendeu comparando-o a Trey. Lamento muito, Trey, mas Derek ganhou o prêmio de melhor corpo. Mas não se tratava apenas do corpo. Examinou o rosto dele. Seus traços eram... mais viris. Mais bem delineados.

Afugentando esse pensamento antes de demonstrar emoções que Derek pudesse ler, ela começou:

— Não sei o que eu sou. Acho que sou apenas humana, mas...

— Você não é humana — disse Derek, olhando-a daquela maneira estranha que parecia ser a de todos por ali.

Kylie revirou os olhos.

— Tá, eu sei que o meu cérebro não apresenta uma leitura normal, seja lá o que vocês leiam nele. Mas sei que humanos normais apresentam essa mesma leitura quando são, digamos, meio malucos. E às vezes tenho quase certeza de que sou maluca. A outra opção — admitiu com menos entusiasmo — é que tenho um tumor cerebral. E eu tenho sofrido muito com dores de cabeça ultimamente.

A expressão de Derek deixava claro que ele estava horrorizado com essa ideia.

— Fez exames?

— Não — respondeu Kylie. E só quando viu a preocupação nos olhos dele é que pensou com franqueza sobre aquela possibilidade. Meu Deus, e se tivesse mesmo um tumor no cérebro? E se...

Derek arqueou as sobrancelhas, como se estivesse confuso.

— Mas... e quanto a ver fantasmas?

— Como sabe...? — Então se lembrou de ter perguntado se ele também via fantasmas. — Alguns humanos podem vê-los. A própria Holiday admite isso.

Derek balançou a cabeça, incrédulo.

— Então você acredita realmente que é apenas humana?

Aquela pergunta levantou uma onda de emoção no peito de Kylie.

— Acredito. — Fez uma pausa e prosseguiu: — Está bem, a verdade é que não sei no que acredito.

E, sem nenhum aviso, seus olhos se encheram de lágrimas.

— Ei, não chore! — Derek ergueu a mão e limpou uma lágrima do rosto dela. O toque foi tão afetuoso, tão reconfortante, que ela quase segurou sua mão e encostou-a em sua face.

Mas, em vez disso, afastou delicadamente a mão dele e enxugou os olhos ela própria.

— Estou muito confusa... É que estes últimos meses têm sido um verdadeiro inferno para mim. Meu namorado terminou comigo, minha avó morreu, meus pais vão se divorciar, depois comecei a ver esse soldado morto... e agora me dizem que não sou humana.

Derek a puxou para si e ela não resistiu. Encostou a cabeça no lugar certo, entre o ombro e o peito do garoto, e aspirou seu perfume. Sentindo-se surpreendentemente à vontade, fechou os olhos. Naquela posição, o nó de emoções que lhe comprimia o peito de algum modo se desfez.

— Me desculpe — falou então, afastando-se. — Vocês, garotos, detestam quando a gente faz isso, eu sei.

— Detestamos, é?

— É, detestam — confirmou Kylie.

— Eu não sou Trey — disse Derek. — E, na verdade, não foi tão ruim assim. — Ele sorriu e tocou-lhe o queixo. — Além disso, seu nariz é bem bonitinho quando fica vermelho.

Kylie afastou a mão dele e riu. Não tinha certeza, mas achou que aquele era o primeiro sorriso de verdade que dava em semanas.

— Tá bom, agora é a sua vez. Me fale de você.

O ar brincalhão desapareceu dos olhos de Derek. Recostando-se um pouco, ele pressionou as palmas contra a rocha para se apoiar. Ali sentado, flexionando os músculos dos braços e com um olhar sério, ele estava... um gato. Muito gato.

— Mas você é muito mais interessante — confessou ele em voz baixa, como se pudesse ler as emoções de Kylie e soubesse que tipo de reação sua presença provocava nela.

— Você prometeu. E, além disso, eu contei tudo.

Derek inclinou a cabeça e fitou-a através dos cílios escuros.

— Tudo, você não contou. — Havia em sua voz um leve tom de acusação. — Para ser franco, faltou aquilo que me deixa mais curioso.

— O quê? O que foi que faltou? — quis saber Kylie, tentando não ser apanhada de novo admirando a "vista".

— O que está havendo entre você e...

— Não quero falar de Trey e de mim. Isso é... muito pessoal.

— Tudo bem, mas eu não ia me referir a Trey. Quero saber o que está havendo entre você e o lobisomem.

Capítulo 18

Kylie puxou o cabelo para trás da orelha. *Negue. Negue que algo esteja acontecendo.*

— Que... que lobisomem? — gaguejou, sem nenhuma convicção na voz.

Os olhos de Derek se voltaram diretamente para ela. Aquela expressão lembrava a de Della quando percebia que Kylie estava mentindo.

— Não negue — continuou Derek. — Suas emoções se projetam para todos os lados sempre que olha para ele. Mais ou menos do jeito que você olha para mim, só que... com uma intensidade maior. Ou você gosta mesmo dele ou... ele te assusta.

— Achei que pudesse ler emoções...

Derek se endireitou e cruzou os braços.

— Paixão e medo dão uma leitura quase igual.

— Bem, pode acreditar, a segunda opção é com certeza a correta — respondeu Kylie. Mas, depois do sonho da última noite, sabia que a verdade poderia ser resumida numa única palavra: *as duas coisas*. Entretanto, ainda não havia admitido aquilo nem para si mesma. E não iria admitir agora para Derek.

— De onde vocês se conhecem? — insistiu Derek.

— Quem disse...

Derek ergueu a mão para interrompê-la.

— Não é normal alguém ficar tão assustado com pessoas que não conhece.

Kylie baixou os olhos e percebeu que estava com os punhos cerrados.

— Ele era meu vizinho quando eu era mais nova. Digamos que, já na época, eu notava algo de errado com esse cara. Só não sabia o que era... essa história toda de lobisomem.

— E ele...

— Chega. — Era a sua vez de lhe dirigir um olhar firme. — Não vou dizer mais nada. Fale de você agora.

Derek contemplou o riacho e Kylie percebeu que ele, tanto quanto ela, não gostava de falar de si mesmo.

— O que quer saber? — perguntou.

— Apenas... tudo — respondeu Kylie, com certa descontração na voz para deixá-lo mais à vontade.

— Meu pai era *fae*. Minha mãe é humana.

— *Era*? Ele morreu?

Derek arrancou outro raminho do arbusto e ficou torcendo as folhas com os dedos.

— Não sei. E nem quero saber. Ele foi embora quando eu tinha 8 anos. Um verdadeiro pai malandro, se é que me entende.

— Sinto muito — murmurou Kylie, percebendo que aquilo mexia mais com ele do que queria demonstrar. — E você sabia que seu pai era *fae*? — ela continuou, tirando uma formiga do braço.

— Sabia, sempre soube. Mas, depois que meu pai foi embora, nunca mais falamos muito sobre isso ou sobre ele. Minha mãe ficou arrasada.

Não apenas ela. Kylie via nos olhos de Derek a tristeza que ele procurava a todo custo esconder. Ela sentia um peso enorme no peito — por ele e talvez um pouco por si mesma. Os problemas com seu próprio pai ainda persistiam: aguardavam na fila junto com tudo o mais que ela tinha de sofrer e enfrentar. Mas lembrou-se de que era a vez de Derek. Ele a ouvira e merecia que ela o ouvisse.

— Lamento — disse Kylie.

— Por quê? Eu, não. Se meu pai não me quis, também não quero saber dele.

Derek não mentia melhor do que ela, pensou Kylie.

— Você sempre soube que tinha dons?

Ele olhou para o raminho que ainda tinha algumas folhas.

— Não. Quer dizer, eu sabia que podia interpretar melhor as pessoas do que muita gente, mas não fazia a menor ideia de que isso era porque...era *fae*. Só em torno de um ano atrás minha capacidade de detectar as emoções ficou mais forte. E aí... finalmente percebi que era diferente.

— Diferente em quê? — Ela sentiu seu olhar deslizar para o peito de Derek, onde tinha sido tão bom encostar a cabeça. Um pensamento maluco cruzou sua mente: como seria beijá-lo?

Derek inclinou a cabeça para o lado e estudou o rosto de Kylie.

— Me pareço muito com seu ex-namorado?

Então suas emoções podiam ser lidas com facilidade, pensou ela, sentindo seu rosto queimar.

— Não muito, mas... o suficiente pra...

— Se sentir atraída?

Com o rosto queimando mais ainda, Kylie olhou de novo para o riacho.

— Nem tanto.

— E por que não? — O hálito de Derek acariciava de novo sua face. Um hálito quente. Suave. Tentador. Ele já tinha chegado tão perto assim antes? Perturbada com a proximidade dos lábios de Derek e temendo deixá-los se aproximar ainda mais, levantou-se e pulou da pedra.

— Fique parada! — disse ele.

— Que foi? — Kylie virou-se para olhá-lo. — Pensei que a gente...

— Não se mexa! — ordenou Derek numa voz baixa e séria.

— Por quê? Eu...

Alguma coisa se agitou na moita ao seu lado. Kylie baixou os olhos e viu uma cobra rastejando para fora do arbusto espesso. Uma grande cobra cinza-escura de focinho pontudo, o tipo de focinho que, nos seus passeios pelo campo, seu pai lhe aconselhava a observar bem para diferenciar serpentes venenosas e não venenosas.

O pânico a dominou logo que reconheceu a espécie: a moccasin-d'água, nada menos que a cobra mais agressiva do Texas.

E também uma das mais venenosas.

Com movimentos sinuosos e regulares, ela veio se aproximando de Kylie. O medo foi crescendo e ela sufocou um grito na garganta. Pela lógica, não conseguiria se afastar da cobra com rapidez suficiente para não ser picada. Pela lógica, devia ficar imóvel, mas... a lógica que fosse para o inferno. Queria aquela coisa bem longe dela.

A mão de Derek apertou seu ombro.

— Não se preocupe — murmurou ele em voz baixa, suave. — Ela está só passando. Continue parada e deixe que ela passe. Estou aqui. Não vai acontecer nada.

A mão de Derek parecia ainda mais quente, estranhamente quente, e logo o medo de Kylie foi diminuindo. Seu coração desacelerou e o gelo no estômago se desfez. Ela observou o corpo volumoso e rechonchudo da cobra deslizar por sobre a ponta de seu tênis como se fosse uma borboleta inofensiva. Algo em seu cérebro lhe dizia que aquela calma e aquela ausência de medo não eram naturais; que, de algum modo, vinham de Derek. Nem essa constatação a perturbou. Foi como se o toque dele tivesse anestesiado sua capacidade de ter medo, deixando-a apenas curiosa.

Curiosa em relação à cobra.

Curiosa em relação ao modo como ela deslizava.

Curiosa em relação a Derek. Como ele tinha conseguido alterar suas emoções? Como seria se entregar aos seus beijos? Será que despertariam nela o que Trey despertava? Talvez até mais?

— Você vai indo bem. Ela já está se afastando — sussurrou Derek.

E estava mesmo. Seu corpo volumoso escorregou para a água, provocando apenas um leve encrespamento na superfície, enquanto mergulhava e se deixava levar pela corrente.

Derek manteve a mão no ombro de Kylie, enquanto ela observava a criatura desaparecer entre as rochas. Depois, lentamente, retirou a mão. A tempestade de emoções a dominou a tal ponto que ela não conseguiu conter um grito. E, como o grito não bastasse, olhou em volta e começou a subir de novo a rocha. O coração lhe saltava no peito, como se fosse explodir, e parecia que ia sair pela boca.

Derek tentou segurá-la, mas Kylie continuou subindo, pensando apenas em ficar o mais longe possível daquele animal escorregadio.

— Está tudo bem! — exclamou ele, rindo, e caiu de costas na rocha dura, arrastando-a consigo. Kylie aterrissou com metade do corpo em cima do dele. Os braços de Derek a envolveram, sem muita força.

Com as mãos dele pousadas delicadamente em suas costas, Kylie sentiu o pânico evaporar. Seus olhos encontraram os olhos verdes de Derek, cujas raias douradas pareciam brilhar ainda mais assim de perto. Kylie baixou os olhos para a sua boca, seus lábios tão macios, tão convidativos.

O calor do corpo de Derek se fundiu com o dela. O cheiro natural dele invadiu seus sentidos. Kylie conteve a respiração.

— Está melhor agora? — perguntou ele, num tom de voz mais profundo.

— Estou. — Junto com o pânico, Derek também tinha levado sua força de vontade. Agora queria realmente ser beijada por ele. Ou beijá-lo. Essa não lhe pareceu de modo algum uma má ideia. Aproximou-se mais até que os lábios de Derek ficaram tão próximos dos seus que podia sentir seu calor.

— Solte ela! — bradou uma voz masculina às suas costas.

Capítulo 19

— Solte ela agora!

A voz, profunda e inflexível, lembrava a de alguém, mas, antes que seu cérebro pudesse dar uma resposta, Derek se levantou com tamanho ímpeto que a fez rolar até a beira da rocha.

Segurou-a, porém, antes que despencasse. Logo que se sentiu segura, Kylie ergueu a cabeça. Lucas observava-os da margem do riacho. Um jogo de luz e sombra o envolvia, tornando sua presença ainda mais assustadora. Seus olhos azul-claros fixavam-se nos dois com uma expressão carregada de violência.

— Ela está bem — disse Derek, num tom áspero que condizia com a rigidez de seu rosto.

Sentindo-se um tanto tola, Kylie achou que era necessário explicar o acontecido:

— Vi uma cobra.

Lucas respirou fundo e olhou para o chão:

— Era uma moccasin-d'água.

— Eu sei — disse Kylie. — Por isso gritei.

— Ela já foi — disse Derek, parecendo insinuar que Lucas deveria fazer o mesmo.

— Ouvi o grito dela — continuou Lucas, como se ele também sentisse a necessidade de explicar seu comportamento.

Os dois garotos ficaram olhando um para o outro, sem dizer uma palavra. Kylie teve a sensação nítida de que não se suportavam. Imaginou se *faes* e lobisomens por acaso não seriam inimigos naturais. Que droga!, pelo que sabia, a Segunda Guerra Mundial...

— Ela não está gritando mais — disse Derek.

— Está tudo bem. — Kylie saltou da rocha... mas não sem antes checar se não havia cobras no chão.

Quando ergueu a cabeça, percebeu que Lucas olhava para ela com um ar de desaprovação.

— Se tem tanto medo de cobras, não deveria andar pelo mato.

— Não tenho tanto medo assim, é só que...

— Estou cuidando dela — interrompeu Derek. Seu tom de voz era sombrio, quase agressivo.

— É, vi muito bem o que você estava fazendo.

Derek endireitou o corpo como se fosse saltar da rocha.

— Olha aqui, se você tem algum problema...

Lucas aparentemente não estava interessado no que Derek tinha a dizer porque se virou e em menos de um segundo desapareceu.

Kylie sentiu-se enrubescer imaginando o que Lucas tinha pensado da situação. Então, vendo a expressão infeliz no rosto de Derek, disse:

— Foi mal. Não deveria ter gritado, mas acontece que...

— Você não fez nada de errado, Kylie — disse Derek, oferecendo a mão para puxá-la para cima. — Ele exagerou, agindo como um imbecil. Não tinha nada que vir aqui. Eu não ia deixar que nada de mal acontecesse a você.

Kylie lembrou-se de como todo o seu medo tinha desaparecido ao toque intenso daquela mão.

— O que foi isso que acabou de acontecer?

— Ele apenas teve uma reação exagerada...

— Não. Não me refiro a Lucas. Com o seu toque...

— Meu toque? O que quer dizer?

Outras perguntas flutuavam no ar, como abelhas enfurecidas.

— Como você sabia que a cobra estava aqui?

O mesmo olhar, indicando que ele não gostava de falar de si mesmo, reapareceu no rosto de Derek, mas Kylie não deixaria por menos. Não dessa vez.

— Foi você que chamou a cobra? — perguntou.

Derek franziu a testa:

— Então acha que eu colocaria você em perigo só por brincadeira?

Ela poderia acreditar nas palavras dele?

— Não. Não acho. Mas você sabia que a cobra estava aqui. Sabia disso antes que ela aparecesse.

— Só percebi um segundo antes. Se soubesse antes, não deixaria que você descesse da pedra.

O sol projetou um novo feixe de raios faiscantes por entre as árvores e ofuscou os olhos de Kylie, impedindo-a de enxergar direito.

— Mas como sabia?

Derek saltou da rocha, pousando firmemente no chão ao seu lado.

— Faz parte do meu dom — disse ele, não parecendo nada orgulhoso do fato.

— Consegue prever o futuro?

— Gostaria.

— Então faz o quê?

— Leio as emoções de animais e de outras criaturas. — Derek enfiou as pontas dos dedos nos bolsos.

— Uau! — exclamou Kylie, tentando entender bem o caso. — Isso é...

— Estranho, eu sei — murmurou ele. — Como se eu fosse Tarzan ou coisa parecida. Holiday diz que posso ser normal, se quiser, e é por isso que estou aqui. Para descobrir como. Mas Holiday não está muito entusiasmada com minha busca. Acha que vou decepcionar algum deus *fae* se renunciar ao meu dom. Ora, o deus *fae* que vá para o inferno. Não pedi isso. O único *fae* da minha vida abandonou a mim e à minha mãe. Então por que eu ia querer ser como ele?

Kylie percebeu o sofrimento em sua voz e se sentiu profundamente tocada.

— Você tem razão. Sinto muito.

Estava sendo sincera. Não apenas porque agora entendia tudo sobre ressentimentos familiares, mas porque, como ele, caso fosse mesmo sobrenatural, devolveria o dom ao remetente. Se o problema de Derek continha uma pesada carga emocional, o dela pressupunha um monte de perguntas. E o desconhecido já era, por si só, uma inquietação. Embora a verdade pudesse ser dolorosa, ela precisava de respostas.

De pé ali no meio do mato, envolvida em luz e sombra, imersa no mundo sobrenatural, decidiu de uma vez por todas procurar as tais respostas.

Encontrou de novo o olhar de Derek.

— Comunicar-se com animais não pode ser pior do que... outras coisas.

Derek atirou um seixo na água. O ruído que fez ao bater na superfície misturou-se aos outros da floresta.

— Como ver fantasmas? — perguntou, adivinhando mais do que ela teria desejado.

— Também — concordou Kylie, honestamente. — Não posso me imaginar levantando cedo e indo beber... sangue. — A simples menção da palavra lhe trouxe à memória o que Derek tinha feito para ficar com ela durante aquela hora.

Não poderia permitir que ele fosse adiante com aquilo. Não sabia como detê-lo, mas ao menos tentaria.

Kylie consultou o relógio.

— Acho que é hora de voltarmos.

Derek segurou a mão de Kylie e virou seu pulso para ver as horas. O toque daquela mão fez uma suave corrente elétrica subir pelo braço de Kylie e ela se lembrou do quanto estivera perto de deixar que ele a beijasse. Ou teria sido Kylie que quase o beijara?

— Ainda temos meia hora — tranquilizou-a Derek, apertando a mão dela.

Kylie se desvencilhou, recordando que o toque dele tinha controlado suas emoções quando ela vira a cobra. Provavelmente ele salvara sua vida, mas não era essa a questão. Não gostava de pensar que alguém pudesse controlá-la. Ou manipulá-la.

— É — disse ela —, mas ainda temos de descobrir um modo de você não dar seu sangue.

Derek fechou a cara.

— O acordo está feito e não há como desfazê-lo. E, além disso, não é nenhum problema.

— E se ele transformar você num vampiro?

Derek arregalou os olhos.

— Ah, fala sério, você pensa que vou deixá-lo me morder? De jeito nenhum. É muito arriscado e parece coisa de *gay*.

Kylie enrubesceu, sentindo-se uma completa ignorante.

— Então como será?

— Do mesmo modo que você doaria sangue num ambulatório. Com uma agulha esterilizada e uma bolsa plástica.

Kylie ficou olhando para ele, com perguntas surgindo depressa demais para que conseguisse ordená-las.

— Vai a um consultório médico para fazer isso? Mas como...

— Não — riu Derek. — A maioria dos vampiros carrega seus próprios apetrechos. São mais habilidosos em encontrar uma veia do que muitas enfermeiras. Uma das primeiras coisas que eles aprendem é tirar sangue sem matar o doador.

Será que Della tinha trazido seu próprio equipamento de transfusão?

— Como sabe de que modo os vampiros...?

— Se alimentam? Já fiz isso algumas vezes. — O sorriso dele a deixou ainda mais confusa.

— Então já deu sangue para um vampiro antes?

Derek assentiu:

— Como disse, não é o fim do mundo.

— Para quem? E como você sabia da existência de vampiros?

— Ela se chamava Ellie. Fomos colegas de escola. Você está se esquecendo de que sobrenaturais se reconhecem facilmente.

Sim, ela tinha se esquecido do gesto de arquear as sobrancelhas. Mas por uma boa razão. Kylie não "lia" sobrenaturais, o que lhe dava um pouco mais de esperança de não ser um deles. Será que ela também tinha colegas sobrenaturais na escola? Além de Lucas, por aquele curto espaço de tempo?

— Quantos sobrenaturais existem? — perguntou Kylie, embora com medo de ouvir a resposta. — Quantos são em comparação com os humanos?

— Por consenso geral, somos menos de um por cento. Mas esse número está aumentando. Por quê?

— Eu me perguntava se fui colega de algum deles na escola.

— Pode ter sido — disse Derek. — Mas não é provável. A maioria dos sobrenaturais frequenta escolas particulares ou é educada em casa. Por motivos óbvios.

— Quais?

— Quase sempre têm muito dinheiro. Muitos acreditam que devem aprender uma história diferente. E podem se dar esse luxo, porque eles usam seus dons para ficarem ricos.

Eles? Kylie percebeu que Derek também não se considerava cem por cento um sobrenatural.

— Então você estudou em escola particular?

Derek sacudiu a cabeça.

— Meu pai deu no pé, lembra?

— Ah, é. — E Kylie passou a outra pergunta: — E aquela garota? Ellie, não é? Foi sua colega?

— Ela é uma vampira recente — disse ele. — Ainda não decidiu se vai morar com seus iguais.

Kylie pensou em Della.

— Todos eles vão viver com outros de sua própria espécie?

— Pelo que Ellie diz, não. Mas sei que, para ela, não é nada fácil se misturar com os humanos.

Kylie notou o carinho na voz dele e, esquecendo rapidamente os problemas de Della e das outras criaturas estranhas, resolveu se preocupar com assuntos mais pessoais.

— Você e Ellie são muito próximos? — Temendo parecer enciumada, sacudiu a cabeça, mas não conseguiu conter a curiosidade. — Ah, você deu seu sangue pra ela. É claro que são próximos.

Derek arqueou as sobrancelhas e outro daqueles quase sorrisos desenhou-se em seus lábios, deixando ainda mais intenso o brilho do seu olhar.

— Esse é o seu jeito de perguntar se ainda estamos juntos? — A cintilação verde de seus olhos revelava que ele apreciava o interesse de Kylie.

— Não. — Pelo menos, supunha que não fosse, mas não estava completamente certa.

— Terminamos há uns seis meses.

— Por quê? — perguntou Kylie, para logo se arrepender.

— Ela conheceu um lobisomem. — Havia ressentimento em sua voz.

— Lucas?

— Não, não ele.

— Pensei que vampiros e lobisomens não se dessem bem — observou Kylie.

— Os Capuleto e os Montecchio também não se davam bem.

Soprou uma brisa leve e uma mecha dos cabelos de Kylie roçou em sua face, ficando presa entre seus lábios.

Derek a desprendeu dos seus lábios e colocou-a atrás da orelha. As pontas de seus dedos deslizaram pelo queixo de Kylie, provocando um formigamento em seu pescoço. Ela segurou sua mão e, sentindo que o formigamento aumentava, largou-a imediatamente.

— O que aconteceu aquela hora? — apressou-se a perguntar antes que perdesse o controle. — Quando você me tocou?

Derek meteu as duas mãos nos bolsos, como que para evitar a tentação de tocá-la de novo.

— Não sei o que quer dizer — disfarçou, mas Kylie sabia que ele estava mentindo.

— Não minta para mim, Derek — disse ela, sacudindo a cabeça. — Quando você me tocou, mudou meus sentimentos e nós dois sabemos disso muito bem.

Derek parecia não acreditar que Kylie pudesse ter percebido.

— Apenas impedi que tivesse medo, para que não fizesse uma besteira e fosse picada.

— Então, quando você toca alguém, passa a controlar suas emoções?

— É — disse ele, como se aquilo não fosse grande coisa.

Mas era uma grande coisa, ao menos para Kylie. Até onde a atração que sentia por ele era verdadeira? Até onde tinha sido ele quem provocara aquela atração?

Uma sensação fria e incisiva oprimiu seu coração.

— Você já fez isso antes?

— O quê? — Agora ele parecia mesmo confuso. Ou estaria fingindo?

— Controlar minhas emoções.

Derek a observou com atenção.

— Por acaso está com raiva?

— Fez isso ou não, Derek? Me induzir a sentir aquilo por você?

Ele pareceu ofendido.

— Não — respondeu com firmeza, embora sem convencê-la.

Kylie pôs a mão no peito dele.

— Então me ajude, Derek, se...

Ele segurou sua mão e ela teve um sobressalto.

— Mais essa! Agora está com medo de mim? — Derek sacudiu a cabeça, inconformado. — Primeiro, você justificou o que sentia dizendo que eu lembrava o seu ex-namorado; agora, me acusa de estar controlando suas emoções. Por que é tão difícil reconhecer que simplesmente gosta de mim?

— Porque você tem o poder de fazer isso, não tem? Tem o poder de me fazer gostar de você. — Respirou fundo e prosseguiu: — Já usou seus dons para convencer uma garota a fazer coisas que ela normalmente não faria?

Derek enrijeceu.

— Uau! — exclamou, num tom de acusação. — Está procurando um motivo para implicar comigo, hein? Esse seu ex-namorado foi mesmo bem mau-caráter com você.

Talvez. Mas a questão não era essa. Kylie tinha quase certeza de que seus sentimentos agora não tinham mais a ver com Trey, mas com o próprio Derek. A verdade nua e crua era que, se passasse a gostar de Derek, isso complicaria muito seus próximos meses. Já tinha problemas suficientes e não precisava de mais um.

— Você não respondeu à minha pergunta — insistiu ela, endireitando o corpo. — Já usou seus dons para convencer uma garota a fazer coisas que ela normalmente não faria?

A expressão de Derek era quase de raiva, mas Kylie podia jurar que também havia culpa nos olhos dele. Ele olhou para o outro lado.

— Se não responder, vou ter que presumir o pior — avisou ela.

— Está bem. — Derek a encarou. — Já usei meu dom para chamar a atenção de uma garota, mas não para fazê-la dormir comigo. Isso seria estupro. E não me interessa saber até que ponto você quer implicar comigo, Kylie. Não vou me fingir de mau só para fazê-la se sentir melhor. — Apontou o caminho por onde tinham vindo. — Acho que agora devemos voltar.

Kylie percebeu mágoa em sua voz. Embaraçada, de repente percebeu o quanto estava sendo dura e insensível. Deus, talvez ela não fosse melhor que sua mãe!

Derek abriu caminho e ela o seguiu. Andaram em silêncio.

— Ei — chamou ela finalmente, sem conseguir mais se conter.

— Que foi? — perguntou Derek, sem se virar e continuando a descer a trilha.

— Eu não quis insinuar que você fosse algum tipo de estuprador.

— Então quis insinuar o quê? — respondeu, ainda sem olhar para ela.

Kylie procurou escolher bem as palavras. Odiava ter de apelar para o velho clichê, mas no momento não poderia fazer melhor.

— Gosto de você, Derek. Gosto mesmo. Mas acho que deveríamos ser apenas bons amigos.

Derek riu, sem, no entanto, parecer achar graça nenhuma naquilo.

— Vai negar então que sente alguma coisa por mim? — Acelerou o passo. — Vai negar que quase me beijou agora há pouco, que queria muito me beijar?

Acelerando também o passo, Kylie ia negar e quase fez isso; mas se conteve para não mentir.

— Não, não vou. Só não sei bem o que estou sentindo neste momento.

Derek finalmente se virou para ela.

— Porque acha que estou controlando suas emoções...

— Não, não é isso. Quer dizer, talvez em parte... mas também porque você me lembra Trey. Olha, muitas outras coisas vêm acontecendo comigo nos últimos dias. — A emoção tomou conta da sua voz. — A situação lá em casa está péssima. Comecei a ver fantasmas. Pessoas vivem me dizendo que não sou totalmente humana e quase peço para ser apenas maluca ou ter um tumor no cérebro. — Apertou as pálpebras para não chorar de novo. — Não preciso *disto* também. — Agitou as mãos entre ambos. — Mas realmente um amigo me faz falta.

Derek olhou para ela com resignação.

— Está bem. Se amizade é só o que tem a oferecer, eu aceito. A contragosto, mas aceito.

— Obrigada — murmurou Kylie com sinceridade.

Derek respondeu com um aceno de cabeça e a estudou como se procurasse de novo ler suas emoções. Céus, talvez, depois de lê-las, ele pudesse lhe explicar o que significavam — pois, no momento, tudo parecia confuso demais para ela.

— Tudo vai ficar bem — disse ele.

— Verdade? — Kylie fez uma pausa. — O problema é que não sei por onde começar para obter respostas.

Derek respirou profundamente e olhou em volta como se temesse que alguém pudesse ouvi-los, embora ninguém estivesse à vista. Aproximou-se dela.

— Não tenho todas as respostas — confessou, baixando a voz até transformá-la num sussurro. — Na verdade, nem sei se isso é mesmo um problema. No entanto... há uma coisa que você precisa tentar.

Capítulo 20

— Me diga o que é — pediu Kylie, pronta a aceitar qualquer tipo de ajuda. — A esta altura, eu tento qualquer coisa.

Bem, quase.

— Há uma garota aqui — começou Derek — que é *fae* também. Chama-se Helen.

— Eu sei quem é — disse Kylie. — Ela estava no meu grupo quando Holiday nos explicou por que viemos para o acampamento.

— Isso mesmo. O dom de Helen é a cura. Mas, quando nos falava sobre ela, contou que mesmo antes de o tumor da irmã ser descoberto, ela já podia vê-lo. Não acho que você tenha um, mas, se estiver preocupada com isso, talvez Helen possa te examinar.

— É uma excelente ideia — concordou Kylie, quase se atirando nos braços de Derek. Mas conteve-se, calculando no último instante que essa atitude não seria das mais apropriadas. De fato, não queria de forma alguma dar a Derek esperança de serem algo mais que amigos. Pelo menos não no momento, murmurou uma vozinha dentro dela... a mesma vozinha que já lhe dissera como era bom ficar junto dele e que quase a levara a beijá-lo. — Muito obrigada.

— Não foi nada. — Ele lhe acariciou o queixo com as costas da mão e também isso a vozinha aprovou. — Por sinal...

— Por sinal... — incentivou Kylie.

Derek sorriu e o dourado de seus olhos pareceu se intensificar.

— Ainda há pouco, não foi só você que... quer dizer, eu também quis que me beijasse.

— Mas somos só bons amigos — disse Kylie, esforçando-se para imprimir um pouco mais de convicção às palavras.

— Certo — concordou Derek, também sem convicção alguma na voz.

Quando chegaram ao acampamento, já estava quase na hora do encontro com Holiday. Kylie queria falar com Sara, então decidiu ir atrás do escritório, até o pequeno esconderijo que tinha descoberto na véspera.

Mas, ao contornar o edifício, constatou que não tinha sido a única a descobrir aquele local. Deu meia-volta, mas não com rapidez suficiente. Lucas, com sua namoradinha a tiracolo, estava diante dela. Ele fez uma careta e a Garota Gótica sorriu para, em seguida, abotoar a blusa sem constrangimento.

— Desculpe — murmurou Kylie. Afastou-se, mas, enquanto caminhava, sentiu um par de olhos azul-claros queimando suas costas.

Diante do prédio, avistou Miranda e Della de pé, gritando uma com a outra.

A primeira ideia de Kylie foi deixá-las sozinhas; mas, vendo Sky, a outra líder do acampamento, saindo do refeitório, resolveu acalmar as duas antes que se metessem em confusão.

— Juro que, se você apontar mais uma vez esse dedinho cor-de-rosa pra mim, vou quebrá-lo! — rugiu Della. E, inclinando-se para Miranda: — Você sabe muito bem que sou capaz de fazer isso.

— Parem! — gritou Kylie, colocando-se entre as duas. Miranda desviou-se de seu corpo e ficou cara a cara com Della.

— E você, encoste um só desses malditos dedos em mim e vou te pôr um feitiço de espinhas como nunca viu antes!

— Você não pode me enfeitiçar — desafiou Della. — Seus reflexos são retardados.

— Parem com isso! — insistiu Kylie, percebendo que Sky olhava para elas. — Temos companhia.

— Feitiço de espinhas é comigo mesmo — gabou-se Miranda. Recuou, mas Della deu um passo à frente.

Sem dúvida, não gostava nada de espinhas.

— Olhe aqui, se me aparecer uma pintinha sequer no rosto, vou tirar seu sangue todo enquanto estiver dormindo e depois vender pela internet.

— Vão parar com isso ou não? — gritou Kylie, mas era tarde. Sky já se aproximava.

— Está tudo bem por aqui? — perguntou a líder gótica.

Sky pertencia também à espécie dos lobisomens, segundo tinham insinuado a Kylie, que ainda não conseguia identificar os sobrenaturais apenas observando-os.

Miranda simulou um sorriso. Della tentou fazer o mesmo, mas só conseguiu arreganhar os dentes.

— Tudo bem — disseram as duas ao mesmo tempo. — Nós estávamos apenas...

— Discutindo? — Sky franziu a testa com ar acusador.

— Um pequeno desentendimento — explicou Miranda.

— Acabou? — quis saber Sky.

Della tomou a palavra:

— Ela derramou de propósito o sangue que guardei na geladeira.

— Não foi de propósito. O vidro caiu quando abri a porta.

— Tem sangue na nossa geladeira? — apavorou-se Kylie.

Sky revirou os olhos.

— Vocês precisam se entender — disse, fixando as pupilas escuras em Miranda. — Você, Miranda, é veterana aqui e por isso esperamos que se saia bem.

— Tá, vou ser boazinha com a turma dos que me detestam — esbravejou Miranda, afastando-se a passos largos.

Sky acompanhou-a com o olhar e depois se voltou para Kylie e Della.

— Resolvam suas diferenças dentro da cabana, não em público, do contrário Holiday e eu teremos de intervir... o que, posso lhes assegurar, não será nada bom. — E, virando-se, Sky as deixou.

Kylie olhou para Della, que sorria parecendo não ter se importado nada com a advertência de Sky.

— E então, o que houve entre você e o carinha *fae*? — perguntou Della.

— Esqueça isso. Você e Miranda precisam parar logo com isso.

— Parar com o quê? — perguntou Della, dando de ombros.

— Vocês não podem continuar se ameaçando — ponderou Kylie e, no mesmo instante, viu a garota de Lucas se aproximando. Com as pálpebras cerradas de raiva, comprimia os lábios quando chegou perto de Kylie. Se olhares matassem, Kylie já estaria a um passo da decomposição. A garota passou por elas como um raio.

Com a ideia de morte pairando no ar, Kylie sentiu uma leve dor de cabeça, um latejar persistente na têmpora esquerda. A possibilidade de que realmente tivesse um tumor cerebral quase fez Kylie perder o fôlego.

— Ameaçar não é fazer — raciocinou Della. — Portanto, relaxe. Mas então, o que você e Derek andaram aprontando? Chegaram pelo menos ao básico?

— Não aprontamos nada. — Kylie pressionou uma das palmas contra a têmpora. — Olha, gosto de você e de Miranda, portanto criem juízo e parem com as brigas antes que nos separem e eu tenha que engolir outra colega de alojamento. — Alguém como a namorada de Lucas.

— Não foi uma briga. Apenas um bate-boca.

— Você ameaçou vender o sangue dela pela internet — disse Kylie. — De onde venho, isso seria considerado uma briga.

— Sim, mas agora você não está mais no seu mundo.

As palavras de Della a acertaram em cheio, como só a verdade poderia fazer. Tudo havia mudado. Um garoto deu o próprio sangue para passar uma hora com ela. Ela tinha visto sapos — na realidade, tarados — pulando na mesa da cozinha e tinha examinado os genitais de um gato que no fim das contas nem gato era. E, era bom não esquecer, continuava sendo perseguida pelo soldado Dude. Sua cabeça latejou ainda mais.

— Além disso, nunca venderia o sangue dela. Preferiria saboreá-lo gota a gota. Sangue de bruxa é doce.

Doce. Kylie levantou a mão.

— Pare já com isso. Não aguento mais. — Consultou o relógio. Droga! Não teria tempo para falar com Sara. — Tenho que me encontrar com Holiday — avisou. *E pôr minha vida em pratos limpos porque, como Dorothy, não estou mais no Kansas*. Kylie se virou para partir.

Della a pegou pelo braço.

— Ah, eu queria te dizer...

Kylie soltou-se.

— Espere — disse, erguendo a mão. — Tem algo a ver com sangue? — Não suportava mais aquela conversa e ponto final.

Della fechou os olhos com força.

— Não — respondeu, com um tom de sarcasmo na voz.

— Então pode falar.

— Ou não. — Della cruzou os braços. — Talvez eu devesse deixá-la cair numa cilada por querer ser tão espertinha. — E ameaçou ir embora.

Cilada? Aquilo não parecia nada bom.

— Della, espere — pediu Kylie.

Della deu meia volta.

— Se eu te contar, vai pôr um fim nessa conversa de que "sangue é nojento"?

Era nojento mesmo.

— Vou tentar.

— Tentar é pouco — rebateu Della.

Kylie consultou de novo o relógio. Precisava encontrar Holiday, mas o aviso de Della sobre ciladas...

— Tudo bem, não vou dizer mais aquilo — prometeu Kylie, emparelhando-se com ela. — E agora me diga: que cilada é essa?

Della expirou com força.

— Sabe aqueles sujeitos de terno preto? Me disseram que são do FBI.

— E o que fazem aqui?

Della levantou a cabeça.

— Estão pensando em interrogar você.

— Eu? — estranhou Kylie. — Por quê?

— Não sei.

Kylie calculou que aquilo só podia ser por causa...

— Espere! É por causa do seu primo? Você tem certeza de que ele não pertence a uma daquelas gangues?

— Acho que não é isso — disse Della. — Teriam me falado, se fosse. Além do mais, não disseram nada sobre visitantes. Explicaram que talvez você esteja escondendo alguma coisa porque não deixa que ninguém a leia.

Kylie tentou concentrar a cabeça dolorida nos fatos, mas não conseguiu.

— Tem certeza de que se referiram a mim?

— Claro! Holiday não está gostando nada disso. Mas parece que os caras controlam tudo por aqui. O que dizem tem peso. Mas posso afirmar que Holiday ficou do seu lado. Garantiu que você é inocente, mas eles querem constatar isso por si mesmos.

E como, exatamente, pretendem agir? Ela já tinha ouvido boatos de que a CIA e o FBI torturavam as pessoas. Droga, Kylie já tinha uma dor de cabeça e não queria acrescentar "ser torturada" à sua lista de afazeres do dia.

Della espiou por cima do ombro de Kylie.

— Hum, não olhe agora, mas acho que Holiday está à sua procura. E... já a encontrou.

Um segundo depois, Kylie sentiu a presença de alguém ao seu lado. Mas não era Holiday. Um calafrio percorreu sua espinha e Kylie soube que "ele" tinha voltado.

Tentou respirar fundo, determinada a não perder os sentidos, mas o ar frio mal entrava em sua garganta. Fez um esforço para se mover e, erguendo os olhos bem devagar, rezou para não vê-lo desta vez.

Alguém não estava disposto a atender a preces no momento. Mas, pelo menos, não havia sangue. O soldado Dude só ficou ali plantado, fitando-a com seus grandes olhos azuis. Olhos que pareciam querer dizer alguma coisa. Mas o quê? O que ele queria? Lembrou-se da palavra *ajude* escrita com sangue na última vez que o vira. Mas que tipo de ajuda esperaria dela?

A ideia de perguntar passou por sua mente. Sentiu, porém, que se conversasse com ele os dois ficariam mais próximos. Fechou os olhos e orou em silêncio para que ele sumisse.

— Aí está Holiday. — A voz de Della ecoou muito longe na consciência de Kylie. Abrindo os olhos, viu Holiday colocando-se entre ela e o soldado Dude.

— Está pronta? — perguntou a líder do acampamento.

O frio se foi e sua pele arrepiada voltou ao normal. Até o ar gelado em seus pulmões começou a se aquecer. Uma onda de alívio a envolveu.

— Nossa! — exclamou Holiday dando um passo para trás. — Interrompi alguma coisa?

Kylie sabia que a líder do acampamento não estava se referindo a ela e à amiga. Piscando muito, fixou Holiday e tentou se concentrar.

— Não pode pedir para que me deixe em paz?

— Não é assim que funciona — lamentou Holiday.

— O que é que não funciona assim? — perguntou Della.

— Pronta? — Holiday voltou-se novamente para Kylie.

— Para quê? — indagou Kylie. Por que a UPF queria falar com ela?

— Para o nosso encontro — esclareceu Holiday.

— Posso acompanhá-las? — perguntou Della.

Kylie virou-se para a colega de alojamento e percebeu no seu olhar que ela estava tentando ajudar. Um esforço que achou ela mais bem-vindo do que a colega seria capaz de supor.

— Ela pode? — indagou Kylie.

— Receio que não. — Holiday fitou Della. — Acho que os vampiros estão tendo uma reunião de grupo. Você deveria ir. — E, voltando-se de novo para Kylie: — Vamos. — Tomou-a pelo braço e se foram.

Mas para onde a estava levando, era ainda um mistério.

Capítulo 21

— Dois sujeitos querem falar com você — avisou Holiday, fazendo-a entrar para o escritório.

— Quem? — perguntou Kylie, desejando que Della tivesse se enganado.

— São da UPF.

Kylie já tinha ouvido essa sigla várias vezes desde que chegara ao Acampamento Shadow Falls. Mas agora, quando as três letras se entrelaçaram em sua mente, uma nova versão lhe ocorreu: *União de Pessoas Fantásticas.*

— Eles patrocinam este lugar — acrescentou Holiday, ajudando-a a subir os degraus.

— Por quê? — quis saber Kylie, parando à porta. — Por que querem conversar comigo? — Não estava certa de ser uma pessoa "fantástica".

O olhar de Holiday se suavizou.

— Principalmente curiosidade. Eles nunca viram ninguém que não pudessem ler.

— Mas você não me disse que isso era comum com pessoas que veem fantasmas?

Holiday parecia buscar as palavras.

— Não é só porque não a conseguem ler, Kylie. É também porque consideram um tanto bizarro o que conseguem captar de seu padrão cerebral.

A dor de cabeça de Kylie voltou. E o medo de ter mesmo um tumor agitou-lhe o peito. Viu-se de cabeça raspada e com cicatrizes imensas e horrendas serpenteando por seu couro cabeludo. Era horrível.

Mas igualmente horrível seria admitir que fosse tão bizarra quanto os outros.

— Você é especial e eles sentem isso. Portanto, venha logo. Só vai levar um minuto e depois poderemos ter nossa própria conversa.

A mão de Holiday nas costas de Kylie ficou mais quente. Kylie soube de imediato que a líder do acampamento podia manipular emoções tanto quanto Derek. Todo o seu medo de ter um tumor e de entrar em contato com a União de Pessoas Fantásticas se desvaneceu quando o calor da mão de Holiday a penetrou.

— Por que está fazendo isto? — Kylie afastou-se um pouco.

— Fazendo o quê?

— Tentando me acalmar. — Procurou ficar longe do alcance de Holiday.

Holiday arregalou os olhos.

— Uau! Pode sentir isto? Impressionante. — Tocou Kylie de novo. — Significa então...

— Pare. — Kylie recuou novamente. Não lhe interessava o significado de "impressionante", ao menos no momento; estava, isto sim, preocupada com o que lhe pudesse acontecer dentro do escritório e com a possibilidade de ter um tumor no cérebro. — Você quase me faz achar que devia ter medo.

Holiday discordou com a cabeça.

— Não há motivo para ter medo de nada. — Aproximou-se de novo e Kylie ficou olhando para sua mão.

Holiday ergueu as mãos.

— Confie em mim.

— Sinto muito — disse Kylie —, mas tenho passado maus bocados confiando em pessoas que podem manipular minhas emoções. — De certa forma, referia-se também a Derek.

Holiday suspirou.

— Acredite ou não, Kylie, respeito sua atitude. Mas agora você deve falar com aqueles homens. Nada de ruim vai acontecer a você. Dou minha palavra.

Embora ainda não estivesse completamente convencida, ao olhar novamente para a expressão de Holiday, grande parte das preocupações de Kylie desapareceram. Mas isso se devia agora à sua própria intuição e não à influência da líder. Por algum motivo, seus instintos lhe diziam que podia confiar em

Holiday — talvez, por falta de opção. Em vários sentidos, Kylie era uma prisioneira no acampamento.

As apresentações foram tão estranhas quanto Kylie esperava. Os dois homens esgotaram sua quota de arquear de sobrancelhas, o que só fez Kylie se sentir ainda menos à vontade. Queria lhes dizer que perdiam seu tempo tentando arrancar alguma coisa dela. Mas não disse, é claro. De novo, a síndrome da boa moça. Em vez disso, sentou-se a uma mesa e procurou não se incomodar com seus olhares intensos.

O homem mais alto, de cabelos escuros, chamava-se Burnett James; o outro, Austin Pearson. De perto, Kylie não pôde deixar de reparar que tinham boa aparência. Não que gostasse de caras mais velhos — ou que pudesse chamá-los assim por terem uns dez anos a mais que ela —, mas costumava admirar a perfeição.

Kylie notou também que Burnett lançava olhares disfarçados para Holiday quando ela não estava reparando nele. Sem dúvida, aquela mulher o atraía. Holiday, ao que tudo indicava, não havia percebido seu interesse. Na verdade, parecia até que achava os dois homens uns chatos. Principalmente Burnett.

— Então... — Burnett puxou uma cadeira e se sentou.

Holiday olhou para ele e franziu a testa, como se não gostasse de vê-lo tão à vontade.

— Esta é a sua primeira vez no Acampamento Shadow Falls, não é? — perguntou Burnett.

Kylie assentiu. Mas, lembrando-se da crença da mãe de que responder sem palavras era falta de educação, completou:

— Sim... senhor. — O "senhor" demorou um pouco para sair e Kylie logo se arrependeu de ter deixado escapar a palavra, pois poderia parecer sarcástica. Não tinha sido essa a sua intenção, mas eles talvez a interpretassem mal.

Burnett fincou os cotovelos nos braços da cadeira, entrelaçou os dedos e estudou-a sem pressa. Depois de alguns segundos que demoraram a passar, inclinou de leve a cabeça como se ouvisse algo que ninguém mais ali pudesse ouvir. As batidas do coração de Kylie, por exemplo. Que tipo de sobrenaturais seriam aqueles dois? Detectores de mentiras humanos, como Della? Kylie suspeitava que sim, fosse lá por que fosse. Devia, portanto, ser cuidadosa para não ser apanhada tentando enganá-los.

— O que trouxe você a Shadow Falls, senhorita Galen?

Holiday aproximou-se.

— Ela foi enviada aqui por...

Burnett ergueu a mão, interrompendo-a, e Holiday fez uma cara feia.

— Gostaria que a senhorita Galen respondesse. — A frase não era hostil, mas o tom demonstrava impaciência.

Holiday também devia ter notado. Fulminou o homem com um olhar que sem dúvida dizia coisas que ela provavelmente jamais diria na presença de um campista. Kylie teve a sensação de que aquela não era a primeira vez que os dois batiam de frente. Talvez até tivessem feito mais que isso: talvez fossem ex-amantes.

Austin pigarreou como que para aliviar a tensão que deixava pesada a atmosfera do lugar.

— Kylie, é melhor responder — incentivou-a Holiday e todos se voltaram para a garota.

Ela se endireitou ligeiramente na cadeira, procurando não se alarmar.

— Segundo me disse... Holiday, foi minha analista que recomendou à minha mãe me inscrever. Talvez ela a tenha convencido de que este era um acampamento para adolescentes problemáticos.

— E você é? — disparou Burnett.

— O quê? — estranhou Kylie.

— Uma adolescente problemática? — O tom de voz dele parecia carregado de acusações.

— Claro que não — insistiu Holiday.

Burnett olhou feio para a líder do acampamento.

— Por gentileza, permiti que você estivesse presente, mas se continuar interrompendo...

— Vá se ferrar, sr. James — rugiu Holiday, obviamente furiosa o bastante para não se importar que Kylie ouvisse aquela linguagem vulgar.

— Não me provoque — replicou Burnett.

— Provocá-lo seria a última coisa que me passaria pela cabeça — devolveu Holiday. — Você tem sido uma besta classe A desde que o conheço.

Kylie fez um esforço para não rir. A tensão entre aqueles dois não convencia. O tipo de tensão que se vê num filminho romântico.

— Talvez isso se deva à fria recepção que você me proporcionou sem nenhum motivo. Acho que tem preconceito contra vampiros.

Então ele era um vampiro! Kylie se sentiu realmente orgulhosa por ter adivinhado.

— Não se iluda — disse Holiday, dando de ombros. — O meu problema não é com vampiros. É com homens inconsequentes a ponto de supor que seus distintivos lhes dão o direito de intimidar os outros. Desde que você pôs os pés no meu acampamento, agiu como se devêssemos lhe fazer reverências. E, como se isso não bastasse, agora acusa meus garotos de...

Austin pigarreou de novo, dessa vez mais alto.

— Acho que devemos nos concentrar na senhorita Galen.

Ou não. Kylie gostaria muito de saber exatamente do que a UPF estava acusando os campistas. Mas sua curiosidade logo se desvaneceu quando todos se viraram de novo para ela, lembrando-lhe a pergunta de Burnett.

— Não, não me considero uma adolescente problemática.

Burnett arqueou a sobrancelha direita.

— Já pertenceu a alguma gangue?

— Não — respondeu Kylie, imaginando se ele se referia à Confraria do Sangue. — Nunca me meti em confusão.

— Mas não foi levada a uma delegacia depois de uma batida policial?

Kylie percebeu de repente o motivo da antipatia de Holiday pelo Sr. Alto, Moreno e Bonitão. Ele conseguia fazer as pessoas se sentirem pequenas.

Talvez o modo como Holiday havia enfrentado o vampiro tivesse dado coragem a Kylie. Ou, depois de tudo o que havia acontecido a ela naquele dia, sua capacidade de dar a volta por cima tivesse vindo à tona. Ou, enfim, o tumor seria o responsável por ela fazer coisas que normalmente não faria.

Levantando o queixo, deixou que as palavras saíssem de sua boca sem remorsos.

— Se tivessem lido o boletim de ocorrência, veriam que eu não tinha consumido drogas nem bebido.

Os cantos dos olhos de Burnett se estreitaram. Mas Kylie preferiu concentrar-se no sorriso agradável de Holiday.

— Já terminaram? — perguntou a líder do acampamento.

— Só mais umas perguntinhas. — O olhar aguçado de Burnett não se afastava de Kylie. — O que acha deste lugar, senhorita Galen?

— Muito bom. — O coração de Kylie deu um salto quando ela se lembrou de que não podia mentir. — Pelo menos, todas as pessoas que encontrei parecem gostar daqui.

— E você?

Não minta.

— Preferiria estar em casa.

— E por quê? — Os olhos de Burnett ficaram quase pretos.

— Tudo é tão... novo para mim!

— O quê, por exemplo?

— O fato de pessoas como o senhor existirem. — Era verdade... embora Kylie não tivesse intenção alguma de ofendê-lo.

— Como eu? Vampiros? — perguntou ele, obviamente ofendido.

— Sobrenaturais — corrigiu Kylie.

— E você, o que pensa que é? — continuou Burnett, em tom presunçoso.

— Não sei bem — confessou ela. — Mas espero não ser nada. Apenas eu. — *Com um tumor no cérebro.* Pôs essa ideia de lado para refletir mais tarde.

O olhar de Burnett era duro e Kylie perdeu a coragem. Ele balançou a cabeça e franziu a testa.

— Por que tem a mente tão fechada?

— Não tenho. Mas acreditar em tudo isso... — Ocorreu-lhe, de repente, que Burnett não estava se referindo à capacidade dela de aceitar aquelas coisas, mas à incapacidade dele próprio de ler sua mente.

— Não é culpa de Kylie. — Holiday adiantou-se. — É a condição de um de seus dons. Ela fala com espíritos.

Kylie assentiu com a cabeça. Os dois homens arregalaram os olhos.

— Fala com espíritos? — estranhou Austin, virando-se para Holiday; mas, antes que ele voltasse à posição anterior, Kylie julgou ver uma sombra de medo em seu rosto.

— Como você? — Burnett olhou de relance para a líder do acampamento.

— Leu meus arquivos? — perguntou Holiday.

— Preciso saber com quem estou trabalhando.

— Engraçado, os seus arquivos você não me mandou — observou Holiday. — E espera que eu trabalhe...

— Posso mandá-los, se eles realmente forem de seu interesse — contra-atacou Burnett, com um tom de sarcasmo na voz.

— Pensando bem, não precisa se incomodar — retrucou Holiday. — Mas, voltando ao seu comentário anterior... sim, Kylie fala com fantasmas, assim como eu. — Se o tom de voz de Holiday já não tinha a firmeza de antes, seu breve sorriso tinha muito mais.

— Você também? — perguntou Austin, estremecendo. — Odeio fantasmas.

— Ela é fada? — Burnett voltou-se de novo para Kylie, olhando-a fixamente como se procurasse lê-la.

— Ainda não chegamos a uma conclusão — explicou Holiday.

— Então seus pais não estão registrados como sobrenaturais? — quis saber Burnett.

— Não — respondeu Holiday.

— Talvez sejam malandros.

— Talvez sejam o quê? — interrompeu Kylie.

— Jamais a mandariam para cá se fossem — respondeu Holiday a Burnett, deixando a pergunta de Kylie no ar.

O celular de Kylie tocou, mas ela não atendeu para não perder nada do que estavam dizendo a seu respeito.

— Talvez por isso ela tenha vindo. — O olhar severo de Burnett se fixou de novo em Kylie. — Foi mandada para cá com um propósito, senhorita Galen?

— Não, e meus pais não fizeram nada de errado — insistiu Kylie.

Holiday deu mais um passo à frente.

— Se sua audição não estivesse desligada, você poderia confirmar que ela diz a verdade.

Burnett assentiu, levantou-se e encarou Holiday.

— Você está certa. Ela não parece envolvida. Mas quero ficar a par de sua situação.

Holiday fechou a cara.

— Não creio que seja necessário.

— Nem eu — falou Kylie sem pensar, não gostando nada de vê-los discutindo a seu respeito como se ela não estivesse presente.

Burnett, ignorando Kylie, continuava voltado para Holiday.

— Atenderá às minhas solicitações, senhorita Brandon, ou farei com que meus superiores encontrem outra líder de acampamento mais flexível.

Pela primeira vez Holiday ficou sem palavras, dando a entender a Kylie que se preocupava mais com o emprego do que com o orgulho.

— Gostaria apenas de saber por que se interessam tanto por ela.

— Além de supervisionar este projeto, fui encarregado de detectar quaisquer anomalias por aqui. A senhorita Galen se enquadra.

— Sou uma anomalia? — espantou-se Kylie, incrédula.

— Muito bem, você ficará a par de tudo — disse Holiday, ainda ignorando Kylie.

Burnett parecia orgulhoso, como se soubesse que era o vencedor. Voltou-se para Kylie:

— Agora você já pode ir.

Kylie olhou para Holiday:

— Pensei que...

Holiday a interrompeu:

— Nós duas temos uma reunião. Eu apreciaria se os senhores se retirassem.

Burnett cruzou os braços sobre o peito largo.

— Sua reunião terá de ser adiada — disse ele. — Preciso que me leve até os arquivos. Como, ao que parece, a senhorita Galen não é a nossa suspeita, precisamos descobrir quem é.

— E presume que seja um de meus garotos — perguntou Holiday, furiosa. — Acaso já lhe ocorreu...

— Sim, presumo. Todas as evidências apontam para este lugar — disparou Burnett.

Evidências de quê? A pergunta estava na ponta da língua de Kylie, mas algo a advertiu para não fazê-la.

Holiday tinha os lábios apertados quando se voltou para Kylie:

— Nos encontramos depois do almoço, está bem?

Kylie concordou com um aceno de cabeça, desapontada ao perceber que todas as suas perguntas teriam de esperar. Isso não significava, porém, que não pudesse obter outras respostas enquanto isso. Levantando-se, fez um gesto de despedida e caminhou de peito erguido para fora da sala. Tinha coisas a fazer.

Coisas a descobrir. E a primeira da lista era encontrar uma certa fada para lhe pedir que checasse seu cérebro à procura de tumores.

★ ★ ★

Saiu do escritório sem saber bem como encontrar Helen, a curadora. O telefone tocou de novo e ela o tirou do bolso. Era uma mensagem de Sara. Uma palavra se destacava na tela. "Negativo", leu Kylie em voz alta, sorrindo de alívio pela amiga.

Começava a digitar o número de Sara quando alguém se colocou ao seu lado. Um corpo alto e largo projetava uma sombra larga e alta.

Antes mesmo de erguer os olhos, Kylie de algum modo concluiu que o dono da sombra tinha cabelos muito pretos e olhos azul-claros. Respirando fundo, levantou a cabeça.

Odiou ter adivinhado.

Capítulo 22

— Podemos conversar?

A voz de Lucas Parker despertou em seu corpo quase tantos calafrios quanto a leve pressão da mão dele em suas costas. Quase. Mas não tantos.

Kylie se esforçou para não tremer enquanto ele a fazia se desviar de um grupinho que conversava a uns quinze metros à esquerda. Embora as palavras de Lucas formassem uma pergunta, o fato de ele estar andando e a conduzindo indicava que Kylie não tinha escolha.

O calor da mão do garoto na parte baixa de suas costas a fez se lembrar do sonho da noite anterior — aquele em que estavam nadando juntos. Isso, por sua vez, fez com que recordasse que tinha interrompido Lucas e a namorada naquele mesmo dia. Kylie piscou os olhos, rezando para não enrubescer demais.

— Sobre o que quer falar? — conseguiu a muito custo dizer, pois temia que fosse sobre ela e Derek. Lucas pareceu realmente furioso quando os surpreendeu na rocha — o motivo, Kylie não saberia dizer. Tentou parar, mas ele continuou puxando-a. A menos que quisesse cair de cara no chão, sua única alternativa era continuar pondo um pé na frente do outro.

Kylie acelerou o passo para alcançar Lucas. Então, viu bem à sua frente uma fileira espessa de árvores e por nada no mundo entraria ali na companhia de Lucas. Por nada mesmo!

— Pare! — gritou, desvencilhando-se da mão dele e deixando cair o telefone, que foi aterrissar na grama com um baquezinho surdo. Kylie quase aterrissou atrás.

Lucas a segurou pelo antebraço e a ergueu quase sem esforço. Contendo a respiração, ela percebeu que as costas da mão dele estavam encostadas na lateral do seu seio.

Olhou bem para aquela mão, tremendo e com o coração aos pulos — por causa do medo e de algo mais. Esse "algo mais" tinha tudo a ver com o sonho da noite anterior e com o lugar onde a mão estava agora.

— Me solte — exigiu, perturbada.

Ele a soltou e ergueu as mãos.

— Não quero te machucar, Kylie.

— Como posso saber? — Deu um passo para trás e esperou para ver se ele ia dizer algo sobre o fato de já conhecê-la. Ou mesmo lembrar que a tinha salvo de um bando de agressores. Então, ela retrucaria dizendo que ele matara o seu gatinho.

Mas Lucas não disse nada. Ficou olhando para ela com ar magoado. Como se tivesse esse direito.

Meu Deus, será que ao menos se lembrava dela? Ou de Socks?

Lucas passou a mão pelo rosto e perguntou:

— O que foi aquilo?

O que foi aquilo? Finalmente, entendeu.

— Derek sorteou meu nome. Estávamos apenas conversando. *Ao contrário de você e sua namoradinha. Além do mais, não é da sua conta.*

À luz brilhante do sol, Kylie notou a barba de Lucas, algo que a maioria dos garotos de 17 anos não tem. Mas então se lembrou de que ele era um lobisomem, o que talvez explicasse tudo. Ou seria ele apenas mais um desses garotos que amadurecem depressa e já exibem uma barba cerrada quando se formam no colégio?

— Vi muito bem como estavam conversando, mas não foi a isso que me referi.

— Nesse caso, lamento ter interrompido você e aquela garota. — Kylie se abaixou e apanhou o telefone.

Quando endireitou o corpo, ele estava de cara amarrada, mas pelo menos não tentou dizer que Kylie não tinha interrompido nada.

Embora não soubesse como explicar, aquilo quase a aborrecia. Mas era melhor esquecer. O que havia de errado com ela? Uma hora antes, queria que Derek a beijasse; e agora ficava toda assanhada com o cara que tinha esfolado seu gato?

Stress, concluiu. O stress sem dúvida tinha mexido com os hormônios dela. Ou tinha sido o tumor no cérebro?

Lucas soltou um suspiro.

— Também não foi a isso que me referi. O que a UPF queria com você?

Kylie pressionou a palma de uma das mãos contra a têmpora esquerda para acalmar a dor e pensar numa resposta. Mas não estava certa de poder encontrar uma.

— Não sei. — Ignorava quais fossem as suspeitas da UPF e por isso não tinha nenhuma explicação a dar.

Lucas apertou os olhos.

— Como assim, não sabe?

— Eu não sei. Nada tem feito sentido para mim ultimamente.

Lucas, cético, parecia querer mais detalhes. Mas por que estava perguntando aquilo? Teria ele algo a ver com as suspeitas que a UPF nutria contra Kylie? Agora, ela própria começava a ficar desconfiada.

— Mas por que quer saber?

— Eles estavam por aí — respondeu Lucas — e notei que Holiday não gostou nem um pouco. Perguntei a respeito, mas, segundo me disse, não tenho com que me preocupar. Mas, se algo acontecer, quero ajudá-la.

Kylie lembrou-se de que Holiday tinha trazido Lucas com ela na noite anterior, quando ela teve o sonho. Talvez os dois fossem amigos, mas, se Holiday tinha preferido não dizer nada, longe de Kylie interferir.

— Queriam falar comigo porque pensam que sou uma anomalia. Estão tentando me entender, como todo mundo aqui.

A desconfiança no olhar de Lucas diminuiu.

— Fizeram isso? Tentaram entendê-la?

Kylie fez que sim com a cabeça.

— Ao que parece, sou um verdadeiro enigma.

— As garotas geralmente são — disse Lucas com um sorriso. Um daqueles sorrisos que fazem o coração de uma garota disparar.

Mas Kylie se esforçou para não ceder e, mentalmente, pisou no freio. Em seguida, não querendo ficar ali parada com o coração disparado e precisando que Helen a examinasse para ver se não tinha nenhum tumor no cérebro, mostrou o telefone.

— Preciso fazer uma ligação.

★ ★ ★

Kylie levou vinte minutos para encontrar Helen. Durante esse tempo, enviou uma série de carinhas sorridentes para Sara, mas adiou a ligação. Agora que o problema da amiga tinha sido resolvido, podia se concentrar no seu próprio. E o próximo passo na lista seria ter seu cérebro examinado por uma certa fadinha.

Atravessando o refeitório, observou Helen, que estava sentada a uma mesa com o nariz enterrado num livro. Era o tipo da garota retraída, mas esperta, que nem precisa estudar para ir bem na escola, mas não se orgulha disso.

— Oi — disse Kylie, vendo que Helen não havia notado sua presença.

Com um sobressalto, ela levantou a cabeça. Uma mecha de cabelos cor de palha caiu sobre seu rosto e ela a repôs no lugar.

— Oi.

Kylie abria a boca para falar quando percebeu que seria bem difícil lhe pedir para checar seu tumor. O silêncio ficou pesado e Kylie começou a gaguejar:

— Eu... eu apenas...

Ouviram um barulho do outro lado da sala e Kylie olhou para ver o que era.

— Sou Kylie Galen. Você e eu estávamos no grupo...

— Eu me lembro — disse Helen em tom suave. Kylie não a conhecia, mas identificou-se com ela instantaneamente. Era outra desgarrada. Uma solitária. Kylie desejou que tivesse alguém como Sara para simplificar sua vida.

— Podemos conversar? — perguntou. — Em outro lugar?

Helen, depois de dar uma olhada nos colegas, pegou o livro e a mochila.

Quando saíam, Kylie notou vários grupos de adolescentes famintos se aproximando do refeitório. Apressou o passo para ficar bem longe deles e tentou de novo encontrar as palavras certas para falar com Helen.

— Estava me perguntando se... Eu...

— Derek me disse.

— Disse? — Kylie sentiu um aperto no peito ao se lembrar de que Derek estava tentando ajudar. E, logo depois, uma certa culpa por ainda não ser capaz de confiar nele. Mas estaria errada em desconfiar de seus sentimentos por alguém que podia controlá-los tão facilmente quanto respirava?

— Há um lugarzinho sossegado atrás do escritório — disse Helen.

— Não, lá não. — Achava que Lucas não apareceria de novo, mas convinha não arriscar.

Notou que o caminho para a sua cabana estava deserto e tomou aquela direção.

Passaram por um grupo de garotos que riam de algo que um deles dissera. Bem no meio estava a namorada de Lucas; e antes que Kylie pudesse se virar para o outro lado, os olhos dela se encontraram com os seus. A garota soltou um palavrão. Por que odiava tanto Kylie?

Tentando esquecer Lucas e a namorada, Kylie voltou-se para Helen.

— Acha que pode me ajudar?

Helen deu de ombros e tudo nela, da expressão à postura, revelava incerteza.

— Só fiz isso uma vez, com minha irmã. Vou tentar, mas...

— Mas o quê? — perguntou Kylie, enquanto ainda desciam a trilha.

— Você não está com medo?

— Deveria? — E Kylie parou subitamente.

Helen deu novamente de ombros, em sinal de insegurança.

— Talvez. Não sei. Só o que sei é que eu mesma fico apavorada.

Só faltava isso! Kylie, nervosa, engoliu em seco.

— Vai doer ou coisa semelhante? — E, como Helen não respondeu logo: — Machucou sua irmã?

— Não — disse Helen.

Kylie suspirou, aliviada. Outros pensamentos lhe ocorreram, mas então se lembrou de que precisava ir fundo em tudo aquilo.

— Tenho que saber.

Helen levou Kylie para trás de uma fileira de carvalhos enormes, tirou a mochila e ergueu os olhos.

— Como vamos fazer? — indagou Kylie, com um nó na boca do estômago.

— Honestamente, não sei. Com minha irmã, eu apenas... Estávamos brigando. Ela tinha roubado meu diário. Então, de repente... — Helen suspirou também.

— Quer dizer que precisamos começar uma briga? — perguntou Kylie, sem saber bem o que a outra queria dizer.

— Não. — Helen sacudiu a cabeça. — Foi como se... Você sabe como entramos na mente das pessoas...

— Não, não sei — replicou Kylie, num tom de voz que a frustração tornava mais sombrio, enquanto a dor de cabeça voltava como que para se vingar.

A surpresa se estampou no rosto de Helen.

— Você realmente não consegue visualizar os padrões cerebrais dos outros? Pensei que todos podíamos fazer isso.

— Eu não consigo — confessou Kylie. — E é esse o motivo que me faz pensar que não sou como vocês. — Juntou as mãos para disfarçar o tremor e sentiu o coração disparar à ideia de que realmente pudesse ter um tumor. Em seguida, voltou ao problema da leitura de cérebros. — Você sempre foi capaz disso? Sempre?

— Mais ou menos. Quer dizer... Eu podia visualizar, mas não sabia *o que* estava fazendo. Achava que era como fechar bem os olhos e ver aqueles borrões vermelhos de formatos diferentes. Mas agora que sei do que se trata, tudo está mais claro.

Seus olhares se encontraram e Helen arqueou as sobrancelhas.

— O que está vendo? — perguntou Kylie, com o coração disparado.

— Apenas o seu padrão. — Helen continuava olhando, sem foco como quando Kylie observava um daqueles desenhos que, quando examinados por muito tempo, podem revelar uma imagem oculta. — Você não é... uma pessoa normal. As pessoas normais têm ondas regulares. As suas... sobem e descem, sem falar nesse traçado esquisito. Mas não está deixando que eu a leia.

— Não sei como deixar que você me leia. — Kylie mordeu o lábio e procurou se concentrar em Helen para tentar ver alguma coisa. Nada aconteceu, mas os olhos delas se cruzaram.

Piscando, Kylie perguntou:

— Preciso deixar que me leia antes que você possa descobrir se tenho um tumor?

— Não, mas... — Helen firmou os olhos.

— Mas o quê?

A garota deu um longo suspiro.

— Como eu disse, não sei como funciona. No caso de minha irmã, coloquei as mãos... — Helen colocou as mãos de cada lado da cabeça de Kylie. — Eu estava... agarrando a cabeça dela. — Hesitou um instante. — Quer que eu tente?

Kylie concordou, embora isso fizesse seu pulso acelerar. Helen segurou a cabeça de Kylie com as mãos. Fechou os olhos, franziu a testa e apertou os lábios, concentrando-se. Kylie, ali de pé, olhava para ela e rezava para que ninguém aparecesse. Já podia ouvir os comentários: Kylie e Helen estavam se agarrando atrás das árvores. Que se dane.

Depois de vários segundos Kylie ia ficando cada vez mais assustada. Estava a ponto de pedir que parasse com aquilo quando sua cabeça começou a zumbir. O zumbido logo se transformou em calor. E, de repente, uma sensação reconfortante começou a se irradiar das palmas de Helen.

— Estou conseguindo — murmurou Helen, excitada. — Está funcionando.

O calor das palmas de Helen penetrou na cabeça de Kylie, que continuava olhando para ela na tentativa de decifrar sua expressão. O que Helen estaria vendo? Será que Kylie deveria ligar para a mãe e pedir que comprasse uma peruca? De modo algum sairia por aí careca.

Aos poucos, a pressão das mãos de Helen contra a cabeça de Kylie foi se afrouxando. Suas mãos então penderam dos lados do corpo. Depois de respirar profundamente duas vezes, Helen abriu os olhos.

— E então? — gaguejou Kylie. — Tenho mesmo um tumor? Tenho?

Capítulo 23

— Ei, onde você esteve? — perguntou Miranda enquanto Kylie desabava sobre o banco a seu lado e de Della no refeitório, quinze minutos depois.

— Conversando com Helen. — Kylie jogou uma mecha de cabelos louros para trás da orelha, os nervos ainda à flor da pele.

— Quem é Helen? — perguntou Della, levando seu copo de "suco" (como Kylie decidira chamá-lo) à boca.

— Helen Jones — disse Kylie, apontando para a garota sossegada que tinha acabado de se sentar em outro banco. Ela a tinha convidado para se juntar a elas, mas Helen recusou o convite porque tinha prometido ficar na mesa das fadas aquele dia.

Kylie viu Helen se sentar ao lado de Derek e inclinar-se para ele a fim de lhe dizer alguma coisa ao ouvido. Kylie não precisava de superaudição para saber que Helen tinha contado a ele sobre o diagnóstico negativo de tumor. E, como para provar que estava certa, Derek interceptou o olhar de Kylie e sorriu.

Kylie sorriu também. Embora estivesse aliviada pelo fato de Helen não ter visto nenhuma mancha escura em seu cérebro, como tinha visto no da irmã, aquela resposta não lhe deixava alternativa exceto aceitar sua condição de... bem, não humana. E isso não era nada reconfortante.

Della inclinou-se e murmurou:

— E como foi o interrogatório? Descobriu por que suspeitam de você?

— Que interrogatório? — Miranda arregalou os olhos.

— Conto depois — disse Kylie, espiando em volta.

Miranda concordou com um aceno de cabeça e prosseguiu:

— Ah, soube que vamos ter computador? Vão instalar um em cada cabana.

— Ótimo! — respondeu Kylie, mal ouvindo o que a outra dizia. Agora refletia sobre a possibilidade de a loucura explicar seu estranho padrão cerebral. Sem dúvida, houve ocasiões em que achou que estava maluca... com as últimas semanas no topo da lista.

— É melhor pegar o seu almoço antes que parem de servir — aconselhou Della.

Kylie reparou que muitos campistas já estavam devolvendo suas bandejas e saindo. O exame do tumor tinha demorado mais do que Kylie havia calculado.

— Tem razão — concordou Kylie, levantando-se.

— Ah! — lembrou-se Miranda —, Perry estava procurando você.

Kylie estremeceu e inclinou-se para ela:

— O que ele queria?

— Talvez pedir que você dê uma olhadinha nos seus genitais de novo — brincou Della.

Kylie soltou um gemido.

Miranda riu e ficou séria novamente:

— Acho que era para pedir desculpas. Jurou que quis se soltar, mas você o levou para dentro.

Kylie se lembrou de que o gatinho, isto é, Perry disfarçado, tinha realmente tentado resistir quando ela o carregou no colo para a cabana. E quando afastou suas pernas traseiras para descobrir seu sexo.

— Seja como for, ele não tinha nada que ficar espiando pela nossa janela.

— É verdade — concordou Miranda. — Mas, pelo menos, quer pedir desculpas. Só uma pessoa decente faz isso.

— Ou um idiota com medo que eu conte tudo a Holiday — disse Kylie.

— Ponto pra você — reconheceu Della.

Kylie foi até o balcão e viu atrás dele a motorista do ônibus — ou alguns centímetros dela, pois sua cabeça mal ultrapassava a borda. A duende inclinou a cabeça para trás e fitou Kylie, arqueando as sobrancelhas.

— Já sabem o que você é? — perguntou, empurrando uma bandeja para Kylie.

— Ainda não — murmurou Kylie, não gostando nada de ver que todos no acampamento estavam a par de sua crise de identidade.

— Seu amigo quer comer alguma coisa? — continuou a duende, de cara fechada.

— Que amigo?

Um calafrio percorreu a espinha de Kylie — a presença dele era, como sempre, absolutamente perceptível e indesejada.

— Você também consegue ver? — perguntou Kylie, soltando, com as palavras, uma nuvem de vapor.

— Não, só sentir. E já é muito para mim. — A mulherzinha afastou-se do balcão.

Vá embora. Vá embora. Cerrando os olhos, Kylie desejou ardentemente que o soldado Dude desaparecesse. Quando o calafrio passou, tão rápido quanto viera, perguntou a si mesma se a coisa era mesmo tão fácil assim: bastava desejar que ele fosse embora. Eis outro assunto que gostaria de discutir com Holiday. Fosse como fosse, a pequena vitória provocou em Kylie uma breve sensação de controle. Muito breve.

Pegando a bandeja, foi se juntar novamente a Miranda e Della. Nem procurou saber se ainda havia algum sujeito de farda ali. Para que procurar encrenca?

— Dia ruim? — perguntou Miranda quando Kylie colocou sua bandeja de qualquer jeito sobre a mesa.

— Mês ruim. — Kylie pegou o sanduíche e o cheirou. — Detesto atum. — Sentiu a garganta apertada e engoliu o nó de emoção, jurando que não ia chorar.

— Gosta de pasta de amendoim e geleia? — perguntou Miranda.

— Gosto. — Kylie olhou para Miranda, pensando que ela propunha uma troca; mas, em vez disso, ela levantou o dedo mínimo e o apontou para o sanduíche de Kylie.

O sanduíche, na mão de Kylie, se transformou. Kylie olhou para ele e seu queixo caiu. Pasta de amendoim e geleia vermelha escorriam das bordas do pão.

— Santo Deus! — exclamou Kylie, largando o sanduíche na bandeja.

— Uau! — exclamou Della, inclinando-se. — Pode me arranjar outro copo de sangue? Ouvi dizer que o tipo O negativo é o melhor.

Miranda fechou a cara.

— Eu *não* faço sangue.

— Por que será que não estou surpresa? — zangou-se Della.

Kylie não queria saber daquela conversa sobre sangue e desviou o olhar do sanduíche transformado para Miranda.

— Pensei ter ouvido você dizer que não podia fazer magia.

Miranda pareceu se divertir.

— Nem se pode chamar isso de magia. Venho substituindo meu almoço por pasta de amendoim e geleia desde que tinha 2 anos. Mamãe tentava me empurrar linguiça de fígado. Quem, pelo amor de Deus, come uma porcaria dessas?

— Eu comeria com gosto — disse Della.

O estômago de Kylie roncou e ela abriu o sanduíche para dar uma olhada rápida.

— É seguro... comer isto aqui?

— Acha que eu ia envenenar você? — perguntou Miranda, obviamente ofendida.

— Não, mas pode ser radioativo ou coisa parecida. Não sei o que acontece com a comida quando... é transformada assim.

— Tenho comido meus sanduíches a vida inteira — disse Miranda.

— É, e sabemos o que eles fizeram com você — acrescentou Della, num tom que ia ficando cada vez mais irritado.

— Vá chupar uma veia — disparou Miranda.

— Tem uma aí? — contra-atacou Della, mostrando os dentes.

— Por favor — implorou Kylie, olhando de uma para a outra. — Não vão brigar de novo.

Somente quando as duas pareceram se acalmar é que Kylie reconsiderou a ideia de comer. Incrível como estava faminta. Exames cerebrais devem aumentar o apetite. Ou talvez fosse porque a dor de cabeça finalmente tinha dado trégua. De qualquer forma, a fome era suficiente para ela se arriscar a comer um sanduíche preparado pela magia do dedo mínimo de Miranda.

Pegando o sanduíche, Kylie afundou os dentes na maciez do pão branco.

— Está muito bom — disse a Miranda, enquanto mastigava e tentava impedir que a pasta de amendoim grudasse no céu da boca. — Obrigada.

— De nada — respondeu Miranda. — E, em troca, tudo o que quero é que você "me dê uma ajudinha" com o Derek... já que não gosta dele.

— Você é cega? Kylie é louca pelo Derek! — interrompeu Della, num tom irritado.

Miranda, espantada, olhou para Kylie, esperando que ela negasse. Mas a pasta de amendoim tinha grudado no céu da sua boca e Kylie não conseguiria falar ainda que quisesse. Mas não queria. Não sabia o que dizer.

Frustrada com o silêncio de Kylie, Miranda olhou para Della.

— Kylie garantiu que não gostava dele.

— Estava mentindo — disse Della, dando de ombros.

Miranda olhou para Kylie.

— Gosta dele? Apenas diga.

— De quem a senhorita "Não Sei O Que Sou" gosta? — A namorada de Lucas se sentou do lado oposto da mesa.

Kylie deu uma boa olhada naquela representante da espécie dos lobisomens. Estranho. Nunca tinha visto tanta raiva e antipatia num só olhar.

Conseguiu desgrudar o pedaço de sanduíche do céu da boca.

— De ninguém — disse ela, mas sem convicção.

— Verdade? — Os lábios da loba se arquearam no que poderia ser considerado um sorriso, caso o risinho que o acompanhou não fosse tão perverso. — Por falar nisso, meu nome é Fredericka. Pensei que você gostaria de saber o nome da garota que vai lhe dar um pontapé no traseiro se você tentar...

— Hum, isso é engraçado — disse Miranda.

Engraçado? Kylie lançou um olhar à amiga, enquanto o pedaço de pão, a pasta de amendoim e a geleia ficavam entalados em sua garganta. Cobriu a boca e tossiu, o que só piorou a situação, pois o pedaço de pão, tentando voltar, ficou entre suas amígdalas. Kylie fez força para absorver um pouco de ar, mas não conseguiu. Nada.

— O que é engraçado? — O olhar frio de Fredericka agora pousava em Miranda, o que teria inquietado Kylie se ela não estivesse ocupada tentando respirar. Começou a dar batidinhas no peito.

Estou sem ar.

— Você chutar o traseiro da Kylie — respondeu Miranda.

Ei, não consigo respirar. Kylie segurou a garganta, o sinal universal de sufocação.

— Com toda a ajuda que ela teria para deter você e tudo o mais.

É sério, não consigo respirar. Que maravilha!, lá estava ela num acampamento cheio de criaturas bebedoras de sangue e devoradoras de carne crua, prestes a morrer asfixiada por causa de um sanduíche de pasta de amendoim e geleia.

Fredericka inclinou-se para Miranda.

— Acha que estou com medo desse seu dedinho esquelético?

Continuo não podendo respirar, gente!

Finalmente, Della — vampiros atenciosos são outra coisa — levantou-se, empurrou Miranda para o lado e deu um golpe firme nas costas de Kylie. O pedaço de sanduíche finalmente desbloqueou sua garganta e, embora provocasse dor ao descer, pelo menos deixou aberta a passagem do oxigênio.

— Eu? — A voz de Miranda assumiu um tom agudo. — Você pensou que... Não, não, eu não quis dizer que a ajuda viria de mim. — Apontou para Della. — Esta aí poderia até vencê-la. Tem a atitude combativa dos vampiros, mas não era a ela também que eu me referia.

— Miranda tem razão — disse Della, metade da atenção concentrada em Kylie e metade, em Fredericka. — Eu ajudaria Kylie a chutar seu traseiro num piscar de olhos. — E arreganhou os lábios para a outra, mostrando os caninos afiados.

Fredericka não pareceu nem um pouco preocupada. Não que Kylie tivesse certeza de alguma coisa; ainda estava ocupada em impulsionar o oxigênio necessário para o cérebro enquanto dava ao drama encenado à sua frente o máximo de atenção possível. Se tivesse de ser despedaçada por uma mulher-loba, queria saber o motivo.

— Mas então de quem está falando? — quis saber Fredericka, inclinando-se sobre a mesa e deixando escapar um grunhido surdo.

— Dos fantasmas de Kylie — disse Miranda. — Ela tem cerca de meia dúzia em volta dela o tempo todo. Não sabia?

O quê? Kylie tossiu. Ainda bem que o pedaço de pão tinha descido em vez de subir, do contrário estaria de novo engasgada.

— Não sei quanto a você, mas eu não me envolvo com os mortos. Não se lembra do último ano, quando Holiday falou dos anjos da morte?

Anjos da morte? Kylie lembrou-se da história de Miranda, no ônibus a caminho do acampamento, sobre anjos da morte dançando nas cachoeiras. Tossiu de novo e levantou a mão. Mas, antes que começasse a falar, notou o medo na expressão de Fredericka.

Não querendo parecer um coelhinho assustado diante de um lobo faminto — embora essa situação descrevesse muito bem seus sentimentos —, Kylie olhou Fredericka diretamente nos olhos.

— Pare com isso. — Tosse. — Não quero brigar com você. — Tosse. — Não sei nem mesmo por que você quer brigar comigo. Ou com os meus fantasmas.

Ei, Kylie não era nenhuma boba! Pretendia tirar vantagem do medo que surpreendeu nos olhos da garota.

— Fique longe de Lucas — advertiu Fredericka, mas já sem tanta confiança na voz.

— Eu? — Todos os contratempos daquele dia, e mesmo das últimas semanas, se desvaneceram com essa palavra pronunciada em tom agudo, que também mandava embora o coelhinho assustado. — Sabe de uma coisa? Talvez fosse bom você apertar mais o laço que colocou em volta do pescoço do seu suposto namorado, pois todas as vezes que conversamos foi porque ele me procurou. E não o contrário.

— Você deveria tomar mais cuidado — ameaçou Fredericka.

— Ela não precisa — interrompeu Della. — Seus fantasmas fazem isso por ela. Não ouviu falar do pequeno incidente que ocorreu na nossa cabana noite passada?

Fredericka se levantou e saiu apressadamente.

Kylie, com uma das mãos pressionada sobre a mesa, acompanhou-a com o olhar.

— Que piranha!

— É, ela fez a mesma coisa ano passado. Mas nós demos o troco — disse Miranda, pousando sua própria mão sobre a de Kylie.

— Nós arrasamos! — completou Della, pondo a mão sobre a de Miranda.

— Obrigada — disse Kylie. E, fitando ora uma, ora outra: — Vocês não precisavam me defender. Mas gostei disso.

— Ora, somos amigas! — exclamou Miranda. — E é isso o que fazem os amigos.

Sorrindo para suas novas companheiras, Kylie concluiu que ter vindo ao acampamento não tinha sido *tão* ruim assim.

Em seguida, dando um longo suspiro e sentindo que sua coragem começava a esmorecer, olhou para Miranda:

— Os anjos da morte existem mesmo?

Capítulo 24

— E... ah!... os anjos da morte realmente existem?

Essa foi provavelmente a sétima ou oitava pergunta que Kylie fez a Holiday durante seu encontro trinta minutos antes. No momento em que havia pisado no escritório, as perguntas começaram a surgir.

— São... muitas perguntas — riu a líder, convidando-a a se sentar.

Kylie pôs o celular sobre a mesa de Holiday e puxou uma cadeira. Depois de sair do refeitório, tinha passado os últimos cinco minutos falando com Sara, comemorando o resultado negativo do teste de gravidez; agora, porém, tinha voltado a se concentrar em sua própria missão de encontrar respostas.

— É, e estou apenas começando — disse Kylie. — Quero saber também que mais eu poderia ser. Você me explicou...

— Verdade? — Holiday arqueou as sobrancelhas. — Então você aceitou que é uma de nós?

A pergunta ficou pairando em torno da cabeça de Kylie.

— Não. Apenas quero estar preparada para... o que descobrir.

A líder do acampamento atirou seus longos cabelos ruivos, presos num rabo de cavalo, para trás dos ombros.

— Ouvi dizer que Helen te examinou para ver se tinha um tumor no cérebro.

— Quem te contou? — quis saber Kylie, já imaginando o acampamento inteiro gozando da cara dela por causa daquilo. Ou, pior ainda, gozando da cara de Helen. A garota parecia ainda mais tímida que ela própria e a última coisa que Kylie queria era vê-la ser infernizada por algo que a tinha induzido a fazer.

Holiday balançou a cabeça.

— Não foi bem assim. Helen ficou empolgada por ter descoberto o modo como seu dom funciona e veio conversar comigo.

Kylie aceitou a explicação. Sabia como Helen se sentia e não a censurava por ter ido falar com Holiday.

— Mas você ainda não acredita muito, não é? — perguntou Holiday, encarando-a.

— Talvez eu seja...

— Louca ou esquizofrênica.

— Isso — concordou Kylie, aliviada ao perceber que Holiday a entendia.

Holiday suspirou, parecendo exasperada, e o alívio de Kylie se desvaneceu.

— Acontece que não acho que nenhum de meus pais tenha dons. E, segundo o que disse, isso costuma ser hereditário. Também não consigo entrar na mente das pessoas e ver seus padrões. Helen disse que sempre fez isso.

— Helen é Helen. Nós, que mantemos contato com fantasmas... um dia simplesmente acontece. — Holiday suspirou de novo. — E pode haver uma série de razões que levaram seu pai ou sua mãe a não lhe contarem nada. Você... — Levantou as mãos. — Mas o que estou fazendo? Meu trabalho não é convencê-la. É ajudá-la a encontrar suas próprias respostas.

Kylie quase pediu desculpas por desapontar Holiday, pois realmente gostava dela; mas como poderia acreditar naquilo sem nenhuma prova?

— Voltemos às suas perguntas. — Holiday fez uma pausa, como se rememorasse a lista. — Os anjos da morte existem mesmo? Creio que você ouviu falar da lenda em torno do nome Shadow Falls.

— Ouvi — disse Kylie. — É verdadeira?

— Eu nunca vi essas sombras. Mas, é claro, ainda não estava anoitecendo quando estive na cachoeira.

— E os anjos da morte?

— Também nunca vi nenhum. Mas conheço várias pessoas que dizem que viram. Algumas acham que eles só existem nas lendas; mas, como todos os sobrenaturais são considerados lendários, seria difícil afirmar que não existem.

— São maus? — perguntou Kylie. Sua curiosidade vinha tanto do medo de Fredericka quanto da hesitação de Miranda em falar a respeito deles mais tarde.

— Não necessariamente. Acredita-se que sejam fantasmas poderosos que juraram... vingança. Ao que parece, corrigem os erros dos sobrenaturais. E os julgam.

— Será por isso que todos têm tanto medo de fantasmas?

— Isso mesmo. — Um sorriso apareceu nos lábios de Holiday. — Francamente, a maioria dos sobrenaturais mete medo. Lembra-se dos sujeitos de terno preto?

Kylie assentiu e, no íntimo, reconheceu que metiam medo nela também.

Holiday pousou o cotovelo na mesa e descansou o queixo na palma aberta.

— Para ser sincera com você, Kylie, os anjos da morte, em si, talvez não existam. Mas todos os fantasmas que vejo se parecem muito com a imagem que temos deles. Quer dizer, vários espíritos já me protegeram de diferentes maneiras. Alguns, sem dúvida, precisam de algo que temos a lhes oferecer, mas a maioria aparece para nos ajudar ou nos convencer a ajudar outras pessoas. Por mais assustador que isso pareça, trata-se de uma vocação muito especial, reservada a poucos sobrenaturais. Dizem que só é dada a quem tem valor, bom coração e coragem.

— Mas eu não tenho nada disso! — exclamou Kylie, procurando se defender a todo custo. — No Dia das Bruxas, nem me atrevo a entrar em casas mal-assombradas!

Holiday sorriu de leve.

— Eu não disse que você era perfeita, Kylie. Deus sabe que eu também tenho meus defeitos. Mas nossos corações anseiam pela vitória do bem. Temos medo, erramos; mas, se ouvimos nosso coração, encontramos o caminho certo. — E pousou a mão esquerda sobre a de Kylie.

Kylie olhou para suas mãos juntas na mesa.

— Ver fantasmas é um dom comum para fadas e... duendes? — Kylie se lembrou da motorista do ônibus percebendo a presença do soldado Dude quando ele se apresentou para uma visita. — No almoço, a duende, quer dizer, a mulherzinha que dirigiu o ônibus até o acampamento, sabia que o fantasma estava lá.

— Sim, alguns estudos mostram que isso é mais comum com fadas e elfos. Mas outras criaturas também têm a mesma habilidade. Embora espécies diferentes possam ter os mesmos dons, cada criatura pode tê-los em maior ou menor grau, dependendo de seu espírito e de suas ligações com os deuses e deusas.

— Então o que mais posso ser?

— Esta manhã, quando a toquei e você sentiu que eu estava tentando acalmá-la... o fato de poder sentir isso é... bem, incomum. Falando de um modo geral, outra fada, dependendo de seu nível de poder, poderia sentir, mas... francamente, nunca conheci ninguém que fosse capaz disso por meio do tato.

— Portanto, presumindo que não sou humana, também não sou fada?

— Eu não disse isso. Só o que posso afirmar é que, independentemente da espécie de onde venham os seus dons, parece que você é de uma linhagem bem mais próxima dos deuses. Acho que está só começando a conhecer seus poderes e ninguém pode afirmar o que vai encontrar pela frente.

Kylie ficou olhando para Holiday, que falava como se suas palavras tivessem o poder de fazê-la se sentir melhor.

— Mas sabemos que... *se eu for* uma de vocês... não pertenço às espécies dos vampiros e dos lobisomens? — Kylie conteve a respiração enquanto aguardava a resposta de Holiday.

A líder do acampamento deu de ombros.

— Acredito que, se você pertencesse a essas espécies, perceberíamos algumas das características normais associadas a elas. Entretanto, há os chamados representantes atípicos da espécie. Sua herança é incontestável, mas eles não têm certas características e possuem outros dons. Os estudos parecem concluir que talvez esses indivíduos sejam os poucos que combinaram a genética de duas ou mais espécies. Mas isso ainda não está provado.

Que consolo! Kylie poderia ser um híbrido. Igual ao carro de seu professor de sociologia, que era elétrico e a gasolina ao mesmo tempo.

— Então... normalmente, o sobrenatural não é uma mistura de duas espécies? Eu me lembro de Miranda dizer que sua família vem se misturando há tempos.

Holiday sorriu.

— Isso mesmo, mas geralmente a linhagem mais próxima dos deuses é a que passa adiante o DNA. Nesse caso, os dons do filho também podem variar, mas as características básicas parecem permanecer em cada espécie, como a transformação em lobo ou a necessidade de sangue para sobreviver. Quando o vírus é ativo, claro.

A mente de Kylie se esforçava para captar toda essa informação.

— Não há um exame de sangue que possa revelar o que sou?

— Infelizmente, não. Ah!, mas estão tentando, pode acreditar. Diz a lenda que os deuses fizeram nosso sangue parecido com o dos humanos e não identificável por uma questão de sobrevivência. Se os normais, ou mesmo algum sobrenatural, pudessem determinar as espécies, conseguiriam com facilidade erradicar certos tipos.

Kylie concordou. Se tivesse descoberto, duas semanas atrás, que vampiros e criaturas semelhantes existiam, também iria querer exterminá-los. Mas agora, depois de conhecer Della, Miranda, Derek, Holiday, Helen e até mesmo Perry — o babaca —, jamais concordaria com isso.

Então se lembrou de que não era a única pessoa que não sabia por que estava ali.

— Existe algum tipo de sobrenatural que não seja hereditário?

— Bom, como eu já disse, às vezes uma geração não tem o dom. Principalmente no vampirismo. Existem também humanos que são simplesmente transformados por vampiros ou lobisomens, mas suspeita-se que mesmo nesses casos as vítimas que sobrevivem à transformação foram de algum modo tocadas pelos deuses. Ou por demônios.

Demônios?! Não, Kylie ainda não estava pronta para lidar com eles.

— Mas você não acha que eu seja da espécie dos vampiros ou dos lobisomens, certo?

— Acho improvável.

Isso significava basicamente que, se Kylie quisesse chegar ao fim daquela história, teria de procurar seus pais. Mas como faria isso se eles estavam tão por fora de tudo quanto ela própria? Conhecendo a mãe como conhecia, se começasse a fazer certas perguntas, ela a tiraria imediatamente do acampamento para interná-la num hospício.

Durante a aula de artes, ainda naquela tarde, Kylie ficou com Helen e Jonathon. Ele tinha tirado todos os *piercings*, exceto o da orelha esquerda. Kylie notou também que ele se comportava de modo diferente, como se tornar-se um vampiro tivesse lhe dado uma dose dupla de confiança. Até Helen parecia mais disposta a sorrir e totalmente à vontade com o seu novo papel de fada/curadora.

Kylie lembrou-se do que Holiday tinha dito: o acampamento faria com que quase todos se sentissem aliviados porque sempre souberam que eram diferentes. Percebia esse alívio em Helen e Jonathon, que enfim pareciam ter descoberto quem realmente eram. Ali estava uma coisa, dentre muitas outras, que a tornava diferente de todos os outros campistas, e Kylie não podia deixar de pensar que a incapacidade de se identificar com seu eu sobrenatural talvez fosse outro indício de que ela não passava, afinal de contas, de um ser humano comum.

A tarefa, durante a aula de artes, era fazer uma caminhada em grupos de três, encontrar um lugar propício, sentar-se e desenhar todos a mesma coisa. Kylie, ainda interessada em ver as cachoeiras, sugeriu que fossem até lá. Estava certa de poder encontrar o caminho para o lugar aonde Derek a tinha levado e, dali, seguir o barulho das águas. Kylie podia estar curiosa, mas Helen e Jonathon se recusaram a ir, dizendo que preferiam ficar bem longe daquele local. Desceram então uma das trilhas e se depararam com uma velha árvore dividida ao meio pelo que Kylie supôs só poder ter sido um raio.

Enquanto Helen e Jonathon desenhavam a árvore, Kylie tentou imaginar de que modo conversaria com seus pais. A mãe já a considerava maluca por causa do soldado Dude. Que diria quando Kylie lhe perguntasse, sem rodeios, se tinha fadas como antepassados, se via fantasmas ou podia se transformar num unicórnio?

Mais tarde, quando se encontrou com o resto da turma, ela levou um susto ao ver que Lucas estava liderando o grupo. Então, temendo desagradar Holiday caso se afastasse do grupo, estampou no rosto uma expressão de cordialidade que de fato não sentia e jurou ignorar o garoto. Depois de quinze minutos de caminhada, concluiu que não precisava ignorar Lucas porque ele próprio fazia questão de ignorá-la. Em meia hora de passeio, não se dirigiu a ela sequer uma vez nem olhou para o seu lado. Não que Kylie se importasse.

Infelizmente, Fredericka não estava por perto para ver como os dois se importavam pouco um com o outro. A verdade é que Kylie estava superfeliz por não ter cruzado de novo com Fredericka. Precisava, de algum modo, reunir coragem ou pelo menos aprender a fingir que não tinha medo. Pois, cedo ou tarde, as duas iriam se encontrar de novo cara a cara. A essa simples ideia, as mãos de Kylie começaram a suar.

E pensar que Holiday a julgava corajosa! Quem diria.

No início da caminhada pelos bosques, Kylie ficou a maior parte do tempo ao lado de Miranda, quando a amiga não estava tagarelando com os cinco ou seis garotos do grupo. Em se tratando do sexo oposto, Miranda se parecia um pouco com Sara. E em outros pontos também. Mas talvez Kylie sentisse inveja ao ver com que facilidade as duas paqueravam.

Embora Kylie não se achasse feia, aqueles joguinhos de sedução não eram fáceis para ela. Teve muita sorte de Trey aceitar seu jeito calado.

Então ela se lembrou de que ele tinha ligado de novo durante a aula de arte. Tinha deixado também uma mensagem, que ela ainda não ouvira, pois tinha seus próprios problemas para resolver. Mas, mesmo tentando se esquecer de Trey, as palavras que ele dissera durante a primeira conversa lhe vieram à mente: *Só quero vê-la. Sinto saudades de você.*

Com um aperto no peito, reconheceu que também sentia saudades dele.

Miranda a cutucou com o cotovelo.

— Esta é Kylie, minha colega de alojamento — disse Miranda.

Kylie acenou para o grupo de garotos que caminhava ao lado de Miranda e logo voltou a examinar a trilha para ver se não havia cobras por ali, fingindo ao mesmo tempo não ouvir o que Lucas dizia a respeito do acampamento.

Segundo ele, ossos autênticos de dinossauros tinham sido encontrados ali nos anos 1960. Minutos depois, Kylie já não fingia mais desinteresse e, como o resto do grupo — menos uns poucos garotos e Miranda —, absorvia cada palavra de Lucas.

Lucas os conduziu a um riacho onde um arqueólogo descobrira pegadas pré-históricas. Kylie achava aquela história fascinante. E não porque a voz profunda de Lucas soasse hipnótica: ela sempre tinha achado a arqueologia intrigante.

— Eles continuam escavando o sítio? — perguntou Kylie. — Não pode haver mais ossos de dinossauros por aqui?

Lucas voltou-se para ela.

— No terreno do acampamento, não.

Seu tom de voz perdeu o entusiasmo e ele voltou sua atenção para os outros tão rapidamente que Kylie não teve mais dúvidas: o simples fato de ela estar ali o aborrecia e muito. Sem dúvida, Lucas sabia que ela não tinha se apresentado voluntariamente para participar de sua pequena aventura.

Se Kylie ainda tinha alguma dúvida de que a atitude de Lucas era produto de sua imaginação, essa dúvida se desvaneceu quando Miranda sussurrou:

— Não sei por que aquela piranha da Fredericka pensa que Lucas está interessado em você. Pelo que vejo, ele nem te suporta.

— Eu sei — murmurou Kylie. Mas, ao dizer essas palavras, ela se lembrou do modo como Lucas a olhara na noite anterior, quando ela estava de pijama.

— Estive pensando em Fredericka e, juro, essa garota não presta — continuou Miranda. — Ela não nasceu à meia-noite coisa nenhuma. Alguns sobrenaturais mentem...

Kylie concordou, embora mal a escutasse. E então, teve uma ideia.

— Ah, meu Deus, já sei o que vou fazer! Obrigada. — Apertou bem forte o braço de Miranda e, pela primeira vez, sentiu que estava prestes a descobrir a verdade.

Capítulo 25

Naquela tarde, Kylie ficou na cabana enquanto Miranda e Della iam ao encontro musical no refeitório. Alguns garotos iam cantar e tinham levado seus violões; mais tarde, Holiday e Sky trariam CDs para que todos dançassem. Kylie não estava muito a fim de dançar. Nem de ouvir música. Tinha coisas bem mais importantes para fazer. Sentada na pequena mesa da cozinha, releu o e-mail que acabava de digitar, sem saber ainda se o enviaria ou não:

`Oi, mãe.`

`Agora que temos computadores nas cabanas, acho melhor te mandar e-mails em vez de telefonar.`

Na verdade, ela havia chegado à conclusão de que era mais fácil mentir por e-mail do que por telefone.

`Você sempre quer saber tudo o que eu faço. Mas está tudo bem.`

Outra mentira. Nada estava bem. Exceto, é claro, sua amizade com Miranda e Della.

`Tenho uma pergunta. Começamos a fazer aqui umas leituras de horóscopo e precisamos comparar a hora do nosso nascimento com a de nossos pais.`

Essa era a mentira que Kylie tinha receio de dizer em voz alta, mas que lhe parecia bem inteligente.

`Pode me dizer a que hora você e papai nasceram? Existe algum meio de eu checar também a hora do nascimento do vovô e da vovó? E quanto aos meus avós paternos? A minha avó não montou uma árvore genealógica? Será que ela colocou ali a hora em que nasceram?`

`Obrigada pela ajuda.`

`Kylie`

O dedo de Kylie pousou sobre a tecla "enviar". Quase acrescentou "por favor, não demore para responder", mas decidiu não abusar da sorte. Se parecesse muito ansiosa, sua mãe começaria a fazer perguntas. Melhor se conter.

Respirando fundo, apertou a tecla. A excitação a dominou. Se aquilo funcionasse, ela teria sua resposta. Ou, pelo menos, ficaria mais perto da verdade.

Tinha perguntado a Miranda sobre a regra do nascimento à meia-noite e, segundo ela, alguns humanos nasciam nessa hora. E alguns sobrenaturais, não. Estes, porém, eram conhecidos como "intocáveis" — demônios, filhos do mal.

Kylie considerava sua mãe fria, mas não má. Se algum de seus pais fosse em parte demônio, ela saberia. Certo?

E havia também a possibilidade de uma geração da sua família não ter nenhum dom. Esse era o motivo que levara Kylie a perguntar sobre a hora de nascimento dos avós. Era esperar demais que sua mãe tivesse essas informações ao alcance das mãos, mas Kylie queria respostas.

E as queria agora.

Trinta minutos depois, Kylie continuava diante do computador, clicando obsessivamente na caixa de entrada. Então, o telefone tocou. Correu ao quarto para atender. Ao atravessar a porta, lembrou-se de que ainda não tinha ouvido as mensagens de Trey. Ele tinha ligado de novo na hora do almoço e Kylie não havia retornado sua ligação.

Disse a si mesma que só não tinha respondido porque estava rodeada de pessoas que poderiam ouvi-la; entretanto, teria sido fácil ir a um local discreto e atender.

Teria sido fácil, mas ela não foi.

Bem no fundo, sabia que aquilo significava alguma coisa. Mas não o quê.

Pegando o telefone que estava sobre a cama, espiou a tela. E, tremendo, atendeu à chamada.

— Oi, mãe. — Sentou-se na extremidade do colchão. — Recebeu meu...

— E-mail? Sim, mas não quero saber de e-mails ou mensagens. Quero falar com você.

— Está bem. — Kylie ficou à espera de alguma resposta, mas só o silêncio encheu a linha. Aquele era o problema com ela e a mãe. Na verdade, não tinham nada sobre o que conversar.

— Teve um bom dia? — perguntou a mãe.

— Muito bom. — Outro momento de suspense. — Você leu o meu e-mail?

— Sim.

— Pode me dizer a que horas você nasceu?

— Bem tarde.

O coração de Kylie quase parou.

— Bem tarde? Quanto?

— Não sei a hora exata. Está comendo direitinho?

Kylie fechou os olhos.

— É comida de acampamento, só um pouquinho melhor do que a da lanchonete da escola. Você tem aí sua certidão de nascimento? Nela deve ter a hora certa.

— Acho que foi por volta das onze da noite. Digamos onze, então.

— Preciso da hora exata, mãe — insistiu Kylie. — Já te disse por quê. É um projeto do acampamento.

— Minha certidão de nascimento está no armário, naquela caixa cheia de outros papéis e fotografias antigas. Eu precisaria de uma eternidade para encontrá-la.

— Por favor!

— Por que isso é tão importante? Você nem sequer acredita em horóscopos!

Eu não acreditava em muita coisa.

— Como eu disse, é para um projeto do acampamento. Todos aqui estão colaborando. — *Não poderia fazer isso por mim?* — Tem a certidão do papai?

— Você falou com ele? — perguntou a mãe, baixando a voz.

— Não — respondeu Kylie, com uma sensação de abandono enchendo seu peito.

— Não está com raiva dele, está?

Que droga, estou! Ele me deixou com você.

— Pra dizer a verdade, não sei o que estou sentindo.

— Ficar com raiva não vai fazer bem a você, Kylie.

Por que não? Você está com raiva dele. E então Kylie percebeu algo que já devia ter percebido. Sua mãe estava sempre com raiva de seu pai. Kylie só não sabia o motivo.

A mãe deu um suspiro.

— Preciso saber se ele estará aí no domingo.

— Por que estão agindo dessa maneira? — Uma pergunta que Kylie jamais se atreveu a fazer. Sempre presumiu que sua mãe, sendo sua mãe, durante um daqueles ataques nervosos tinha mandando seu pai passear. Dois anos antes, durante uma briga, ela ouviu a mãe expulsar o pai de casa.

— Agindo como? — perguntou a mãe, parecendo realmente não saber do que se tratava.

— Estou falando do divórcio. Só isso.

Silêncio.

— Kylie, esse é um problema meu e do seu pai.

— E não me afeta? Como pode pensar que não me afeta? — Seus olhos se encheram de lágrimas.

— Lamento que isso esteja magoando você, Kylie. — O tom de voz da mãe era agora rouco. — Jamais quis que se sentisse assim.

A Rainha do Gelo estaria chorando?

Kylie fechou os olhos e sentiu algumas lágrimas escorrendo pelo rosto.

— *Por favor*, encontre suas certidões de nascimento! — implorou Kylie, tentando conter as lágrimas.

— Tudo bem — respondeu a mãe. — Vou procurar e, assim que encontrar, passo a informação pra você por e-mail. Se não hoje à noite, amanhã.

— Hoje à noite seria melhor. — Kylie encostou um dos joelhos no peito.

— Vou tentar — garantiu a mãe. Ou seja, Kylie só teria a informação no dia seguinte. — E você, fale com seu pai a respeito do domingo.

— Até mais.

— Kylie, prometa.

Kylie sentiu o nó na garganta se apertar ainda mais.

— Prometo.

Kylie desligou e ficou olhando para o aparelho. Que diria ao pai? Que droga!, o melhor era acabar logo com aquilo. Começou a digitar o número, mas logo percebeu que aquele era o antigo número da avó.

E então, a dor. A volta da tristeza. Sentia falta da avó. Sempre ligava para ela quando tinha algum problema com a mãe. E ela sempre a deixava mais tranquila, dizendo: "Tudo vai acabar bem".

Bateram à porta do quarto.

— Kylie? — Era a voz de Della do outro lado.

Kylie fechou o celular e limpou as lágrimas do rosto.

— Estou no telefone — disse ela. — Não posso falar com você agora.

— Mas eu... eu tenho uma surpresa pra você — insistiu Della.

— Não quero surpresas. — Não poderiam deixá-la em paz? Ao menos uma vez?

— Vou abrir a porta. Espero que esteja vestida.

A porta do quarto se abriu.

— Eu disse que... — Kylie ficou muda ou talvez tenha engolido as palavras. Essa seria a única maneira de explicar sua incapacidade de falar. Mas bem podia ser por causa do choque que sentiu ao ver quem estava ao lado de Della.

Capítulo 26

— Ele estava perambulando pelo acampamento. Melhor eu ter encontrado do que qualquer um dos outros, não acha? — Della encarou Kylie. — Você quer falar com ele? — Ela examinou Trey de alto a baixo. — É bonito. Se for seu tipo.

Kylie tentou falar, mas não conseguiu. Assim, ficou ali de boca aberta como uma tonta, olhando para Trey.

— Olá! — Ele empurrou Della para o lado e entrou no quarto.

— Não tão rápido! — Della o puxou quase um metro para trás e olhou para Kylie. — Quer ficar com ele ou devo atirá-lo aos lobos? Ouvi dizer que estão famintos.

Trey, parecendo espantado pelo fato de Della, com seu pouco mais de um metro e meio, conseguir arrastá-lo com tanta facilidade, esfregou o braço no lugar onde ela o tinha agarrado e a encarou.

— Está tudo bem — disse Kylie finalmente.

— Obrigado — resmungou Trey, lançando um olhar curioso para Della. Kylie não soube dizer a quem ele estava agradecendo. Se a ela, por ter concordado em recebê-lo, ou a Della, por tê-lo trazido.

— Então até mais. — Della inclinou-se para Kylie. — Ninguém sabe que ele está aqui, exceto eu. Portanto, não deixe ninguém saber. — Acenou para os dois, saiu e fechou a porta.

Trey esfregou de novo o braço, olhou para a porta e voltou-se para Kylie.

— Essa piranha, além de esquisita, é forte pra caramba!

Kylie olhou também para a porta, receando que Della entrasse como um furacão no quarto para tirar satisfações.

— Ela não é nenhuma piranha. É minha amiga. O que você está... fazendo aqui?

— O que acha? Vim ver você.

Kylie balançou a cabeça.

— Você disse que seria na semana que vem.

— É, mas tenho um primo que mora a alguns quilômetros daqui. Pedi à minha mãe pra vir antes, pra poder te encontrar. — Viu então o celular na mão de Kylie. — Liguei pra você pelo menos duas vezes e deixei mensagens. Não recebeu?

Reconhecendo o esforço que ele tinha feito para ir vê-la, Kylie se sentiu culpada por ignorar suas chamadas e nem mesmo checar suas mensagens.

— Eu... tudo tem sido uma loucura.

Algumas lágrimas ainda escorriam dos seus olhos. Kylie as enxugou e ficou olhando para ele. O cabelo castanho-claro de Trey só estava um pouco mais comprido do que antes, caindo sobre a testa. Vestia jeans e uma camiseta verde--escura. O olhar de Kylie passou para o peito de Trey, onde ela gostava de se aninhar. Por mais estranho que fosse, lembrava-se dele como um amigo. Ou lembrava-se de Derek?

— Você está chorando. — Trey se aproximou, com um ar sincero de preocupação nos olhos verdes. — Você está bem?

A compaixão no olhar de Trey fez com que uma onda de emoção percorresse o corpo de Kylie. Ela parou de se preocupar com a aparência dele. Agora, só queria se sentir amada. Fez que sim com a cabeça, mas a verdade logo brotou dos seus lábios:

— Não. Tudo na minha vida está desmoronando.

Trey se aproximou e, antes que Kylie pudesse detê-lo, já estava fazendo o que melhor sabia fazer: abraçá-la. Tinha se juntado a ela na cama de solteiro. O queixo de Kylie pousou em seu peito e ela ficou ouvindo as batidas de seu coração. Aspirou seu perfume tão conhecido, fechou os olhos e se esqueceu de tudo por um momento. Apenas por um momento. Depois, o afastou.

— O problema é o divórcio de seus pais? — As mãos de Trey deslizaram carinhosamente pelas costas de Kylie. Era um toque agradável. Familiar. Normal. A vida como devia ser. A vida como costumava ser há menos de um mês.

— Não é só isso — disse ela, reconhecendo que não poderia falar nada sobre o acampamento e o que estava acontecendo com ela.

— Está se referindo à sua avó? — perguntou Trey. — Sei que vocês eram muito amigas.

— É. — Afastou-se um pouco, enxugou os olhos e o observou ali ao seu lado na cama estreita. O silêncio e uma súbita consciência física vibraram no pequeno quarto. Estavam sozinhos. Estavam numa cama.

Não é que nunca tivessem ficado numa cama antes. Trey a visitara várias vezes na ausência dos pais dela. E se encontraram em pelo menos duas ocasiões na casa de Sara, quando os pais dela também estavam fora. Mas... era quando as coisas iam longe demais. Quando pedir para que ele parasse o deixava furioso.

— Meu acampamento é bem perto do seu — disse ele.

Kylie assentiu e pôs para fora tudo o que tinha a dizer antes de perder a coragem.

— Você não devia ter vindo aqui, Trey. Nem sei em que tipo de encrenca vou me meter caso eles te peguem aqui.

Sabia muito bem qual era a regra número um: nada de pessoas normais no acampamento sem permissão. E aqui estava ela com uma delas na sua cama. Parecia certo e errado ao mesmo tempo.

— Sinto sua falta, Kylie — confessou Trey, ignorando o que ela tinha dito. — Eu realmente sinto sua falta. — Ergueu a mão e ajeitou uma mecha do cabelo dela atrás da orelha.

Kylie engoliu em seco.

— Eu também sinto sua falta, mas...

Trey se inclinou e beijou de leve o canto da sua boca. O que quer que ela fosse dizer evaporou-se. Fechou os olhos e, embora uma voz interior lhe recomendasse para parar, isso era justamente o que ela não queria. Esperava que ele a beijasse e a fizesse esquecer tudo.

Sim, queria esquecer tudo.

Os lábios de Trey tocaram os dela, devagar a princípio, como que para ter certeza de que ela desejava aquilo; depois, sua língua invadiu sua boca. Ela adorava quando ele a beijava daquele jeito.

Quando voltou a si, a mão de Trey estava subindo pelas suas costas, por baixo da blusa; se não o detivesse, sabia muito bem o que iria acontecer. Ele desabotoaria seu sutiã. Acariciaria seus seios. E ela sempre achava aquela carícia deliciosa. Uma vez, tinha deixado até que ele tirasse sua blusa.

Sentiu as mãos de Trey no fecho do sutiã. Ele intensificou o beijo, como que para distraí-la. Kylie resolveu deixá-lo ir em frente.

Mas, e depois? A pergunta ficou no ar. Iria detê-lo, certo? Sempre o detinha. Foi esse o motivo que o levou a deixá-la, a começar a sair com a outra garota.

Partindo, assim, seu coração.

Kylie abriu os olhos e interrompeu o beijo.

Com os olhos bem abertos ela o fitou, tentando encontrar uma razão para *não* detê-lo dessa vez. Queria mergulhar naqueles olhos... no brilho daquelas raias douradas.

Mas, que droga, Trey não tinha raias douradas nos olhos verdes. Derek, sim. Chocada, empurrou Trey e lembrou-se de como tinha sido bom se apoiar no peito de Derek ainda naquela manhã — de como tinha se sentido segura e aceita.

— Eu... acho que não devíamos...

— Chhhh. Por favor, não diga isso. — Pousou um dedo sobre os lábios dela. — Está tão bom, Kylie! Quero te abraçar, te tocar. — A mão de Trey deslizou para a frente e passou suavemente por cima de seu sutiã, deixando seus seios rígidos. — Que há de errado em ficarmos juntos se a gente se ama? Você sabe que eu te amo, não sabe? Eu te amo.

Eu te amo. Essas três palavras ecoaram como uma canção suave em sua cabeça. Ele se aproximou para mais um beijo. Ela queria desesperadamente ser amada. Seria muito bom, Kylie admitiu para si mesma. Isso a ajudaria a se esquecer de tudo.

Deixou-se levar novamente pelos beijos de Trey. Sentiu suas mãos avançarem pela pele nua das costas até o fecho do sutiã. Ao contrário de antes, ele o abriu em questão de segundos.

Sem dúvida porque já tinha praticado muito. Esse pensamento congelou as emoções que ferviam dentro dela. Ou seria o frio que de repente invadiu o quarto? Meu Deus, o soldado Dude estava de volta!

Aqui.

Agora.

Observando-a se agarrando com Trey.

— Sinto muito, não posso fazer isso. — Afastou-se e ficou de pé ao lado da cama, olhando apenas para Trey. *Vá embora*, ela ordenou à sensação de frio e fechou os olhos.

Ao abri-los, percebeu que o calafrio tinha passado. Fitou Trey novamente, estirado na cama contemplando o teto com uma cara feia.

— De novo, não — murmurou ele, com raiva. Sempre ficava louco com ela quando o interrompia. Uma vez, na casa dela, ele tinha ido embora sem dizer uma palavra.

Kylie, sem querer, se pegou comparando Trey a Derek. Não apenas o corpo, quesito em que Derek vencia de longe, mas a atitude. Por alguma razão, concluiu que Derek jamais a pressionaria tanto.

Nem ficaria tão fora de si se ela se recusasse.

Um assomo de raiva misturou-se às suas outras emoções, calando a paixão, o desejo e até o medo.

— Quem você pensa que é, Trey? Não pode simplesmente invadir o acampamento e esperar que eu transe com você, principalmente depois de tudo o que aconteceu.

Ele se sentou e passou a mão no rosto.

— Não vim aqui pra transar — disse, expelindo com força o ar dos pulmões. — Vim aqui para conversar. Também quero..., sim, transar. E não entendo por que você...

— Já não basta ter terminado comigo e encontrado alguém disposto a te dar o que você queria? — Por que tinha perguntado aquilo ela não sabia, pois já tinha acontecido e nada poderia mudar.

Trey fechou a cara.

— Dormiu com ela? — prosseguiu Kylie, embora no fundo soubesse a resposta. Mas, de algum modo, queria uma confirmação.

Ele não disse uma palavra. Nem precisava. A confirmação estava estampada em seu rosto.

— Você também disse que a amava? — Essa ideia feria seu coração.

A culpa transbordou dos olhos de Trey. Ainda assim, ele sacudiu a cabeça e se dispôs a negar.

— Não, não dormi com ela. E por que diria que a amo se amo você?

Kylie não era um superdetector de mentiras como Della, mas mesmo assim percebeu que Trey não estava falando a verdade e sua vontade foi atirar alguma coisa nele.

— Não minta, Derek!

— Derek? — Trey se sentou na cama. — Quem é Derek?

— Trey — corrigiu ela.

— Quem é Derek? — insistiu Trey.

Kylie balançou a cabeça.

— Não importa. Nós... você e eu já não estamos mais juntos, de qualquer maneira.

— Então vocês estão juntos?

Kylie negou com a cabeça. Mas, percebendo o equívoco que cometera, encarou o fato de que aquilo era em parte culpa sua.

— Sinto muito. Deveria ter dito "não" quando você me perguntou se poderia te encontrar. Não posso te encontrar agora nem na próxima semana.

Trey parecia profundamente magoado. Kylie, assim como sabia que ele tinha mentido sobre ter dormido com a garota, soube com certeza que a mágoa em seu rosto era real. Sim, Trey se importava com ela. Não queria apenas transar.

— Está ficando com alguém? Com o tal Derek? — Trey saltou da cama e parou bem diante dela. — Sei que errei, Kylie, mas... por favor, me dê outra chance. Eu realmente sinto falta de você. — Ergueu a mão para tocá-la.

Kylie afastou a mão dele.

— Acredito que sinta minha falta, Trey. Acredito mesmo. Mas não posso fazer isso agora.

— Não precisamos transar. Podemos só conversar, que tal? Vou esperar até que esteja pronta, eu juro. Vamos sair para comer uma pizza ou coisa parecida. Estou com a picape do meu pai e...

— Já jantei. Onde estacionou a picape?

— No portão da frente. Mas, por favor...

— Não posso — disse ela.

— Não me diga que não sente mais nada por mim. Namoramos por quase um ano.

— Nem sei mais o que sinto. — Enfiou a mão por baixo da blusa e fechou o sutiã. — No momento, estou confusa com relação a tudo. Só o que sei é que você me magoou, Trey. Quando as aulas recomeçarem talvez possamos... conversar. Mas agora você tem que ir antes que alguma coisa muito ruim aconteça.

— Por exemplo? — perguntou Trey e uma sombra de algo bem próximo da repugnância cobriu o seu rosto. — É verdade o que contam deste lugar?

— Quem conta?

— Meu primo e os outros campistas do ano passado. Dizem que todos os frequentadores daqui são delinquentes juvenis da pesada. Gente muito esquisita.

Poucos dias antes, ela concordaria inteiramente com Trey, mas agora...

— Não acredite em tudo o que ouve. — Apanhou o celular da cama. — Apenas acredite em mim, está bem? Agora, precisa ir. — E apontou para a porta.

Ela o guiou pelo bosque, parando a poucos passos da trilha que conduzia ao refeitório. Quando chegaram ali, olhou em volta para ver se a barra estava limpa. Sentiu um grande alívio ao perceber que não havia ninguém à vista. Empurrou Trey pelo portão e suspirou aliviada quando se aproximaram da picape.

Trey virou-se para ela.

— Eu te amo de verdade — disse.

Kylie fez apenas um sinal de cabeça, apressando-o.

Ele se aproximou e Kylie deixou que ele a abraçasse. Até correspondeu. Suas emoções afloravam de novo. Bem no fundo, admitia que, embora nunca fosse perdoá-lo por tê-la abandonado, uma pequena parte dela ainda o queria. Talvez, quando as aulas recomeçassem, seus sentimentos seriam outros. Mas, por enquanto...

Kylie continuou parada no estacionamento vendo a picape se afastar, até que os faróis traseiros desapareceram na noite. Naquele momento, detestou estar sozinha.

Ao voltar-se, porém, descobriu que tinha se enganado. Não estava sozinha: alguém, no portão, a observava. Não podia ver quem era, mas rezou para que não fosse Holiday nem Sky. Aproximando-se, reconheceu seu espião solitário.

Não era nem Holiday nem Sky.

Era pior.

Fredericka.

Decidida a não demonstrar seu medo, Kylie passou por ela. E já estava quase nas imediações do refeitório quando Fredericka se adiantou e postou-se à sua frente.

Kylie conseguiu parar antes de se chocar com ela.

— Então a Garota Fantasma teve companhia, hein? — disse Fredericka num tom de falsa condescendência. — O que fizeram? Treparam na sua cabana?

Kylie bem que gostaria de saber se o fato de ter começado a se transformar numa loba explicava tamanha maldade naquela garota ou se ela sempre fora assim.

— Se fiz isso, pelo menos foi numa cama e não no mato como certas pessoas que conheço.

Os olhos de Fredericka passaram de negros a vermelho escuro numa fração de segundo. Kylie não entendia nada de cores de olhos de lobisomens, mas adivinhou que aquilo significava raiva. Concluiu então que não tinha sido nada bom irritar a loba. Sabia que pessoas como Fredericka gostam de se aproveitar dos mais fracos. Não podia permitir que ela soubesse o quanto a intimidava.

Fredericka rosnou:

— Holiday e Sky sabem que você andou recebendo visitas? Acho que devo contar a elas. — Sua voz estava rouca e mais grave.

Justo nesse momento Kylie viu Holiday saindo do refeitório. Por mais que a aborrecesse a ideia de Holiday saber de seu encontro com Trey, não permitiria que aquela garota a chantageasse.

Passou rapidamente por Fredericka e parou diante de Holiday.

— Oi. Um amigo meu apareceu por aqui sem ser convidado. Sei que é contra as regras do acampamento. Não sabia que ele iria vir, então o mandei embora. Não acontecerá de novo.

Holiday ficou séria, parecendo que ia lhe passar um sermão. Em seguida, olhou por cima do ombro de Kylie e, quando a fitou novamente, a raiva havia passado.

— Obrigada por me contar. Cuide para que não aconteça de novo. Só permitimos visitas aos domingos. Não podemos tolerar que gente normal fique farejando por aí sem ser convidada.

Kylie baixou a cabeça, concordando.

— Entendo — disse ela. Virou-se e foi para sua cabana, rezando para que Fredericka não a seguisse.

Por volta de nove horas da noite, Kylie manteve a promessa que havia feito à mãe e ligou para o pai. Foi uma conversa rápida, mas que doeu tanto quanto uma dor de dente. Não se queixou pelo fato de ele não ter ido vê-la antes da viagem para o acampamento. Também não mencionou que ele não foi buscá-la na delegacia.

Nem ele tocou no assunto.

Só disse que a amava, que sentia saudade dela e que a veria no domingo, no dia da visita dos pais, pontualmente às dez horas. Ah, mas agora tinha que desligar porque estava com um cliente.

Finalizando a chamada de sessenta segundos, Kylie lembrou-se de que a mãe sempre acusava o pai de colocar o trabalho à frente da família. Na época, achava mais fácil o serviço de meteorologia prever neve no inferno do que acreditar em sua mãe. Agora, porém, se perguntava quantos centímetros de neve tinham sido previstos. Entrando no quarto, estirou-se na cama e agarrou o travesseiro malcheiroso. Mas, dessa vez, não chorou.

Talvez estivesse apenas com raiva demais de Fredericka. Ou talvez ainda não tivesse se recuperado da sessão de carícias com Trey — a quem, acidentalmente, chamou de Derek. Tinha medo de estar gostando de Derek só porque ele se parecia com Trey. Com Trey, a lembrança de Derek a perturbava. Isso sem falar na atração/medo que sentia por um certo lobisomem de olhos azuis. Seria possível confusão maior?

A porta da cabana se abriu e fechou com estrondo. Kylie já saía da cama para receber Della e Miranda quando percebeu, pelo tom de voz, que elas estavam brigando de novo.

— Fui eu que liguei o computador! — gritou Miranda.

— Vou chutar esse seu traseirinho sem dó! — replicou Della.

— Escute aqui, sua vampirinha de merda!

Kylie irrompeu no quarto. Della estava sentada diante do computador, rosnando e mostrando os dentes afiados. Miranda, de pé e com o queixo levantado, agitava o dedo mínimo no ar enquanto proferia ameaças.

— Parem! Estou farta disso! — gritou Kylie. — Vocês não podem brigar como pessoas normais?

Miranda virou-se para ela.

— E por que brigaríamos como pessoas normais?

— Não somos normais — ponderou Della. — Você também não é. Quanto mais cedo aceitar isso, melhor.

— Isso não é de sua conta — sibilou Kylie. — Ótimo, vão em frente e se matem. Só não deixem sujeira no chão, porque não vou ficar recolhendo pedaços de corpos. — Virou-se para voltar ao seu quarto, mas lembrou-se do motivo por que estava ali. — Ah, e se vocês me ouvirem gritando no meio da noite, não se preocupem. São apenas terrores noturnos. — E deu-lhes as costas.

— Espere um pouco, senhorita Espertinha — gritou Della. — Acha que vai se fechar naquele quarto sem dar nenhuma explicação?

— Já expliquei. São apenas terrores noturnos.

— Não estou falando disso. Quero saber do carinha que apareceu no acampamento atrás de você. Ou se esqueceu do presentinho que eu te trouxe?

Kylie gostaria de ter esquecido. Vendo a curiosidade nos olhos das duas amigas e sabendo que Della poderia ter se metido numa bela encrenca por ter trazido Trey, reconheceu que elas mereciam uma satisfação. Entrou na cozinha e puxou uma cadeira.

— O nome dele é Trey. Já é passado.

— Era gostoso? — perguntou Miranda, sentando-se ao lado de Kylie.

— Numa escala de um a dez, oito — encarregou-se Della de responder. Depois, virando-se para Kylie: — Por que ele já é passado? — Afastou-se do computador e sentou-se na frente delas.

— Porque me deixou por causa de uma cadela — explicou Kylie.

— Babaca — murmurou Miranda.

— Aquele merdinha — disse Della. — Se você tivesse me contado, eu teria dado uma lição nele.

As três ficaram em silêncio, olhando uma para a outra. Miranda estendeu as mãos sobre a mesa.

— Então, se ele a deixou por uma cadela..., isso significa que vocês nunca... bem, você sabe.

— *Ela sabe o quê?* — interveio Della. — O que está perguntando?

— Quero saber se ela já transou — disse Miranda. — Você é virgem, Kylie?

Capítulo 27

Kylie olhou para suas novas amigas, sem saber se deveria dividir algo tão íntimo com elas. Embora ainda ligeiramente perturbada por sua observação "normal", sentia-se ligada às duas — como, até então, só havia se sentido ligada a Sara.

— Sim, quer dizer, não. Eu nunca fiz... vocês sabem. Acho que isso significa que, por causa disso, não sou apenas uma aberração, mas uma aberração virgem. — Kylie olhou para as próprias mãos durante um instante e prosseguiu: — Não era a hora, entendem?

Miranda inclinou-se para ela.

— Não seja dura demais consigo mesma. Eu também não fui tão longe. Não me entenda mal, cheguei perto, mas, como diria meu tio, isso não é um jogo de amarelinha, certo?

Kylie e Miranda viraram-se para Della, que parecia mais pálida que o normal.

Miranda deu um tapa na mesa.

— Desembucha, Vampira. Nós já dissemos tudo.

Kylie cutucou Miranda levemente com o cotovelo.

— Della não precisa contar nada, se não quiser. — Kylie recostou-se na cadeira e decidiu que era melhor mudar de assunto. — Fredericka me flagrou me despedindo de Trey.

— Que droga! — exclamou Della, recobrando a cor imediatamente. — E o que ela fez?

— Ameaçou fazer fofoca a meu respeito, mas então Holiday apareceu, saindo do refeitório justamente naquele momento.

— Fredericka contou tudo a ela? — perguntou Della.

— Não, decidi contar eu mesma e não dar esse gostinho àquela cadela.

— O quê? — estranhou Miranda. — Contou a Holiday que trouxe um normal para o acampamento sem permissão? Ela não subiu pelas paredes?

— Não, apenas me pediu para não fazer mais isso— disse Kylie.

Della pigarreou.

— Você contou a ela que fui eu quem o trouxe à cabana?

Kylie revirou os olhos à maneira espalhafatosa de Sara.

— Eu não faria isso, Della. — E levantou-se para ir checar no computador se por acaso sua mãe tinha respondido seu e-mail.

— Sabe o que ouvi? — perguntou Miranda, com ar de quem tinha uma grande fofoca para contar. — Ouvi que os pais de Fredericka são malandros. Alguém precisou fazer muito esforço para trazê-la para cá.

— O que você quer dizer com "malandros"? — quis saber Kylie, lembrando-se de Burnett, da UPF, ao sugerir que seus pais também poderiam ser aquilo.

— Pessoas que não seguem as regras. No caso dos lobisomens, são aqueles que caçam alimentos que não fazem parte da lista aprovada.

— Que não fazem parte da lista... você quer dizer... humanos? — perguntou Kylie, com um calafrio.

— Ou outros sobrenaturais e animais domésticos. Até os de estimação.

O pensamento de Kylie disparou para Lucas Parker e seus pais. Lucas e Fredericka seriam daquele jeito porque os pais deles eram malandros?

Della se levantou e foi até a geladeira.

— Querem algo para beber? — perguntou, olhando por cima do ombro.

— Uma Diet Coke, por favor — pediu Kylie.

— Miranda?

— Diet Coke está bom.

Não havia nenhuma mensagem na caixa de entrada de Kylie.

— Perguntei à minha mãe a que hora ela e meu pai nasceram — disse.

— E aí? — perguntou Della, colocando o refrigerante ao lado do computador.

Kylie o pegou e voltou à mesa.

— Mamãe não se lembra e prometeu dar uma olhada nas certidões de nascimento. Vai me mandar um e-mail... quando encontrar as certidões. — Kylie sentou-se. — Do jeito que ela é, isso talvez só aconteça no ano que vem.

— Quando as mães dizem "talvez", querem dizer na verdade "não" — filosofou Miranda, dirigindo-se à escrivaninha para checar seus próprios e-mails.

Della se sentou, abriu o refrigerante e tomou um longo gole.

— Você pode tomar isso? — perguntou Kylie.

— Posso — respondeu Della, fechando a cara. — Por quê?

Kylie encolheu os ombros.

— Não sei. Vi você comendo calabresa, mas achava que vampiros bebiam apenas...

— Sangue? — completou Della, parecendo aborrecida pelo fato de Kylie não ousar dizer a palavra.

— É, sangue — repetiu Kylie, procurando não fazer cara de nojo.

— Não, posso comer e beber outras coisas. Mas elas não são tão nutritivas nem têm o mesmo sabor de antes. Ah, e algumas coisas realmente me fazem mal. Por exemplo, brócolis.

— E o que acontece se você comer brócolis? — perguntou Kylie.

— Explosões. Muitos gases.

Kylie fez uma careta.

— Acho que isso acontece com todo mundo.

— Della tem razão — disse Miranda, olhando por cima do ombro. — Não há nada pior do que pum de vampiro. Exceto... — Fixou-se na tela e começou a digitar. — Exceto o de uma bruxa depois de comer um *burrito* de feijão.

Todas riram. Passada a euforia, o silêncio reinou novamente. Della girou a lata de refrigerante nas mãos.

— Eu fiz.

— Caramba, você soltou um pum? — perguntou Miranda, cobrindo o nariz com a mão.

— Não — respondeu Della. — Fiz sexo.

Fez-se um silêncio carregado de expectativas.

— E? — perguntou Miranda finalmente, voltando-se na cadeira.

— Foi ótimo. De verdade. Lee e eu estávamos namorando há um ano. Eu o amava. Parecia certo. — Lágrimas brotaram nos olhos de Della, mas mesmo sem elas era possível perceber o sofrimento em sua voz. — Mas depois eu me transformei em vampira.

— Ele não aceitou a transformação? — Kylie sentiu pena da amiga e se lembrou do quanto tinha sofrido ao ser abandonada por Trey.

Della enxugou as lágrimas.

— Na verdade, eu não contei. Ia contar, mas... — Mordeu o lábio. — Fui vê-lo depois da mudança e ele deu um pulo para trás depois que me beijou.

Disse que eu estava gelada, talvez doente, e que não queria me beijar até que eu... ficasse quente de novo.

— Que idiota! — exclamou Miranda.

Della respirou fundo.

— Como dizer ao cara que você ama que nunca mais vai ficar quente de novo? — O queixo de Della tremeu.

Kylie segurou sua mão.

— Você devia ter tentado contar pra ele. Talvez, se soubesse, ele entenderia...

— Não. — Della sacudiu a cabeça e seus macios cabelos negros flutuaram em ondas em volta de seu rosto. — Acho que não. Ele é um cara maravilhoso, mas pertence à segunda geração chinesa, muito quadrada. Como a família dele e a dos meus pais também. Quase terminou comigo quando soube que mamãe era euro-americana.

— Ele não me parece tão maravilhoso assim — comentou Kylie.

Della sacudiu de novo a cabeça.

— Não é só culpa dele. Tem também a criação. Somos criados para acreditar que somos perfeitos. Frequente as melhores escolas, tire as maiores notas, consiga os empregos mais promissores. Não se espera que... — Mordeu o lábio. — Não se espera que sejamos monstros.

— Você não é um monstro — corrigiu Kylie, chocada ao ouvir isso. Mas ela própria, no começo, não pensava assim da amiga? E, pior ainda, não tinha medo de ser também uma aberração da natureza?

— Ela está certa — decretou Miranda.

Kylie apertou gentilmente a mão gelada de Della.

— Se ele não ama você, logo encontrará alguém que ame. Você é jovem. Bonita. Ainda tem a vida inteira pela frente.

A pergunta deu voltas na cabeça de Kylie e, por fim, antes que ela pudesse se conter, brotou dos seus lábios:

— Você é imortal? Ou já está...

— Morta? — completou Della.

Kylie ficou vermelha de embaraço.

— Ah, desculpe! Estou sendo grosseira. Queria fazer com que se sentisse melhor e agora... Falei sem pensar.

— Tudo bem — tranquilizou-a Della. — Não estou morta. O corpo de um vampiro só funciona de maneira diferente, apenas isso. Não acredite em tudo o que lê nessas historinhas para adolescentes. Não somos imortais, mas vivemos cerca de 150 anos.

— É bastante tempo. — Kylie olhou para Miranda. — E as bruxas?

— A expectativa de vida é mais ou menos a mesma — disse Miranda, sem se desviar da tela do computador.

— E os outros sobrenaturais? — Kylie estava curiosa para saber se, caso fosse também sobrenatural, viveria mais tempo que o normal.

— As fadas são as que vivem mais — respondeu Miranda, digitando alguma coisa no teclado. — Sei de uma velhinha que tem uns quinhentos anos, por aí.

— Agora está com esperança de ser fada? — brincou Della.

Kylie pousou o cotovelo direito na mesa e apoiou o queixo na mão.

— Não. Que droga, não sei — murmurou, com um suspiro. — Isso é estranho. Por que mamãe não me dá uma resposta ao menos uma vez na vida? Odeio suspense.

Olhou para Miranda.

— Você não poderia me ajudar?

— Como? — perguntou Miranda, ainda concentrada no e-mail.

— Kylie, você é corajosa — riu Della, entendendo o que Kylie queria dizer. — Não se lembra de como ela lança seus feitiços?

— Um presentinho para você — resmungou Miranda, mostrando o dedo para Della.

Della caiu na gargalhada.

— Pelo menos, não é o mindinho.

Kylie ignorou Miranda e seus gestos.

— Você não poderia lançar um feitiço que fizesse mamãe encontrar as certidões de nascimento e me passar logo a informação? Falo sério. Se é capaz de fazer um sanduíche de pasta de amendoim e geleia aparecer do nada, isso não seria nada pra você.

— Bem... — começou Miranda, sempre concentrada na tela do computador. — Vou te dizer como. Toque seu nariz três vezes e diga "Miranda é uma deusa".

Kylie fitou a nuca de Miranda.

— Está falando sério?

— Estou. — Miranda virou-se finalmente para ela e não parecia estar brincando. — Anda, toque o nariz três vezes e diga "Miranda é uma deusa".

— E não vai transformar minha mãe num sapo? — Kylie manteve o indicador suspenso diante do nariz.

— Eu não faria isso se fosse você — advertiu Della, para Kylie.

Miranda olhou feio para Della e ergueu o dedo mínimo.

— Prometo que este aqui não vai se meter.

— E se eu fizer isso, mamãe vai me mandar um e-mail? — Kylie não podia acreditar que estava caindo naquela conversa, mas...

— Ei! — gritou Miranda. — Vem checar o computador. Você acaba de receber uma mensagem de sua mãe.

Kylie deu um salto e, literalmente, arrancou Miranda da frente do monitor. Segurando a respiração, agarrou o mouse. Podia estar a um clique de saber se era realmente sobrenatural.

Um clique. Meu Deus, como estava apavorada!

Capítulo 28

— Não abriu ainda? — perguntou Della, por trás de Kylie.

Kylie olhou por cima do ombro, fitando ora Della à direita, ora Miranda à esquerda. Respirando profundamente, voltou ao e-mail e clicou.

`Oi, querida, eu estava errada. Não nasci às onze horas, mas às dez. Dez e vinte e três, para ser mais exata. Seu pai nasceu às nove e quarenta e seis. Você ligou para...`

Kylie parou de ler. Nenhum de seus pais tinha nascido à meia-noite! A emoção dilatou seu peito. Uma avalanche de emoções. Seria alívio? Sim, tinha que ser.

Então não era sobrenatural!

— Eu sabia, meninas! Não sou uma de vocês! — A sensação que enchia seu peito não parecia de alívio. Não queria ser uma delas, queria? Ou talvez o que estava sentindo fosse decepção por não se enquadrar ao grupo. De novo. Não era essa a história de sua vida?

Bem no fundo, você sempre soube que era diferente. As palavras de Holiday pairavam sobre sua cabeça. E, pela primeira vez, admitiu para si mesma que Holiday estava certa. Kylie sempre achou que era diferente. Uma estranha no ninho. No entanto, não era... diferente. Bem, talvez fosse.

Apenas não era uma sobrenatural.

Ali estava a prova.

— Não acredito — disse Della.

— Holiday explicou que às vezes uma geração da família não é sobrenatural — ponderou Miranda.

— Só em situações muito raras — disse Kylie.

— Talvez sua mãe esteja mentindo — acrescentou Della.

Kylie olhou bem para a vampira.

— E por que ela mentiria?

Della deu de ombros.

— Pode ser que ela não esteja bem por causa do divórcio. Sei lá.

— Seus pais estão se divorciando? — perguntou Miranda.

— Estão — disse Kylie, sem se incomodar nem um pouco por Della ter tocado no assunto. Conhecia as duas há poucos dias, mas confiava nelas.

— Que droga! — resmungou Miranda, pousando uma das mãos no ombro de Kylie e apertando-o suavemente.

— É isso aí. — E Kylie voltou ao e-mail.

— Por que estão se divorciando? — indagou Miranda.

— Não sei. Mamãe é tão...

— Chata — disparou Miranda.

Kylie ia concordar, mas deteve-se.

— Não. Ela não é propriamente chata, apenas... fria, distante. Tão quente quanto um picolé. Ouvi meu pai chamá-la assim uma vez.

— Então seu pai deve estar tendo um caso — insinuou Della, sem medir as palavras.

Kylie voltou-se na cadeira e a encarou.

— Não.

Della fez uma careta.

— Sério, se ele chamou sua mãe de picolé é porque achou alguém mais quente com quem trepar.

— Meu pai não é assim — disse Kylie com convicção. Percebeu então que não tinha explicado bem a frieza da mãe.

— Eu quis dizer fria... emocionalmente, não...

— Sei — disse Della. — Não precisa se preocupar em ferir meus sentimentos. — Mas seus olhos diziam outra coisa.

Kylie sabia quando alguém estava querendo bancar a durona. Tinha feito um curso intensivo dessa matéria nas últimas semanas.

Olhou de novo a tela.

— Mamãe é apenas... difícil de suportar, às vezes. Não censuro meu pai por deixá-la.

— E você vai morar com ele? — perguntou Miranda.

Kylie sentiu-se transportada ao dia em que, na frente da garagem, implorou ao pai que a levasse com ele. A recordação era dolorosa, mas tinha que aceitar a verdade: na ocasião, seu pai tinha decidido abandonar não só a mãe, mas a filha também.

— Já é tarde e estou cansada. — Kylie se levantou e foi para seu quarto. Mas, ao contrário de antes, agora podia chorar.

Na manhã seguinte, Kylie foi ao encontro de Holiday e colocou uma cópia do e-mail da mãe sobre a mesa da líder do acampamento.

— Foi como eu disse — começou. — Agora talvez você possa telefonar pra minha analista e pedir que avise minha mãe para me buscar.

Ir embora dali talvez não fosse mudar tanto sua vida quanto tinha imaginado. Uma parte dela nem desejava partir. Mas, como não era uma sobrenatural, também não pertencia àquele lugar.

— O que é isto? — Holiday passou os olhos pelo papel e ficou espantada ao ver do que se tratava. Levantou a cabeça e encontrou o olhar de Kylie. — Pois muito bem, admito que estou surpresa, mas isso realmente não muda em nada os fatos.

— Como não? Você me disse que só em raríssimas circunstâncias uma geração não é sobrenatural.

— E quanto a você ver fantasmas? E ter nascido à meia-noite? Sabe que seu cérebro não pode ser lido como o de uma pessoa normal?

Kylie deixou-se cair na cadeira diante de Holiday.

— Posso ser maluca. Ou, como você mesma explicou um dia desses, uma aberração de natureza humana atormentada por um fantasma supercarregado de energia.

Holiday discordou com a cabeça e inclinou-se para a frente.

— Ou talvez... as pessoas que você chama de pais não sejam seus verdadeiros pais.

Kylie ficou de boca aberta.

— Pode acreditar, com tudo o que está acontecendo lá em casa, eu bem que gostaria de ser adotada. Infelizmente, vi fotos da minha mãe grávida.

Holiday ia contestar, mas desistiu.

— Como eu já disse, a busca é sua.

— *Era* minha. Está encerrada. Encontrei a resposta. Sou apenas humana.

Holiday pousou o cotovelo direito na mesa e descansou o queixo na palma aberta. Aquele, Kylie já havia notado, era o gesto que a líder do acampamento sempre fazia quando tinha a intenção de iniciar um de seus discursos do tipo "é assim mesmo que você se sente?".

O gesto lembrava sua analista, com a única diferença de que a dra. Day se recostava na cadeira e sacudia a cabeça.

O pior de tudo era que essa tática sempre funcionava com Kylie.

— Está bem certa disso? — perguntou Holiday. — Quer mesmo deixar o Acampamento Shadow Falls?

— Sim. Não. Não sei. — Kylie escondeu o rosto nas mãos por um instante. — Quer dizer... todos aqui estão com membros da mesma espécie. Miranda, com as bruxas. Della, com os vampiros. E eu... bem, eu estou aqui com você porque não pertenço a nenhum grupo. — Kylie se sentia uma completa estranha — uma desajustada.

— Alguém aqui deu a entender que você não era bem-vinda? — perguntou Holiday.

— Não, não se trata disso — respondeu Kylie.

Holiday respirou fundo.

— Vi Fredericka a noite passada. Se houver algum problema...

— Problema nenhum — garantiu Kylie, não desejando que a loba a julgasse intimidada. — Isso não tem nada a ver com ela. — O que, em grande parte, era verdade.

Holiday olhou novamente para o papel.

— Vamos fazer um acordo. Me dê... não, dê a você mesma duas semanas para pensar bem no assunto, Kylie. Se, então, quiser mesmo ir embora, falo pessoalmente com a sua mãe.

Talvez porque, no fundo, não estivesse gostando muito da ideia de voltar para junto da mãe — ou, mais provavelmente, porque iria sentir saudades de Miranda e Della —, Kylie decidiu que duas semanas não eram o fim do mundo.

— Combinado — disse ela.

— Ótimo! — Holiday se levantou. — E, como só terei duas semanas, já é hora de levarmos as coisas a sério.

— Do que você está falando? — indagou Kylie, ao ver Holiday tirar dois tapetes de yoga do armário.

— Fantasmas. — Holiday estendeu os tapetes no chão e pediu que Kylie se sentasse. — Você tem que aprender a lidar com seus fantasmas, Kylie.

— Eu só tenho um — corrigiu Kylie.

Holiday arqueou uma sobrancelha.

— Sempre começa com um. Mas, pode acreditar, outros virão. Na verdade, já vieram. Você apenas não se lembra.

Kylie começou a sentir um nó no estômago.

— Mas do que você está falando?

— Li em seu dossiê que você tem tido terrores noturnos.

As palavras de Holiday calaram fundo.

— Quer me dizer então que os terrores noturnos são... fantasmas?

Holiday assentiu.

— No momento, eles surgem quando você está dormindo. Mas depois, se o seu caso for como o meu, começarão a aparecer quando você estiver na fila do cinema, sentada na sala de aula e até durante um encontro com o namorado.

Kylie se lembrou das noites em que tinha acordado absolutamente aterrorizada, mas sem saber o motivo. Calafrios subiram pela sua espinha.

— Eu queria saber como mandar esses fantasmas embora.

Holiday franziu a testa.

— A escolha é sua. Mas me deixe colocar as coisas de outra maneira. Para se livrar deles, precisará percorrer um espaço onde os espíritos gostam de ficar.

— Então a coisa é definitiva? Se eu mandar esses fantasmas embora, eles nunca mais me incomodarão?

Holiday deu de ombros.

— Isso depende.

— De quê?

— De quanto um espírito deseje conversar com você. — Holiday sentou-se no tapete. — Já praticou algum tipo de meditação?

Kylie abanou a cabeça negativamente.

— Já ouviu falar de experiências fora do corpo?

— Não. — Kylie preferia permanecer no seu corpo, muito obrigada. — Quer dizer então que os espíritos aparecem mesmo contra a minha vontade?

— Os muito poderosos, sim. — Holiday acenou para que Kylie se sentasse no tapete. — Ou então você apenas ouve e vê aquilo que eles querem. É o que funciona melhor no meu caso. Agora, vamos praticar algumas técnicas de meditação.

Os quatro dias seguintes passaram rápido. Kylie tentou convencer Della e Miranda a acompanhá-la até as cachoeiras, mas seu convite foi recusado. Ao que tudo indicava, se Kylie quisesse ir até lá, teria que ir sozinha. Só havia um pequeno problema: a ideia de ver, sem ninguém ao seu lado, anjos da morte dançando a deixava completamente apavorada. Desistiu, portanto, do plano de visitar as cachoeiras. Tinha mais coisas a fazer. Della e Miranda, por exemplo, continuavam se desentendendo. Brigavam pelo menos uma vez por dia. E Kylie tinha que intervir antes que se matassem.

Além disso, falava com a mãe de manhã e à noite. Quando Kylie não ligava para a mãe, ela própria ligava para Kylie. E o fato de a mãe ligar para ela a deixava ainda mais consciente de que o pai não ligava. Talvez aquilo fosse coisa de homem: homens só telefonam quando têm algo importante a dizer.

O que contava é que veria o pai no dia seguinte, domingo — fato que deixava sua mãe um pouco aborrecida. Mas não foi ela mesma que pediu para saber se seu pai viria?

Kylie ficou muito feliz com o pedido da mãe. Queria — precisava — ver o pai. E, por algum motivo, provavelmente por sentir muita falta dele, quanto mais o domingo se aproximava, mais Kylie se dispunha a perdoá-lo. Talvez, chegado esse dia, o pai já estivesse com saudade suficiente para permitir que Kylie fosse morar com ele assim que as duas semanas no acampamento terminassem.

Kylie ficou cerca de uma hora conversando e trocando torpedos com Sara, que surpreendentemente havia se recuperado por completo do susto da gravidez e estava de volta a pleno vapor com um novo namorado: um primo de 19 anos de uma de suas vizinhas.

Se Kylie tinha entendido corretamente as mensagens de Sara, os dois logo estariam transando. Pensou em lembrar a amiga do perigo pelo qual tinha acabado de passar, mas desistiu no último instante. Tocar no assunto poderia ter como único resultado incentivar Sara a ir em frente.

Ela nunca seguia conselhos.

Trey havia ligado duas vezes, sempre com a mesma conversa. Ele a amava, lamentava muito o que tinha acontecido. Se Kylie lhe desse uma chance, provaria o quanto gostava dela.

A prova, Kylie suspeitou, incluiria sem dúvida ficarem ambos nus. E quanto mais pensava nisso, mais disposta se sentia a continuar vestida. Chegou até a perguntar a Trey se não poderiam ser apenas amigos pelo resto do verão. Mas ele tinha ficado furioso quando ela pronunciou o nome de outro garoto. Que faria então caso Kylie decidisse sair com alguém? Perderia a razão, sem dúvida.

Por que Trey não poderia agir como Derek? Kylie pediu ao meio *fae* para ser seu amigo e ele, embora confessasse que queria muito beijá-la, tinha concordado.

Ah, Derek era tão amável! Sempre falava com ela, até perguntava sobre seus problemas com os pais. Chegaram a conversar sobre o ressentimento de Holiday por eles não quererem saber de seus dons. Quase todos os dias Derek se sentava com ela durante pelo menos uma das refeições. Ainda assim, tudo no comportamento dele apontava somente para a amizade.

Nada de olhares longos e intensos, quando ela podia ver as raias douradas de seus olhos brilhando.

Nada de sorrisos especiais.

Nada do seu hálito quente em seu rosto.

Nada de toques.

Mesmo quando se sentava ao seu lado, ele fazia questão de manter uma distância de pelo menos vinte centímetros entre ambos.

Vê-lo sentado pertinho de outras garotas doía tanto quanto a picada de uma abelha. Mas procurava ignorar a picada, pensando em coisas mais agradáveis. Iria embora em pouco mais de uma semana. E, precisava encarar os fatos, o melhor nem sempre é o mais agradável.

Por exemplo, aprender a meditar, a livrar-se dos fantasmas estava se tornando uma tarefa árdua, de tempo integral. Holiday punha-a sentada no tapete três vezes por dia. Tentaram queimar incenso, contar objetos, música e até visualização, mas nada funcionou. A mente de Kylie se recusava a entrar em qualquer tipo de estado alterado.

Holiday ainda tinha esperanças; Kylie, nem tanto.

— Vai acontecer, eu prometo — garantia Holiday após cada sessão fracassada.

Kylie via naquilo mais uma prova de que não era sobrenatural. Na verdade, nem precisava mais de provas, mas mesmo assim...

A única coisa que ainda a intrigava era o fato de o soldado Dude continuar aparecendo. Kylie pediu a Holiday que lhe enviasse uma mensagem aconselhando-o a não importuná-la mais. A resposta de Holiday, como sempre, foi: "Não é assim que funciona".

Kylie passou a odiar essa frase. Tanto quanto as visitas diárias do fantasma. Felizmente, ele tinha parado com as exibições de sangue, mas o simples fato de vê-lo já a perturbava. O modo como a olhava, como ficava postado diante dela era misteriosamente familiar. Kylie se convenceu de que Holiday estava certa. Seus terrores noturnos deviam conter imagens dele, por isso vê-lo despertava nela uma estranha sensação de *déjà vu*.

Holiday chegou a sugerir que tentasse conversar com o fantasma, mas essa ideia só a apavorou mais ainda. Ela o imaginava abrindo a boca apenas para expelir vermes e sangue. Não, Kylie ficaria de boca fechada e rezaria para que ele fizesse o mesmo.

Nos últimos dias, teve a felicidade de não ver mais nem Lucas nem Fredericka. Mas todas as manhãs, antes do sorteio, ficava aflita ao pensar que um dos dois poderia tirar seu nome para o encontro de uma hora.

Hoje não seria diferente. Se um deles tirasse seu nome, Kylie estava decidida a fingir uma tremenda dor de cabeça e cair fora. Sem dúvida, Fredericka a acusaria de estar com medo dela. Mas era melhor que Fredericka a acusasse do que tivesse certeza disso. Pois, se Kylie precisasse passar uma hora sozinha com a loba, ela sem dúvida farejaria seu medo.

Kylie ficou entre Miranda e Della, aguardando enquanto os campistas tiravam os nomes e anunciavam seus companheiros.

Miranda, Kylie já sabia, rezava para que Chris, um vampiro realmente muito atraente, tirasse seu nome. Della parecia nunca se importar com quem tiraria o seu, mas na véspera Kylie havia notado o modo como a esperta vampira olhava furtivamente para Steve, um dos metamorfos.

Quando Kylie lhe perguntou a respeito, Della negou, mas sem poder disfarçar um leve rubor nas faces. Quem diria que vampiros também ficam vermelhos?

Derek se aproximou de Kylie e parou ao seu lado.

— Olá — cumprimentou ela, sorrindo. E, sim, talvez o sorriso dela fosse um pouco mais largo que o normal.

— Olá — respondeu ele naturalmente, para depois prestar atenção nos campistas ocupados com o sorteio. Kylie aproveitou que ele estava olhando para outro lado e o observou bem. Vestia uma camiseta verde-clara que destacava o volume do seu tórax. O tórax onde Kylie descansara a cabeça. Lembrou-se de como aquilo tinha sido agradável e de que, ao erguer os olhos, os lábios dele estavam muito perto dos seus.

Tentando desviar da mente aquela recordação, afastou o olhar do peito de Derek. Ele vestia uma bermuda cáqui que chegava quase até os joelhos. Suas pernas eram musculosas e quase sem pelos. Já ia desviar os olhos quando percebeu o *band-aid* na articulação do braço dele.

Aproximou-se e agarrou-lhe o pulso.

— Isto é... então você... deu o sangue?

— Dei. — O olhar dele encontrou o dela e, pela primeira vez em muitos dias, não se desviou imediatamente. Estavam vivendo um daqueles momentos de que ela sentia tanta falta.

Kylie passou delicadamente o dedo por cima do *band-aid*.

— Sinto muito.

— Por quê? Você não teve culpa de nada.

— Doeu? — perguntou ela.

— Não. — Derek continuava observando-a e era como se não houvesse mais ninguém no mundo, apenas os dois. Kylie viu as raias douradas dos olhos dele cintilarem e seu desejo era chegar mais perto dele.

— Derek! — chamou uma voz em tom agudo. — Tirei seu nome!

Num piscar de olhos Derek foi arrastado para longe. Kylie ergueu os olhos e descobriu a raptora: Mandy, uma fada morena e bonita.

A garota colocou os braços em volta do pescoço de Derek e o puxou para um beijo rápido. A princípio, Kylie esperou que ele se mostrasse chocado com aquela exibição de afeto, mas ele apenas olhou para Kylie por um breve segundo e concentrou-se de novo em Mandy, que se ergueu na ponta dos pés e deu-lhe outro beijo.

Derek não parecia nada surpreso. Parecia até... feliz. Sorriu para Mandy — o mesmo sorriso "especial" que dividia com Kylie.

— Legal. Está pronta? — perguntou ele à morena petulante.

— Onde é mesmo o tal lugar? — indagou ela por sua vez.

— É melhor eu te mostrar — respondeu Derek.

Será que ele ia levá-la ao riacho? Kylie sentiu o peito oprimido. A princípio, não reconheceu a emoção, mas depois se lembrou de tê-la experimentado quando tinha visto Trey com a namorada na festa. Felizmente, conseguiu disfarçá-la antes que Derek se virasse.

Seus olhos verdes e suaves se encontraram com os dela.

— Vejo você mais tarde, ok?

— Ok. — Kylie forçou um sorriso que pareceu tão real quanto uma careta desenhada. Ela e Derek eram apenas amigos; não tinha o direito de ficar com ciúmes. No entanto... por que se sentia tão mal?

Mordeu o lábio inferior. Sabia por que não queria alimentar nenhum sentimento mais profundo por Derek: porque podia ser magoada. Então, como se quisesse se castigar mais ainda, virou-se e contemplou os dois se afastando de mãos dadas.

— Que droga! — resmungou Miranda. Kylie se voltou para ela, percebendo que tinha praticamente se esquecido da presença de suas colegas de alojamento. Bem, Miranda ainda estava ali. Della já tinha ido.

— E então? — perguntou Kylie. — Quem pegou o seu nome?

Miranda fez uma careta.

— O meu não. O *seu.* — Miranda a cutucou de leve com o cotovelo. — Ou vai me dizer que não ouviu o nome de quem acabou de pegar seu nome?

Capítulo 29

Kylie olhou em volta e levou a mão à têmpora, presumindo que talvez devesse começar desde já a fingir uma dor de cabeça.

— Quem?

— Eu — disse uma voz masculina familiar ao seu lado.

Kylie se virou e deu de cara com Perry. Baixou a mão. Perry não merecia sequer que ela fizesse uma encenação.

— Prometa que não vai me pegar pelas orelhas — brincou Perry, mas Kylie percebeu em seus olhos que ele tentava se desculpar.

— Está bem, mas não vá se transformar em outra coisa. Isso me irrita.

— Você não tem senso de humor — reclamou Perry, mas olhando principalmente para Miranda.

— Tudo bem — murmurou Miranda, virando-se para Kylie. — Chris pegou meu nome. Deseje-me sorte. — Levou a mão aos cabelos e os soltou.

— Boa sorte — disse Kylie, notando a cara feia de Perry.

— Então aonde quer ir para conversarmos? — perguntou ele, observando Miranda e Chris se afastarem. Kylie nunca tinha visto um metamorfo com um olhar tão triste.

— Para mim tanto faz... — De repente, uma ideia sacudiu-a com a sutileza de um trator. Era errado, muito errado, mas não conseguiu se conter. — Conheço um lugarzinho perto de um riacho.

No dia seguinte, às dez em ponto, Kylie aguardava no refeitório a chegada do pai. Já sabia de cor como abordar o assunto de ir morar com ele. E seria mais fácil do que havia pensado.

Na noite anterior, sua mãe tinha lhe contado que recebera uma promoção e isso a obrigaria a viajar de vez em quando. Fazia sentido, portanto, que Kylie ficasse com o pai. Não disse nada à mãe, é claro. Isso podia esperar.

Derek cruzou a porta do refeitório. Ao vê-la, aproximou-se. Kylie enrubesceu ao se lembrar de que tinha levado Perry até o riacho na esperança de encontrar Derek e Mandy fazendo sabe-se lá o quê. Mas ele não estava lá. Por isso, Kylie simplesmente contornou a grande rocha e conduziu Perry pelo meio da mata mais meio quilômetro à frente, até pararem para conversar.

Kylie não queria, pura e simplesmente, corromper a lembrança do lugar onde ela e Derek começaram de fato a se conhecer.

E embora se sentisse aliviada ao constatar que Derek não tinha levado Mandy ao seu lugarzinho especial, não era idiota a ponto de supor que não a tivesse levado a outra parte para fazerem... sabe-se lá o quê. Nem suficientemente idiota para censurá-lo por isso. Como poderia fazer isso se fora ela própria quem tinha sugerido que fossem apenas amigos? No entanto...

— Chegou cedo — disse Derek, com um sorriso amigável.

Kylie se perguntou que tipo de sorriso ele insinuou para Mandy quando ficaram sozinhos. Será que a beijou? Teria levado a garota até a pedra?

— Meu pai me garantiu que estaria aqui às dez em ponto.

— Sua mãe vai vir depois? — perguntou ele.

— Não. Minha mãe não quer correr o risco de encontrá-lo. O mundo acabaria se isso acontecesse.

— Sinto muito por isso. Situação difícil. — Derek falou com tanta sinceridade que o coração de Kylie acelerou. Na noite anterior, vira-o sentado juntinho de Mandy, os dois rindo sem parar. Gostaria de voltar atrás e nunca ter dito que deveriam ser apenas amigos. Mas, considerando que talvez fosse embora logo, sem dúvida tinha feito a coisa certa.

— E a sua mãe, vem? — perguntou Kylie, confiante, uma vez que ele já havia contado a ela sobre o seu passado. *Teria contado também a Mandy?*

— Parece que sim — suspirou ele. — Minha mãe é um pouquinho superprotetora. Tem sido assim desde...

— Que seu pai se foi? — arriscou Kylie, baixando a voz.

Derek assentiu e, no mesmo instante, as portas da frente do refeitório se abriram para dar passagem a um grupo de pais, além de mais alguns campistas.

— Aí vem ela — disse Derek. — Melhor eu ir.

— Boa sorte — desejou Kylie. E, incapaz de se conter, esticou o braço e apertou sua mão. Tocá-lo foi ótimo e... errado. O formigamento que lhe correu pelo braço não era do tipo provocado por um amigo. Derek se deteve e olhou para ela.

Seu sorriso parecia ainda mais envolvente.

— Pra você também.

Kylie o viu se afastando e admitiu que, quando fosse para casa, sentiria falta dele. Caramba! De Miranda e Della, também. Não de suas brigas, mas delas.

Tentando se livrar da melancolia, procurou o pai em outro grupo que entrava. Não o viu, mas reparou em duas pessoas que deviam ser os pais de Della. Uma mulher estava ao lado de um homem com traços asiáticos, observando a multidão. Sabendo que Della não os esperava tão cedo e tinha ficado na cabana, aproximou-se do casal.

— Oi, sou Kylie. São os pais de Della?

— Sim. Onde ela está? — perguntou a mulher.

— Esperava que vocês só chegassem daqui a uma hora. Se quiserem, posso pedir que alguém vá avisá-la na cabana.

— Ela ainda está dormindo? — perguntou o pai. — Meu Deus, achei que este acampamento iria discipliná-la! — Olhou para a esposa. — Quero ver o resultado do exame antidrogas. Se não tiverem, vou tirá-la daqui e colocá-la num lugar melhor.

Kylie achou mais prudente não reagir à dureza do tom daquele homem. Mas, no fundo, deu graças a Deus por ter um pai como o seu. Ele não se deu ao trabalho de buscá-la na delegacia nem apareceu antes que ela fosse despachada para o acampamento, mas sem dúvida era bem melhor do que o pai resmungão de Della.

— Ah, não, ela já se levantou — disse Kylie, sabendo que aquilo provavelmente não era verdade, mas ansiosa por proteger a amiga da ira paterna.

Dando outra olhada no recinto em busca do pai, prontificou-se:

— Sabem, acho que vou até lá buscá-la.

Caminhou devagar para a porta e depois saiu em disparada a fim de arrancar Della da cama e fazê-la se vestir.

Uma hora depois, Kylie estava sentada nos fundos do refeitório observando outras pessoas conversarem. Tinha feito Della se levantar e comparecer em tempo recorde. No caminho, parou no escritório para ver Holiday e avisá-la de que o pai de Della queria ver o teste antidrogas.

Agora, contemplava Della conversando com a irmã enquanto os pais ouviam atentamente. À distância, o encontro não parecia caminhar nada bem. Della temia esse encontro e, depois de conhecer o pai dela, Kylie não a censurava.

O pai e a mãe de Miranda apareceram cerca de vinte minutos depois dos de Della. Kylie nunca tinha visto Miranda tão insegura quanto na presença deles. Sentou-se de ombros caídos, sem sorrir. Miranda vivia sorrindo e sempre andava ereta, mas agora, perto dos pais, mais parecia uma criança com medo. Kylie pensou em ir até lá e dizer aos pais de Della e Miranda como era feliz por tê-las como colegas de alojamento, mas, por alguma razão, aquilo não lhe pareceu apropriado.

Derek e a mãe tinham saído para um passeio. Ele a apresentou a Kylie, que teve de conter o riso quando ela tirou uma mecha dos cabelos do filho de sua testa, fazendo-o ficar roxo de vergonha. Os garotos não gostam de ser mimados em público pelas mães.

— Olá. — Holiday aproximou-se do lugar onde Kylie estava sentada. — Seu pai ainda não veio?

— Ainda não. Deve ter calculado mal a distância. Mamãe que consultava os mapas e coisas assim. Você conhece os homens: dirigem horas a fio antes de parar para pedir informações.

Kylie sabia que aquilo não passava de conversa fiada, mas não conseguiu se conter. Era melhor dizer qualquer coisa do que pensar na possibilidade de seu pai não cumprir o prometido.

Holiday sorriu.

— Homens. Não podemos viver com eles. E não tem graça nenhuma viver sem eles.

— Você tem... alguém? — perguntou Kylie, sem saber ao certo se o assunto não era pessoal demais para discutir com a líder do acampamento. — Não estou vendo aliança ou anel de compromisso.

Holiday deu de ombros.

— Bem, às vezes não vale a pena tolerá-los.

— Então é divorciada?

— Não, nunca chegamos a nos casar. Eu tinha a aliança, a data e o vestido de noiva. Uma hora antes da cerimônia, descobri que não tinha noivo.

— Isso deve ter sido terrível — observou Kylie.

— É, foi.

— Ele te explicou o motivo?

— Disse que tinha encontrado alguém mais compatível. Uma vampira como ele.

— Ah, meu Deus, não é Burnett, é? — alarmou-se Kylie.

Holiday arregalou os olhos.

— Não. Por que pensou...

— Burnett gosta de você — disse Kylie. — Sempre que está distraída, ele devora você com os olhos.

— Ah, fala sério, esse sujeito é tão arrogante que eu nunca...

— Eu acho que ele é bem bonito — confessou Kylie.

— Ele é mesmo, meu Deus do céu — resmungou Holiday. — Eu o odeio por isso também.

As duas caíram na risada.

Holiday observou Della e a família.

— Obrigada por quebrar o meu galho. O pai dela é muito chato.

— Eu sei — concordou Kylie. — Ele me fez perceber como eu tenho sorte. Espere até conhecer o meu pai. É muito diferente.

— Estou ansiosa — disse Holiday.

Kylie sabia que Holiday esperava examinar seu pai e declará-lo sobrenatural. Kylie não acreditava naquilo. Seu pai não tinha dons. Ou melhor, seus dons eram de outra natureza.

Kylie suspirou e olhou de novo para a porta, na esperança de vê-lo entrar. Precisava ao menos de um de seus abraços.

Avistou novamente Della entre a multidão e perguntou a si mesma se seu pai já a abraçara alguma vez.

— Você acha que Della deveria ir morar com outros vampiros? — perguntou a Holiday.

— É muito difícil, para um vampiro novo, conviver com gente normal — respondeu Holiday, suspirando. — Principalmente quando essa gente é controladora. Mas Della gosta da família e deixá-la também não seria nada fácil. Receio que qualquer dessas escolhas seja um problema.

— Odeio isso — disse Kylie, com o coração doendo pela amiga.

Nesse instante as portas se abriram de novo e Kylie conteve a respiração, esperando que fosse o pai. Mas quem entrou foi Lucas Parker, acompanhado por uma mulher mais velha, cujo braço apertava carinhosamente.

— Quem é? — perguntou Kylie.

Holiday olhou na direção que ela apontava.

— A avó de Lucas.

Kylie não tinha pensado na possibilidade de encontrar os pais de Lucas. A última coisa que desejava era ser reconhecida por eles — principalmente porque o próprio Lucas não a tinha reconhecido.

— Então os pais dele virão?

— Não. Morreram pouco depois de ele nascer. A avó o criou.

— Não, pouco depois de ele nascer, não — disse Kylie, sem pensar.

— É, é terrível — concordou Holiday, achando que Kylie estava lamentando a morte deles, não fazendo uma afirmação. — Acho que Lucas tinha só uma ou duas semanas de vida quando aconteceu.

— Nossa! — exclamou Kylie, olhando para o outro lado. Lembrou-se então do que Miranda dissera sobre filhos de malandros. Será que Lucas tinha mentido a respeito dos pais porque, de outro modo, o veriam com maus olhos? E seria verdadeiro o provérbio de que quem nasce malandro morre malandro?

— Ah, não, de novo não! — gemeu Holiday.

Kylie se virou e viu Burnett entrando na sala. Vinha carrancudo e não era preciso ser sobrenatural para perceber que alguma coisa de muito ruim tinha acontecido.

Holiday pegou seu celular e discou um número. Franziu as sobrancelhas e recolocou o aparelho no bolso.

— Por que será que, quando ele vem, Sky desaparece e tenho que aguentá-lo sozinha?

Como, sem dúvida, Holiday não esperava resposta, Kylie apenas deu de ombros e não disse nada.

— Com licença — desabafou Holiday. — Parece que tenho mais uma batalha a travar.

Segundos depois, Kylie viu Holiday e Burnett saindo juntos da sala. Consultou o relógio e achou melhor ligar para o pai e saber se ele não estava com um pneu furado ou coisa parecida. Ele era capaz, é claro, de trocar um pneu, pois já tinha passado horas ensinando Kylie a fazer isso.

Minha filha nunca vai ficar na mão. Kylie sorriu, lembrando-se de quando haviam apostado para ver quem trocava um pneu mais depressa. Com essas boas recordações na cabeça, decidiu que tinha de perdoá-lo pelos deslizes recentes. Merecia isso, por ter sido um bom pai. Kylie sorriu de novo, certa de que ele concordaria plenamente com a ideia de acolhê-la quando a mãe estivesse viajando.

Kylie, porém, já não sorria uma hora depois. O pai não apareceu. Pensando coisas malucas como acidentes de carro e outras desgraças, pegou o celular e ligou para ele.

O pai atendeu ao terceiro toque.

— Oi, docinho! — disse ele.

Kylie ficou aliviada só de ouvi-lo.

— Oi, papai! Já está perto?

— Perto de onde?

Kylie sentiu um nó na garganta. Lembrou-se do que ele dissera: *Estarei aí às dez em ponto.*

— Não se lembra?

— Lembrar do quê?

Um nó começou a se formar na sua garganta; suas narinas começaram a arder.

— Hoje é o dia da visita dos pais aqui no acampamento. Você disse... — Mordeu o lábio, rezando para que ele desse uma risada e contasse que já estava chegando.

Mas ele não fez isso.

— Puxa vida! — Kylie o ouviu respirar pesadamente. — Querida, não posso ir aí hoje. Estou de trabalho até o pescoço aqui no escritório. Foi uma semana daquelas.

— Mas você disse... — Kylie se levantou de um salto e começou a andar pelo refeitório antes que perdesse o controle e começasse a chorar diante de todos aqueles pais.

— O que foi que eu disse?

— Preciso desligar.

Kylie fechou o aparelho e disparou porta afora em busca de um lugar onde pudesse ficar sozinha. Mas não estava sozinha. Sentiu a presença fria seguindo-a passo a passo até a cabana. A raiva e a decepção enchiam seu peito de tal maneira que ela mal conseguia respirar. Com a mão no trinco da porta, parou por um instante. O frio parecia comprimir suas costas, então resolveu olhar por cima do ombro.

Ele não apenas estava lá como chorava também. A diferença era que suas lágrimas tinham cor de sangue.

O medo tentou encontrar espaço no peito de Kylie, mas sua raiva o expulsou.

— Vá embora! — gritou para o fantasma. — Me deixe em paz!

Capítulo 30

Na manhã seguinte, Kylie saiu do quarto e espantou-se ao ver Della diante do computador. Ela nunca fazia isso pela manhã.

— Não tinha nenhum compromisso hoje cedo? — perguntou Kylie.

— Não — respondeu Della, com um ar sombrio. Na verdade, as três estavam de cara fechada desde a véspera. Nem haviam conversado, como de costume, na mesa da cozinha antes de irem para a cama. Sem dúvida, depois do dia da visita dos pais, elas tinham encontrado demônios para combater, e combater demônios era uma atividade que se fazia melhor sozinha. Kylie, porém, não chegou a ficar sozinha pela maior parte da noite.

O soldado Dude tinha aparecido e desaparecido o tempo todo. Kylie não o via propriamente, apenas sentia sua presença gelada. Só desejava se aprofundar na meditação para pôr logo um fim naquilo.

Della interrompeu a digitação e olhou para Kylie.

— Lamento que meu pai tenha sido grosso com você. E obrigada por ter vindo me buscar.

— Ele não foi grosso comigo. — "Foi grosso com você", pensou Kylie, mas não quis dizer isso em voz alta porque Della já sabia e não precisava ser lembrada.

— Sei que ele às vezes é um pouco difícil. Mas, acredite ou não, tem boas intenções.

— Pelo menos seu pai apareceu. — Kylie se lembrou de como percorrera a estreita faixa entre mentir e mudar de assunto na noite anterior, para não contar à mãe que o pai não tinha vindo. A mãe teria tido um chilique. E os chiliques da mãe não eram nada agradáveis. Ainda assim, no fundo, Kylie gostaria que ela tivesse um.

Afinal, o pai se comportou como se nunca tivesse prometido que viria.

— Quer checar seus e-mails? — perguntou Della. — Acho que deve ter recebido um do seu pai.

Kylie sentiu um aperto no coração.

— Não. Vou... checar depois. — *Ou não.* No momento, não estava a fim de ouvir desculpas esfarrapadas. Olhou em volta. — Onde está Miranda?

— Saiu. Tem esperança de ver Chris, mas disse que vai esperar por nós. Está pronta?

— Estou — respondeu Kylie.

Segundos depois, Kylie e Della cruzaram a porta e se depararam com Miranda ao lado da cabana.

Miranda olhou para elas.

— Oi, garotas, encontrei um filhote de passarinho que parece ter caído do ninho. Acho que quebrou a asa, coitadinho!

Kylie e Della se aproximaram. Miranda, com as palmas estendidas, aproximava a ave do rosto. Uma das asinhas pendia, frouxa.

— Não pode curá-lo com um encantamento? — perguntou Della.

— Gostaria. Mas tenho medo de fazer besteira — disse Miranda, num tom de insegurança que era sem dúvida o resultado de seu encontro com a mãe.

Miranda se virou para Kylie.

— Acha que aquela garota... a que examinou você para ver se tinha o tumor... poderia curá-lo?

— Não sei — respondeu Kylie, notando que a cor dos olhos do pássaro tinha mudado do preto para o azul. E também que ele olhava de um jeito muito especial para Miranda. Kylie podia ser exageradamente desconfiada, mas já tinha visto aquela expressão idiota antes, num certo metamorfo. Seu olhar se cruzou com o de Della.

Sim, não havia dúvida: era mesmo Perry.

— Acho que o ato mais humano que podemos praticar é torcer o pescoço dele — disse Kylie.

— Ah, sem dúvida — concordou Della.

Kylie se aproximou. O pássaro olhou para ela e se encolheu todo. *É isso aí, seu idiota, você tem mesmo é que ficar com medo de mim.*

— Vocês são muito más — censurou Miranda, aconchegando a ave no peito e abaixando-se para falar com ela. — Não se preocupe, Miranda cuidará de você.

— Por que não dá uma olhada para ver se é menino ou menina? — sugeriu Kylie, sem poder disfarçar o riso.

A expressão terna de Miranda mudou instantaneamente quando ela percebeu o que Kylie estava dizendo.

— Perry, é você? — perguntou, olhando desconfiada para o pássaro.

Fagulhas começaram a flutuar ao redor das mãos de Miranda. Ela recolheu imediatamente as mãos: e ali, sentado no chão, estava Perry, todo vermelho de vergonha.

— Eu estava apenas voando por aí. Não fiz... não fiz nada de errado. Nem sequer espiei pelas janelas. — Seu olhar pousou em Kylie. — E você, por favor, não toque nas minhas orelhas nem no meu pescoço. — E, levantando-se, saiu correndo.

— Eu deveria transformá-lo no rato que ele realmente é — disse Miranda, aparentemente constrangida por ter sido enganada.

Kylie compreendia bem os sentimentos de Miranda. Lembrou-se então de ter notado um grande embaraço no rosto de Perry, cujo motivo também não ignorava. A última pessoa diante da qual ele gostaria de pagar mico era a garota de quem gostava.

— Você sabe que ele gosta de você, não sabe?

Miranda ficou de boca aberta.

— Não, não pode ser.

Della respirou fundo, mas não disse nada.

— Gosta, sim — insistiu Kylie. — Devia ter visto a cara dele um dia desses, quando você saiu com Chris para a hora do encontro. Parecia um cachorrinho sem dono. E durante todo o tempo em que ficamos juntos, não parou de fazer perguntas sobre você.

Miranda continuou imóvel, de boca aberta.

— Se ele gosta de mim, por que nunca me disse nada? Estávamos juntos aqui o ano passado.

Kylie olhou para Della.

— Vai me ajudar?

— Não — riu Della —, você está se saindo bem sozinha.

Kylie virou-se de novo para Miranda.

— Eu não estava aqui no ano passado, mas...

— Mas o quê? — perguntou Miranda.

Kylie deu de ombros.

— Acho que ele não sabe como dizer que gosta de você.

— Ah, fala sério. Perry não é tão tímido assim.

— Não é tímido para bancar o palhaço ou o espertinho da classe. Mas, quando alguém o pega sozinho, fica mudo. Para ser franca, ele não é tão chato assim. Pessoalmente, acho que quem consegue se transformar em qualquer coisa tem medo de não saber quem realmente é.

Kylie se interrompeu e pesou suas próprias palavras.

— Meu Deus, acho que agora quem está dando uma de esperta sou eu, né?

Caíram todas na risada e foram tomar o café da manhã. Estavam a meio caminho quando Miranda parou e olhou para Kylie.

— Acha realmente que Perry gosta de mim?

— Acho — respondeu Kylie, sorrindo.

Della ergueu o queixo e farejou.

— Sinto cheiro de amoooor no ar!

— Eu não.... — Miranda fez uma pausa e prosseguiu: — Você sentiu esse cheiro nele?

— Não — admitiu Della. — Mas isso é porque os metamorfos não produzem os mesmos feromônios. Não sei dizer como cheira um passarinho tarado.

Riram e retomaram a caminhada.

— Mas ele é bonito, não é? — perguntou Miranda.

— De certo modo — replicou Kylie.

— Talvez um pouquinho — arriscou Della. — E o que você pretende fazer com o pobrezinho? — Pousou a mão sobre o coração para dar mais dramaticidade à pergunta.

Miranda se fez de desinteressada.

— Vou esperar pra ver o que vai fazer agora.

— Esperar para quê? Se gosta dele, tome uma atitude. Não seja boba.

— Tudo bem. — Miranda juntou os cabelos e os prendeu com o elástico que trazia no pulso. — Mas não vejo você dando em cima de ninguém por aqui.

— Isso é porque nenhum dos garotos me atrai.

— Mentirosa — zombou Kylie.

— Então me diga por quem estou interessada.

— Steve, o metamorfo alto e de cabelos louros — disse Kylie, com a maior segurança. — Você não parava de olhar para o traseiro dele um dia desses.

Della revirou os olhos.

— Engano seu. — Fingiu abanar-se com a mão. — Mas esse garoto é realmente um colírio para os olhos.

Todas riram.

— E quanto a você? — perguntou Miranda a Kylie.

— Não tenho tempo pra nada.

— Tem o mesmo tempo que nós — observou Miranda.

— Não, não tenho. — Kylie se deteve. Não tinha dito nada a respeito do acordo de duas semanas com Holiday, e por uma boa razão. Elas não iriam gostar nada daquilo. — Eu... Holiday concordou em falar com minha mãe sobre a possibilidade de eu ir embora dentro de quinze dias.

— Por quê? — perguntaram as duas amigas ao mesmo tempo.

— Porque não pertenço a este lugar. Não sou uma de vocês.

— Droga! — exclamou Della. — Você não quer ser uma de nós, isso sim! Ainda nos considera aberrações. Percebo isso toda vez que a palavra "sangue" é mencionada.

Bem, quanto ao sangue ela tinha razão. Ainda assim, Kylie sacudiu a cabeça.

— Não é isso...

— Você não pode ir — interrompeu Miranda. — Quem vai impedir Della e eu de nos matarmos?

— Ora, que se dane! — resmungou Della, franzindo a testa e olhando feio para Miranda. — Deixe que ela volte para seu mundinho seguro, onde terá como única preocupação descobrir se o pai a ama. Se não quer ser nossa amiga, então eu também não quero ser amiga dela. Aliás, nem gosto dessa babaca.

Della se afastou tão rapidamente que Kylie nem a viu desaparecer. Miranda continuou parada, de olhos fixos na amiga.

— Ela pirou. Não quis dizer aquilo de verdade.

— Eu sei — murmurou Kylie, mordendo o lábio. Mas as palavras de Della a tinham realmente magoado.

Miranda sacudiu seu rabo de cavalo.

— Detesto dizer isto, mas não censuro Della. Também estou furiosa com você. — E afastou-se.

Só me faltava essa, pensou Kylie. Não bastassem todos os outros problemas, tinha conseguido irritar as duas melhores amigas que fez no acampamento.

Quando Kylie entrou no refeitório, Miranda e Della estavam sentadas numa mesa diferente da que sempre ocupavam. Kylie captou logo a mensagem. Elas não queriam sua companhia.

Que maravilha!

Apanhando a bandeja, Kylie se dirigiu para a mesa de sempre, sentindo-se um tanto solitária. A porta se abriu e Kylie, erguendo a cabeça, viu Derek entrando. Os lábios dele esboçaram um sorriso afetuoso — um daqueles sorrisos especiais que faziam seu coração palpitar de intensa simpatia. Derek seguiu em sua direção e Kylie se sentiu aliviada. Agora tinha um amigo com quem conversar.

Kylie acompanhou-o com os olhos, mas, de repente, percebeu que seu olhar e sorriso não pareciam dirigidos a ela. E, de fato, Derek passou direto pela sua mesa. Kylie contou até dez, tentando eliminar o sofrimento dos olhos antes de se voltar e ver para onde ele tinha ido.

Olhando por cima do ombro, viu Derek sentado ao lado de Mandy, o ombro bem próximo ao dela. Desviou o olhar e ficou encarando os ovos no prato, tão mexidos quanto suas emoções. Gostava de Derek. Não gostava de Derek. O que havia de errado com ela?

Tentando decidir se não seria um erro tentar comer, Kylie ouviu a voz desaforada de Della. Ergueu os olhos esperando ver Miranda e ela conversando, mas estava errada. Della quase encostava o nariz no rosto de outra vampira, que apontava um dedo para sua bochecha e dizia algo em voz baixa que Kylie não conseguia ouvir.

Seu primeiro impulso foi correr até lá para o caso de Della precisar de ajuda. Afinal, ela a defendera contra Fredericka. Mas, antes que fizesse qualquer movimento, a amiga já tinha ido.

Depois de conseguir engolir ao menos um pedaço de torrada, Kylie saiu para se encontrar com Della. Mas nem sinal da amiga. O que viu foi um grupo de campistas sorteando nomes. Kylie não se sentia nem um pouco disposta a tagarelar com um colega por uma hora, mas também não queria voltar para a cabana, onde o soldado Dude poderia aparecer a qualquer momento. No fundo, pressentia que o encontro do dia anterior de certo modo o animara a fazer um contato mais estreito com ela.

Viu Miranda sozinha e caminhou em sua direção, esperando que a raiva da amiga já tivesse passado. Infelizmente, Miranda a recebeu com um olhar frio. Sem se dar por vencida, Kylie perguntou:

— Qual foi o problema entre Della e a outra vampira?

Miranda deu de ombros.

— Não sei, ela não me contou. Parece que, quando fica com raiva de você, fica com raiva de mim também. — Alguém chamou Miranda pelo nome e ela se safou sem dizer mais uma palavra.

Kylie estava observando Miranda se afastar quando sentiu que alguém estava de pé ao seu lado.

— Está pronta? — A voz profunda de homem fez seu estômago estremecer. Fitou os olhos azuis de Lucas.

— Pronta para quê?

— Tirei seu nome — disse Lucas, mostrando o pedaço de papel.

Estou com dor de cabeça. Ou TPM. Ou cólica. Acabo de saber que peguei uma gripe. Precisava inventar alguma coisa para cair fora. Mas, com aqueles olhos azuis pousados nela, as palavras não vieram. Olhou em volta para ver se, por acaso, Fredericka não estaria à espreita. Não.

— Sei de um lugar aonde podemos ir — disse ele. E colocou as mãos nas costas de Kylie, para fazê-la andar.

Kylie deu um passo, tentando pronunciar as palavras "Não posso"; mas não conseguiu. E Kylie sabia por quê. Queria que Lucas se lembrasse dela. Por qual motivo isso era tão importante, não sabia dizer. Mas que era importante, era.

— Você pareceu interessada nas pegadas de dinossauro — continuou Lucas, fitando-a bem nos olhos. — Sei onde existem outras. Por que não vamos até lá vê-las? — E tomou o caminho que levava às cabanas. Kylie o seguiu.

Só quando Lucas enveredou pela trilha do bosque é que Kylie notou algo diferente. E a diferença era esta: não estava com medo dele. Quando tinha deixado de ter medo dele? Talvez começasse a ficar imune ao medo dos sobrenaturais em geral.

Tentando descobrir a lógica por trás daquela coragem toda, lembrou-se do que já sabia a respeito de Lucas. Tinha sido criado por malandros. Matou seu gato. Seria prudente, de sua parte, confiar num sujeito como ele?

Examinou seus instintos em busca de algo parecido com medo e não encontrou. Só o que encontrou foi a lembrança de como ele tinha conduzido gentilmente a avó para dentro do refeitório. E do modo como ele a defendera dos encrenqueiros da vizinhança.

— Você sabe que, se a sua namorada nos vir juntos, vai ficar uma fera, não sabe?

— Que namorada? — estranhou Lucas.

Kylie o olhou com atenção.

— Aquela que está sempre grudada em você.

Os músculos da mandíbula de Lucas ficaram rígidos.

— Fredericka não é minha namorada.

— Ah, então ela é apenas a garota com quem você dá uns amassos atrás do escritório — disparou Kylie, sem conseguir se conter.

Lucas fechou a cara.

— Foi o que pensou naquele dia?

— Estava errada? — Kylie se esforçou para ser sarcástica ao máximo. — Acha que sou idiota?

Lucas parou e se virou com tanta rapidez que Kylie foi de encontro ao seu peito. Ele a segurou pelos ombros e a equilibrou. A sensação das mãos de Lucas sobre as mangas de sua blusa fez com que uma onda de calor inundasse seu corpo. Mas passou assim que ela reparou na expressão do garoto.

— Não, você não parece nenhuma idiota — disse ele num tom que mais parecia um rosnado. — Mas está tirando conclusões sem conhecer todos os fatos, o que não pode ser considerado sinal de inteligência.

Kylie ficou de boca aberta diante de tamanho insulto.

— Então o que ela estava fazendo? Mostrando seu novo sutiã? Ah, fala sério. A garota estava terminando de abotoar a blusa quando apareci.

Lucas franziu a testa e passou a mão no rosto.

— Está bem. Esqueça o que eu disse. — Baixou a mão e abriu os olhos. — Admito que tem o direito de chegar a essa conclusão. Mas, ainda assim, está errada.

Kylie revirou os olhos.

— Ela não estava me mostrando o sutiã e sim, sua tatuagem. No ombro. Mandou tatuar um lobo e queria que eu visse.

Retomou a caminhada e Kylie o seguiu.

— Bem, mas obviamente ela é louca por você.

— Eu sei. — Sua voz era acompanhada de frustração. — Ela e eu... ficamos juntos no último verão, bem no final da temporada no acampamento.

— Então ela *foi* sua namorada. — Kylie parou e o olhou fixamente.

Lucas balançou a cabeça de leve.

— Nem chegou a isso. Nós... nos encontramos numa noite de lua cheia e... não devia ter acontecido. Mas aconteceu.

Kylie visualizou mentalmente dois lobos brincando de pula-sela, mas sem pular propriamente, e sentiu o rosto arder.

— Nem sequer nos falamos desde o final do acampamento passado. Mas ela age como se estivéssemos juntos. Faço tudo pra desencorajá-la.

Kylie fingiu estar interessada no canto de um pássaro pousado numa árvore próxima, para não ter de olhar para Lucas.

— Ela é, sem dúvida, alguém difícil de desencorajar ou então você não a desencorajou direito.

— Talvez as duas coisas. Cheguei até a falar com Holiday sobre isso, porque essa garota está me deixando maluco.

Kylie recomeçou a caminhada. Não deveria perguntar, mas...

— E o que Holiday disse?

— Que eu preciso ser franco com a garota. Mas... não sei, não quero magoá-la.

Ou então quer ter uma garota sempre por perto desabotoando a blusa para te mostrar sua... tatuagem. Kylie sabia que esse pensamento talvez fosse injusto, mas sem dúvida se aplicava a quase todos os garotos que conhecia. Até seu pai já tinha lhe avisado que os adolescentes só querem "uma coisa".

Não que no momento ela estivesse disposta a ouvir algum dos conselhos dele.

— Se faz tanta questão de não magoá-la, talvez seja porque realmente se importa com ela — insinuou Kylie.

— Não — apressou-se a dizer Lucas, acrescentando: — Quer dizer, eu tenho pena dessa garota. Ela enfrentou uma barra em casa e as pessoas a julgam mal por causa disso.

Kylie, ciente do passado de Lucas, captou muito mais em suas palavras do que ele podia imaginar. Mas, e se pudesse? Perceberia que Kylie se lembrava dele e sabia que tinha mentido para Holiday sobre ter morado com a avó a vida inteira?

Subitamente, lhe ocorreu que ele a puxara de lado para perguntar o que os caras de terno preto queriam com ela talvez porque tivesse medo de que ela dissesse algo comprometedor a seu respeito. Será que continuava com o mesmo receio?

Um certo medo de ficar sozinha com ele passou pela sua mente, e foi quando percebeu que nunca tinham ido tão longe mata adentro. Tão longe que nem os campistas com superaudição conseguiriam ouvir seus gritos.

Colocou uma mecha de cabelos atrás da orelha.

— Onde, exatamente, estão essas pegadas de dinossauro?

Capítulo 31

— Não muito longe — esclareceu Lucas. Se percebeu a súbita insegurança de Kylie, disfarçou bem. — Na verdade, estão no leito de um rio fora do terreno do acampamento — acrescentou, sem olhar para ela. — Mas um trecho da cerca foi cortado e podemos atravessar.

— Será que podemos sair dos limites do acampamento?

Lucas desviou os olhos da trilha para ela.

— São só alguns metros além da cerca. Mas você é quem decide. — Estancou. — Há alguns dias, você me pareceu interessada no passeio. Pensei...

Kylie engoliu em seco e olhou para os lados.

As narinas de Lucas se dilataram, como se estivessem captando algum cheiro estranho.

— Voltou a ter medo de mim? Caramba, pensei que já tinha superado isso!

— E superei mesmo — disse Kylie, perguntando a si mesma quando ele notara que já não se sentia insegura ao lado dele. — Eu só... me lembrei da cobra do outro dia — mentiu.

A suspeita nos olhos de Lucas se desvaneceu e sua expressão era quase de alívio.

— Não se preocupe, posso farejar essas coisas a um quilômetro de distância e sou mais rápido do que qualquer serpente — garantiu ele, retomando a caminhada.

Kylie o seguiu.

Andaram algum tempo sem falar. O bosque parecia engolir o ruído de seus passos. Lucas ia depressa, mas não o bastante para que Kylie não pudesse acompanhá-lo.

— Você já descobriu o que é? — perguntou ele.

— Não. Mas há uma boa chance de eu ser apenas humana.

Lucas parou abruptamente e voltou-se para ela.

Kylie ergueu a mão diante da testa.

— Não faça isso. E não diga isso. Sei que não pareço humana. Mas, francamente, não aguento mais todas essas pessoas tentando checar minha cabeça. É tão ruim quanto garotos de olho nos meus peitos.

Logo que a última frase saiu de seus lábios, Kylie desejou não tê-la dito, especialmente porque se lembrou de Lucas admirando seus seios na noite do desmaio.

— Desculpe. Acho que sei como se sente. Ter sempre alguém observando... seu padrão o tempo todo. — E Lucas sorriu.

Era o tipo de sorriso que fazia uma garota se derreter. Permaneceram ali de pé, estudando um ao outro até que o clima ficou constrangedor. Finalmente, Lucas sacudiu a cabeça e voltou a andar.

Já haviam caminhado uns trezentos metros quando Kylie percebeu um *band-aid* no braço de Lucas.

— Você... deu sangue? — perguntou, apontando para seu braço.

— Ah, dei. — Olhou para o *band-aid* como se tivesse se esquecido de sua existência, arrancou-o e o enfiou no bolso da calça. — Quebrei o galho do Chris.

— Chris, o vampiro? — perguntou Kylie.

— É — respondeu ele, como se aquilo não fosse grande coisa. Kylie se lembrou de Derek agindo da mesma maneira.

— Você não acha isso... estranho?

Lucas arqueou uma sobrancelha.

— Estranho? — Olhou-a bem, como se não tivesse entendido a pergunta.

Kylie reconheceu que tinha sido uma pergunta idiota. Lucas se transformava em lobo. Perto disso, beber sangue era quase nada.

— Pessoas doam sangue o tempo todo, Kylie — continuou Lucas.

— Mas para salvar vidas — disse ela, apenas para romper o silêncio constrangedor.

— E vampiros morrem se não beberem sangue.

Kylie nunca havia pensado muito nisso, mas ouvi-lo mencionar o fato a deixou meio confusa.

— Eles não podem sobreviver apenas...

— Com sangue animal? — completou Lucas. — Podem e bebem sangue animal, mas, para obter uma nutrição satisfatória, precisam de um pouco de sangue humano. É a mesma coisa que doar para a Cruz Vermelha.

Sem conseguir se conter, Kylie deixou que seu próximo pensamento se traduzisse em palavras.

— Pessoas doentes não bebem isso. O líquido é injetado em suas veias.

— E que importância tem o modo como chega ao organismo? Eu não vejo nenhuma diferença.

Kylie refletiu um pouco sobre essa analogia e achou que tinha sido apressada em suas conclusões.

— Você mesma não é colega de alojamento de uma vampira? — perguntou ele.

— Sou. — Mas, de algum modo, em sua mente separava Della, a amiga, de Della, a vampira.

— E ela ainda não te pediu pra doar?

— Não. — Sabia por que, também. Della não ignorava como Kylie e mesmo Miranda se sentiam com relação a essa história de sangue. Por uma razão qualquer, as palavras raivosas da amiga naquela manhã cruzaram sua mente: *Você ainda nos considera aberrações.*

— Todos os vampiros devem ter alguém que doe. Caso contrário, não podem participar dos rituais.

Kylie se lembrou de que Della não tinha comparecido ao encontro matinal costumeiro naquele dia. Estaria isso, de algum modo, ligado ao desentendimento que tivera com a outra vampira? A lembrança de Della enfrentando Fredericka e protegendo Kylie de seu primo Chan lhe ocorreu na hora. Della não hesitou em ajudar Kylie, mas ainda assim não se sentiu à vontade para lhe pedir um pouco de sangue.

Você ainda nos considera aberrações.

Aquela acusação não saía da cabeça de Kylie.

Não achava que Della fosse uma aberração; mas, para ser franca, também não a aceitava como era. Em resumo: Kylie não tinha sido uma boa amiga.

Essa constatação lhe doeu como um soco no estômago.

— É seguro? — perguntou Kylie.

— O quê?

— Doar sangue para os vampiros. É seguro?

— É claro! Holiday não ia deixar, se não fosse.

A disposição para aceitar Della inteiramente fez surgirem outras perguntas na mente de Kylie.

— E como é?

Lucas deu de ombros.

— A mesma coisa que doar sangue num ambulatório.

— Não me refiro a isso. Estou me referindo à transformação em lobo. Ouvi dizer que é... — Procurou escolher as palavras.

— Assustador? — perguntou Lucas, franzindo a testa.

— E doloroso — completou Kylie, decidida a não amenizar a situação.

— Acho que parece pior do que de fato é. — Lucas se calou por alguns instantes e prosseguiu: — Lembra um pouco um músculo dolorido sendo massageado. Dói e é gostoso ao mesmo tempo.

— Então não é como Perry ao se transformar?

— Não, não é daquele jeito. O corpo de um metamorfo se transforma numa velocidade e nível celular totalmente diferentes. Quando nos transformamos, você pode acompanhar o processo à medida que o corpo assume a nova forma.

— Não parece nada engraçado.

— Mas é. É superengraçado. — Os olhos de Lucas se iluminaram e Kylie não duvidou de que ele estivesse dizendo a verdade.

— E como é depois? Uma vez transformado, você... continua sendo você?

— Continuo sendo eu? — estranhou ele, sem entender a pergunta.

— Pensa como humano ou como lobo?

— Eu não sou humano, Kylie — explicou Lucas. — Sou um lobisomem.

Kylie sentiu seu rosto corar.

— Eu quis dizer...

— Sei — interrompeu ele, respirando fundo. — Quando mudo, meus sentidos e instintos se aguçam. Para caçar. Para acasalar. Para proteger o que é meu. Pode-se dizer que são instintos bem humanos. No entanto, em forma de lobisomem, eles são difíceis de disfarçar.

Então, talvez houvesse matado o gato movido pelo instinto de caçador, não por maldade. Até que esse pensamento lhe ocorresse, não havia percebido que estava tentando encontrar um pretexto para perdoá-lo.

O silêncio foi se tornando embaraçoso.

— E quando você está na forma humana, quais são seus dons? — perguntou Kylie.

— Audição, olfato, força e agilidade em grau elevado.

— A mesma coisa que num vampiro? — Lembrou-se de Della explicando, sem convencer muito, que os vampiros eram a espécie mais poderosa. Della podia estar apenas se gabando. Então se lembrou de uma das habilidades da amiga. — Você consegue ouvir meus batimentos cardíacos? — *E saber também quando estou mentindo?*

— Depende. Nossa força e sentidos aumentam quanto mais próximos estivermos da lua cheia. Mas, na maior parte do tempo, nossa audição é mais usada para perceber a aproximação de intrusos e não coisas como batimentos cardíacos.

Kylie se lembrou de que ele tinha saltado de uma árvore na noite da fogueira e lhe pareceu estranho que ele pudesse fazer aquilo e um lobo, não. Concluiu que, certamente, havia grandes benefícios em ter dedos e polegares.

— Aqui está a cerca — disse Lucas. Em seguida, puxou uma parte solta do arame farpado e acenou para que Kylie passasse pelo vão entre ele e a abertura. — Cuidado para não arranhar os ombros.

A passagem era estreita. Kylie se espremeu contra Lucas e seus seios roçaram no peito dele. A sensação de calor e formigamento foi tão forte que ela se sobressaltou.

Antes que Kylie desse um passo, ele percebeu sua tensão e a puxou.

— Cuidado. — Lucas baixou a cabeça e a olhou. Estavam tão próximos que o nariz dele se esfregou no dela. — Não vá se arranhar no arame.

Kylie assentiu com um gesto de cabeça e atravessou a cerca, que parecia eletrificada tamanho foi o estremecimento que lhe percorreu o corpo.

Assim que ela chegou do outro lado, Lucas atravessou também a abertura e soltou o arame. Seus olhares se cruzaram novamente. De algum modo, Kylie sabia que ele também estava pensando em como haviam ficado bem próximos um do outro um minuto atrás. Ela ainda sentia o sangue fluindo pelo seu rosto.

— Por aqui — disse Lucas, apontando o caminho e olhando de relance para seu rosto. Ela sem dúvida estava ainda mais vermelha. Em poucos instantes, chegaram à margem do riacho. Lucas examinou a água. — O nível subiu um pouco. Geralmente, não passa de alguns centímetros. As pegadas estão bem no meio do leito. A profundidade não passa de trinta centímetros, mas talvez você queira tirar o tênis para não molhar.

Kylie se sentou, tirou o tênis e as meias, e enrolou a barra da calça. Lucas, de pé à sua frente, a observava. Kylie ergueu os olhos.

— E você, não vai tirar o seu?

— Tênis molhado não me incomoda.

Kylie enfiou as meias no tênis e colocou-o longe da água. O som do riacho acariciava seus sentidos. Olhando para a corrente, perguntou:

— A cachoeira fica longe daqui?

— Cerca de um quilômetro e meio, mas dentro do terreno do acampamento.

— Já foi lá?

— Uma vez — respondeu ele.

— É tão assustador quanto as pessoas dizem?

— Um pouco. Mas não vi nenhuma sombra — riu Lucas.

Seria porque ele não conseguia ver fantasmas?

— Está pronta? — perguntou Lucas, vendo-a pensativa.

— Estou. — Kylie se levantou e mergulhou os dedos dos pés no riacho. — Está frio — sorriu.

— É, mas à tarde, quando o sol esquenta, é ótimo. A cerca de meio quilômetro daqui há um lugar mais fundo, onde dá pra nadar. Eu tento ir lá pelo menos uma vez por semana.

Kylie o imaginou nadando e se recordou do seu sonho.

Lucas entrou na água e, virando-se para trás, segurou a mão direita de Kylie. Ela fitou os dedos dele em volta dos seus, conservando ainda na mente a imagem dos dois mergulhados na água quase até o pescoço, seus seios apertados contra o peito dele.

— As pedras são muito lisas — advertiu Lucas, seguindo-lhe o olhar.

— Acho que consigo me equilibrar — garantiu Kylie, soltando a mão.

— Quando cair sentada, vai ver o que é bom.

— Não vou, não — disse ela, sorrindo de modo confiante. Mas, já no próximo passo, seu pé e seu orgulho escorregaram numa pedra lisa, suas pernas se projetaram para cima e para os lados, e ela caiu sentada com grande estardalhaço.

— Ai! — A água fria atravessou a calça até seu traseiro. Ouviu uma gargalhada solta e contagiante. Lucas estava de pé à sua frente, braços cruzados sobre o peito largo, os olhos azuis cheios de bom humor.

— Não ria! — ordenou Kylie, quase rindo ela própria. E, apanhando um pouco de água com a mão, arremessou nele.

Lucas riu ainda mais, mas logo lhe ofereceu a mão — que, desta vez, ela aceitou.

Já de pé, ensaiava outro passo quando escorregou de novo, mas agora não caiu sozinha. Caiu em cima dele, com o rosto afundado em seu ombro. Ergueu a cabeça e viu a água passando sobre o peito de Lucas, que olhava para ela, sorrindo. E parecendo gostar daquilo.

— É o seu prêmio por rir de mim — brincou Kylie.

O peito de Lucas se dilatou debaixo dela, numa inspiração profunda. E Kylie já nem mais sentia o frio da água — sentia apenas o calor do corpo dele apertado contra o seu.

— E este é o seu por gozar da minha cara. — Ele a puxou um pouco para cima, até seus lábios tocarem os dela.

Kylie não procurou detê-lo. Na verdade, até subiu mais pelo corpo dele, para que o beijo fosse completo. A mão de Lucas deslizou para trás de seu pescoço e endireitou-lhe a cabeça, colocando sua boca em posição mais acessível. A textura ligeiramente áspera do rosto barbeado de Lucas lhe pareceu muito agradável. A língua dele se insinuou, primeiro devagar, depois sem hesitação. Uma sensação de calor avolumou-se dentro de Kylie, que não parecia estar suficientemente aconchegada a ele. Nada daquilo lembrava os beijos e carícias que havia trocado com Trey.

Mais, seus instintos pareciam clamar. Ela queria mais.

Correu os dedos pelos cabelos negros e molhados de Lucas, encantando-se com sua maciez — e com as emoções que a agitavam, a dominavam, fazendo-a se sentir mais viva do que nunca.

Seus seios, pressionados contra o peito de Lucas, estavam rígidos. Talvez o sonho a inspirasse, mas a verdade é que queria ardentemente ser tocada por ele. Só quando ouviu vozes próximas é que voltou a si. Interrompeu o beijo e se afastou alguns centímetros do peito de Lucas. Ele entreabriu as pálpebras e fitou-a com olhos turvos. Kylie vislumbrou neles um toque de selvageria e fome como nunca tinha visto antes. Mais que qualquer coisa, ela queria saciar aquela fome e submeter-se àquela selvageria. Então as vozes chegaram mais perto. Agora, as sensações de Kylie pareciam muito mais intensas.

Afastou-se de Lucas, tão insegura com relação a essas novas emoções quanto estivera com relação à sua capacidade de não escorregar.

— Nós deveríamos... eu ouvi... — disse ela, levantando-se.

— Não estão vindo para cá — tranquilizou-a Lucas. Levantou-se também e fitou-a através dos cílios escuros. Respirou fundo e passou a mão pelo rosto. — Droga! — murmurou, virando-se para Kylie. — Eu provavelmente não devia ter feito isso, certo?

— Provavelmente não — concordou ela. Mas, mesmo que pudesse voltar atrás, não trocaria aquele momento por nada.

Lucas jogou os cabelos para trás, espalhando em volta gotas que refletiam a luz do sol.

— Então esqueça o que aconteceu. Apenas esqueça, está bem?

— Não acredito que possa esquecer. — Iria se lembrar para sempre daquele beijo e daquele momento. Pois, por mais que gostasse dos beijos de Trey, o de Lucas lhe pareceu o primeiro beijo adulto de sua vida. Seu primeiro gostinho da paixão. O beijo e o que tinha sentido eram algo mais. E, embora não estivesse pronta para "mais", esse "mais" era o que ela desejava. Aquele, concluiu Kylie, era o verdadeiro significado da paixão.

Consciente do silêncio embaraçoso que crescia entre eles, olhou em volta.

— Onde estão as pegadas?

— Ali — disse Lucas, apontando para a margem do riacho.

Kylie caminhou até lá, devagar. Observando as pegadas, fingiu interesse por elas. De repente, Lucas estava ao seu lado, projetando uma sombra comprida na água. Quando Kylie levantou a cabeça, o surpreendeu olhando os seus seios.

Kylie baixou os olhos e notou que a água havia tornado tanto sua camiseta branca quanto seu sutiã de cetim praticamente invisíveis. Os mamilos, ainda rijos, forçavam o tecido.

Cruzou os braços.

— Por que não veste a minha camiseta? — Lucas começou a tirar a camiseta azul molhada, expondo um abdome musculoso. E, quando a camiseta subiu mais, ela teve a visão do umbigo mais bonito que jamais vira. Depois, apareceu o tórax. Sólido. Duro. Algumas gotas de água brilhavam em sua pele. O coração de Kylie acelerou de novo de paixão.

Ao se dar conta do que estava fazendo, Kylie desviou os olhos.

— O melhor seria você parar de olhar para mim e continuar vestido.

— Eu *poderia* fazer isso. Mas os seis caras que estarão aqui em menos de trinta segundos talvez não cooperem tanto. Isso me obrigará a lhes dar uma lição.

— Pensei que não viessem para cá.

— Mudaram de direção. — Lucas começou a enfiar a camiseta na cabeça dela. Kylie ergueu os braços para ajudá-lo. Vendo-a vestida, ele deu um meio sorriso e olhou para seus seios.

— Bem melhor. — Estendeu a mão e afastou-lhe uma mecha de cabelo molhado do rosto. — Você não tem ideia de quanto é bonita, tem?

Agora as vozes estavam bem perto da margem do riacho. Kylie nem ligou. Todos os seus instintos se concentravam no homem à sua frente e no elogio que ele tinha acabado de fazer.

Lucas a fazia se sentir bonita. E *sexy*.

— Pronta para voltar? — perguntou ele.

Kylie assentiu, mas, antes de se virar, ouviu seu nome.

— Kylie?

Reconheceu imediatamente a voz.

Voltou-se para a margem e lá estava Trey, com um ar perplexo.

Capítulo 32

— Você conhece esse cara? — perguntou Lucas, com o braço nu encostado ao dela num gesto de proteção.

Atordoada demais para falar, Kylie conseguiu apenas sacudir a cabeça. Então, Trey deu um passo à frente e entrou no riacho, espalhando água para todos os lados.

— Está tudo bem? — perguntou ele.

Não olhou para ela. Concentrou-se em Lucas. Ou melhor, no peito nu de Lucas.

— Está — gaguejou Kylie, recuperando finalmente a voz. — Nós... estávamos procurando fósseis de dinossauros.

— Esse aí é o Derek? — O tom de voz de Trey estava carregado de acusação. Não tinha nenhum direito de acusá-la, considerando-se o que acontecera entre eles. Mas o sofrimento em seus olhos era verdadeiro e comoveu Kylie.

— Trey, este é o meu amigo Lucas. Lucas, este é Trey.

Os garotos olharam fixamente um para o outro. E, em vez de se dar as mãos, apenas fizeram um ligeiro aceno de cabeça, muito pouco amigável.

— Vamos embora — disse Kylie a Lucas. Em seguida, inclinou-se para Trey num gesto de despedida.

Começou a atravessar o riacho, com Lucas ao seu lado. Quase escorregou de novo, mas ele a segurou, aconchegando-a firmemente ao peito enquanto Trey observava da outra margem.

— Namorado? — perguntou Lucas, soltando-a quando saíram da água.

— Ex. — Kylie se sentou para calçar o tênis, mas ainda consciente de que Trey continuava olhando. Ela sabia muito bem o que ele estava sentindo, pois sentiu a mesma coisa ao vê-lo com a garota na festa. Justiça poética, retribuição, pagamento na mesma moeda — um monte de explicações emocionais flutuava na cabeça dela, mas a verdade era uma só: nenhuma delas a convencia.

— Por que ele perguntou se eu era Derek? — quis saber Lucas.

— É uma longa história. — História que ela não desejava contar no momento. Enquanto amarrava os cadarços, a culpa fervia em seu peito. E não devia sentir culpa nenhuma.

Mas sentia.

Já calçada, levantou-se e começou a se afastar, sem olhar para trás. As emoções galopavam como potros selvagens em sua cabeça.

Lucas puxou de novo o arame da cerca e ela atravessou — sem, dessa vez, roçar em seu corpo.

Quando teve certeza de que Trey não podia mais vê-la, parou de pensar nele e começou a pensar no beijo. Tinha que avaliar bem aquele episódio para se sentir segura. Sim, foi um beijo delicioso, mas apenas um beijo.

Certo?

Os dois mal conversaram no caminho de volta. E Kylie mal olhou para Lucas porque vê-lo sem camisa iria... confundir suas ideias. Já perto da trilha para o acampamento, Kylie constatou que não tinha ainda a resposta tão desejada. Lucas se lembrava dela?

Tentou descobrir um meio de perguntar sem parecer que queria forçá-lo a se lembrar dela ou insinuar que uma experiência compartilhada de infância os unia. Porque não unia.

E como isso seria possível se ele chegou a sugerir que ela esquecesse o beijo? Começou a sentir um peso insuportável no peito. Meu Deus, por que aquelas palavras doíam tanto?

Kylie respirou fundo. Que tal acrescentar mais essa pergunta à lista crescente que tinha começado a elaborar logo na chegada a Shadow Falls?

Mas as outras perguntas talvez pudessem esperar. Aquela, não.

Ela queria saber — precisava saber — se ele se lembrava dela.

Apenas desembuche. Desembuche. Avistou a clareira no bosque, logo à frente, e concluiu que seu tempo com Lucas era curto. Havia o risco de não ter outra oportunidade de falar com ele mais tarde.

— Sabe, você me lembra alguém — começou Kylie.

— Verdade? — perguntou Lucas, sem olhar para ela.

— É. — E Kylie esperou que ele perguntasse quem.

Mas Lucas não perguntou. Apenas disse:

— Bem, já chegamos.

Penetraram na clareira e tomaram a trilha. Lucas olhou para ela.

— Preciso ir. Tenho que liderar outra caminhada. — E virou-se para partir.

— Lucas! — chamou Kylie, e ele se deteve. Ela tirou a camiseta e a entregou para ele.

Em seguida, descolou sua própria camiseta úmida do sutiã. Não tinha secado por completo, mas já não estava transparente.

Viu o olhar de Lucas pousar de passagem em seus seios e, em seguida, deter-se em seus olhos.

Você se lembra de mim?

— Obrigada por... me mostrar as pegadas dos dinossauros.

— Não foi nada — disse ele, e completou: — Sinto muito, Kylie.

Kylie percebeu que ele estava se desculpando pelo beijo. Primeiro, pediu para que esquecesse o que havia acontecido e agora vinha com desculpas. Sentiu uma pontada no peito.

Então Lucas se afastou de vez e ela ficou parada no lugar, remoendo seus pensamentos. *Ela não lamentava nada. Não tinha gostado que Trey os tivesse surpreendido, mas nem por isso achava que aquilo fosse o fim do mundo.*

Kylie tinha acabado de vestir roupas secas quando ouviu alguém entrar na cabana. Saindo do quarto, viu Della diante da geladeira aberta, bebendo... alguma coisa.

Sangue. Kylie se forçou a aceitar aquilo. Sua amiga era uma vampira — e vampiros bebem sangue, precisam de sangue para viver. Já era tempo de encarar as coisas como são.

— Olá!

— Não estou falando com você — resmungou Della, fechando a garrafa e colocando-a na gaveta de legumes como que para escondê-la.

— Não a culpo. Não tenho sido uma boa amiga.

Della se virou.

— Está tentando me dizer que não vai mais embora?

Kylie procurou pesar bem as palavras.

— Ainda não sei. Disse a Holiday que daria a ela duas semanas. Então, até lá, não posso dar uma resposta definitiva.

E, antes que perdesse a coragem, Kylie se aproximou de Della, estendeu o braço e passou um dedo sobre a veia na altura da articulação.

— Você tem os apetrechos pra fazer?

— Fazer o quê? — perguntou Della, franzindo a testa.

— Tirar um pouco de sangue daqui. Derek me contou que vocês têm experiência nisso.

— Eu não... — Della arregalou os olhos. — Eu nunca pedi...

— Eu sei, mas foi porque sabia que eu ia negar. Certo?

— Em parte — reconheceu Della, continuando a examinar a expressão de Kylie.

— E a outra parte?

— Porque você tem medo de mim. Não quero que me veja como um monstro.

— Você não é um monstro. É só uma vampira.

— E você não acha que vampiros são monstros? — perguntou Della.

— Não quando o vampiro é você.

Della hesitou.

— Meus pais me achariam um monstro. Lee me acharia um monstro.

— Dane-se o que achem — exclamou Kylie. — O importante é que monstro você não é. — Estendeu o braço. — Você precisa de sangue para viver.

— Posso me virar bebendo sangue de animal durante o verão — explicou Della.

— Por que faria isso se tenho sangue de sobra?

— Quer mesmo dar seu sangue? — Havia certa hesitação na voz de Della.

— Bem, ouvi dizer que, quando se promete isso, não se pode voltar atrás — desafiou Kylie.

— Eu nunca te cobraria uma promessa dessas.

— Brincadeira. Estou disposta a ir até o fim.

— Que fim? — perguntou Miranda, entrando na cabana.

Kylie virou-se para ela.

— Vou dar um pouco de sangue para Della.

Miranda estancou, perplexa.

— Sério?

Kylie assentiu.

— Ela se dispôs a enfrentar Fredericka por minha causa. Devo a ela esse favor.

Miranda franziu a testa.

— Que droga!, se você fizer isso, vou ter que fazer também.

— Não, não vai ter — disse Della.

— Vou fazer isso porque somos uma equipe. Nós três.

Os olhos de Della se encheram de lágrimas.

— Não permito bruxas na minha equipe.

— Problema seu, vampira. Porque agora vai permitir. — Miranda estendeu o braço. — Vamos lá. Mas é melhor que não doa. Detesto agulhas.

— Não posso aceitar antes de esclarecer tudo com Holiday e Sky.

— Então vamos esclarecer logo — disseram Miranda e Kylie ao mesmo tempo.

Nesse momento um sapo, isto é, o professor de piano de Miranda, apareceu saltitante a seus pés.

— Ai, de novo não! — gritou ela, encarando o sapo. — Quando vai aprender? — Apontou-lhe o dedo. — Continue assim e, juro por Deus, vou denunciá-lo à polícia.

— É o que deveria fazer — incentivou Kylie.

Miranda virou-se para ela.

— É, mas a questão é que ele nunca... Todas as suas atitudes poderiam ser explicadas de outra maneira. Tentar me mostrar as teclas certas no piano, por exemplo. Foi só por causa do feitiço que percebi suas verdadeiras intenções.

— Escute o que eu digo — disse Della —, deveríamos assar seu maldito traseiro. Ou atirar esse tarado aos lobos. Dizem que eles gostam muito de sapos.

O bicho cruzou o quarto aos saltos e sumiu no ar. Kylie ficou curiosa.

— Quando ele vem aqui, desaparece de outro lugar?

— Sim — disse Miranda —, mas, com exceção da primeira vez, isso só acontece quando o pilantra está sozinho. Pelo menos é o que constato quando chego ao lugar para onde ele volta. Acho que desistiu de dar aulas de piano.

— Enfim, uma boa notícia — observou Kylie.

Os olhos de Miranda brilharam ao se lembrar de alguma coisa.

— É verdade que Lucas pegou seu nome esta manhã?

— É — admitiu Kylie.

— Ah, meu Deus! — Della fez Kylie se sentar numa cadeira da cozinha. — Vai começando a falar. O que aconteceu?

Miranda se sentou também.

— É, desembucha.

E Kylie falou. As palavras brotavam dos seus lábios com tamanha rapidez que ela não conseguia detê-las. E não falou apenas do beijo. Contou também que Lucas foi seu vizinho e do sumiço do gato. Descreveu o maravilhoso beijo em detalhes e explicou a confusão na qual se meteu com Trey e Derek — inclusive seus sentimentos confusos por Derek depois que ele a encontrou e nem sequer olhou para ela. Quando Kylie finalmente se calou, Della e Miranda continuaram imóveis, de olhos arregalados e bocas abertas, mal podendo acreditar no que tinham ouvido.

— Caramba! — exclamou Della.

Miranda reclinou-se na cadeira e suspirou.

— Eu bem que gostaria de ser beijada assim. Não vejo a hora de ficar com alguém que me tire do chão...

— Isso é muito fácil — disse Della. — Por que não vai atrás do Perry e o agarra?

Miranda sacudiu a cabeça.

— Cai na real! Se um cara não tem coragem nem pra confessar que gosta de mim, nunca vai ter pra me beijar.

— Então ponha um feitiço nele para que crie coragem — disse Della.

Todas riram. E então o telefone de Kylie começou a tocar. Ela acionou o identificador de chamadas e leu o número do pai na tela. Parou imediatamente de rir e franziu a testa. Não queria que ninguém estragasse seu humor, então desligou o aparelho e guardou no bolso.

O dia seguinte passou sem surpresas. Não houve dramas: nenhuma visita inesperada de Trey, nenhum confronto com Fredericka, nem sequer uma briguinha entre Miranda e Della. Kylie e Miranda haviam doado sangue e tudo estava em paz.

Então, veio a noite.

Kylie acordou molhada de suor. Sentou-se na cama e soube imediatamente que o soldado Dude estava lá. Mas aquela não era a sua cama. Não se encontrava nem no acampamento.

Seu coração disparou enquanto ela tentava se situar no ambiente. Sabia que não estava no Texas. Nem mesmo nos Estados Unidos. O lugar parecia... estranho e ainda assim familiar, como as imagens que vira nos filmes sobre a Guerra do Golfo, que a mão gostava tanto de assistir.

Kylie estava do lado de fora de um casebre, numa área desprovida de árvores ou relva. Fazia calor. Não o calor do Texas, mas de um deserto extremamente seco. O sol já tinha se posto e o tempo parecia aprisionado entre a luz e a sombra. Um cheiro de borracha e madeira queimada, de devastação, enchia suas narinas. E havia o barulho. Muito barulho. Como se alguém, de repente, aumentasse o volume, tornando-o ensurdecedor — gritos, detonações surdas, explosões de bombas a distância. Ruídos de disparos. Alguém ordenava que ela fosse naquela direção. "Não é problema nosso", rugiu uma voz de homem.

Não é problema de quem? Kylie ouviu um lamento — uma mulher. Uma mulher implorando ajuda e gemendo de dor.

O medo subiu pela espinha de Kylie e ela compreendeu que algo de terrível estava acontecendo com a mulher. Terrível e injusto. Kylie não queria participar daquilo. Não queria ver, não queria saber. Feio demais. *Não é problema meu.*

O que não era problema dela? Sua mente ficou confusa.

É um sonho. Apenas um sonho. Acorde. Acorde. Tentou se lembrar de como, segundo a dra. Day, poderia interromper um pesadelo, mas não conseguiu. Fechou bem os olhos e os abriu, na esperança de voltar à sua cabana.

Não voltou. Na verdade estava agora mais perto da casa e dos gritos. A mulher estava lá dentro. Alguém a machucava. Quem? Por quê? O que significava tudo aquilo? Por que Kylie tinha ido até lá? Por acaso assistia a um filme de guerra? Ou aquilo *era* um filme de guerra? Não, era um sonho.

Sua mente tentou avaliar as perguntas. *Não há mais tempo*, murmurou uma voz dentro dela, *apenas tempo para sentir, para compreender.*

Por que Kylie precisava compreender?

As perguntas se calaram e ela mergulhou de novo no sonho — na devastação, na feiura da guerra. Sentiu uma culpa imensa por não desejar se envolver com a mulher. Se corresse, se corresse agora mesmo, poderia se juntar aos demais e fugir.

Examinou suas escolhas. Talvez sobrevivesse caso partisse imediatamente. Mas conseguiria suportar a vida sabendo que não tinha ajudado a mulher?

Não. Não conseguiria. Olhou para o fuzil que trazia na mão. Igualzinho aos dos filmes de guerra. Kylie tinha que deter o agressor da mulher, fosse quem fosse.

Escancarou a porta e apontou a arma para a silhueta escarranchada sobre a vítima. "Saia!", gritou. Mas aquela não era a sua voz; era a voz de um homem.

Kylie estremeceu, mas logo viu que o agressor empunhava uma faca. A mulher, com as roupas rasgadas, as mãos e o rosto cobertos de sangue, arrastou--se para longe do homem.

Ele se virou para encarar Kylie. E atacou, erguendo bem alto a lâmina ensanguentada. Kylie apertou o gatilho e o viu tombar, sem nenhum remorso por tê-lo alvejado. Era um homem mau, ela sabia.

Um garoto apareceu correndo à porta. Seu cabelo e seus olhos negros assustados pareciam de uma pessoa mais velha. "Não!", gritou ao ver a mulher ferida apoiando-se na parede. Em seguida, olhou para Kylie.

Começou a praguejar numa língua que ela não entendia. E de repente, sacando uma arma do cinto, a apontou diretamente para Kylie.

Bam, bam, bam. Ela ouviu nitidamente o som dos disparos. Não sentiu nada, mas teve consciência de que tinha sido atingida — e até de que, caindo ao chão, estava morrendo.

De repente, viu-se num canto da sala, olhando para o garoto e a mulher. Seu olhar pousou no corpo estendido no chão, o corpo que ela tinha acabado de deixar — a pessoa que ela tinha sido. O soldado Dude. O sangue escorria pelo seu rosto. Ele vasculhou por dentro da farda e tirou de lá uma carta. Aproximou-a dos lábios e, com um último suspiro, beijou o envelope.

Aquela morte angustiou o coração de Kylie. Não o conhecia, mas sentia compaixão pelo infeliz. Compaixão por ele ter morrido. Compaixão por ele ter dado a vida para salvar alguém.

A mulher se levantou a todo custo, olhou o soldado morto e voltou a gritar. Kylie gritou também.

Gritava ainda quando despertou, as costas contra a parede da cozinha, em sua cabana. Miranda e Della, de pijamas, paradas na frente dela, a olhavam.

Kylie se deixou escorregar pela parede até o chão. Tinha a garganta seca, o coração acelerado.

— Foram os terrores noturnos — disse Miranda, como se estivesse muito longe.

Kylie queria acreditar, mas não conseguia. Jamais se lembrava dos pesadelos. E agora se lembrava. Sabia, de algum modo, que aquilo não tinha sido apenas um sonho. Foi dessa maneira que o soldado Dude morreu.

Kylie permaneceu sentada por uns bons dez minutos, garantindo a Miranda e Della que estava bem. Quando elas finalmente voltaram para a cama, Kylie voltou ao seu quarto. Concluindo que não conseguiria dormir, se vestiu e foi ver Holiday. A líder do acampamento dissera que a atenderia quando necessitasse, de dia ou de noite. Agora, Kylie descobriria se aquilo era mesmo verdade.

Descendo em direção à cabana de Holiday, reparou que a noite estava estranhamente silenciosa. Nem um canto de pássaro, nem sequer o rastejar de um guaxinim. Mentalmente, Kylie ainda escutava os gritos da mulher e via o soldado soltar o último suspiro. Lágrimas escorreram pelo seu rosto. Limpou-as, não querendo aparecer chorando diante de Holiday.

Subitamente, o silêncio foi quebrado. Alguém conversava entre as árvores. Mas as vozes se calaram quase imediatamente. Os cabelos na nuca de Kylie se eriçaram. Ela ignorou o medo do desconhecido e se concentrou em seus pensamentos. O soldado Dude estava morto. Tentara salvar uma vida. Kylie continuou andando. A cabana de Holiday estava a apenas cinco minutos de caminhada.

Deu mais um passo e foi então que percebeu alguém às suas costas.

Uma mão a agarrou pelo braço e a puxou.

— Não deveria estar aqui a estas horas — rosnou uma voz sinistra, que ela conhecia bem.

Capítulo 33

Kylie olhou para trás. Foi como se o seu coração fosse sair pela boca. Mas, ao ver que era Sky, respirou aliviada.

— Você me assustou — disse ela.

Mas Sky apertou ainda mais seu braço e o alívio se desvaneceu.

— Eu... eu preciso falar com Holiday. Ela disse que eu podia procurá-la, em caso de necessidade. A qualquer hora.

Sky continuava olhando-a fixamente, mas por fim seus dedos se afrouxaram.

— E por que precisa vê-la?

— Tive outro pesadelo. Mas deste eu me lembro. O fantasma estava nele.

Sky soltou seu braço e deu um passo para trás, como se não quisesse nada com os fantasmas de Kylie.

— Você sabe qual é a cabana dela?

— Sei — disse Kylie.

Sky acenou para que ela fosse em frente e Kylie retomou a caminhada. Mas sentia que os olhos de Sky a observavam a cada passo. Kylie não tinha certeza, mas pensou que Sky provavelmente desconfiava que ela estivesse indo encontrar algum garoto. Ou voltando do encontro.

Kylie parou diante da cabana de Holiday e bateu na porta. Segundos depois, a líder do acampamento, trajando uma longa camisola, abriu.

— Kylie? — Sua voz deixava transparecer sua preocupação. — Está tudo bem?

Aquele tom aflito escancarou de novo as comportas de Kylie. Lágrimas afluíram a seus olhos e sua garganta se estreitou.

— Não. — Kylie sacudiu a cabeça de um lado para o outro. — Nada está bem.

Holiday puxou-a para si e a envolveu num abraço apertado. Kylie se deixou aninhar no seio de alguém que parecia compreendê-la. Quando os braços de Holiday se soltaram, Kylie disse:

— Acho que sei o que o fantasma quer de mim.

Quando o sol surgiu, Kylie estava sentada no sofá de Holiday ainda, falando sobre o sonho. A líder do acampamento confirmou suas suspeitas. Não tinha sido um terror noturno normal e sim uma experiência fora do corpo. O fantasma introduziu Kylie em suas últimas lembranças. Para Holiday, ela estava certa: o fantasma talvez houvesse sido acusado de cometer o crime que morrera tentando impedir e agora procurava alguém para anunciar ao mundo que o vilão não era ele. No entanto, segundo Holiday, as coisas nem sempre eram assim tão fáceis.

— Você acha que ele vai tentar fazer isso de novo? — perguntou Kylie, abraçando os joelhos. Não negava que, embora o conhecesse há pouco tempo e seu coração sofresse por ele, não gostaria nada de repetir a experiência. Toda vez que se lembrava dos gritos da mulher e do momento em que puxara o gatilho para matar o agressor, sentia-se péssima.

Holiday apertou a mão de Kylie.

— Não creio que os espíritos percebam o quanto isso é difícil para nós. Às vezes, são impiedosos.

Kylie balançou a cabeça.

— Não posso continuar, Holiday. Não sou corajosa o bastante. — Suas emoções começaram a se agitar de novo.

Holiday suspirou.

— Você está fazendo a coisa certa, Kylie. E eu estarei aqui sempre que precisar de mim. Por que não volta para a cabana e dorme um pouco? Tire uma folga hoje para descansar.

— E se acontecer de novo?

Holiday apanhou um bloco de notas.

— Vou te dar o número do meu celular, caso precise de ajuda. É só chamar.

Seu pai não havia dito a mesma coisa? Mas outro abraço de Holiday e Kylie já se dispunha a acreditar plenamente nela.

Por volta do meio-dia, Miranda e Della trouxeram um lanche para Kylie.

— Não precisavam ter tanto trabalho — disse Kylie, pegando um pedaço de pizza.

— Você doou sangue para mim. Vou ficar agradecida pelo resto da vida — assegurou Della.

— E quanto a mim? — perguntou Miranda. — Eu também doei sangue. — E mostrou o *band-aid* no braço.

— O seu não era tão bom — alfinetou Della. Em seguida, voltou-se para Kylie: — Derek perguntou de você no café da manhã. Disse que precisava conversar com você a respeito de alguma coisa.

Kylie suspirou. Com tantas preocupações ainda teria de pensar em Derek?

— Ele disse qual era o assunto?

— Não, mas parece que falava sério.

— Ah — acrescentou Miranda —, você perdeu uma cena excitante também. Sabe Chris, o vampiro? Ele e aquele lobisomem loiro (acho que seu nome é Nathan) brigaram feio. Sky teve que intervir.

— Havia sangue por todo lado — acrescentou Della. — Um cheiro tão bom!

— Por que eles brigaram? — Kylie pôs na boca um pedaço de pizza de calabresa.

— Quer um motivo? — perguntou Miranda. — Todos sabem que vampiros e lobisomens não se dão bem. Especialmente os machos. — Miranda relanceou os olhos para Della, que já fechava a cara.

— Não é verdade — disse Kylie. — Lucas chegou a dar sangue para Chris. São colegas de alojamento.

— E alguns vampiros não queriam que ele aceitasse — esclareceu Miranda.

— Por que não? — perguntou Kylie.

Miranda deu de ombros.

— Preconceito idiota. Um deles disse que não queria ficar devendo nada a um cão sarnento.

— Acho que é só boato — sugeriu Della. — Não sei se alguém realmente disse isso.

— Pode ser, mas é o que todos andam espalhando por aí. Ah, e sabe o que mais você perdeu? — Miranda começou a se agitar na cadeira. — Adivinha quem se sentou com a gente?

Kylie percebeu o brilho nos olhos de Miranda.

— Um passarinho com a asa quebrada.

Miranda sorriu de leve.

— Como sabe?

— Ela sabe porque você começou a exibir esse sorriso idiota e a dançar, sua maluca — riu Della.

— Meu sorriso não é idiota — rebateu Miranda.

— Sem brigas — interferiu Kylie. — Estou tentando digerir minha comida. — Um minuto depois, perguntou: — E quais são as outras novidades?

— A UPF deu as caras de novo — disse Della, agora num tom mais sério. Em seguida, levantou-se e foi para o computador. — Não ouvi nada, mas o sujeito alto e moreno não saía do pé de Holiday, dando bronca nela por alguma coisa.

Kylie tomou um gole do seu refrigerante dietético e contou a Della e Miranda o que sabia.

— Então algo está acontecendo, garotas. E, seja lá o que for, deve ser sério. No segundo dia de acampamento, Burnett garantiu a Holiday que, se "algo", que não sei o que é, não *parasse*, iriam fechar este lugar.

— Fechar? — Della se virou na cadeira. — Não podem fazer isso. Este acampamento é o que nos impede de pirar e trucidar uns aos outros.

O computador emitiu um sinal de chegada de e-mail. Della olhou para o monitor e em seguida para Kylie.

— Você acaba de receber outra mensagem do seu pai.

Kylie devolveu o pedaço de pizza ao prato, perdendo subitamente o apetite. Ainda não tinha falado com o pai. Sabia que estava errada em enrolá-lo, mas o mesmo se podia dizer dele. Disse que viria no dia da visita dos pais. Isso, mais o fato de Kylie ter concluído que ele não a amava mais, tornava aquele assunto outro demônio que precisaria domar. E era o que Kylie pretendia fazer. Mais tarde. Quando pensar no caso já não a magoasse tanto.

— Holiday não parecia nada satisfeita — continuou Della. — Principalmente quando trouxeram Lucas ao escritório.

Kylie engoliu em seco.

— Conversaram com Lucas? E o que disseram?

— Não sei — respondeu Della. — Mas ele parecia muito nervoso.

Depois que Miranda e Della saíram, Kylie se estirou na cama. Mas o sono não vinha. E não apenas por temer que um certo fantasma a raptasse para outra viagem pelos caminhos tortuosos da memória. Pensou em Holiday e naquela confusão toda com a UPF. Pensou em Lucas. Teriam descoberto que os pais dele eram malandros? Será que Lucas suspeitava que Kylie é quem tinha feito fofoca a seu respeito?

Sua mente se agitava e ela não sabia qual desses problemas deveria encarar primeiro. Nem como ignorá-los.

Por quarenta minutos naquela manhã, ouviu Sara falar sem parar sobre Phillip, o novo garoto que estava namorando. Em seguida, ligou para a mãe e mentiu discaradamente. *Tudo no acampamento era uma maravilha.*

Quando ouviu baterem à porta, estremeceu, agitada. Mas mais agitada ficou ao abrir e se deparar com Lucas. Bem, fora pega desprevenida; mas não poderia estar com uma aparência melhor? Parecia ter acabado de sair da cama, o que era verdade, enquanto ele... estava ótimo. Lucas ficou parado na soleira, com uma das mãos atrás das costas.

Kylie abriu a boca para dizer alguma coisa, mas não conseguiu balbuciar sequer uma saudação convencional. E não era só pela falta de sono. Não, era principalmente pela lembrança do beijo.

E pelo fato de ele ter dito a ela que aquilo tinha sido um grande erro.

— Oi. — Lucas riu como se percebesse que ela tinha ficado sem palavras. — Sua colega de alojamento, a do cabelo tricolor, me disse que você não estava passando bem.

— É, mas agora já melhorei — conseguiu murmurar Kylie. E em seguida: — É verdade que a UPF falou com você hoje?

— Não foi nada — disse ele.

Kylie sentiu que era mentira.

— Eu trouxe uma coisa pra você — continuou Lucas, abrindo seu sorriso arrasador.

Kylie sentiu-se derreter. Segurando firme o trinco da porta, perguntou:

— O quê?

— Fui à cidade comprar umas coisas para Holiday e... encontrei isto. — De repente, uma expressão de culpa se estampou em seu rosto.

Estendeu o braço. Kylie esperava ver um buquê de flores baratas, não um gatinho preto e branco, irrequieto e miando.

Quase perdeu o fôlego.

— Acho melhor você pegar. Ele não gosta muito de mim.

Kylie recolheu o animalzinho e aconchegou-o ao peito. O bichinho era tão pequeno que quase cabia na palma de sua mão. Kylie acariciou sua testa e o ouviu ronronar. Será que estava sonhando? Tinha que estar, porque o gatinho se parecia em tudo com o outro, Socks. O gato que Lucas...

Kylie ergueu os olhos para ele.

— Então você se lembra?

Lucas assentiu.

— É claro que sim. — Houve um minuto de silêncio. — Agora preciso... ir. — Afastou-se alguns passos, mas deteve-se e voltou para a porta. Encostou-se à ombreira e fitou Kylie. Algo na postura de Lucas a convenceu de que suas próximas palavras seriam muito sérias. — Kylie, juro que tentei detê-lo. Foi a primeira e a última vez que brigamos.

— Deter quem? — espantou-se ela.

— Meu pai. Ele era maior e muito mais rápido do que eu, na época. Mas tentei. — Recuou um passo e apontou para um canto do alpendre. — A caixa e a comida de gato estão aí.

Kylie respondeu apenas com um gesto de cabeça. Saber que tinha sido o pai de Lucas que matara Socks abalou seu mundo. Durante todos aqueles anos ela tinha presumido...

— Você quer entrar? Me ajude com estas coisas.

Por um instante, pensou que ele aceitaria. Lucas a olhou bem fundo nos olhos e ela percebeu nos dele o mesmo desejo selvagem com que a beijara.

— Melhor não.

— Por quê? — perguntou Kylie, sabendo que ele não se recusava apenas a entrar. Estava dizendo não a todas as possibilidades que sempre fervilhavam na mente dela quando pensava nele. Não às possibilidades de mais beijos e mais intimidade.

— Não daria certo — se desculpou Lucas. — Há muita coisa me preocupando no momento. Não é uma boa hora, pode acreditar.

Kylie não poderia aceitar aquela recusa sem mais nem menos.

— Sabe o que dizem a respeito de esperar a hora certa, não sabe?

Lucas fechou os olhos.

— Não posso envolver você nisso, Kylie.

— Me envolver no quê?

Abrindo os olhos, ele estendeu a mão e passou um dedo suavemente pelos lábios de Kylie.

— Você é tão inocente! E eu me sinto tão tentado! — Baixou a mão. — Mas não devo. Se cuida, Kylie Galen.

Essas últimas palavras calaram fundo em Kylie, soando como um adeus. Ela o segurou pelo braço.

— Está indo embora?

Lucas fitou-a. Não disse uma palavra, nem precisava: Kylie leu a resposta em seus olhos.

— Isso tem algo a ver com a UPF? — continuou Kylie.

Lucas deu um longo suspiro.

— Não posso...

Kylie soltou seu braço.

— Eu nunca disse nada sobre você a eles ou a Holiday. Juro.

Lucas sorriu o sorriso mais triste que ela já tinha visto.

— Sei disso. — E, enfiando as mãos nos bolsos das calças, olhou para Kylie. — Eu nunca pensei que você pudesse ficar mais bonita do que já era aos 6 anos. Mas me enganei. — Inclinou-se e tocou bem de leve seus lábios. Aconteceu tão depressa que Kylie mal sentiu a carícia.

Queria bem mais do que aquele beijo rápido e inocente.

— Está indo embora? — perguntou de novo.

Lucas, sem responder, virou-se para partir. Kylie continuou ali de pé, vendo-o se afastar. Ele não disse sim nem não. Mas Kylie sabia. Sabia que ele logo desapareceria de sua vida novamente.

Menos de uma hora depois, Kylie ouviu baterem outra vez na porta, com violência. Correu para atender e, mal entrou na sala, a porta se abriu com tamanha força que foi se chocar contra a parede da cabana.

Kylie viu primeiro Burnett, seguido por uma Holiday extremamente abatida.

— Não entre sem ser convidado — sibilou a líder do acampamento.

— Ele esteve aqui. Posso sentir seu cheiro — retrucou Burnett, virando-se para Holiday.

— Não quero saber. Respeite a minha vontade ou irei denunciá-lo ao seu chefe.

— Você já fez isso. — Os olhos do vampiro se estreitaram de raiva.

— Pois farei de novo — ameaçou Holiday.

— Preciso encontrar esse pirralho — grunhiu Burnett. — Não tenho tempo para frescuras. — Em seguida, olhou para Kylie.

— Desculpe a intromissão — murmurou Holiday.

— O que houve? — perguntou Kylie. Já sabia quem eles estavam procurando.

Burnett deu um passo em sua direção. Holiday o segurou pelo braço e tentou puxá-lo, mas ele nem se mexeu.

— Onde está o moleque? — esbravejou Burnett.

— Kylie, você viu Lucas Parker? — disse Holiday num tom mais calmo.

Kylie engoliu em seco.

— Veio me ver há mais ou menos uma hora. Mas já foi embora.

Burnett inclinou a cabeça para um lado como se pretendesse ouvir as batidas do coração de Kylie.

— Ele disse pra onde ia?

— Não — respondeu Kylie, dando graças a Deus por ele não ter dito. — Por quê? O que querem com Lucas?

Burnett continuou parado, olhando para ela.

— Ele não é má pessoa — disse Kylie.

Burnett se virou e saiu. Holiday deu um passo para segui-lo, mas parou e a fitou por cima do ombro.

— Ele não é má pessoa — repetiu Kylie para Holiday.

— Preciso ir — disse a líder do acampamento. — Volto daqui a pouco.

Holiday foi se juntar a Burnett. Kylie continuou na sala, lembrando-se de quando Lucas tinha aparecido na cerca para aconselhá-la a não deixar seu novo gato sair. Durante todo esse tempo, ela tinha achado que suas palavras eram uma admissão de culpa. Tinha sido injusta com ele, julgando-o uma pessoa cruel.

Agora, não pensava assim. Bem no fundo do coração, sabia que Lucas não tinha feito nada do que supostamente o estivessem acusando. E se fez, foi por uma boa razão.

Capítulo 34

— Anda, se transforme ou eu vou castrar você agora mesmo!

As palavras de Miranda acordaram Kylie pouco antes das três da tarde. E ela queria continuar dormindo. No momento, Della e Miranda poderiam brigar à vontade. Colocou um travesseiro sobre a cabeça, mas ainda assim ouviu Miranda repetir a ameaça.

Castrar? Pelo que sabia, Della não tinha duas bolas que pudessem ser removidas. Então, quem Miranda estava ameaçando?

Oh, não! Socks Jr.?

— Está bem — recomeçou Miranda —, você pediu.

— Pare! — gritou Kylie. E saltou da cama a tempo de ver Miranda segurando o gato e apontando para ele o dedo mínimo.

— Você está enganada — disse Miranda. — Não é de mim que ele gosta, pois estava na cama com você.

— Não, não! — E Kylie puxou os cabelos para trás, tentando não rir. — Esse aí não é o Perry.

— Então quem é?

— Ninguém. É um gatinho de verdade.

— Ele fez você de boba outra vez.

— Nada disso. É mesmo um gatinho de verdade. Presente do Lucas.

— Lucas? — espantou-se Miranda. — Foi o que eu vim dizer. Ele desapareceu. A UPF está atrás dele.

— Eu sei — disse Kylie.

— E como sabe? — perguntou Della, entrando no quarto.

O gato, assustado, soltou um miado digno de pena. Kylie o tomou dos braços de Miranda.

— Holiday e Burnett vieram aqui mais cedo, atrás do Lucas.

— E ele estava com você? — perguntou Miranda.

— Não, já tinha ido embora. — Kylie hesitou. — O que acham que ele fez?

— Sei lá — respondeu Miranda.

Kylie aconchegou mais o gatinho ao peito.

— O que quer que tenha feito, deve ter sido muito ruim — arriscou Della. — Trouxeram até policiais humanos para interrogar Holiday. Ele está numa enrascada daquelas.

Depois que Miranda e Della saíram, Kylie se sentou no chão da sala para brincar com Socks. Logo em seguida, Helen bateu na porta.

— Oi — cumprimentou Kylie, convidando-a para entrar.

— Soube que você não estava se sentindo bem.

— Não foi nada — disse Kylie. Será que Helen tinha vindo para colocar à disposição dela seus poderes de cura? Logo notou algo de estranho na postura da garota, como se ela não soubesse como abordar o assunto que a trouxera até ali. A princípio, Kylie teve medo de que Helen pudesse ter-se enganado no diagnóstico do tumor.

— Alguma coisa errada? — indagou.

— Uma bobagem, na verdade. Mas... preciso de um conselho.

— Meu? — estranhou Kylie.

Helen assentiu.

— Sabe, eu gosto do Jonathon, mas acho que ele não percebeu isso ainda. Nunca me saí bem com garotos. Pensei que talvez você pudesse... me ensinar o que fazer.

— Eu? — Kylie esteve a ponto de rir. — Sério, não sou a pessoa mais indicada pra ajudar você.

A decepção se estampou no rosto de Helen.

— É que eu nunca tive um namorado. E não sei a quem mais recorrer.

Kylie, olhando fixamente para Helen, não podia esquecer que ela fez tudo o que estava ao seu alcance para ajudá-la.

— Eu só tive um namorado. E, como não sou... uma garota fácil, optei pela honestidade.

— Que tipo de honestidade? — indagou Helen. — Porque eu também não me considero fácil.

Kylie encolheu os ombros.

— Parece besteira, mas só perguntei se ele tinha namorada. Ele disse que não e quis saber o motivo da pergunta. Respondi então que estava gostando dele. Há garotas que fazem de tudo para chamar a atenção e isso talvez funcione. Mas, para mim, a honestidade é que funcionou. Pode funcionar também com Jonathon.

Kylie pensou então que, se estivesse certa de seus sentimentos, talvez devesse dar uma outra chance à honestidade.

★ ★ ★

Nos dias seguintes, nada de importante aconteceu. Kylie e Holiday não estavam fazendo progressos com a meditação. Della e Miranda continuavam brigando. Trey ligava e deixava mensagens intermináveis no celular de Kylie. Lucas não saía da sua cabeça. Ah, e seu pai havia telefonado para sua mãe contando que não tinha ido ver Kylie na semana anterior e que ela não respondia nem aos seus e-mails nem às suas chamadas.

A mãe fez da vida dela um inferno por causa disso.

— Você mentiu pra mim! — esbravejou.

— Não, só fiz você acreditar que ele tinha vindo — justificou Kylie.

— Dá na mesma. E... e... você não pode tratar seu pai assim.

— Por quê? Você trata meu pai do mesmo jeito.

Ao saber que o pai de Kylie pretendia aparecer no próximo fim de semana, a mãe a princípio disse que ela própria não iria. Mas agora, novamente furiosa, disse que iria também, devendo os dois alternar suas visitas. E quem teria de marcar as datas? Kylie, é claro.

A única coisa positiva foi que o soldado Dude não apareceu mais. Kylie gostaria muito de acreditar que ele tinha partido para sempre. Holiday, porém, não estava convencida disso. Aliás, a líder do acampamento andava bem mal-humorada nos últimos dias. Quando Kylie lhe perguntou o motivo, Holiday se limitou a sacudir a cabeça e a dizer que tudo se resolveria no seu devido tempo.

Kylie também perguntou a Holiday sobre Lucas. A líder do acampamento deu um grande suspiro de frustração, esclarecendo que não poderia falar sobre o assunto. Kylie teve de morder a língua para não dizer que a confiança era uma via de mão dupla. Gostaria muito que Holiday não fosse tão cheia de segredos.

A tensão que Kylie detectou em Holiday era mais evidente ainda em Sky, o que a deixou intrigada. É que, até o momento, a líder loba tinha lhe parecido imune à frustração trazida pelas constantes visitas da UPF. Para Kylie, Holiday e Sky estavam com problemas sérios.

Como se isso não bastasse, a tensão das duas líderes parecia estar exercendo uma influência negativa sobre todo mundo. Houve outro desentendimento, dessa vez entre uma bruxa e uma fada.

— Eu disse que fadas e bruxas não se suportam — insistiu Miranda no dia em que as três amigas chegaram bem na hora da briga, que Holiday tentava apartar.

— E o que você faria se eu fosse meio fada? — perguntou Kylie a Miranda.

— Ahá! — tinha interrompido Della. — Ouviu o que você acabou de dizer?

— O quê? — Kylie não fazia ideia.

— Está finalmente admitindo que não é totalmente humana.

Com tanta coisa acontecendo, Kylie não havia pensado muito nessa questão. E, estranhamente, o problema já não parecia tão importante assim para ela. Bem, só até certo ponto. Kylie ainda queria saber; mas, se descobrisse que era sobrenatural, isso não seria o fim do mundo. Na verdade, a ideia de que poderia não ser "especial" é que mais a inquietava.

— E então? — perguntou Miranda.

— Sou o que sou — respondeu Kylie.

Miranda ia dizer alguma coisa quando Della levantou a mão.

— Chhh!

Kylie e Miranda se calaram e ficaram atentas. Tudo o que Kylie pôde ouvir foram os pássaros.

— O que está ouvindo? — perguntou Kylie, já inquieta com a possibilidade de Chan ter voltado.

— Os bichos — respondeu Della. — Estão agitados.

— Por quê? — indagou Miranda.

— Não sei — disse Della. — Mas nunca me pareceram tão... raivosos.

Nesse momento Helen se aproximou de Kylie e, inclinando-se, sussurrou:

— Funcionou. Perguntei a ele se tinha namorada e aconteceu exatamente o que você disse. Ele quis saber o motivo da pergunta e eu disse que estava gostando dele. Vamos juntos a um piquenique amanhã, para nos conhecermos melhor. Obrigada.

Kylie apertou o braço de Helen.

— Isso é ótimo! Apareça antes do encontro e Miranda vai cuidar da sua maquiagem. Não vai, Miranda? — Kylie se voltou para a amiga.

— Claro! — respondeu Miranda.

— Obrigada — repetiu Helen e afastou-se correndo.

No domingo de manhã, Kylie estava sozinha, esperando para ver com quem ficaria durante a hora do encontro e para concluir sua conversa com o pai. Tinha finalmente cedido e telefonado para ele na sexta-feira. Fingiu que ia tudo bem e nem mencionou a ausência dele na semana anterior ou o fato de ela própria não ter respondido às suas ligações e e-mails. O pai disse que planejava vê-la no domingo, mas logo em seguida começou a falar de uma viagem que faria ao Canadá dentro de poucas semanas.

Kylie contou ao pai que a mãe também viria no dia seguinte e que as visitas dos dois seriam em turnos. Esperava que ele não concordasse com aquele esquema idiota e dissesse que ambos poderiam muito bem visitá-la juntos.

No fundo, Kylie tinha esperanças de que aparecessem na mesma ocasião e, milagrosamente, ao se encontrar, percebessem que sentiam saudades um do outro.

Esse é o problema dos milagres. Não acontecem com muita frequência. O pai não achou o esquema de turnos idiota. Na verdade, parecia tão satisfeito em não ver a mãe quanto a mãe em ficar longe do pai.

— Que tal se eu chegar aí depois do almoço? — perguntou o pai. — Mas primeiro vou telefonar para saber se ela não está aí.

Kylie mordeu o lábio para não perguntar o que tinha acontecido com o seu verdadeiro pai. Ele tinha mudado desde que passaram a falar em divórcio. Os pais não deviam fazer isso com os filhos. Na opinião dela, essa era uma regra que todos os pais deviam respeitar.

— Ótimo! — disse Kylie. *E se você não aparecer, não se preocupe; não vai doer tanto quanto da primeira vez.* — Então, vejo você no domingo. — E desligou o telefone.

— Está pronta? — disse uma voz masculina às suas costas, bem perto do seu ouvido. — Tirei seu nome.

Kylie reconheceu a voz de Derek. Tinha conseguido se esquivar durante toda a semana. Não por vingança, mas por uma necessidade básica de equilíbrio. Sua vida já estava confusa demais e ela não precisava de mais problemas. Além disso, ele tinha arranjado uma namorada que sem dúvida estava muito feliz em passar a maior parte do tempo ao lado dele.

Kylie se virou.

— Você já tinha tirado meu nome — observou ela.

— A sorte me sorriu novamente. — Derek parecia, pelo tom da voz, ter receio de que ela não acreditasse nele.

E Kylie não acreditou.

— Fez aquilo de novo, não fez?

— O quê? — perguntou Derek. Mas Kylie sabia que ele tinha entendido muito bem a pergunta.

— Você trocou meu nome por mais um pouco de sangue. Não negue.

Ele deu de ombros.

— Eu não teria que fazer isso se você parasse de me evitar.

— Não estou evitando você, só... — Não queria mentir para ele e por isso se calou.

Algumas pessoas cruzaram com eles e Derek falou em voz baixa:

— Se você não quiser ir, não vou insistir.

Kylie ergueu os olhos e viu em seu rosto que ele estava sendo absolutamente sincero. Ele não tinha tocado nela, então não poderia pensar que tivesse influenciado suas emoções. No entanto... tudo dentro dela tinha mudado. Como podia ter sentimentos tão fortes por Lucas e, ao mesmo tempo, ficar com raiva de Derek por ficar com outra garota? Aquilo não tinha lógica.

Mas por que não deveria ter? Nada na vida dela fazia o mínimo sentido ultimamente.

— Estava preocupado com você — disse Derek. Sua voz revelava tanto interesse... e era tão afetuosa!

— Quando não estava com Mandy, certo? — perguntou Kylie. E logo se arrependeu por agir como se tivesse alguma razão para ter ciúmes.

Derek pareceu pouco à vontade.

— É sobre isso mesmo que eu queria conversar com você.

— Não sou consultora sentimental — disse Kylie.

— Acho que é, sim. Helen me disse que falou com você sobre Jonathon. Miranda conversou com você sobre o Perry. E como se chama mesmo aquela outra vampira...?

Kylie soltou o ar com força.

— Só me faltava essa! Por alguma razão desconhecida, as pessoas pensam que eu sou o Cupido. — Mas ela não queria bancar o Cupido para ele e Mandy.

— Talvez você seja parente do Cupido — sugeriu Derek, em tom sério.

Kylie estremeceu.

— Será?

— Alguns sobrenaturais descendem dos deuses.

— Meus pais precisariam ter nascido à meia-noite? Ou este é um dos casos em que uma geração pode não ser sobrenatural?

Derek deu de ombros.

— Não sei. Mas acho que Holiday sabe. Vamos falar com ela — propôs, aparentemente disposto a renunciar a uma parte de sua hora para ajudá-la a obter uma resposta.

— Não se preocupe. Vou me encontrar com ela depois do almoço.

— Então, minha provável deusa — disse Derek, fazendo uma reverência à moda antiga —, posso ter o prazer da sua companhia por uma hora?

Kylie riu da palhaçada.

— Só se prometer se comportar. — Queria mesmo que ele se comportasse?

— Isso tira toda a graça da aventura, mas prometo. — Lançou-lhe um olhar malicioso, que cintilava.

Começaram a andar e Derek hesitou por um momento.

— Mesmo lugar? Ou a lembrança da cobra ainda assusta você?

— O mesmo lugar seria ótimo. — Sentiu um estremecimento leve na espinha, mas não por causa da cobra e sim da lembrança de que estivera a ponto de beijar Derek naquela ocasião.

Desceram a trilha em silêncio. O sol produzia de novo a mágica de lançar dardos de luz por entre as árvores. Kylie se perguntava por que a companhia de Derek fazia tudo parecer... encantado.

— É você? — perguntou ela, quando chegaram ao lugar.

— Eu o quê?

Kylie fitou-o com ceticismo.

— É você que faz tudo parecer... tão mágico e tão cheio de vida? As cores, os aromas, a maneira como o sol flutua no céu...

— Ah, é só o meu charme — brincou Derek.

— Estou falando sério — continuou Kylie. — É você que está fazendo isso?

Ele riu.

— Pare de rir — ralhou Kylie.

Derek parou de rir, mas não de sorrir.

— Tudo bem, falando sério: não sei o que você quer dizer. Não estou fazendo nada. O lugar é que é bonito mesmo.

Saltou para a rocha e estendeu a mão para Kylie.

Kylie hesitou, olhando aquela mão.

— Prometi me comportar — lembrou ele.

Kylie lhe deu a mão, subiu na pedra e se sentou ao seu lado, mas não muito perto.

Derek puxou um dos joelhos para o peito. Sua calça jeans parecia gasta, mas confortável, e sua camiseta era verde-clara. Não muito apertada, mas o suficiente para realçar a largura dos ombros. Devia ser a mesma que tinha usado no primeiro encontro deles. Na ocasião, Derek lhe pareceu bem bonito, como agora. E Kylie o havia comparado a Trey! Derek era muito mais atraente que seu antigo namorado.

— Então você e sua garota estão tendo problemas? — disparou Kylie, tentando mudar o curso dos próprios pensamentos.

— Digamos que sim — respondeu ele de modo sarcástico, passando um dedo pelo queixo. O olhar de Kylie se fixou, cheio de desejo, nos lábios de Derek.

— O que há de errado? — prosseguiu ela, ignorando a malícia em sua voz e esperando que ao ouvi-lo falar de Mandy perdesse a vontade de beijá-lo.

— Bem, ela acha que eu estou gostando de outra pessoa.

Kylie sentiu um frio no estômago.

— E está?

— Não.

Ai, aquilo doeu, mas Kylie procurou ignorar. Estranhamente, o conselho que costumava dar — ser honesta — parecia não funcionar com ela. Talvez, em parte, porque não estivesse certa de seus sentimentos.

— Mas — continuou Derek — acho que eu a induzi a pensar assim.

— Por quê? — indagou Kylie.

— Quis que ela ficasse com ciúmes. Talvez assim ela visse o quanto gosta de mim.

— E o que aconteceu? — perguntou Kylie, certa de que aqueles joguinhos nunca acabavam bem.

— Não sei. Você ficou com ciúmes?

Kylie ergueu a cabeça e olhou-o, espantada.

— Eu? Você estava se referindo a mim?.... — Sacudiu a cabeça. — Mas você e a Mandy são...

— Amigos.

Aquilo também não estava fazendo sentido.

— Mas você..., ela te beijou.

— Você obviamente não reparou bem naquela garota. Ela é uma beijoqueira. Acho que seus pais são franceses.

Kylie tentou digerir o que ouvia. Mais difícil, ainda, era digerir o que sentia. Gostava de Derek. Realmente. Ele a atraía. Talvez não com a mesma intensidade que Lucas no riacho, mas a coisa era real. E, de certo modo, até mais real que a atração explosiva que sentia por Lucas.

E Derek não foi embora, sussurrou a pequena voz interior.

— Você está bem? — perguntou ele.

— Sim. Não. — Kylie sacudiu a cabeça. — Só estou um pouco confusa. — Agora, tinha falado a verdade.

— Eu sei — disse Derek.

Kylie se lembrou de que ele era capaz de ler suas emoções; gostaria que não fosse. O fato de Derek perceber as coisas antes dela não parecia certo. A brisa agitou seus cabelos e uma mecha ficou presa entre os lábios.

Derek a recolocou delicadamente no lugar.

— Que alívio, você não está com raiva de mim!

— Me dê alguns minutos — pediu Kylie. — Posso mudar. Minhas emoções estão fora de controle ultimamente.

Ele sorriu.

Kylie se sentiu mais uma vez seduzida pelo seu sorriso. Sacudiu a cabeça.

— Derek, eu só...

— Kylie, não disse isso pra pressionar você. Só estou contando essas coisas porque percebi como fui idiota tentando te deixar com ciúmes. O tiro podia sair pela culatra. Mas o que eu estou dizendo? Saiu mesmo pela culatra porque você nem se aproximava de mim.

Kylie mordeu o lábio.

— Sinto muito. Foi uma semana maluca.

— Você tem passado por muita coisa. Era também por isso que eu queria ver você. Senti que anda estressada.

Que mais ele sentiu?, perguntou-se Kylie. Que seu stress envolvia Lucas? Que ela estava com ciúmes? Lembrou-se do dia em que tinha visto Mandy beijá-lo.

— Você tem razão. Senti ciúmes de você e Mandy. Mas ainda não sei se... Não acho...

Derek levantou a mão.

— Ser seu amigo já é muito bom. Mas desta vez não vou mentir pra você. Gostaria de ser algo mais. Até lá vou respeitar a sua vontade.

Kylie olhou para ele e sentiu-se ainda mais atraída.

— Você faria isso por mim?

— Pode apostar. — Ele se deitou na rocha e pôs uma das mãos sob a cabeça. Essa posição valorizava ainda mais seus braços e o peito. — Especialmente agora, que Lucas se foi — completou. Seu tom de voz não dava margem a equívocos: Derek suspeitava de mais coisas do que ela gostaria.

Capítulo 35

Ah, meu Deus! Derek teria, de algum modo, descoberto que ela tinha beijado Lucas? Por acaso suas emoções a haviam traído a tal ponto? Kylie não sabia. E não queria perguntar.

Assim, deitou-se na rocha e contemplou as árvores. O som da cachoeira próxima parecia vibrar entre os troncos. Lembrou-se da lenda por um segundo, mas a proximidade de Derek era algo bem mais intrigante em que pensar.

Ficaram em silêncio. Derek aproximou o braço até que as costas de sua mão roçaram a dela. Esse breve toque fez todo o corpo de Kylie estremecer.

— Sua mãe vem amanhã? — perguntou ela.

— Sem dúvida. Ela nunca perde a oportunidade de me constranger.

Kylie sorriu, lembrando-se de como Derek tinha ficado envergonhado quando a mãe ajeitou o cabelo dele.

— Ela ama você.

— Ela me trata como se eu tivesse 3 anos. — Derek fez uma pausa. — E seus pais, vão vir também?

— Vão — disse Kylie. — Pelo menos, foi o que prometeram. — O pai já tinha mentido para ela uma vez. — Sabe que o mundo pode acabar caso os dois se encontrem por acaso na mesma sala?

— É isso que a deixou tão estressada?

— Em parte.

Derek estendeu o braço, segurou a mão dela e a apertou com carinho.

— Eu me preocupo com você. Não gosto de vê-la infeliz. — Apertou mais sua mão. Ele tinha prometido se comportar, mas talvez aquela carícia não significasse ousadia para ele.

Kylie não sabia muito bem o que significava. Só sabia que a agradava — era como um abraço. A palma de Derek estava quente, mas não muito; era apenas a palma de uma pessoa que toca outra.

— Eu também me preocupo com você.

— Que bom — disse Derek; e Kylie quase pôde ouvir o sorriso em sua voz. Depois de alguns minutos de silêncio, ele perguntou: — O fantasma é a outra parte daquilo que está preocupando você?

— É. — Sentindo-se segura ao lado de Derek, falou do sonho com o fantasma, que, na opinião dela, queria sua ajuda para se livrar da acusação de um crime que não tinha cometido.

Derek a ouviu pacientemente. Percebendo que praticamente só ela falava, Kylie perguntou:

— Ainda quer renunciar ao dom de se comunicar com os animais?

— Quero. Estou aprendendo a me desligar deles. Holiday garantiu que, se eu continuar assim, logo nem vou mais notá-los. Para ela, é claro, isso é muito ruim. — Fez uma pausa. — E você? Está disposta a aceitar seu dom?

O fato de Kylie demorar um pouco para responder o deixou um tanto surpreso.

— Esse dom me assusta — disse ela por fim. — Acho que não tenho coragem suficiente para cultivá-lo. Mas, desde o sonho, não consigo deixar de pensar no soldado. Na sua valentia. Quando voltou para salvar a mulher, ela sabia que o risco era enorme. Quero saber o nome dele para descobrir se ele foi acusado de um crime que não cometeu. Se foi, vou achar um meio de corrigir essa injustiça. — Fechou os olhos por um segundo. — Mas sabe o que é estranho?

— O quê? — Os dedos de Derek se entrelaçaram nos seus.

— Toda vez que vejo esse soldado, parece que já o conheço de algum lugar.

— Talvez conheça mesmo.

— É, talvez — reconheceu Kylie. — Mas perguntei à minha mãe se algum parente nosso tinha servido no exército e ela disse que não.

Derek mudou de posição a seu lado.

— Holiday explicou por que um fantasma se apega a uma pessoa?

— Disse que isso acontece de várias maneiras. Eu posso ter passado por um lugar onde o espírito estava. Ou então se trata de um caso pessoal.

Derek ergueu o braço para consultar o relógio.

— Detesto dar más notícias, mas nossa hora já se esgotou há trinta minutos.

— Más notícias, sem dúvida. — Kylie fechou os olhos. — Derek?

— Sim.

— Obrigada.

— Pelo quê? — estranhou ele.

— Por tudo. — Virou-se e olhou para ele. Meu Deus, que vontade de beijá-lo! Seria capaz até de gritar por causa disso. E, pelo que notou nos olhos dele, não era a única com essa vontade.

Derek se aproximou alguns centímetros. Kylie sentiu sua respiração no canto de sua boca. Ele estava tão perto que ela podia contar seus cílios, mas eram os lábios que a atraíam.

— Kylie! — O modo como ele pronunciou seu nome quase a fez derreter.

— O que é? — murmurou ela.

— Você está tornando difícil pra mim manter a minha promessa.

— Sinto muito. — Por um momento, quase se arriscou a beijá-lo. Quase. Mas, sabendo que isso não seria bom para nenhum dos dois, conteve-se. Por enquanto.

Na manhã seguinte, Kylie, sentada ao lado da mãe, a viu consultar o relógio pela décima vez. Seria porque não tolerava ficar muito tempo com ela ou porque, com receio de ver seu pai aparecer a qualquer momento, tinha pressa em ir embora? Provavelmente, as duas coisas.

— Estou contente por ver que tudo vai indo bem por aqui — disse a mãe, ajeitando a blusa bege que não combinava nem um pouco com sua pele bronzeada e seu cabelo preto. Aquela cor apenas realçava os círculos negros em torno de seus olhos. — Suas amigas também são simpáticas — completou, olhando para Della que, junto com os pais, estava sentada na mesa logo à frente.

Kylie tinha apresentado Della e Miranda à mãe, quando ela chegou.

— O cabelo daquela garota é um pouco exagerado. Mas, se você me diz que ela é comportada, não usa drogas nem nada parecido, vou acreditar.

— É, ela é gente boa — garantiu Kylie. Passaram-se alguns instantes de silêncio. Kylie calculou como seria viver sozinha com a mãe, com seus preconceitos e seus silêncios súbitos. Podia até sentir o frio pairando sobre a mesa. Mas não era o frio dos fantasmas.

Ou era?

Kylie passeou os olhos pelo recinto e o viu de pé num canto, olhando-a e derramando mais lágrimas de sangue. Sentiu um aperto no coração e desejou do fundo da alma saber o nome dele para poder ajudá-lo.

— Você tem certeza de que nenhum parente nosso foi militar? — perguntou Kylie de novo à mãe.

— Tenho, querida. — Olhou novamente para o relógio. — Sua líder de acampamento... qual é mesmo o nome dela? Ah, Holiday. Ela também é muito simpática.

— É, sim — concordou Kylie. Trocou olhares com Holiday depois de apresentá-la à sua mãe, e a líder tinha acenado negativamente com a cabeça, para dizer que ela não era sobrenatural.

— Bem, agora preciso ir — avisou a mãe. — Quer me acompanhar até o carro?

Kylie consultou o relógio na parede. A mãe estava se mandando trinta minutos antes. *Era o bastante para um encontro de mãe e filha.*

— Claro. — Kylie se levantou. Passou por Della e Miranda, acompanhadas de seus pais, e percebeu que ninguém ali estava muito feliz. O papo daquela noite em volta da mesa, um verdadeiro ritual noturno, parecia mais uma sessão de lamúrias.

Kylie e a mãe foram para o estacionamento sem trocar uma palavra. Felizmente, o fantasma não se juntou a elas. Quando se voltou para a despedida final, a mãe estendeu a mão e apertou o braço de Kylie.

Kylie sentiu uma pontada no coração ao se lembrar de que, no funeral da avó, precisara muito de um abraço.

— Sabe, algumas mães abraçam os filhos — disse ela.

A mãe parecia perturbada.

— Quer que eu a abrace?

— Não — respondeu Kylie. *Quem quer um abraço que precisa ser pedido?* É o mesmo que implorar a alguém que se desculpe. — Tchau, mãe. — Kylie se virou e voltou ao refeitório para esperar o pai. Não olhou para trás, embora soubesse que a mãe estaria acenando do carro em movimento e esperando que Kylie fizesse o mesmo. De agora em diante, a falta de abraço seria respondida com a falta de aceno.

Kylie quase não o reconheceu. Em primeiro lugar, onde estavam os fios de cabelo grisalhos nas têmporas? Em segundo, o cabelo não tinha mais, como antes, duas tonalidades diferentes. O corte também já não era à escovinha. Isso sem falar nas roupas que ele estava usando. Homens mais velhos não deviam nunca usar jeans tão justos.

— É ele? — perguntou Holiday.

Kylie gostaria muito de mentir e escapar pela porta dos fundos, mas o pai já a tinha visto e vinha em sua direção.

— Ele é sobrenatural? — perguntou Kylie, tentando vencer o embaraço e olhando para Holiday, que franzia a testa.

— Não. — E Holiday suspirou fundo. — Mas isso não quer dizer...

— Eu sei — interrompeu Kylie.

— Como está minha bonequinha? — O pai a envolveu num abraço apertado.

Kylie fechou os olhos e procurou esquecer a aparência dele para só se concentrar na sensação reconfortante de estar aninhada em seus braços. As lágrimas brotaram e ela engoliu em seco, rezando para conseguir contê-las.

— Estou bem — murmurou Kylie, soltando-se dos braços do pai. Sua garganta ardia, mas as lágrimas não correram.

— Esta é uma de suas amigas? — perguntou ele, apontando para Holiday.

Kylie olhou de relance o crachá de líder do acampamento no peito de Holiday e se perguntou se por acaso a tintura de cabelo não tinha prejudicado a visão do pai.

— Muito prazer. — E Holiday lhe estendeu a mão. — Sou Holiday Brandon, uma das líderes do acampamento.

— Está brincando comigo — disse o pai. — Você não deve ter muito mais que 20 anos. E não se parece em nada com as líderes de acampamento que tenho visto. — Abriu um largo sorriso e seus olhos percorreram as belas formas de Holiday.

— Não, não estou brincando — disse Holiday, recolhendo a mão.

Kylie olhou boquiaberta para aquele pai que fora sua fortaleza de todas as horas contra joelhos esfolados, rabugices da mãe e mesmo problemas com garotos. A realidade passou por cima dela como um caminhão de lixo. Seu pai estava flertando. Com Holiday. Holiday, que era... bem, pelo menos 15 anos mais nova que ele.

— Que aconteceu com seus cabelos grisalhos, pai? — perguntou Kylie, em tom sarcástico.

O pai se virou para ela.

— Eu... eu não sei.

— Bem, vou deixá-los a sós — interrompeu Holiday. Kylie podia jurar que um sorriso bailava nos olhos dela. — Para conversarem mais à vontade.

Ou não, pensou Kylie. Não conhecia aquele homem e não estava muito certa de querer conhecê-lo.

★ ★ ★

— Ele não era assim — disse Kylie cerca de uma hora depois, ainda lutando contra a vontade de chorar.

O pai tinha ficado com ela menos de uma hora. Holiday, aparentemente percebendo que Kylie não estava bem, a convidou para ir à cidade comprar suprimentos.

— O divórcio é difícil para as pessoas — disse Holiday. — Acredite no que estou dizendo, quando meus pais se divorciaram, ficaram totalmente abobalhados. Minha mãe chegou a pôr silicone nos seios e a pedir minhas roupas emprestadas.

— Como você sobreviveu? — perguntou Kylie.

— Sobrevivendo. E, é claro, toneladas de sorvete ajudam muito. — Holiday sorriu ao entrar no estacionamento da sorveteria. — E então? Que tal esquecermos nossas preocupações com algo doce, cremoso e gelado?

Kylie concordou.

Holiday encaminhou-se para a porta.

— Faça como eu. Primeiro, experimente pelo menos cinco sabores; depois, peça uma taça com três bolas.

Kylie riu.

— Mas que preocupações você quer esquecer?

— Está brincando? Calcula quantas horas tive que passar com o sr. Vampiro Mau e Grandalhão?

— Burnett — disse Kylie, compreensiva. — Por que você não acaba com isso e diz sim?

— Sim? O quê? Nem morta. Ele é irritante, grosseiro e tão detestável quanto... tentador.

— Então você está apaixonada, não está? — instigou Kylie.

Holiday apontou um dedo para ela.

— Continue com isso e não terá sorvete algum.

Enquanto tomavam seus sorvetes, de chocolate com menta a banana com chocolate, Kylie, estimulada pelo açúcar, deixou escapar uma pergunta que normalmente não faria.

— Como a gente sabe que está apaixonada?

Holiday lambeu sua colher sem deixar nela o mínimo vestígio do sorvete de caramelo.

— Você não faz perguntas fáceis, hein?

— Não — reconheceu Kylie, saboreando o seu sorvete de creme com pedaços de nozes.

Holiday olhou para sua taça.

— Acho que me apaixonei várias vezes. Algumas com o coração, a maioria com os hormônios.

A resposta de Holiday descrevia perfeitamente a situação de Kylie com Lucas e Derek. Kylie saboreou mais um bocado de sorvete.

— E nenhuma dessas paixões deu certo?

— Nenhuma. É esse o problema do amor. Ele caminha como um pato, grasna como um pato, cheira como um pato. Mas, depois que você dorme com ele por um mês, ou segue para o altar, passa a cheirar como um gambá.

Kylie, inclinando-se para Holiday, perguntou em voz baixa:

— É essa a sua maneira engenhosa de me aconselhar a não dormir com ninguém?

Holiday apontou a colher para Kylie.

— Não, é minha maneira engenhosa de te dizer que tome cuidado. Como dizia minha avó, só porque um cara toca seu sininho, não significa que você deva tocar a corneta dele.

As duas riram muito.

Holiday mexeu seu sorvete.

— Se eu pudesse voltar atrás, não dormiria com três rapazes com quem dormi. Mas voltar atrás é impossível. E tem as lembranças. Más lembranças, tatuadas em minha mente. — Encostou a colher na testa. — Elas não saem nem com laser.

Kylie concordou. Tinha também suas lembranças ruins, de que não podia se livrar.

Quando terminaram de tomar o sorvete, foram a uma livraria nas proximidades. Kylie descobriu, numa estante, um livro intitulado *Como Vencer a Dislexia.* Folheou-o, perguntando a si mesma se por acaso Miranda não o conhecia.

Foi até o balcão e perguntou se havia outros que tratassem do mesmo assunto. A vendedora a levou a uma seção só de livros sobre deficiências. Kylie escolheu mais três sobre o tema e pagou.

Deixando Holiday na livraria, Kylie saiu para a rua principal da cidadezinha. Um lugar antiquado. Lojas de antiguidades, armazéns e até uma confeitaria — o tipo de lugar aonde os pais a levavam quando criança.

Cruzou com um casal de mãos dadas e procurou lembrar se, num daqueles passeios, seu pai e sua mãe haviam agido como se gostassem um do outro. Nunca os vira de mãos dadas. Quando saíam, era cada um por si. O pai jogava golfe; a mãe fazia compras.

Kylie já se aproximava da van de Holiday quando avistou outro casal saindo do hotel local. Trocavam beijos. Não beijos rápidos, com os lábios se roçando de leve, mas beijos de língua, ardentes, excitados. Os beijos logo desandaram em carícias mais ousadas. *Vão para o quarto*, pensou Kylie. Os dois pareciam não perceber que estavam num lugar público. Talvez nem ligassem para isso. Ah, mas certo ou errado, Kylie não conseguia desviar os olhos.

Principalmente porque a sineta de alarme tinha começado a tocar em seu cérebro.

Havia algo de familiar naquele casal.

Kylie viu a mão da mulher deslizar para dentro da calça jeans do homem. Ficou perplexa. Aquilo era vulgar. Mas mesmo assim, agora oculta por trás da picape, Kylie não tirava os olhos da cena. Quando por fim as bocas se desgrudaram e o homem se virou, Kylie o reconheceu.

Agarrou-se à porta da picape, os joelhos subitamente moles como geleia.

— Ah, meu Deus!

Capítulo 36

Papai?

Kylie segurou mais firme a maçaneta para não cair de cara no chão. O que seu pai estava fazendo... fazendo com... Seu olhar fulminou a mulher, ou melhor, a "garota". Era a nova assistente do pai, que ela tinha conhecido um mês antes num churrasco da firma. A garota estava no terceiro ano da faculdade.

Ainda encostada à picape, Kylie fez as contas. Matemática não era o seu forte, mas ainda assim calculou que a garota deveria ser cerca de quatro anos mais velha que ela.

Outras coisas lhe vieram à cabeça. Por exemplo, as seis cuecas do pai que haviam sido queimadas na grelha. E os incontáveis momentos de rabugice da mãe contra o pai, que afinal pareciam ter uma justificativa.

Quando o casal chegou a um ponto de onde poderia vê-la, Kylie passou para o outro lado da picape. E o frio que a seguiu nesse trajeto revelou que ela não estava sozinha. No entanto, perturbada demais para pensar em fantasmas, procurou apenas não pôr para fora as três bolas de sorvete que tinha acabado de tomar.

Holiday chegou um pouco depois.

— Você está bem?

— Estou — mentiu Kylie, embaraçada demais, horrorizada demais para entrar em detalhes. Já tinha sido ruim seu pai flertar com Holiday, mas vê-lo com alguém que provavelmente ainda tinha espinhas no rosto era o cúmulo.

Na volta para o acampamento, Kylie se voltou para Holiday:

— Sabe o que torna um homicídio justificável?

— Não — riu a líder do acampamento. — Mas se eu tiver de encarar Burnett por mais tempo, vou me tornar uma especialista na matéria. Quem você planeja assassinar?

— Meu pai e minha mãe. — A imagem dele agarrando a jovem assistente fez seu peito doer. — Ou talvez só meu pai.

Kylie esperou mais alguns minutos e soltou a bomba.

— Acha que... pode esperar mais algumas semanas antes de falar com minha mãe sobre minha saída do acampamento?

Holiday não a olhou, mas Kylie viu o sorriso de vitória estampado em seu perfil, enquanto ela continuava atenta à estrada.

— Pode apostar que sim.

Na noite de segunda-feira, quase todos foram para o refeitório para ver filmes. Kylie, Miranda e Della tinham ficado acordadas até tarde no domingo, curando as feridas provocadas pelas visitas dos pais. Depois, Miranda e Kylie resolveram consultar os livros que ela havia comprado sobre dislexia.

— Isso não vai funcionar — disse Miranda, sem ânimo nem para ler o primeiro capítulo.

— Quer que eu leia pra você? — ofereceu-se Kylie.

Miranda fitou-a e seus olhos se encheram de lágrimas.

— Faria isso?

— Você faria por mim, não faria? — perguntou Kylie.

— Com certeza — respondeu Miranda.

E assim as duas ficaram acordadas até tarde da noite. Por isso, em vez de ir ver filmes, Kylie voltou para a cabana.

Quando abriu a porta, sentiu logo o cheiro e torceu o nariz. Sem dúvida, ia ter que dar um jeito no lixo. Então a cabeça de Socks, a coisinha peluda que Lucas tinha lhe dado como presente de despedida, apareceu debaixo do sofá e miou.

— Vem cá, docinho — chamou Kylie, mas só o que conseguiu foi fazer com que Socks se encolhesse ainda mais sob o sofá. O celular tocou. Kylie o tirou do bolso, viu que quem chamava era a mãe, colocou-o sobre a mesa da cozinha e continuou tentando atrair o bichinho para fora.

Depois de várias tentativas inúteis, desistiu.

— Tudo bem, durma aí mesmo debaixo do sofá. — Frustrada e cansada, tirou a blusa e foi até o guarda-roupa para pegar um pijama.

Ao chegar, tirou o tênis e pegou sua camisola favorita. Tirou o sutiã e o colocou numa cadeira. Então, e só então, olhou no espelho.

Quase perdeu o fôlego. Levou um segundo para descobrir o que estava vendo no reflexo. E outro para ficar louca de raiva.

— Saia já daqui, seu imbecil! — Enfiou às pressas a camisola antes de voltar toda a sua fúria contra Perry que, transformado em leão, estava estirado sobre a cama, ocupando-a inteira. — Fora! — repetiu Kylie.

O leão rosnou.

Kylie cobriu os seios sob a camisola e prosseguiu:

— Finalmente você viu seu primeiro par de peitos, não foi? Você é tão... patético! E pode ter certeza de que vou contar tudo pra Miranda.

Kylie se abaixou, apanhou um sapato e o atirou na fera.

— Saia! — O leão rosnou de novo. — Juro por Deus, Perry, se não der o fora daqui já, vou puxar suas duas orelhas até quebrar seu pescoço.

De repente, a temperatura do quarto baixou perceptivelmente.

— Não grite — disse uma voz masculina — e não faça nenhum movimento brusco.

O coração de Kylie batia descompassado quando ela viu o soldado de pé ao lado da mesinha de cabeceira. Não foi o fato de ele estar ali que a assustou; foi o fato de ele ter falado com ela.

Kylie respirou fundo. E uma nuvem de vapor escapou dos seus lábios quando ela expeliu o ar.

Cruzou os braços para amenizar o frio que lhe chegava aos ossos.

— O leão não é de verdade — conseguiu dizer. — É Perry, um metamorfo.

Dessa vez, o soldado não sangrava. Mas a imagem do sonho, com aquele homem agonizando no chão imundo, dominou a mente de Kylie. Seu coração se condoía por ele. Agora que estavam conversando, o soldado diria seu nome? Coisa estranha, chamá-lo mesmo que só em pensamento de soldado Dude não parecia certo. Ele merecia mais respeito.

— É de verdade sim, Kylie — disse o soldado, enquanto o leão rosnava de novo.

Kylie pegou o outro sapato e o jogou em Perry.

— Kylie, me ouça. — A voz dele ficou mais alta, mais firme. — Esse aí não é Perry. É um leão de verdade e perigoso. Não o provoque. Vá andando até a porta. Agora.

As palavras do soldado calaram fundo em Kylie, que olhou o leão com mais atenção.

O leão que, numa nuvem de fagulhas, não retornava à forma humana.

O leão que se ergueu e saltou da cama.

O leão que se sentou diante da porta para impedi-la de sair.

O leão que ia e vinha estudando-a, como para decidir com que tipo de molho gostaria que ela fosse servida.

Kylie, sem afastar os olhos da fera, dirigiu-se ao fantasma:

— Muito bem, a porta está fora de cogitação. Tem outra ideia?

— Fique calma. — Suas palavras foram acompanhadas pelo rugido do leão, que parecia furioso, faminto.

— Isso não é muito fácil. — Kylie estremeceu, tanto por causa do frio quanto da imagem do leão dilacerando seu corpo.

— Ele espera que você corra. Se ficar, teremos algum tempo.

— Tempo pra fazer o quê? — perguntou ela. A fera, estirada no chão, lambia as patas. Estaria lavando-as antes do jantar?

— Para pensar em alguma coisa — respondeu o fantasma.

Ouvindo seus próprios dentes bater, Kylie olhou de relance para o soldado.

— Você não pode... mandá-lo embora?

— Se pudesse, ele já estaria longe. — A sinceridade tornou sua voz ainda mais profunda. A despeito de todo o pânico, Kylie teve de novo a estranha sensação de que já o conhecia. Ou devia conhecê-lo.

— Como se chama? — perguntou ela.

— Daniel Brighten.

Kylie revolveu aquele nome na mente, em busca de uma ligação. Nada. Virou-se de novo para ele, que agora tinha uma mecha de cabelos louros sobre a testa.

— Por que anda me perseguindo? Tem algo a ver com o modo como morreu?

— Não — disse ele. — Só queria que você soubesse que não tive escolha.

E por que ele quer que eu saiba isso? Kylie olhava alternadamente para o soldado e para o leão.

— Você quer que eu fale com alguém? Foi acusado de molestar aquela mulher?

— Não.

O leão se ergueu e Kylie se assustou. Olhou em volta, à procura de alguma coisa com que se defender.

— Não faça isso — advertiu o fantasma.

— O quê?

— Não pegue a cadeira.

Kylie fitou-o, intrigada.

— Consegue ler minha mente?

— Não, você estava olhando para ela.

— Estou com medo — confessou ela.

— Eu sei, mas, se pegá-la, o leão vai se sentir ameaçado.

— Mas eu também me sinto ameaçada. O leão deveria estar no parque, não no meu quarto. — Lembrou-se subitamente de Della lhe dizendo que os animais da reserva pareciam irritados. Será que aquele leão estava irritado com Kylie agora? — Como ele chegou aqui?

— Não sei, mas é melhor nos preocuparmos com isso depois.

Um ruído surdo escapou do peito do leão. Kylie não sabia se aquele som indicava irritação, mas, de onde estava, pareceu bastante assustador.

— Não entre em pânico, Kylie. Ele consegue farejar o medo.

Daniel estava certo, concluiu Kylie. Os bichos, como os sobrenaturais, podem mesmo farejar sentimentos como o medo. Inspirou lentamente. *Pense em outra coisa, qualquer coisa.* Sua mente encontrou um tema e ela se voltou de novo para Daniel.

— Minha avó está no céu?

— Claro!

— Se você pode vir até mim, por que ela não vem? — O vapor que lhe saía dos lábios chegava até o teto.

— Eu estava aqui antes.

— Onde? — Os dentes de Kylie bateram de novo.

— Esperando que você tivesse idade suficiente para compreender. Só permitem que um espírito de cada vez venha até a pessoa, quando ela se torna capaz de enfrentar a situação.

— Bem, estavam errados. — E Kylie relanceou os olhos para o leão.

— Errados em quê?

— Ainda não sou capaz de enfrentar a situação.

Daniel sorriu.

Mas Kylie não tinha a intenção de fazer graça.

— Então viu mesmo minha avó? — Novos arrepios percorreram seu corpo. Kylie sabia que se sentiria mais aquecida caso o fantasma fosse embora, mas a ideia de ficar sozinha com o leão não a atraía em nada.

— Ela não é uma mulher que se possa ignorar — disse ele. — Nem mesmo em forma de espírito.

Kylie ficou curiosa.

— Você a conheceu antes... de ela morrer?

— Há muito tempo. — Os olhos azuis de Daniel, combinando com seus cabelos loiros, a intrigaram por um instante. Examinou-o atentamente. E então, aconteceu.

Começou a ler a mente dele. Estava fazendo o que todos os outros sobrenaturais podiam fazer. Estava captando seu padrão mental. Kylie estremeceu.

Continuou examinando o padrão mental de Daniel, que apresentava linhas verticais e um tipo exótico de escrita, semelhante aos caracteres chineses ou a certos símbolos pré-históricos.

— Você é... você era sobrenatural, não era?

O leão rugiu de novo. Kylie se encolheu toda, vendo-o se agitar.

— Acho que ele está com fome — ela disse. — Talvez seja melhor pegar a cadeira, não acha?

O fantasma não respondeu. Kylie sentiu que a temperatura começava a subir. Ai, que droga! Até o fantasma tinha medo de ser devorado! Mas para ele não havia problema, pois já estava morto.

Assim como Kylie também estaria, caso não lhe ocorresse logo uma saída.

Seus olhos se encheram de lágrimas. Estava sozinha. Completamente sozinha. E então a fera, sacudindo a juba, investiu contra ela.

Capítulo 37

Kylie ficou atrás da cadeira, pensando em usá-la para se defender, mas, quando ergueu os olhos, o leão tinha recuado. Meteu a cabeça pela porta do quarto, como se algo lá fora tivesse chamado sua atenção.

Então Kylie ouviu: o gato. O leão saiu do quarto. Kylie podia ter batido a porta e a bloqueado com a cama.

E ficar escutando enquanto o animal devorava seu gato vivo.

— Não! — Empurrou a cadeira para a frente e para trás, a fim de chamar a atenção da fera. — Vem aqui, seu monstro horrível e fedorento!

O leão se virou, rugiu, mostrou os dentes e sacudiu a juba para ela.

Por algum motivo, pensou no soldado e em sua decisão de morrer quando voltara para salvar a mulher.

Eu não vou morrer. Eu não vou morrer.

— Daniel, volte, por favor! — gritou ela, angustiada por estar sozinha.

O frio arrepiou novamente a sua pele.

— Holiday foi buscar ajuda.

O leão se aproximou da cadeira. Mais lágrimas afluíram aos olhos de Kylie.

— Não me deixe sozinha de novo, está bem?

— Não vou deixar — disse ele. — Essa nunca foi minha intenção.

— Kylie? — chamou Holiday da sala.

O bicho correu para a porta.

— Não entre! — gritou Kylie, sacudindo a cadeira para distrair o leão caso Holiday não a tivesse ouvido.

Kylie ouviu passos que recuavam.

— Burnett está a caminho com uma arma para sedar o animal. Não demora. Você está segura?

Segura? Tinha um leão em seu quarto. Mas, se Burnett chegasse logo, talvez... Nesse momento, ouviu mais vozes.

— Não — disse Holiday.

— Não o quê? — perguntou Kylie.

— É muito perigoso — prosseguiu Holiday, evidentemente falando com outra pessoa.

Soaram passos na sala. O leão rugiu. Derek apareceu na soleira. Seus suaves olhos verdes se encontraram com os de Kylie e logo se fixaram no leão. O medo se estampou em seu rosto, o mesmo medo que ela sentia.

O pensamento de que veria a fera atacar Derek fez o coração de Kylie saltar no peito.

— Saia, Derek — pediu ela, tentando parecer calma, embora estivesse a ponto de gritar. — Ouça Holiday.

— Posso fazer isso — respondeu ele num tom confiante. — Tenho o dom, você se lembra?

Derek deu um passo para dentro do quarto. O leão, sacudindo a juba, rugiu novamente.

Derek não se moveu. Olhou fixamente para o animal. E, em seguida, começou a desabotoar a camisa.

— O que está fazendo? — estranhou Kylie. A chance de vê-lo seminu a entusiasmava, mas aquela não era a hora mais indicada para isso.

— Ele não gosta do meu cheiro.

— Então, pelo amor de Deus, se afaste para não ser devorado.

— Está tudo bem. — Derek jogou a camisa pela porta. Seu físico era ainda melhor do que ela imaginara. E então, estendendo as mãos, ele deu mais um passo à frente. O leão rugiu, mas não atacou.

Derek se aproximou ainda mais. Dessa vez, a fera avançou contra ele, quase abocanhando seu braço.

— Não! — gritou Kylie, balançando a cadeira para chamar a atenção do animal.

— Pare com isso! — ordenou Derek.

— É para que ele não ataque você.

— Kylie, você está irritando o bicho. Confie em mim. Pare!

A firmeza na voz de Derek chamou sua atenção. O soldado Dude, silencioso num canto, fazia-a tremer de frio.

— Vou para junto de você — avisou Derek. — Quero que fique atrás de mim. Depois, saímos do quarto juntos. Você sai primeiro e eu fecho a porta. Entendeu?

Como se adivinhasse o plano dele, o leão rugiu e o encarou, mas recuou para mais perto de Kylie. A cada passo de Derek, o leão se aproximava mais de Kylie.

Ela sentiu um forte cheiro de urina. O traseiro do animal golpeou a cadeira e jogou Kylie contra a parede.

Quando se recuperou, viu Derek bem perto do leão. Tão perto que a juba do animal roçava em seu ventre nu. Seus músculos se contraíram, destacando-lhe o torso.

— Agora saia de trás da cadeira, Kylie — instruiu Derek.

— Faça o que ele diz — aconselhou Daniel, rompendo o silêncio.

Kylie adiantou uma perna e o animal deu uma cabeçada em Derek, quase derrubando-o.

Derek se recompôs rapidamente.

— Devagar, Kylie — sussurrou ele, como se não percebesse que o leão poderia escancarar a boca e usá-lo como brinquedo de mastigar. — Devagar e com calma.

Kylie começou a se mover, temendo até respirar, mas logo Derek pegou seu braço e a puxou para trás dele. Ela o segurou pelas laterais do corpo nu, pressionando as palmas contra sua pele quente.

— Ótimo. Agora vamos caminhar bem devagar até sairmos do quarto. Você está indo bem. Continue andando.

Kylie sentiu com os calcanhares a soleira da porta. Derek aproximou a mão do trinco e, nesse momento, o leão atacou, golpeando-o com as garras.

O gemido de Derek penetrou nos ouvidos de Kylie e ela não teve dúvidas de que as garras da fera tinham perfurado sua pele.

— Você está bem? — perguntou.

Derek não respondeu e procurou de novo o trinco. O leão rugiu, mas não se moveu. Kylie continuou recuando até a sala, enquanto Derek a seguia devagar. E, quando ele fechou a porta, ela viu o sorriso de Daniel.

— Vocês conseguiram — gritou Holiday irrompendo na cabana. Kylie ficou parada, de braços cruzados sobre o peito, o coração agitado, o estômago dolorido.

— Me ajude a colocar o sofá diante da porta para o caso de o leão querer derrubá-la — pediu Derek.

Enquanto Derek e Holiday arrastavam o sofá, Kylie notou o sangue escorrendo do seu abdome.

— Você está sangrando — Os dentes de Kylie batiam com tanta força que ela mal conseguia falar. Apontou para ele e sentiu um suor frio escorrer da sua testa.

— É só um arranhão — tranquilizou-a Derek.

Kylie percorreu o espaço que os separava e o abraçou. Nem ligou para o fato de sua camisola ficar toda manchada de sangue. Ainda trêmula, encostou o rosto naquela parede quente de pele e músculos.

Derek a abraçou. Holiday, se aproximando, pousou a mão em suas costas.

Kylie não sabia qual dos sobrenaturais estava fazendo aquilo ou se eram os dois, o que absolutamente não importava. Mas o pânico começou a se dissipar. Sentiu-se segura e tudo o que queria era ficar ali para sempre.

Afundou ainda mais o rosto no ombro nu de Derek, sentindo seu cheiro e sua proximidade.

— Kylie, vá para um dos outros quartos — recomendou Holiday.

— Não, estou bem. — Kylie ergueu a cabeça, mas não quis fugir do aconchego dos braços de Derek. Precisava daquilo um pouco mais. Ele estava tão quente e ela tão... gelada!

Kylie viu Daniel de pé atrás de Holiday. O soldado sorriu para ela e desapareceu.

— Obrigada — murmurou Kylie, esperando que Daniel a ouvisse.

— De nada — respondeu Derek.

Kylie se virou para agradecer a ele também, mas um barulho a deteve. A porta da cabana se abriu com estrondo, parecendo que ia se espatifar. Burnett irrompeu na sala, de olhos injetados e com um grande fuzil nas mãos.

— Você prometeu que não viria aqui — ele gritou para Holiday.

— Mudei de ideia — retrucou ela, num tom de desafio.

O leão rugiu do outro lado da porta e Burnett lhe fez eco.

— Vou cuidar dele primeiro e depois conversamos.

— Ok. Boa sorte, então — desejou Holiday, com um sorriso malicioso.

Burnett foi até a porta.

— Espere. — Derek afastou Kylie de si. — Me deixe acalmá-lo antes, senão pode atacar.

Burnett pareceu hesitar a princípio, mas concordou ao ver que Holiday tinha aceitado a ideia.

Kylie não tinha certeza se a fera merecia tanta consideração, mas admirou a atitude de Derek.

Os dois homens arrastaram o sofá que bloqueava a entrada. Burnett colou o ouvido à porta e informou:

— Ele está do outro lado do quarto. — E levou a mão ao trinco.

— Cuidado — advertiu Kylie.

Derek voltou-se para ela e sorriu.

— Vai ser moleza.

— Você não precisa ficar aqui — disse Kylie a Holiday, que estava sentada numa cadeira ao lado de sua cama já fazia uma hora. A líder do acampamento tinha limpado pessoalmente o quarto de Kylie, para tirar o cheiro do animal.

Holiday sussurrou:

— Ou fico aqui ou vou ter que aguentar o Vampiro Gostosão. Portanto, finja que precisa de mim até ele ir embora. Como já levaram o leão, não acho que Burnett vá ficar por muito mais tempo. — E, recostando-se, mordeu o lábio. — Estou feliz por Derek ter aparecido.

Algo ocorreu então a Kylie.

— Uma das bruxas não poderia ter impedido aquilo?

— Acontece que não encontrei nenhuma — explicou Holiday. — Todas tinham saído com Sky para um passeio. Fiquei sabendo que Burnett tinha acabado de ir para a reserva e o chamei.

— O que ele ia fazer na reserva dos animais? — perguntou Kylie. — O que está havendo, Holiday? Como o leão chegou até aqui? Quem colocou esse bicho no meu quarto? E não venha me dizer para não me preocupar com isso.

Holiday não parecia disposta a responder. Sua expressão ficou séria e ela deixou cair as mãos no colo.

— Amanhã, de qualquer maneira, você vai ficar sabendo de tudo.

— Sabendo do quê? — perguntou Kylie.

— Alguém anda invadindo o parque. Matando os animais em extinção. Quase todos os espécimes mortos estão na lista dos que correm o risco de desaparecer para sempre. O governo, é claro, não perdeu tempo em nos acusar.

Quando qualquer coisa estranha acontece seja onde for, logo alguém põe a culpa nos sobrenaturais.

— Acham que um de nós é o responsável? — perguntou Kylie.

Holiday mordeu novamente o lábio.

— Eles não só acreditam nisso como hoje tiveram uma prova. Pelo menos, é o que pensam.

— Mas então alguém daqui está matando os animais? — estranhou Kylie.

— Descobriram rastros de sangue nas imediações do acampamento.

— Mas o leão não foi morto — ponderou Kylie.

— Não, mas só o fato de ter estado aqui piora muito as coisas. Alguém ajudou aquele bicho a escapar.

— E alguém o fez entrar no meu quarto — completou Kylie.

— Ou então foi mera coincidência — disse Holiday. — Ele poderia ter entrado em qualquer cabana.

— Mas a porta da nossa estava fechada — observou Kylie.

— Talvez alguma de vocês a tenha deixado apenas encostada. Ele empurrou e entrou.

— Ou talvez alguém o tenha trazido até aqui.

Holiday se inclinou e a tocou de novo a fim de acalmá-la. Kylie levantou a mão:

— Eu estou bem.

Afundando-se no travesseiro, Kylie contemplou o teto.

— Será que estão culpando Lucas por isso?

Holiday não respondeu imediatamente.

— Eles o consideram um possível suspeito.

— Não posso acreditar — disse Kylie. — Lucas não faria isso.

— Eu sei, mas... jamais os convenceria de sua inocência. Sobretudo porque Fredericka foi embora esta tarde.

— Foi? — Kylie viu Holiday balançar a cabeça afirmativamente e sentiu uma pontada de ciúmes. — Acha que ela está com Lucas?

— Se a conheço bem, sim.

Kylie torceu as mãos, ciente de que deveria esquecer Lucas, mas ainda assim recusando-se a acreditar em sua culpa.

— Vão tentar fechar o acampamento?

A expressão de Holiday ficou ainda mais séria.

— Se não acharem o responsável, vão tentar, sim. Vou fazer tudo para impedi-los e usar cada pitada do meu pó mágico para isso, mas... talvez não seja suficiente.

Depois de um longo silêncio, Holiday prosseguiu:

— Burnett marcou uma reunião para amanhã e provavelmente vai interrogar a todos. Gostaria de detê-lo mas, infelizmente, diante das evidências, seria inútil alegar que o responsável não é um de nós. Mas jogar a culpa em todo um grupo de sobrenaturais adolescentes não é justo.

— Acredita mesmo que alguém daqui seja o culpado?

— Acredito. Se é que gente de fora não esteja tentando, de todas as maneiras, pôr a culpa em nós.

A porta do quarto se abriu e Burnett pôs a cabeça para dentro.

— Vai voltar agora para o escritório?

Holiday estampou no rosto uma expressão de falsa preocupação. E, pousando a mão no ombro de Kylie:

— Acho que ela ainda precisa de mim — disse. — Nós conversamos amanhã.

Pela cara que fez, Burnett não se deixou enganar. Mas também não discutiu. Se é que sair batendo portas não é discutir.

— Cretino! — sussurrou Holiday.

— Ouvi o que disse — gritou ele do lado de fora do quarto.

Holiday franziu a testa.

— Eu juro, se ele chegar perto de mim mando um anjo da morte atrás dele — disse ela, sem baixar a voz.

— Pensei que não tivesse certeza de que esses anjos existem — murmurou Kylie depois de alguns minutos. Se ela própria achasse que existiam, teria pedido a Daniel Brighten, o soldado, para trazer um. Então se lembrou do que Holiday dissera: todos os fantasmas são anjos. Sem dúvida, Daniel contribuiu muito para salvar Kylie.

Holiday se inclinou para ela:

— Quando eu ameaço, até vampiros grandalhões e malvados molham as calças.

As duas riram e então Kylie disse:

— Ele me salvou, não foi?

— Derek? Com certeza.

— Não. Quer dizer, Derek me salvou, sem dúvida, mas foi o fantasma que avisou você, não foi?

— Não foi bem assim. Como ele está ligado a você, não pode de fato se comunicar comigo. Mas encontrou alguém que podia. — Holiday apertou a mão de Kylie. — Sua avó me pediu para te dizer que te ama muito. Mas lamenta você não ter impedido que ela fosse enterrada com aquele batom vermelho.

Kylie começou a chorar e rir ao mesmo tempo. Depois de alguns minutos, disse:

— Finalmente consegui.

— O quê?

— Ler a mente de outra pessoa. — Quase contou a ela que tinha lido a mente do fantasma, mas, por alguma razão, achou que não estava pronta para falar sobre aquilo. Precisava, antes, entender bem o que tinha acontecido. Havia muita coisa para entender.

— Bem-vinda ao nosso mundo, garota! — festejou Holiday.

O sorriso de Kylie foi fraco, mas autêntico.

— Isso significa então, de uma vez por todas,... que sou uma de vocês?

— Isso mesmo. — Holiday afastou uma mecha de cabelo do rosto de Kylie.

— Quando viu minha avó, você a observou bem para saber se ela era sobrenatural?

— Observei. Ela era humana. — Holiday apertou a mão de Kylie. — E o que acha dessa nova descoberta?

Kylie suspirou fundo.

— Estou um pouco assustada. E um pouco aliviada. Agora, só quero saber o que sou.

— Vai saber logo, Kylie. A resposta está aqui. Sempre esteve.

Capítulo 38

Holiday estava certa.

Não a respeito de Kylie descobrir o que era. Já haviam se passado cinco dias desde que ela quase se transformara em comida de leão e sua crise de identidade continuava sem solução.

A única coisa certa para Holiday até o momento era que o método empregado por Burnett para resolver os crimes na reserva dos animais tinham fracassado. Tão logo ele anunciara que alguém do acampamento era culpado, todos começaram a se acusar mutuamente. Os vampiros acusavam os lobisomens porque quase todos os bichos mortos eram felinos e todos sabem que lobisomens detestam gatos.

Os lobisomens afirmavam que os vampiros tinham feito aquilo porque seu suprimento de sangue estava baixo. As fadas acusavam as bruxas, porque às vezes usavam sangue de tigre em alguns feitiços. As bruxas diziam que as fadas não eram confiáveis porque, como todo mundo sabe, gostam de manipular os sentimentos dos outros. Alguém insinuou que os metamorfos costumam caçar animais selvagens por esporte.

Depois, as acusações contra as espécies cessaram e alguns indivíduos azarados é que começaram a ser alvo de suspeita. Lucas e Fredericka foram os mais votados. Em seguida, mencionou-se o nome de Derek porque ele podia se comunicar com os animais e, ninguém ignorava, queria se livrar desse dom. Finalmente, por ser considerada "muito estranha", com um padrão mental muito confuso e uma mente fechada, Kylie também foi tida como suspeita.

Kylie achou que o responsável talvez fosse Chan, o primo de Della. Quem sabe não pertencia à Fraternidade do Sangue? Della reagiu como sempre reagia: ficou furiosa.

A tensão no acampamento chegou ao nível máximo. Ninguém mais participava da hora do encontro, e Holiday e Sky só com muita dificuldade conseguiam impedir que os adolescentes trucidassem uns aos outros.

E havia também o desentendimento entre as duas líderes. Kylie, entrando no escritório, as ouviu discutindo. Para Sky, já era hora de dar um basta e fechar o acampamento. Holiday afirmava que isso só aconteceria se passassem por cima de seu cadáver. Sky acusava Holiday de não ser realista e querer bancar a mártir; Holiday acusava Sky de ter perdido a fé na escola e o interesse pelo trabalho.

Kylie não conhecia Sky muito bem, mas a conhecia o bastante para dar razão a Holiday. Por algum motivo, nunca tinha simpatizado com aquela loba que comandava o acampamento. Ela lhe lembrava a mãe, até certo ponto: fria, distante e inacessível.

Sem dúvida, Sky tinha lá suas razões para ingressar na Irmandade da Rainha do Gelo — como sua mãe teve.

O engraçado era que, de repente, Kylie passou a ver com outros olhos o relacionamento entre seu pai e sua mãe. Sim, sua mãe era fria, mas seu pai era infiel. Aquele se tornara um enigma do tipo "quem veio antes, o ovo ou a galinha?". Um enigma para o qual Kylie não tinha resposta.

Embora o assunto do divórcio ainda a magoasse, Kylie resolveu tentar não fazer dele um problema seu. Já tinha problemas demais na vida. Cruzes!, quase tinha virado comida de leão! Ainda se perguntava quem a odiaria tanto a ponto de colocar um leão em seu quarto. O único nome que lhe vinha à mente era Fredericka. Mas, se Fredericka era culpada, Lucas não se tornava ainda mais suspeito?

As lembranças de Lucas se insinuavam em sua mente com mais frequência do que ela gostaria. Mas agora competiam com as lembranças de Derek. Derek e Kylie não tinham ficado a sós desde o episódio do leão, mas às vezes ele se sentava com ela, Miranda e Della durante as refeições. De vez em quando, Kylie o pegava olhando para ela de um jeito que deixava transparecer algo mais que apenas amizade; mas, fiel à palavra dada, Derek não a pressionava.

Não, a pressão que Kylie sentia vinha de si mesma. Num minuto, pensava em correr para ele e beijá-lo; no outro, surpreendia-se pensando no pai ou em Trey e perguntando a si mesma se um relacionamento compensava a decepção que sem dúvida logo viria.

Isso sem falar na questão de ter de descobrir o que era. Por algum motivo, chegou à conclusão de que, se resolvesse esse problema, ficaria livre para fazer outras escolhas de vida.

Kylie voltou para sua cabana, parando no caminho a fim de farejar a presença de algum animal. Ainda de nariz levantado, sentiu Socks agarrando-se ao seu pé. Ela o pegou no colo e o aproximou do seu rosto.

Sempre que Socks estava brincalhão, Kylie sabia que a cabana estava livre de bichos e fantasmas. Daniel só reaparecera umas poucas vezes — e, nessas ocasiões, Socks corria para debaixo do sofá. Mas não precisava ficar escondido por muito tempo: Daniel só fazia visitas rápidas e nunca mais falou com ela.

— Então a barra está limpa, hein? — perguntou Kylie a Socks.

— Exceto por uma bruxa muito feliz — disse Miranda, saindo de seu quarto para abraçar Kylie e o gato.

— Deixa eu adivinhar — propôs Kylie. — Perry finalmente criou coragem e te beijou.

— Não — disse Miranda. — E acho que nunca vai criar. Mas esqueça Perry por enquanto, porque enfim me livrei de um problema. E com a sua ajuda, é claro.

— Que problema?

— Do Sr. Pepper, meu professor de piano.

— Ah, meu Deus, não vai me dizer que deixou Della cozinhá-lo!

— Não. Descobri o que saiu de errado com meu feitiço e corrigi tudo. Graças àqueles livros que você me deu, descobri que tinha pronunciado letras e palavras ao contrário. Um verdadeiro quebra-cabeça, mas acabei decifrando. — Levantou os braços em sinal de vitória. — Finalmente, estou livre do sapo.

Kylie riu.

— E agora vem a melhor parte — continuou Miranda. — O Sr. Pepper se internou por conta própria numa clínica psiquiátrica.

— Então ele quer se curar da sua fixação por garotinhas?

— Não, andou sonhando que era um sapo. Mas... confessou para o médico que estava preocupado por sentir atração por meninas. — Miranda riu. — Dei um jeito de estar presente na sua primeira consulta. O importante é que vão ajudá-lo.

— Você conseguiu! — disse Kylie.

— Não. Nós conseguimos. Eu não teria conseguido se não fosse você. E, embora ainda não saiba se chegarei mesmo a Alta Sacerdotisa, talvez ainda tenha uma chance. Você é minha heroína, Kylie Galen.

— E eu, não? — perguntou Della, saindo também de seu quarto.

— Sinto muito — disse Miranda. — Vai ter que se esforçar mais na próxima semana.

Kylie pôs Socks no chão, para que ele fosse infernizar Della. Sabe-se lá por quê, o gatinho adorava seus chinelos do Pato Donald.

Kylie observou Socks golpeando repetidamente o bico do Donald e logo a realidade veio substituir seu bom humor.

— Podemos nem ter uma próxima semana. Eles podem mesmo fechar o acampamento se não descobrirem quem está matando os animais da reserva. Precisamos parar de acusar uns aos outros e fazer alguma coisa. Não sei quanto a vocês, mas eu não quero voltar para casa.

— Por que não? — perguntou Della.

Kylie contou a elas o que tinha ouvido quando fora à cabana de Holiday.

— Eles quase pegaram o tigre branco.

— Mas como? — estranhou Della. — Pensei que o vampirão da UPF estivesse vigiando a reserva.

— Está. Mas alguém entrou de novo no território do leão e, enquanto Burnett investigava o caso, cortou a cerca para chegar até a jaula do tigre.

— Pobres animais — lamentou Miranda.

— É — concordou Kylie. Lembrou-se de Derek dizendo que o leão encontrado em sua cabana estava confuso e com muito medo. — Mas... esperem! Por que não pensei nisto antes?

— Em quê? — perguntaram Della e Miranda ao mesmo tempo.

— Acho que já sei como esclarecer tudo.

Capítulo 39

— Não é assim que funciona — disse Derek dez minutos depois. Trazia a camisa completamente desabotoada. Sem dúvida, Kylie batera à porta de sua cabana quando ele se despia.

Kylie olhou para seu peito e viu que os arranhões estavam quase cicatrizados.

— O que quer dizer com "não é assim que funciona"? Pensei que você pudesse se comunicar com os animais.

Derek fechou a porta da cabana e levou Kylie para a varanda, como se tivesse receio de que algum de seus colegas de alojamento pudesse ouvir a conversa.

— Não posso simplesmente chegar lá e fazer perguntas pra eles. Ouço, ou melhor, sinto suas emoções. E nem todas.

— Mas, segundo você me contou, o leão te disse que não gostava do seu cheiro.

— Ele não me disse. Ele pensou. — Derek sacudiu a cabeça. — Isso não vai dar certo, Kylie.

— Tem que dar. — Kylie sentiu um aperto na garganta. — Eles vão fechar o acampamento, Derek. Estou começando a entender essa questão dos não humanos e não posso partir agora.

Ele a fitou por alguns instantes.

— Sei disso, mas...

— E não se trata apenas de mim. Você sabe o que vem acontecendo aqui. Um acusa o outro. E todos dizem que só o acampamento mantém a paz entre nós. Se aqueles homens acham que as gangues de sobrenaturais são ruins agora, imagine quando...

Derek pousou um dedo nos lábios de Kylie, que teve de lutar contra o desejo de meter as mãos pela abertura de sua camisa a abraçá-lo.

— Não estou discordando de você. Apenas acho que não vai funcionar.

Então ela se lembrou. Para que ficasse livre de seu dom, Derek teria de continuar se fechando para os animais. No entanto, ele a salvara do leão. Kylie nem tinha levado em conta seu sacrifício. Como podia ter se esquecido disso?

— Sinto muito. — Kylie fechou os olhos por um instante. — Você diz isso por causa do seu dom, que não quer mais usar. Eu tinha me esquecido...

— Não — disse ele. — Tudo bem, talvez em parte.

— Não tem problema, Derek — garantiu Kylie, percebendo uma sombra de culpa nos olhos dele. Recordou-se de que, há poucas semanas, ela mesma daria tudo para não ter dom algum. — Não é justo de minha parte te pedir isso. — E virou-se para ir embora.

Derek a segurou pelo braço.

— Espere. — Olhou-a bem nos olhos. — Eu falava sério quando disse que aquilo era apenas uma pequena parte de minha hesitação. Para ser franco, estou a ponto de abrir mão de tudo e assumir meu papel de Tarzan.

Kylie percebeu, por sua expressão, que ele dizia a verdade.

— Não se esqueça de que esse papel de Tarzan salvou minha vida. Portanto, não o menospreze.

— Eu sei. E é por isso que estou considerando a possibilidade de aceitá-lo. Mas o que você me pede... é demais pra mim. Não é como se eu pudesse me sentar e bater um papinho com os animais. Não é assim que funciona.

— Como sabe? — desafiou Kylie. — Já tentou?

— Não, mas... outros, com o mesmo dom, tentaram. E, se eu pudesse de fato fazer isso, Holiday teria me dito.

— Holiday já explicou milhares de vezes que o dom de cada pessoa é diferente. Você disse que, até agora, só consegue ouvir os pensamentos deles; no entanto, de alguma forma, você pediu àquele leão que não nos transformasse em carne de hambúrguer.

— Mas ainda que, por um milagre, eu conseguisse me comunicar com os animais, não ia adiantar nada. O tal James da UPF não me deixaria chegar perto deles. Hoje mesmo ele me chamou novamente no escritório. Acha que estou envolvido. Chegou a me acusar de ter feito aquilo para impressionar você.

Kylie pensou em procurar Holiday imediatamente, sabendo no entanto que a líder, com medo de ver alguém se machucar, não concordaria com a ideia. Ergueu o queixo em desafio:

— Pois bem, não vamos pedir nenhuma autorização. Vamos entrar sem que nos vejam.

— Acha mesmo que vai enganar um vampiro? Seria o mesmo que tentar enganar o Super-Homem.

— É, mas acontece que eu sei qual é a criptonita dele.

— O cara tem uma criptonita? — perguntou Derek.

— Tem. E o nome dela é Holiday.

Kylie tinha de admitir que não seria fácil. Mas, quando se tem apenas uma bala, convém caprichar no tiro. E foi o que ela e Derek fizeram. Precisariam de uma pequena ajuda, mas Kylie estava bastante orgulhosa do seu plano.

Esperaram a uns cem metros da reserva animal, escondidos atrás das árvores. De acordo com Della, era distância suficiente para que Burnett não conseguisse farejá-los. Kylie trazia consigo o mapa do parque, que imprimira da internet no computador do escritório de Holiday.

Com Burnett fora do caminho, entrar na reserva seria moleza. Bem, seria porque eles contavam com a ajuda de um certo metamorfo com olhos que mudavam de cor. E, para evitar surpresas indesejáveis, Della faria uma varredura do parque e ficaria de vigia.

A grande preocupação era se o dom de Derek lhe permitiria saber alguma coisa sobre os animais. Ele próprio não acreditava muito.

Mas Kylie queria acreditar em milagres.

Seu telefone tocou.

— Feito — informou Miranda. Aquilo significava que Miranda tinha conseguido roubar o telefone de Holiday e enviar a Burnett uma mensagem à qual Kylie sabia que ele não iria resistir. Helen, que se prontificara a ajudar, tinha conseguido arrastar Holiday para bem longe. Quanto mais tempo Burnett gastasse procurando Holiday, mais minutos preciosos Derek teria para lidar com os animais.

Primeiro, no entanto, precisavam que Burnett caísse fora. E ele fez isso minutos depois, batendo a porta do escritório e sumindo na noite.

— Parece que está com pressa — sussurrou Derek.

— Acho que ele gosta mesmo de Holiday. — Sentiu-se um pouquinho culpada por enganar Burnett. Mas, para compensar a mentira, Kylie poderia mais tarde ajudar os dois a se entender.

— Pronta? — perguntou Derek.

Ela assentiu com a cabeça. Correram para o parque, sabendo que corriam também contra o relógio.

Perry já tinha aberto o portão para os dois quando chegaram.

— Até mais — disse ele. Como sua presença podia assustar os bichos, apressou-se a ir embora, com fagulhas flutuando à sua volta enquanto se transformava numa águia e desaparecia na escuridão do céu.

— Ver isso ainda me assusta — confessou Della, parando ao lado de Kylie.

— Encontrou alguma coisa? — foi logo perguntando Kylie, pois seu tempo era curto.

— Um guarda humano, dormindo em serviço no escritório dos fundos. — Della fez uma pausa. — Não querem mesmo que eu vá com vocês?

Kylie sacudiu a cabeça.

— Acho que, quanto menos gente, mais probabilidades Derek terá de se comunicar com os animais. Vá para o acampamento e nos avise quando Burnett voltar. Tomara que dê tempo de sair daqui.

Tendo já estudado o mapa, Kylie e Derek se encaminharam primeiro para o local conhecido como "toca do leão". Toca do leão? Isso não parecia nada convidativo.

Embora algumas estrelas brilhassem, a lua desaparecia em meio às nuvens de vez em quando. Até os sons dos bichos pareciam mais agourentos que o usual, mas talvez a percepção de Kylie estivesse distorcida por ela saber que estava infringindo a lei. Fosse como fosse, caminhava o mais próximo possível de Derek.

— Os leões estão bem ali, logo depois da curva — avisou ele.

Um cheiro, que Kylie não sabia se era ou não de urina de felino, invadiu suas narinas.

— Posso sentir o cheiro. — Aquele odor a levou de volta ao quarto onde tinha ficado com o leão. Começava a entrar em pânico.

— Relaxe — disse Derek.

O fato de ele poder ler suas emoções ainda a irritava.

— Estou tentando.

— Eu só gostaria de saber uma coisa — disse Derek, ao mesmo tempo que um leão começava a rugir.

— O quê?

— O que você vai fazer se descobrirmos que Lucas está por trás disso?

— O mesmo que farei se descobrir que o culpado é outro. Contar a Holiday. — Parou por um instante. — Mas não é isso que vamos descobrir.

— Você parece bem certa de que ele é inocente.

Kylie podia sentir Derek estudando-a.

— E você, de que ele é culpado.

— Por causa das provas.

— São todas circunstanciais.

— Para quem tinha tanto medo do cara, você mudou muito!

Kylie percebeu aonde aquela conversa podia levar e preferiu parar por aí.

— Só quero descobrir quem anda fazendo isso e impedir aqueles caras de fecharem o acampamento.

— Eu também — disse Derek.

Uma lufada de ar frio a envolveu e Kylie cruzou os braços sobre o peito.

Derek a encarou.

— O fantasma está aqui?

— Talvez. — Kylie olhou para os lados e não o viu. — Ele só voltou umas poucas vezes depois do incidente com o leão e nunca ficou mais que alguns segundos.

— Pode ser que ele nos ajude agora, como nos ajudou naquele dia.

— É, pode ser. Mas espero não precisar de nenhuma ajuda — disse Kylie. O frio se foi tão depressa quanto veio.

Pararam junto à grade.

— Chegamos — avisou Derek, olhando por entre as barras.

— Eles estão aí? — Kylie não conseguia vê-los.

— Estão, atrás das árvores e na margem do lago, mais adiante.

— Sabem que estamos aqui?

— Ah, com certeza.

Kylie deu um passo para trás.

— Como vai fazer isso?

— Esperava que você me dissesse — riu Derek.

— Fala sério?

— Mais ou menos — retrucou ele, parecendo um tanto inseguro.

— Tudo bem. — Kylie mordeu o lábio. — Consegue lê-los?

— Por enquanto, só percebo que eles nos veem como uma ameaça.

— Por quê? — perguntou Kylie, ao mesmo tempo que o som de outro animal selvagem, talvez um elefante, enchia a noite. — Com certeza não é só isso que estão sentindo.

— São machos — respondeu Derek, com um risinho maroto. — Nós, machos, não expomos facilmente nossos sentimentos.

— Muito engraçado — murmurou Kylie.

— Também acho — concordou Derek, ainda sorrindo.

— Isto é sério. — E Kylie deu-lhe uma cotovelada de leve.

— Eu sei. — O sorriso de Derek se apagou. — Eu te disse que não sabia se a coisa ia funcionar.

— Tente se concentrar — recomendou Kylie. — Pergunte a eles do que têm medo.

Derek encostou a testa na grade e fechou os olhos. Kylie ficou observando-o enquanto o tempo passava — um minuto, dois. Precisou fazer um esforço para não perguntar se aquilo estava funcionando.

Então pensou que, se ela também se concentrasse, talvez facilitasse as coisas para ele. Colocou-se às suas costas e pousou as mãos nas laterais do seu corpo. *Do que vocês têm medo? Do que vocês têm medo?*, repetiu mentalmente.

— Kylie? — sussurrou Derek.

— Está captando alguma coisa? — perguntou ela, esperançosa.

— Estava até você...

— Até eu...?

— Encostar seus seios em mim. Depois disso, parei de escutar o leão — riu Derek. — Precisa se afastar um pouco.

Kylie recuou um passo e lhe deu um tapa nas costas.

Derek riu ainda mais, mas logo voltou a se concentrar.

Kylie ouviu um rumor por trás da grade.

— Acho que um deles está se aproximando.

— Chhh! — ordenou Derek.

Kylie se calou imediatamente, mas, quando o leão arremeteu contra a grade, deixou escapar um grito quase tão alto quanto o rugido da fera — e, dando um pulo para trás, foi cair sentada no chão.

— É o mesmo leão, não é? — perguntou Kylie, fitando a criatura que também não tirava os olhos dela. Jamais esqueceria aqueles olhos, amarelados e famintos.

Derek não respondeu. Nem se voltou para lhe oferecer a mão e ajudá-la a se levantar. Kylie notou então que ele permanecia imóvel, com os olhos abertos, fitando a fera como se... conversasse mentalmente com ela.

Ainda sentada no chão, para não perturbá-los, esfregou as mãos para limpá-las da areia. Mas não teve nem tempo de pensar quando se viu puxada para cima.

Gritou, e outra mão lhe tapou a boca.

Derek se voltou, mas, antes de conseguir dar um passo, um homem loiro o agarrou pela garganta e o pressionou contra a grade. O leão rugia às suas costas.

— Não faz barulho! — Kylie não identificou a voz. E, pelo toque gelado, concluiu que seu agressor era um vampiro ou outra criatura qualquer de sangue frio.

Derek lutava para se soltar, enquanto o rugido da fera ia se tornando mais ameaçador.

— O que estão fazendo aqui? — perguntou o agressor de Kylie.

Kylie deu um jeito de olhar para ele. Cabelos vermelhos. Olhos vermelhos, combinando com os cabelos. Sem dúvida um vampiro, pensou ela, notando além disso os caninos que se projetavam ligeiramente sobre o lábio inferior.

— Parece que alguém está com fome — zombou Vermelho, o vampiro que a imobilizava. — O gatinho bem que gostaria de devorar uma coisinha fofa como você. O problema é: eu também!

— O que está fazendo? — gritou o garoto loiro que segurava Derek pelo pescoço, antes de cair desmaiado no chão.

Pela expressão rígida de Derek, Kylie percebeu que ele tinha feito alguma coisa com o loiro. Em seguida, seu olhar se desviou para ela e Vermelho.

— Tira as mãos dela — ordenou Derek, com voz ameaçadora.

Derek avançava na direção dele quando, aparentemente do nada, mais dois sujeitos apareceram e o agarraram, cada um por um braço. Ele reagiu, tentando se soltar.

— Queiram me desculpar — disse o agressor de Kylie. — Acho que vou comer um petisco. — De um salto, recuou quase dez metros, arrastando Kylie com ele. Foram cair com estrondo no chão. O corpo todo de Kylie se chocou contra o chão e ela mordeu a ponta da língua.

Com força.

Sentiu o gosto do sangue que escorria da língua.

Tentou se soltar, mas a força do vampiro fazia-a sentir-se tão indefesa quanto um besouro diante de um para-brisa de um carro em movimento.

— Ah, que cheirinho bom! — O vampiro levantou Kylie do chão e virou-lhe a cabeça para seu lado. — E ainda por cima, bonita. — Examinou os seus traços por um segundo, como se lesse seu padrão, e colou seus lábios aos dela.

Não queria beijá-la e sim beber seu sangue. Mas Kylie não iria deixar que isso acontecesse.

Lute. Jogue sujo. Lembrou-se da lição número um que o pai tinha lhe ensinado para se livrar de tarados. Recuando a perna e concentrando toda a sua força, golpeou com o joelho os genitais do cretino.

Nem tinha sequer considerado se os vampiros tinham o mesmo ponto fraco. O grito daquele, porém, revelou que tinham. Só não tinha contado com a possibilidade de ser arremessada pelos ares como uma boneca de pano. Suas costas bateram contra a grade e ela desabou no chão.

Uma voz lhe dizia que se levantasse e se preparasse para lutar. Mas, incapaz de respirar, teve que fazer um esforço descomunal apenas para abrir os olhos.

Viu então os dois vampiros que haviam atacado Derek estendidos no chão, como o primeiro.

— Kylie, você está bem? — Derek surgiu de repente ao seu lado.

— Ela é minha — disse uma voz grave.

Paralisada, Kylie viu o vampiro que a beijara agarrar Derek pelo pescoço e arremessá-lo por sobre a cerca, no território dos leões.

As feras rugiram e ela imaginou Derek sendo estraçalhado.

— Não! — gritou.

O vampiro olhou-a como se ela fosse o brinde na caixinha de cereais.

— Você é o quê? — perguntou ele e adiantou-se para erguê-la do chão.

Kylie sentiu-se congelar. Como nunca antes. Agulhas de gelo picavam sua pele, penetravam nos tecidos e chegavam até os seus ossos. Por um segundo, seus membros ficaram paralisados.

Mas, de repente, viu-se de pé. O vampiro segurava alguém nos braços. E esse alguém era *ela.* Os olhos da criatura agora faiscavam, mais vermelhos ainda.

Coisa estranha, não estava com medo. Esperou que ele se aproximasse mais, sentindo que podia enfrentá-lo. Mas sem saber como.

Com o canto dos olhos, viu Derek pular a grade.

— Mandei soltá-la — gritou ele, avançando contra Vermelho.

A criatura largou Kylie e empurrou Derek contra a grade.

— Parece que você não sabe a hora de morrer, não é? — zombou.

Mas então outra figura surgiu do nada e golpeou Vermelho com tamanha violência que ele caiu. Kylie reconheceu Della imediatamente.

Derek se virou para socorrer Kylie, mas outra figura negra o jogou de novo contra a grade.

Sem pensar, Kylie avançou. Agarrou o vampiro que atacava Derek e o arremessou para longe. Numa espécie de transe, viu o corpo dele voar dez ou quinze metros no ar até cair num amontoado de arbustos.

Virou-se. Derek olhava através dela.

— Uau, viu isso? — ela perguntou, mas ele não respondeu.

Derek foi juntar-se a Della para conter o vampiro que Kylie tinha golpeado. O gosto da boca do vampiro continuava na língua de Kylie e ela queria cuspir. Mas antes se aproximou, escolheu um ponto vulnerável no corpo dele, fechou o punho e socou. O vampiro voou para trás e caiu sobre um monte de terra.

Derek e Della olharam um para o outro, perplexos.

— Kylie? — chamou Derek.

— Estou aqui — respondeu ela. Mas imediatamente o viu correr e debruçar-se sobre seu corpo estendido no chão, virando-o. Um choque a percorreu da cabeça aos pés. Se ela não estava em seu corpo, onde estaria?

Derek chamou-a de novo e disse por fim:

— Anda, respira! Pelo amor de Deus, Kylie, respira! — disse ele.

Caramba! Estaria morta?

Capítulo 40

Examinando suas roupas, Kylie constatou que vestia um uniforme militar. Estava... no corpo espiritual de Daniel Brighten de novo — assim como no sonho. *Isso significava que não tinha morrido?*

Olhou para seu próprio corpo e viu que Derek tentava se livrar de mais dois vampiros. Della correu em seu auxílio.

Lembrando-se de que poderia ajudá-los como o fantasma de Daniel, Kylie deu um passo à frente. Mas, de imediato, percebeu que tinha voltado para o próprio corpo. Tentou se levantar. Mas qualquer movimento provocava dores intensas.

Alguém apareceu, juntando-se a Derek e Della na luta. Kylie estranhou ao ver seu novo aliado.

Sky?

Lanternas iluminaram a cena. As sombras da noite, bem como vários dos agressores, dispersaram-se como ratos.

Burnett e outros indivíduos, com jeito de serem também membros da UPF, pareciam surgir de todos os lados. Agarraram uma dupla de vampiros e algemaram seus pulsos e os tornozelos.

Derek correu na direção de Kylie.

— Você está bem?

Ela fez que sim, embora o corpo doesse em lugares que nunca pensara que pudessem doer.

— O que aconteceu aqui? — perguntou Burnett a Derek. E estendeu as mãos, como se quisesse também algemá-lo.

— A culpa foi minha — intercedeu Kylie. — Eu o obriguei a fazer isso.

— Não obrigou, não — contestou Derek.

— Eu é que dei a ideia — interrompeu Della, aproximando-se.

— Estão todos mentindo. Nenhum deles tem culpa — disse Sky.

Todos ficaram em silêncio por um longo momento, até que Derek falou:

— Sky plantou as pistas falsas de sangue que conduziam ao acampamento. Ajudou estes caras a pegar os animais. Mas, no fim, veio em nossa defesa.

Kylie sabia que Derek tinha ouvido aquilo de seu contato mental com os leões. Os animais tinham falado com ele, como Kylie tinha esperança que fizessem. Uma centelha de alegria por ter tido razão iluminou o caos do momento e Kylie se permitiu saboreá-la.

— Ele está falando a verdade. — E Sky estendeu os braços para ser algemada.

Burnett colocou as algemas nela.

— Por quê? — perguntou, olhando-a com repulsa.

— Eles... — começou Sky, olhando para os vampiros algemados — estão com minha irmã. Ameaçaram matá-la se eu não os ajudasse a fechar o acampamento. — Olhou para Kylie. — Concordei, pensando que era só o que queriam, mas isto... Prometeram que ninguém sairia ferido. Não sei como o leão foi parar na sua cabana, Kylie, juro. Eu deveria levar as bruxas para um passeio. Desconfiava que estivessem planejando alguma coisa, mas não pensei... Eles me garantiram que ninguém sairia ferido. — Sacudiu a cabeça e voltou-se para Burnett. — Só estava tentando salvar minha irmã.

— Eles? Quem são "eles"? — resmungou Burnett, olhando para os dois vampiros algemados no chão. Um deles rugiu para Burnett e tentou se desvencilhar. Dois outros agentes da UPF o imobilizaram.

Kylie notou então que o vampiro de cabelos avermelhados, o primeiro que a atacara, havia desaparecido. E essa simples constatação fez seu corpo todo se arrepiar.

— A Confraria do Sangue — respondeu Sky. — A gangue dos vampiros.

— E por que queriam fechar o acampamento? — perguntou Burnett.

— Acham que o acampamento está corrompendo membros em potencial — explicou Sky. — E, pelo que dizem, não são os únicos a pensar dessa maneira. A maioria das gangues já começa a se rebelar contra nossa instituição.

— Sabe onde estão mantendo sua irmã presa? — quis saber Burnett. Kylie percebeu em sua voz certa simpatia pelo dilema de Sky.

— Não. Mas meu pai contratou alguém para encontrá-la.

Holiday apareceu correndo e logo seus olhos pousaram nas algemas de Sky.

— Mas o que você está fazendo? — ela perguntou a Burnett.

— Meu trabalho — limitou-se a responder Burnett, afastando-se com Sky.

Holiday impediu sua passagem.

— Solte-a...

— Ele não pode, Holiday — suspirou Sky. — Ele está certo. Eu estraguei tudo. Lamento muito.

— Lamenta pelo quê? — perguntou Holiday.

Sky olhou para Derek.

— Conte tudo a ela — pediu.

Burnett voltou-se para Holiday como se fosse lhe dizer alguma coisa, mas logo fez sinal a Sky para que continuasse andando.

Holiday se virou para Kylie, Della e Derek.

— É melhor alguém começar a falar. E rápido.

Holiday chamou um médico e pediu que ele examinasse a todos cuidadosamente. Além de alguns arranhões e ferimentos leves, ninguém estava seriamente ferido. Passava das duas da madrugada e os músculos de Kylie doíam tanto que ela só pensava em ir para a cama. Mas, aparentemente, Burnett tinha outros planos.

Kylie e seus "comparsas" — por algum motivo Helen, Perry e Miranda confessaram participação em sua trama — receberam ordens para aguardar no refeitório. Holiday e Burnett entraram. Kylie viu sofrimento nos olhos da líder; sem dúvida, a traição de Sky a magoara muito.

Burnett iniciou o diálogo — ou bronca. Referiu-se ao que tinham feito como estupidez e loucura. Garantiu que tinha sido muita sorte ninguém ter morrido. Blá, blá, blá.

E ele estava certo.

Mas Kylie faria tudo de novo sem hesitar.

Ficou sentada comportadamente e aceitou seu castigo como os demais. Sabia que, invadindo a reserva, correria alguns riscos, mas jamais poderia imaginar que entraria em guerra com uma gangue de vampiros. Só o que queria era levar Derek até os animais para que ele tentasse obter deles algumas respostas.

E o plano, por sinal, tinha funcionado. Embora Burnett não o reconhecesse em seu longo sermão, evidentemente.

— Vocês pensaram, por um instante sequer, que eles estavam em número maior, na proporção de cinco para um? Não posso acreditar... — E continuou seu discurso, lembrando-lhes que, como sobrenaturais, deviam ser um pouco mais espertos.

Uma pergunta ocorreu a Kylie e, antes que ela pudesse se controlar, escapou-lhe dos lábios:

— Vocês ainda pretendem fechar o acampamento?

Burnett, irritado com a interrupção, franziu a testa.

— Se esse é o tipo de comportamento que podemos esperar de vocês, não tenho alternativa.

Chega! Chega! Chega!

Quando a palavra vibrou na mente de Kylie pela terceira vez, ela se levantou:

— Fizemos a única coisa que, a nosso ver, podia ajudar.

Não sabia de onde lhe vinha tanta coragem, talvez do cansaço, mas não conseguia se conter.

— Você parece ter se esquecido de que não tínhamos intenção nenhuma de brigar com uma gangue de vampiros. Só queríamos que Derek entrasse em contato com os animais para saber quem, afinal, era o responsável por tudo aquilo.

— Deviam ter nos consultado — ponderou Holiday.

Embora Kylie simpatizasse com a líder do acampamento, tinha uma observação a fazer. Se tinha enfrentado Burnett, poderia enfrentá-la também.

— E por que faríamos isso? — perguntou. — Não confiou em nós o bastante para contar o que estava acontecendo. Tudo bem, sabemos que você é a líder, mas não estamos no jardim de infância. Você diz que viemos aqui para aprender a lidar com o mundo lá fora, mas depois tenta nos esconder qualquer coisa que possa parecer desagradável. E se tivéssemos procurado você, com certeza não teria nos apoiado por achar que seria perigoso. — E, apontando para Burnett: — E digo o mesmo de você.

— Já chega — resmungou Burnett.

Ainda não.

— Mesmo que Holiday tivesse concordado, você não deixaria que Derek fosse à reserva porque considerava todos nós suspeitos.

— É isso aí — sentenciou Derek.

— Concordo — disse Della.

— Mandou bem, Kylie — apoiou Miranda.

Todos, na sala, balançaram a cabeça concordando com o que Kylie acabara de dizer.

— Não importa — reagiu Burnett.

— Importa, sim. — Holiday ergueu a mão para silenciar o vampiro alto, moreno e ameaçador. — Kylie está certa. É difícil para mim admitir, mas ela está certa.

Holiday respirou fundo.

— Costumo mesmo ser superprotetora. — Olhou para Burnett. — E você costuma ser... bem, um idiota.

A expressão de Burnett oscilava entre o choque e a raiva.

— Estou apenas sendo honesta — continuou Holiday, fitando Kylie e os demais. — E respondendo à sua pergunta, Kylie, Burnett já me informou que felizmente o acampamento não será fechado.

Ouviu-se no recinto um brado geral de vitória.

— Na verdade... — Holiday relanceou os olhos para Burnett, como se lhe pedisse permissão para continuar. Ele fechou a cara, mas não se opôs. — Na verdade, me informou também que meu pedido para transformar o Acampamento Shadow Falls em Escola do Acampamento Shadow Falls foi aceito.

— Uma espécie de escola de tempo integral? — perguntou Kylie.

Holiday fez que sim e relanceou os olhos para Della.

— Temos esperança de que isso ajude a aliviar um pouco a pressão sobre os novos sobrenaturais que acham impossível conviver com suas famílias normais. Permitirá que mantenham contato e, se Deus quiser, evitará que essas famílias se desagreguem por completo.

Kylie sorriu e virou-se para Della, que parecia prestes a chorar.

— E — continuou Holiday — embora eu tenha chamado o sr. James aqui de idiota, o que é verdade, gostaria de acrescentar outra coisa: hoje à noite, seu chefe me contou que, ao contrário do que eu pensava, ele tem sido um defensor da escola. Segundo esse chefe, o sr. James vem nos apoiando o tempo todo. Assim, gostemos ou não (e eu, devo confessar, não gosto), ele merece o nosso respeito.

Burnett, de braços cruzados sobre o peito, não tirava os olhos de Holiday. E Kylie suspeitou que Holiday não correspondia o olhar só para aborrecer Burnett.

— Era só isso o que eu tinha a dizer. — E a líder caminhou para a porta. — Já é tarde e, como amanhã é dia da visita dos pais, teremos que nos levantar bem cedo e bem dispostos, mesmo que seja preciso fingir.

Miranda, Della e Kylie saíram juntas.

— Chan não estava lá — disse Della. — Eu teria sentido seu cheiro.

— Sei disso — tranquilizou-a Kylie.

— Quem é Chan? — perguntou Miranda.

— Mais tarde eu explico — prometeu Della. E, virando-se para Kylie: — Quando Sky disse que não colocou o leão no seu quarto, estava falando a verdade.

— Foi o que pensei — disse Kylie. Mas algo naquele incidente ainda a intrigava, embora ela não soubesse o quê.

Aproximavam-se de sua cabana quando Kylie avistou Derek.

— Vão vocês — disse às amigas. — Quero dizer boa-noite a ele.

— Sentiu o cheiro dos hormônios? — perguntou Della a Miranda.

Kylie fez uma careta para Della enquanto as duas amigas se afastavam e virou-se para ir ao encontro de Derek.

— Ei, espera um pouco! — chamou.

Derek deu meia-volta e caminhou na direção dela. Quando se encontraram, ele sorria.

— Gostei de vê-la enfrentar Burnett e Holiday.

Kylie deu de ombros. Não sabia de onde tinha tirado tanta coragem, mas pelo menos tinha conseguido dizer o que queria. E não estava nem um pouco arrependida.

— E eu gostei do modo como você enfrentou aqueles vampiros. Como conseguiu? Eles iam caindo um depois do outro.

— Aparentemente, tenho a capacidade de abalar seu sistema com uma sobrecarga emocional — sorriu Derek. — Foi demais, não foi?

— Se foi! — exultou Kylie.

Derek olhou-a atentamente.

— Seu fantasma também estava lá, não estava?

— Estava — respondeu Kylie, sem se sentir ainda pronta para comentar sua experiência fora do corpo.

Seus olhares se encontraram e não se desviaram.

— O plano funcionou, hein? — disse ela. — Você se comunicou com os animais. Por isso sabia tudo a respeito de Sky.

— É. Você estava certa.

Kylie notou algo diferente na voz dele — talvez arrependimento.

— Está chateado por causa disso? — perguntou. Uma forte sensação de culpa oprimiu seu peito. Derek tinha feito aquilo por ela. — Se está... espero que me desculpe...

Derek pousou um dedo sobre os lábios dela.

— Não precisa se desculpar. Estou feliz com o que fiz. Foi o certo. — Ajeitou uma mecha dos cabelos de Kylie atrás de sua orelha e deixou a mão lá. — Mandamos bem. Somos uma boa equipe.

— Você já salvou a minha vida duas vezes. Três, se contarmos a cobra. — Ergueu os olhos para ele, para seu sorriso doce. O toque da mão de Derek em seu pescoço era agradável. Muito bem-vindo. Sem pensar, Kylie ficou na ponta dos pés e pressionou os lábios contra os dele.

Não foi Derek que começou o beijo.

Foi ela.

Não foi Derek que aprofundou o beijo.

Foi ela.

Não foi Derek que se aproximou um pouco mais.

Foi ela.

Não que ele tenha se importado, é claro.

Mas foi ele que invadiu com a língua a boca de Kylie. E ela ouviu uma voz interior sussurrar: "Opa!"

Kylie recuou um pouco. Estavam ambos sem fôlego. Kylie achou que, nem quando lutavam contra os vampiros do mal, tinham respirado com tanta dificuldade.

Derek abriu os olhos e a observou atentamente.

— Uau!

Kylie inspirou, ainda com esforço, tentando desanuviar a cabeça. Fitou os próprios pés, pois olhá-lo agora nos olhos era demais para ela. Não tinha pensado que aquilo fosse acontecer. Ou tinha?

Derek segurou o queixo de Kylie e levantou sua cabeça. Que droga, ia obrigá-la a olhá-lo! E talvez fazer a pergunta a que ela não poderia responder.

— O que foi isso, Kylie? Apenas um agradecimento por salvar a sua vida ou... algo mais?

Era a pergunta que ela temia.

— Não sei — respondeu Kylie com sinceridade. — Talvez um momento de fraqueza.

— Então me faça um favor — riu Derek, aproximando-se.

— Qual?

— Sempre que se sentir fraca, me procure.

Kylie levantou a mão para lhe dar um soco de leve no peito, mas ele a deteve. Levou a mão dela aos lábios, sem desviar seus olhos verdes dos dela e, gentilmente, beijou a ponta dos seus dedos. A umidade de seus lábios fez com que um arrepio delicioso percorresse a espinha de Kylie.

Por alguma razão desconhecida, o segundo beijo foi mais perturbador que o primeiro. Kylie notou então como o céu estava bonito. Um céu... encantado. As estrelas cintilavam como num filme da Disney. Aquilo seria obra de Derek? Estaria usando seus dons para fazê-la ver as coisas de maneira diferente? Mas, e se estivesse? Que importância tinha? Kylie não saberia responder.

— Acho que... acho que é melhor eu ir. Amanhã é o dia da visita dos pais.

— Vou acompanhar você até a cabana — prontificou-se Derek, arqueando a sobrancelha.

— Não vou te beijar de novo — disse ela, sem pensar.

— Aposto que vai — riu ele.

Kylie sabia que Derek estava certo, mas...

— Esta noite, não.

— Eu imaginei. Ainda bem que sou paciente.

O beijo de Derek e talvez também tudo o que tinha acontecido antes ajudaram Kylie a não pensar na visita da mãe — e no que lhe diria ou não diria a respeito do pai se esfregando com a garota no meio da rua. E havia aquela pergunta a fazer. A pergunta que dava um nó na sua garganta.

A pergunta em que não queria pensar.

Mas agora, aguardando a chegada da mãe no refeitório, ela achava que talvez devesse ter refletido sobre aquilo, porque algumas coisas simplesmente ela não podia falar sem pensar.

A mãe entrou, procurando-a com os olhos. Kylie aproveitou aquele instante para observá-la bem. Cabelos e olhos castanhos. Kylie não se parecia em nada com ela, exceto pelo nariz ligeiramente arrebitado.

— Que dificuldade para te encontrar! — exclamou a mãe, enquanto se sentavam numa das mesas mais vazias. Ela mal se sentara na cadeira e já foi dizendo: — Você não tem dormido bem, não é, Kylie?

Seria aquilo uma espécie de radar materno, que a fazia adivinhar essas coisas?

— Apenas um pouco de insônia — mentiu Kylie.

A mãe debruçou-se sobre a mesa e perguntou em voz baixa:

— Não tem tido aqueles pesadelos, tem?

— Não — respondeu Kylie.

O olhar da mãe assumiu a expressão "não minta para mim".

— Juro — reforçou Kylie.

— Está bem.

— Olá para todos — saudou Holiday à porta. — Normalmente não falo com vocês durante estas visitas, mas tenho notícias que gostaria de comunicar. Primeiro, lamento informar que, por motivos pessoais, Sky Peacemaker, minha colega no comando do acampamento, precisou se afastar.

Kylie tinha que reconhecer: Holiday tinha dado um jeito de explicar as coisas sem necessariamente mentir.

— No entanto — prosseguiu a líder —, a vaga logo será preenchida. Até lá contaremos com um substituto temporário. Apenas temporário. Apresento-lhes o sr. Burnett James, que foi muito bem recomendado.

Holiday devia ter dito o "apenas temporário" com imenso alívio, pensou Kylie. Trabalhar com Burnett seria sem dúvida um fardo para ela.

— A segunda notícia é... — E Holiday contou que o acampamento se transformaria num internato.

Kylie ficou observando a mãe enquanto Holiday contava as novidades. Só faltava a mãe se levantar, aplaudir e gritar: *Finalmente livre, finalmente livre.*

Mas, estranhamente, a mãe conteve seu entusiasmo. Kylie sentiu uma pontada de culpa. Seria injusto que, querendo ela própria permanecer ali em tempo integral, recriminasse a mãe por querer o mesmo.

Depois que Holiday concluiu o discurso, Kylie se voltou para a mãe e disse:

— Quer dar uma voltinha? Há uns lugares bem bonitos no bosque.

A mãe olhou para baixo.

— Claro. Ainda bem que vim de tênis.

Kylie decidiu levar a mãe até a trilha menos difícil, que terminava perto do riacho. O lugar não era tão agradável quanto o dela e de Derek, mas serviria. Antes, passou na cabana para apanhar um cobertor no qual pudessem se sentar.

A mãe percorreu os cômodos, examinando-os.

— Meio apertado, mas agradável — comentou ela.

Socks saiu correndo do quarto e atracou-se com os cadarços de seu tênis.

— Ah, que gracinha! — disse ela, apanhando o gato e aproximando-o do rosto. — De quem é?

— Meu — respondeu Kylie.

A mãe pareceu surpresa.

— Não acha que deveria ter me consultado antes a respeito disso?

— Bem... tem razão, acho que sim — balbuciou Kylie.

A mãe continuou admirando o gato.

— Sabe que gato este aqui me lembra?

— Socks? — arriscou Kylie.

— É. Você se lembra dele também? Nós o tínhamos quando você nasceu. Seu pai me deu no dia em que fizemos nosso primeiro ultrassom. Ele estava tão entusiasmado... — Interrompeu-se e sacudiu a cabeça como para se livrar daquela recordação. — É, é um belo gatinho. — E colocou-o no chão quase como se o censurasse por ter evocado nela uma lembrança dolorosa.

Kylie notou a emoção nos olhos da mãe e desejou poder dar um soco no pai. Engoliu em seco para desfazer o nó que ia se formando em sua garganta e foi procurar o cobertor.

Caminharam em silêncio durante algum tempo e por fim a mãe perguntou:

— Tem telefonado para seu pai, não tem?

Kylie pensou em inventar uma mentira, mas disse apenas:

— Ele também tem meu telefone, mãe. Quando quiser falar comigo, pode me ligar.

— Querida, os homens não são muito bons nisso...

— Não estamos falando dos homens. Estamos falando do papai.

— Tenho certeza de que ele teve motivos para não vir ver você. Seu trabalho às vezes o absorve muito.

— Verdade? Então foi por isso que você fez churrasco da cueca dele?

Capítulo 41

A mãe continuou caminhando ao lado de Kylie pela trilha do bosque.

— Não gostei nada de fazer aquilo.

— Pois deveria — rebateu Kylie. — Acho que foi certo.

A mãe a encarou antes de falar:

— Ele está tendo problemas, Kylie. Nada mais.

O fato de a mãe defendê-lo irritou Kylie.

— É, o problema dele é sua assistente superjovem.

A mãe se deteve e a pegou pelo braço. Tinha lágrimas nos olhos.

— Ah, querida, sinto muito.

Kylie sacudiu a cabeça.

— Por que pede desculpas? Está tendo um caso também? Juro que, se você estiver saindo com alguém da minha idade, vou me divorciar dos dois.

— Não. Eu nunca... Eu não queria... que você soubesse. Vocês eram tão ligados! — Pousou a mão sobre os lábios trêmulos por alguns segundos. — Como descobriu?

Kylie achou que sua mãe ficaria muito magoada caso ela contasse que o pai tinha trazido a garota na semana anterior, por isso disse apenas:

— Peguei papai mentindo.

A mãe balançou a cabeça:

— Ele nunca foi um bom mentiroso.

Kylie se perguntou se poderia dizer o mesmo da mãe. Seu pai saberia dizer? Deteve-se, fechou os olhos e reexaminou a pergunta que precisava fazer.

— Muito bonito — disse a mãe.

Kylie abriu os olhos e a observou admirando o riacho.

— É. — Kylie avançou até a margem e estendeu o cobertor para que se sentassem.

A mãe se acomodou e olhou para a água.

— Tem mesmo uma cachoeira por aqui?

— Me disseram que sim — respondeu Kylie, tentando não denunciar no tom de voz a frustração por nunca ter visto a tal cachoeira. E naquele mesmo instante decidiu que, mesmo sozinha, ainda iria lá. Podia parecer maluquice, mas aquilo era importante para ela. — Mas eu nunca vi.

— Por que não?

Kylie deu de ombros.

— Existe uma lenda de que existem fantasmas lá. A maioria das pessoas tem medo de visitar o local. — Inclusive eu, pensou Kylie, preferindo não dizer isso em voz alta... por enquanto.

— É mesmo? — A mãe parecia intrigada. — Adoro histórias de fantasmas, e você?

— Às vezes — respondeu Kylie com franqueza, virando o rosto para que a mãe não lesse nada em sua expressão.

— É bem tranquilo aqui — observou a mãe. — Estou gostando. — Inclinou-se e acariciou a mão de Kylie. — Obrigada por me trazer.

Kylie, por covardia, adiou a pergunta que não gostaria de fazer e passou a um tema menos explosivo. Um tema que agradaria à mãe.

— Que acha da transformação do acampamento em internato?

— A líder do acampamento parecia muito feliz com isso — disse a mãe, ainda contemplando a água.

— Que tal se eu me matriculasse?

A mãe virou-se para Kylie.

— O quê? Meu bem, será um internato. Significa que você teria que morar aqui.

— Eu sei — respondeu Kylie, francamente impressionada com aquela reação. — Mas pense: você não precisaria ficar comigo. — Tentou imprimir às palavras um tom sarcástico. Mas, a julgar pela expressão da mãe, não conseguiu acertar no alvo.

— Não. Vamos deixar as coisas bem claras. Não e não. Você tem um lar e mora comigo.

Duas constatações de ordem emocional abalaram Kylie ao mesmo tempo. Primeira: ela realmente queria, ou melhor, precisava ficar no acampamento. De algum modo, tinha que conseguir a permissão da mãe. Segunda: a mãe não queria ficar livre dela. Kylie estava certa de que, se pudesse escolher, a mãe faria sua mochila e a poria para fora num piscar de olhos.

Com aquelas emoções agitando-se furiosamente em seu peito, Kylie já não sabia o que dizer.

— Eu... eu realmente gosto daqui, mãe.

— Gosta da sua casa também.

Gostava, não gosto mais seria a resposta certa, mas que de repente lhe parecia cruel.

— Mas...

— Se com isso está querendo se vingar do divórcio... — começou a mãe.

— Não — negou Kylie. — Juro! É só que aqui é um lugar legal. Vou poder descobrir quem de fato sou. Você sempre dizia que eu tinha "problemas de relacionamento" porque não queria pertencer a nenhum clube ou turma, se lembra? Pois então, aqui, tenho amigos... Eu pertenço a este lugar, mamãe.

— Você tem Sara. Vocês duas são como irmãs.

— Gosto de Sara e sempre vou gostar. Mas nós já não somos... tão parecidas quanto antes. Nem mesmo nos falamos todos os dias. Ela fez outras amizades e, sinceramente, eu não me dou muito bem com elas.

— Mas... — disse a mãe, agora mais preocupada.

— Mãe, por favor... — insistiu Kylie, percebendo que a mãe já não argumentava com a mesma teimosia. E recorreu a outro trunfo: — Você disse que o novo emprego exigiria viagens frequentes. Como posso ficar segura, com você sempre longe de casa?

— Bem, seu pai tomará o meu lugar.

Kylie sacudiu a cabeça.

— Acha mesmo que vou para a casa dele com aquela garota, quase da minha idade, no pé dele?

— Posso recusar a promoção — sugeriu a mãe. — Você é mais importante para mim do que... qualquer emprego. — E seus olhos se encheram de lágrimas.

Os de Kylie também. Ela não conseguiu se conter. Como parecia ser a coisa certa a fazer naquele momento, ela abraçou a mãe.

— Eu te amo — murmurou Kylie, prolongando o abraço mais apertado que jamais dera à mãe.

A mãe não a repeliu, ao contrário, afagou-lhe o ombro. Não era o abraço mais afetuoso do mundo, mas um começo. Então, para não abusar da sorte, Kylie recuou.

— Sinto muito — sussurrou.

— Por quê? — perguntou a mãe e, no mesmo instante, Kylie percebeu que o rosto dela estava todo borrado. Outra coisa que tinham em comum e que Kylie até então nunca notara.

— Não quero magoar você. E não precisa tomar nenhuma decisão hoje. Vou ficar no acampamento durante todo o verão, mas de fato eu gosto daqui. Além disso, Holiday disse que os alunos poderão ir para casa nos fins de semana. Haverá muitos feriados. E a viagem não dura mais que três horas. Você trabalha fora e também poderá aparecer por aqui.

A mãe suspirou.

— Acontece que você é minha filha, meu amor. — Passou os dedos pelo rosto de Kylie. — Não quero que seja criada por estranhos.

— Mãe, cai na real. Vou fazer 17 anos dentro de alguns meses. Você já me criou. — Kylie hesitou um instante e prosseguiu: — Além disso, você precisa namorar, fazer outras coisas.

A mãe arregalou os olhos.

— Não sei se sou tão corajosa assim.

— Como não? É bonita e, com um guarda-roupa novo, poderia ficar... uma gata! — A mãe era muito mais bonita que a vagabunda com quem seu pai estava envolvido.

A mãe suspirou de novo.

— Quando foi que minha menininha cresceu?

— Não sei — riu Kylie, recostando-se no cobertor. A mãe, imitando-a, se recostou também. Ficaram ouvindo o murmúrio da água e contemplando o céu azul por entre as nuvens muito brancas. Talvez fosse imaginação de Kylie, mas ela quase podia ouvir dali o barulho da cachoeira.

Por fim, Kylie se levantou e a mãe fez o mesmo.

— Mãe, posso te perguntar uma coisa?

— É claro, querida.

Kylie a olhou bem no fundo dos olhos e disparou:

— Quem é meu verdadeiro pai?

Capítulo 42

Kylie viu a mãe vacilar. Não olhou para a filha, como que tentando decidir qual mentira contaria.

— A verdade, mamãe — insistiu Kylie. — Preciso saber a verdade.

A mãe finalmente olhou para ela.

— Seu... seu pai te contou?

Que pai?, pensou Kylie, mas não disse nada. Sabia a qual deles a mãe se referia.

Sentiu-se aliviada. O pai tinha conhecimento do fato. Kylie não queria acreditar que a mãe tivesse mentido para ele durante todos aqueles anos. Mas então o alívio desapareceu e ela se perguntou se o divórcio teria algo a ver com aquilo. Teria ele descoberto que não era o pai biológico de Kylie? Seu coração se apertou à ideia de ser a responsável pelo divórcio.

— Não, mãe, eu juro. Ele não me contou nada. Foi apenas um... pressentimento. — Isso era verdade. Kylie não tinha provas nem chegara a perguntar nada ao fantasma. Mas a estranha sensação de conhecer Daniel agora fazia sentido.

Ele se parecia muito com a garota que ela via no espelho todas as manhãs, quando escovava os dentes: os mesmos olhos azuis, o mesmo cabelo loiro, a mesma estrutura óssea. Até o andar dos dois era muito parecido.

E havia também o padrão mental dele. Kylie podia lê-lo em seu próprio cérebro e lembrou-se de que Helen o descrevera.

Eram coisas, porém, que no momento não poderia contar à mãe.

— Além disso, não me pareço em nada com o papai — preferiu dizer.

Lágrimas corriam pelas faces da mãe.

— Ah, minha filha, sinto muito. Sinto muito mesmo.

— O que aconteceu? — indagou Kylie. — Por favor, me diga que o divórcio não tem nada a ver com isso.

— Não tem. — A mãe enxugou as lágrimas e prosseguiu: — Conheci Daniel Brighten na academia de ginástica. Ele trabalhava lá. Era... nem sei como explicar, mas digamos que era... charmoso. Quase mágico. Foi amor à primeira vista.

Seus olhos fitaram o nada, como se ela se perdesse nas recordações.

— Ele me convidou para sair. No primeiro encontro, me contou que dentro de três semanas iria para a Guerra do Golfo. Três semanas era tudo o que tínhamos. Sei que isso parece errado e eu a trancaria no quarto se você fizesse a mesma coisa, mas... já no primeiro encontro, eu sabia que ele era o homem certo. No terceiro, eu... Não havia nada que eu não fizesse por ele. Éramos inseparáveis. Quando foi para a guerra, Daniel me garantiu que, na volta, se casaria comigo. Que me apresentaria aos seus pais. Eles moravam em Dallas e, por isso, nunca os conheci.

A mãe respirou fundo.

— Duas semanas depois de sua partida, descobri que estava grávida. Contei a ele na minha carta seguinte. — Mordeu o lábio e mais lágrimas lhe correram pelas faces. — Ele deixou de escrever. Pensei... a princípio pensei que era porque não queria a criança. — Respirou fundo e enxugou o rosto. — Duas semanas depois, li no jornal que Daniel tinha morrido. Nem sei se ele chegou a receber minha carta.

Kylie sentiu um aperto no coração e se lembrou de Daniel tirando o envelope do bolso para levá-lo aos lábios. Seus olhos se encheram de lágrimas e só com muito esforço conteve a vontade de contar à mãe sobre os sonhos, sobre as visitas de Daniel.

A mãe abraçou os joelhos, como se sentisse frio. Kylie sabia que ele estava ali. Estava ao lado de sua mãe, olhando-a com tanto amor nos olhos que as lágrimas começaram a escorrer pelo rosto de Kylie.

— Eu só tinha... 18 anos — gemeu a mãe. — Minha mãe teria entendido, mas meu pai era... talvez até matasse Daniel. Eu e seu pai... quero dizer, seu padrasto, tínhamos saído algumas vezes na época do colégio. Ele sempre dizia que me amava.

Ergueu a cabeça e continuou:

— Me telefonou logo depois desses acontecimentos. Eu lhe disse que não era uma boa hora. Mas ele não aceitava um "não" facilmente. Apareceu no escritório e saímos para um café. Contei tudo a ele, não sei bem por quê. Mas precisava de um amigo.

Virou-se para Kylie:

— Ele fez o que a maior parte dos homens não faria. Ajoelhou-se e propôs que nos casássemos o mais rápido possível.

Kylie ficou imaginando o quanto ele devia gostar de sua mãe para lhe fazer essa proposta. Mas o que tinha acontecido com aquele homem? Como poderia ser o mesmo que...

A mãe prosseguiu:

— Só exigiu uma coisa, uma promessa de minha parte: ninguém jamais deveria saber que você não era filha dele. — Comprimiu de novo os lábios com as mãos. — Seu pai verdadeiro tinha morrido. Eu estava desesperada. Nunca... nunca pensei que seria tão difícil manter aquela promessa.

Kylie segurou a mão dela.

— No dia em que você nasceu, foi como se eu visse seu pai de novo. Eram tão parecidos!

Eu sei, pensou Kylie, apertando a mão da mãe. Em seguida, olhou para Daniel Brighten.

— Tenho certeza de que, se ele estivesse vivo, teria te amado muito.

Kylie cerrou os olhos e, dessa vez, as palavras fluíram livremente:

— Acho que ele me ama. E te ama também.

Então sua mãe a envolveu num forte abraço. Não foi rápido, nem estranho. Foi a coisa certa.

Continuaram junto ao riacho por mais duas horas. Falando sobre tudo. A mãe contou, em detalhes, seu romance ardente com Daniel. Falaram até da avó.

— No dia do enterro — disse a mãe —, tive de me controlar para não pegar um lenço e tirar aquele batom vermelho horrível que passaram na boca dela.

Kylie riu.

— Aposto que minha avó teria gostado muito disso.

Nesse momento, sentiu outra brisa passar por ela. Era fria. Mas não fria como a de Daniel. Teve certeza de que sua avó estava por perto.

— Ela era especial — murmurou Kylie.

Pouco depois, retomaram o caminho de volta pelo meio do bosque. Seus ombros se tocavam enquanto seguiam em frente. A mãe segurou a mão de Kylie.

— Seu pai — disse ela —, o homem que a criou, gosta de você. E você gosta muito dele, eu sei.

— Tenho o direito de estar com raiva — murmurou Kylie.

— É claro. Eu também estou com raiva dele. Com raiva não, com ódio. No entanto, não acredito que ele a amaria mais se você fosse sua filha legítima. Esta é apenas... uma crise da meia-idade. — Deteve o passo. — Ou então, algo que eu não gostaria de admitir.

— O quê?

— Ele me amava, Kylie. No começo, seu pai me amava muito. E eu... nunca o amei como a Daniel. Jamais lhe disse isso, mas ele sabia. E com o passar do tempo... que Deus me perdoe, comecei a me recriminar pela promessa que tinha feito. Sempre que olhava para você, via seu verdadeiro pai e sentia que estava mentindo para minha filha. Mentindo para mim mesma. O casamento ia de mal a pior. Nosso relacionamento se deteriorava. — Agitou a mão, desalentada. — Era fácil acusá-lo, mas, honestamente, eu também tinha culpa. Foi um erro fazer aquela promessa.

Puxou os cabelos de Kylie para trás, delicadamente.

— Ele se mostrou um bom pai. E, por quase todos estes dezesseis anos, um bom marido. Merecia uma esposa que correspondesse ao seu amor. Isso ele nunca teve. Até quando iria suportar essa situação? Talvez, depois de tanto tempo, não tenha conseguido mais lidar com isso.

Kylie reconheceu que a mãe dissera muitas coisas certas. Coisas que ela deveria levar em consideração quando reavaliasse seu relacionamento com o pai.

— Ele poderia ter apenas pedido o divórcio. Não precisava sair por aí com uma garota quase da minha idade.

— Não estou dizendo que ele agiu da forma correta. Ou que é perfeito. Mas ele te ama, querida. Mesmo sem ter essa obrigação.

Antes de partir, a mãe fez Kylie prometer que ligaria assim que pudesse para o pai. Promessa é dívida. Kylie pretendia cumpri-la, mas não hoje. Talvez nem mesmo amanhã.

— Por que os romances têm que ser tão complicados? — desabafou Kylie ao entrar na cabana de Holiday, já tarde da noite.

Havia permanecido em seu quarto desde que a mãe tinha ido embora, pensando no pai, na mãe e em Daniel, comparando a situação deles com o que sentia por Lucas e Derek. Não era a mesma coisa; mas, até certo ponto, talvez fosse.

Holiday ergueu os olhos do papel que tinha sobre a mesa. Se sua expressão dizia alguma coisa, ela estava no mesmo estado de espírito de Kylie. Confusa e magoada. Sem dúvida, tinha se desentendido de novo com Burnett.

— Boa pergunta — comentou Holiday. — Pessoalmente, acho que os deuses só querem, com isso, nos aborrecer.

Kylie se sentou diante da escrivaninha.

Recostando-se, Holiday a examinou.

— Você esteve quieta o dia todo. O encontro com sua mãe foi bom?

Kylie decidiu se abrir.

— Daniel Brighten, o fantasma, é meu verdadeiro pai.

Holiday concordou com um aceno de cabeça. Não era aquela a reação que Kylie esperava.

Kylie sentiu um nó na garganta.

— Se me disser que sabia disso o tempo todo, vou ficar muito brava com você.

— Eu não sabia. — Holiday levantou a mão. — Suspeitava. É um pouco diferente.

— Deveria ter me contado.

— Não é assim que funciona.

— Bem, o jeito que funciona não me agrada — retrucou Kylie.

Holiday suspirou.

— Às vezes, nem a mim.

Calaram-se. Música vinda do refeitório enchia a sala. Estava acontecendo uma festinha ali para comemorar a notícia de que o acampamento não seria fechado e de que se transformaria num internato. Para muitos dos campistas, aquilo era um alívio.

— E de resto está tudo bem? — indagou Holiday.

— Está — respondeu Kylie. Mas logo concluiu que, se não pusesse tudo para fora de uma vez, explodiria. — Não, não está. Gosto de dois garotos. Um foi embora, de modo que, por esse lado, as coisas deveriam ficar mais fáceis, não é? Especialmente porque, no momento, ele deve estar bem longe, fazendo sexo animal com uma loba. Mas não: a história de minha mãe, meu pai e Daniel me ensinou que não é justo gostar de duas pessoas ao mesmo tempo. — E Kylie se interrompeu para poder respirar.

— É uma situação difícil — concordou Holiday.

— Ah, e eu ainda não acabei. Como se tudo isso não bastasse, o outro garoto de quem gosto tem o dom de brincar com minhas emoções. Quando estou com ele, sinto que aquilo é bom demais para ser verdade. Então me pergunto se é real. Talvez ele esteja apenas usando suas habilidades para me induzir a pensar que gosto dele.

Holiday franziu a testa.

— Não creio que Derek faça isso.

Kylie sabia que Holiday tinha adivinhado a que ela estava se referindo, mas ouvir seu nome fez seu peito ficar oprimido.

— Além de tudo — prosseguiu Holiday —, Derek é um homem. A lógica dos homens é diferente da nossa.

— Então você concorda; ele pode estar fazendo isso, não é mesmo? — pressionou Kylie.

Holiday parecia insegura.

— Pode, mas... não acredito que seja do tipo que faça.

— Eu também não. No entanto... — Kylie fechou os olhos. — Me sinto extremamente confusa.

Holiday suspirou de novo.

— Gostaria de poder te dizer que as coisas vão melhorar quando você ficar mais velha. Mas, quando lidamos com homens, existe sempre a possibilidade de nos enganarmos.

— E há ainda o caso de Daniel — continuou Kylie, agitada. — Agora que deveria aparecer para eu perguntar o que na verdade eu sou, ele não colabora. Deve estar jogando golfe ou pôquer com São Pedro e seus colegas no céu. Ou então, e só faltava essa, talvez tenha conhecido alguma garotinha assanhada, como meu pai conheceu, e resolvido me pôr de lado, como meu pai me pôs.

Holiday sorriu.

— Já te passou pela cabeça que talvez Daniel queira que você descubra por si mesma o que você é?

— Ah, mas isso não é justo — disse Kylie. — Seus pais não morreram, deixando você por aí, se matando para descobrir, sozinha, o que era. Você já nasceu sabendo de tudo.

Holiday balançou a cabeça.

— A jornada de cada um é diferente. Por que não faz disso sua próxima busca?

Kylie se recostou na cadeira.

— Não quero mais saber de buscas. As coisas precisam ser assim tão difíceis?

Holiday não pôde conter o riso.

— O que é fácil não tem graça. — Suspirou. — Odeio admitir isto, mas, se os homens fossem fáceis de entender, provavelmente não seria tão divertido.

— Concordo com você, mas ver sua vida mergulhar no caos não tem nenhuma graça. E é o que vem acontecendo comigo nos dois últimos meses.

Holiday, com expressão séria, estendeu o braço e segurou a mão de Kylie.

— E eu estou prestes a tornar sua vida ainda mais difícil.

— Como?! — exclamou Kylie, soltando apressadamente a mão.

Holiday franziu a testa e tirou uma carta da gaveta da escrivaninha.

— Eu não ia te mostrar isto, mas... me lembrei de que você me chamou de superprotetora.

Um arrepio de preocupação percorreu o corpo de Kylie.

— Bem, a proteção às vezes é bem-vinda.

— Não. Você estava certa — disse Holiday.

— É de Daniel? — perguntou Kylie, olhando para o envelope.

— Não. De Lucas.

— Me mate de uma vez — gemeu Kylie, simulando bater a cabeça contra o tampo da escrivaninha.

Holiday deu uma risada.

— Talvez não seja tão ruim assim. — Apertou de novo a mão de Kylie. — Você é uma garota especial, Kylie. Me atrevo a dizer até que esses dois não são os únicos que pulariam no fogo para chamar sua atenção. — Levantou-se. — Acho que vou dar uma olhada na festa. Pode ficar aqui o tempo que quiser.

— Holiday? — chamou Kylie, sem se virar.

— Que foi?

Kylie olhou para trás.

— Lucas escreveu para você também?

Holiday sacudiu a cabeça afirmativamente.

— Sabe se... se Fredericka está com ele?

Holiday fitou-a.

— Está.

— Obrigada. — Kylie voltou-se na cadeira enquanto o som dos passos de Holiday ia aos poucos se confundindo com a música ao longe. Apanhou a carta. Lembrou-se do que sentira ao beijar Derek — calor e segurança, exceto pela pequena dúvida de que ele pudesse estar manipulando suas emoções.

Já com Lucas o beijo foi... mais ardente, mas nada seguro. Talvez tivesse sido mais ardente por isso mesmo. Perigo e paixão costumam andar de mãos dadas.

Kylie passeou os olhos pela carta. Será que Lucas conseguiria dizer alguma coisa que mudasse o fato de ter ido embora, de estar com Fredericka — uma garota com quem ele admitia que estava transando? Uma garota com quem ele também admitia que se preocupava?

Não, concluiu Kylie. Lucas não conseguiria dizer nada que mudasse essa situação. Não mais do que seu pai conseguiria mudar o que tinha feito com sua mãe. Ou o que Trey tinha feito com ela.

A música parecia chamá-la. Havia uma festa e ela deveria estar lá. Dobrou a carta e a colocou no bolso. Merecia se divertir um pouco aquela noite. Depois, veria o que Lucas tinha a dizer.

Levantou-se e já ia sair quando o frio a envolveu tão rapidamente que ela quase perdeu o fôlego. Uma densa neblina invadiu a sala.

Bem, isto é diferente.

Mal esse pensamento lhe ocorreu e Kylie constatou que era não só diferente, mas muito diferente. Daniel não tinha nada a ver com aquilo.

Tentou se acalmar. Afinal, já estava se acostumando com fantasmas.

— Daniel? — chamou, mas sabendo, no fundo, que não era ele.

Uma parte da neblina se desvaneceu. Uma mulher, com não mais de 30 anos e longos cabelos escuros, surgiu diante de seus olhos. Vestia uma saia branca muito bonita — pelo menos, já tinha sido bonita um dia.

O coração de Kylie palpitou forte quando ela viu as manchas de sangue. A mulher a fitava com olhos mortiços, olhos tão cheios de desamparo que Kylie teve vontade de chorar.

— Detenha-o — disse a mulher. — Detenha-o ou ele fará de novo.

— Quem? — perguntou Kylie. — Quem fez isso? — Juntou as mãos e desejou ardentemente que Holiday não tivesse saído. — Está procurando Holiday?

A mulher não respondeu. Em vez disso, dissipou-se em meio à neblina. Kylie ficou parada, de braços cruzados sobre o peito para se proteger do frio, enquanto a neblina subia e se dispersava no teto. Lentamente, a temperatura foi voltando ao normal.

— Isso não é justo! — murmurou ela.

— O que não é justo?

Kylie se virou e viu Derek na soleira da porta. Com sua calça jeans desbotada e uma camisa azul-clara, parecia... irresistível. Seguro de si. Kylie notou em seus olhos o carinho que Derek tinha por ela.

Decidiu então que, naquela noite, esqueceria.

Esqueceria a carta que tinha posto no bolso.

Esqueceria o fato de não saber o que era.

Esqueceria uma certa mulher com a saia manchada de sangue.

Esqueceria que ainda não tinha ido à cachoeira.

Esqueceria até mesmo que sua mãe ainda não tinha concordado em matriculá-la na escola.

Naquela noite, Kylie só queria ouvir um pouco de música e sentar-se bem pertinho de Derek — com os ombros se tocando.

— Vai à festa? — perguntou ela.

— Vim de lá. Estava esperando você.

— Então, vamos — disse Kylie.

Dirigiu-se para o refeitório, seguida de Derek. Deteve-se à entrada e ele quase a atropelou. Com uma sensação de *déjà vu*, Kylie se deu conta de que exatamente a mesma coisa tinha acontecido com ela quando cruzou aquela porta pela primeira vez.

Ela estava com muito medo e com plena certeza de que detestaria aquele lugar. Mas sentia que sua vida logo iria mudar. E estava certa.

— Entramos? — perguntou Derek, encostando-se a ela. A respiração dele aqueceu o pescoço de Kylie.

Ela concordou com a cabeça, mas continuou na porta por mais alguns instantes enquanto dava uma olhada pela sala. Viu Miranda conversando com Perry. O metamorfo ainda não tinha confessado que gostava dela, mas Miranda era paciente. Helen estava sentada ao lado de Jonathon, que jogava uma partida de xadrez com outro vampiro.

Della, bebericando um copo de sangue, acompanhava o jogo de pé. Desde que soubera do projeto de transformação do acampamento em internato, a vampira conseguia reprimir um pouco seus acessos de raiva. Não totalmente. Só um pouco.

— Você está bem? — perguntou Derek, inclinando-se para chegar ainda mais perto da orelha de Kylie. Ali ao lado dela, parecia forte e afetuoso. Exatamente aquilo de que ela precisava no momento.

— Estou. — Kylie avistou Holiday sentada com Chris, que tocava violão.

Olhando para o fundo da sala, avistou também Burnett encostado na parede, prestando tanta atenção em Holiday que o mundo poderia acabar e ele nem perceberia. Sim, Holiday era a criptonita de Burnett.

Kylie se sentiu plenamente entrosada no ambiente. Virou-se para Derek.

— Estou, sim — repetiu, sorrindo. — estou muito bem.

A história de Kylie continua!

Trechos do próximo livro da saga
Acampamento Shadow Falls, de C. C. Hunter

Desperta ao Amanhecer

"Você tem que impedir isso, de qualquer maneira, Kylie. Do contrário, acontecerá com alguém que você ama."

As palavras agourentas do espírito soaram às costas de Kylie, confundindo-se com o crepitar da enorme fogueira que ardia a alguns metros dela. A lufada de ar frio anunciava a presença do fantasma da maneira mais clara possível, mas as palavras eram só para ela e não para os outros trinta campistas de Shadow Falls que formavam o círculo cerimonial.

Miranda, ao lado de Kylie na corrente humana, completamente alheia ao espírito, apertou-lhe a mão com mais força.

— Isso é tão legal! — murmurou, olhando para Della, do outro lado do círculo.

Miranda e Della, além de amigas íntimas, eram também colegas de alojamento de Kylie.

— Damos graças por esta oferenda. — Chris (ou Christopher, como tinha se apresentado essa noite), ficou no meio do círculo e ergueu para o céu escuro o cálice sagrado, enquanto abençoava seu conteúdo.

"Você tem que impedir isso", sussurrou de novo o espírito por trás do ombro de Kylie, desviando sua atenção do ritual.

Cerrando os olhos, Kylie visualizou o espírito tal como ele vinha aparecendo para ela ultimamente: em torno de 30 anos, longos cabelos negros, saia branca — manchada de sangue.

A frustração fez com que as entranhas de Kylie se contraíssem ainda mais. Quantas vezes tinha gritado para o espírito as perguntas quem, o quê, quando, onde, por quê? Mas a mulher morta se limitava a repetir o mesmo aviso.

Para encurtar a história, fantasmas recentes têm dificuldade para se comunicar, a mesma que os sensitivos inexperientes encontram para arrancar deles alguma coisa. Assim, a única opção de Kylie era esperar que a mulher finalmente conseguisse explicar o aviso. Mas aquela não era a hora ideal.

No momento, estou muito ocupada. Portanto, a menos que você me dê detalhes, o melhor é conversarmos depois. Kylie manteve essas palavras na mente, esperando que o fantasma pudesse ler seus pensamentos. Por fim, os arrepios que corriam pela espinha de Kylie desapareceram e o calor da noite voltou — o calor do Texas, úmido, viscoso e intenso, mesmo sem a colaboração da fogueira.

Obrigada. Kylie procurou se descontrair, mas a tensão em seus ombros não lhe dava trégua. E por uma boa razão. A cerimônia daquela noite era mais uma novidade em sua vida.

Uma vida que tinha sido bem mais simples antes de Kylie descobrir que não era inteiramente humana. Sem dúvida, o melhor seria que pudesse identificar seu lado não humano. Mas, infelizmente, a única pessoa que sabia a resposta era Daniel Brighten, seu verdadeiro pai. Kylie ignorava sua existência até ele lhe fazer uma visita há pouco mais de um mês. E Daniel aparentemente desejava que ela resolvesse sozinha sua crise de identidade.

Ele raramente a visitava, reforçando a velha imagem do pai ausente. Na verdade, Daniel estava mais que ausente: estava morto. Morrera antes de Kylie nascer. Ela ignorava se havia cursos de aperfeiçoamento para pais no além, mas sentia-se tentada a sugerir que ele procurasse um. Porque agora, quando de fato aparecia, ficava só olhando para ela; e se Kylie abria a boca para fazer uma pergunta, sumia, deixando atrás de si apenas um ar gelado e a pergunta não respondida.

— Vamos lá — disse Chris. — Soltem as mãos e deixem a mente vazia. Mas, façam o que fizerem, não quebrem o círculo.

Todos seguiram as instruções. Mas, embora soltasse as mãos, Kylie não conseguiu deixar a mente vazia. Uma rajada de vento agitou algumas mechas do longo cabelo loiro de Kylie e as espalhou pelo seu rosto. Ela as recolocou atrás da orelha.

Seu pai ausente tinha medo que ela lhe fizesse perguntas sobre sexo ou coisa semelhante? Isso sempre fazia sua mãe sair correndo do quarto — e sair à procura de algum manual de educação sexual para adolescentes. Não que Kylie conversasse com ela sobre o assunto. A mãe seria a última pessoa no mundo a quem ela recorreria para *esse* tipo de conselho. A simples menção de que estava interessada em algum garoto já fazia a pobre mãe entrar em pânico, com as letras S-E-X-O faiscando em seus olhos. Felizmente, desde que Kylie tinha sido despachada para o acampamento Shadow Falls, o suprimento de manuais de sexo tinha diminuído.

Mas quem poderia dizer o que a mãe estivera selecionando no último mês? Talvez tivesse reunido uma pilha de folhetos sobre doenças sexualmente transmissíveis que Kylie ainda não conhecia. Nesse caso os estaria guardando para quando a filha fosse visitá-la depois de três semanas de ausência. Kylie não estava pensando muito nessa visita, embora, com certeza, a relação entre elas tevesse melhorado desde que soubera que Daniel era seu verdadeiro pai. Mas os novos laços entre mãe e filha ainda eram frágeis.

Kylie chegava a se perguntar se esses laços, por serem tão delicados, justificariam um encontro de mais de duas horas. E se ela voltasse para casa e descobrisse que por ali nada havia mudado? E se a mãe continuasse indiferente? E como seriam agora as coisas com Tom Galen, o homem que durante toda a sua vida Kylie acreditou ser seu pai biológico, o homem que abandonou a mãe por uma garota pouco mais velha que a filha? Era uma verdadeira tortura vê-lo aos beijos e abraços com aquela assistente tão jovem. Mas ela ainda não tinha dito isso a ele

A brisa de fim de noite arremessou uma nuvem de fumaça da fogueira no rosto de Kylie. Ela esfregou os olhos, mas não ousou sair do círculo. Como Della tinha lhe explicado, fazer isso seria falta de respeito com a cultura dos vampiros.

— Deixem a mente vazia — repetiu Chris, passando o cálice ao campista que se achava a seu lado no círculo.

Cerrando as pálpebras, Kylie tentou de novo seguir as instruções de Chris, mas ouviu então o som da cachoeira. Abriu bem os olhos e voltou-se na direção do bosque. Será que a cachoeira estava assim tão próxima? Desde que tinha ouvido falar da lenda sobre os anjos da morte que existiam ali, Kylie sentia vontade de conhecer o local. Não que quisesse encontrar cara a cara um anjo da morte. Já tinha fantasmas demais na vida dela. Mas, ainda assim, a cachoeira a atraía.

— Está pronta? — Miranda inclinou-se para ela e sussurrou: — Está chegando perto.

Pronta para o quê?, foi o primeiro pensamento de Kylie. E então se lembrou.

Brincadeira de mau gosto de Miranda?

Kylie viu o cálice comunal sendo passado de mão em mão ao longo do círculo. Quase parou de respirar ao perceber que só faltavam dez pessoas para ele chegar até ela. Aspirando profundamente o ar saturado de fumaça, tentou não mostrar repugnância.

Tentou. A ideia de beber num recipiente onde tanta gente tinha posto a boca provocou-lhe na mente algo entre a náusea e a indignação. Mas, sem dúvida, o que mais lhe causava nojo era o sangue.

Ver Della consumindo diariamente seu alimento preferido tinha ficado mais fácil, no último mês, para Kylie, que chegara a doar um pouco de sangue em favor da causa — sobrenaturais fazem coisas assim por seus amigos vampiros. Contudo, degustar a substância que lhes dava vida era outra coisa.

— Sei que é nojento. Mas finja que está tomando suco de tomate — sussurrou Miranda à amiga Helen, de pé ao seu lado. Mas quem disse que o sussurro não seria ouvido em meio a tantos sobrenaturais com sentidos aguçados?

Kylie observou o círculo de campistas sobrenaturais, com os rostos banhados pelo fulgor intermitente das chamas da fogueira próxima. Viu Della franzindo a testa na direção delas, os olhos projetando faíscas amareladas. A audição aguçada era apenas um de seus muitos dons. Sem dúvida cobraria de Miranda, mais tarde, aquele "nojento". Ou seja, Kylie teria de convencer Della e Miranda a não se matarem. Como duas pessoas podiam ser amigas e ainda assim brigar tanto, isso estava além de sua compreensão. Reconciliá-las tinha se tornado, para Kylie, uma tarefa de tempo integral.

Viu outra campista levar o cálice à boca. Sabendo quanto aquilo significava para Della, Kylie se preparou mentalmente para sorver um gole do sangue sem vomitar. O que, porém, não impediu seu estômago de se rebelar.

Faça isto. Faça isto. Por Della.

Talvez até aprecie o sabor do sangue, tinha dito Della um pouco antes. *Não seria ótimo se você descobrisse que é uma vampira?*

Não, pensou Kylie. Ser vampiro era tão ruim quanto ser lobisomem ou metamorfo. Ela se lembrou de Della quase chorando ao falar da repulsa do ex-namorado pela temperatura baixa do seu corpo. Não, Kylie preferia manter sua própria temperatura. E que dizer de uma dieta essencialmente à base de sangue? Ela nem comia carne vermelha com frequência e, quando comia... era muito bem passada, por favor!

Holiday, líder do acampamento e sua mentora, achava improvável que Kylie começasse a exibir mudanças físicas muito acentuadas. Mas achava também que tudo é possível. Na verdade, Holiday — uma fada da cabeça aos pés — não poderia prever o futuro de Kylie. Porque Kylie era uma anomalia.